L'UNITÉ

NINNI HOLMQVIST

L'UNITÉ

Traduit du suédois par Carine Bruy

Éditions SW Télémaque

Titre original : *Enhet*

Première publication en suédois par Norstedts, Suède, 2006.
Publié en accord avec Norstedts Agency.

Pour l'édition française :

Éditions Télémaque 7, rue Pérignon, 75015 Paris
www.editionstelemaque.com
ISBN : 978-2-7533-0134-4

PREMIÈRE PARTIE

1

Le logement était plus confortable que je ne m'y attendais. Studio individuel avec salle de bains, ou plus exactement appartement, puisqu'il y avait en réalité deux pièces : une chambre et un séjour flanqué d'une kitchenette. C'était lumineux et spacieux, le mobilier moderne, la décoration de bon goût dans des teintes sobres. Le moindre espace était évidemment sous surveillance vidéo et je ne tarderais pas à comprendre que des micros étaient dissimulés çà et là. Les caméras, elles, étaient placées bien en évidence. Il y en avait une – petite mais parfaitement visible – en hauteur, à chaque coin ainsi que dans le moindre recoin impossible à surveiller depuis le plafond : par exemple, dans la penderie, derrière les portes et les étagères qui faisaient saillie. Même sous le lit et dans le placard sous l'évier de la cuisine. Une caméra était installée partout où une personne était susceptible de se faufiler. Parfois, lorsqu'on se déplaçait dans une pièce, elles vous suivaient de leur regard borgne. Un léger bourdonnement vous révélait alors que, pour une raison ou une autre, un membre de l'équipe de surveillance s'intéressait tout particulièrement à vos faits et gestes. Même la salle de bains était sous contrôle. Ce petit espace recelait pas moins de trois caméras : deux au plafond et une sous le lavabo. Cette surveillance minutieuse ne concernait pas uniquement les appartements mais également les espaces communs. Il ne fallait évidemment pas s'attendre à autre chose car il n'était pas question que quelqu'un puisse se suicider ou se mutiler d'une quelconque manière. Pas ici. Pas une fois qu'on était là. On aurait dû passer à l'acte avant si, toutefois, on avait de telles velléités.

À un moment, j'y ai pensé. J'ai songé à me pendre, à me jeter sous un train ou à faire demi-tour sur l'autoroute et à foncer à contresens. Ou tout simplement à quitter la route. Mais je n'en ai pas eu le courage. J'ai préféré me laisser emmener sans opposer de résistance, le moment venu, devant ma maison.

Les premiers perce-neige venaient de sortir de terre dans mes plates-bandes que des hellébores d'hiver teintaient de jaune depuis plusieurs semaines. C'était un samedi. Au cours de la matinée, j'avais allumé un feu dans le poêle. Une fumée transparente et tremblotante s'échappait encore de la cheminée tandis que j'attendais sur le bas-côté, devant la grille. Il n'y avait aucun vent et le temps était froid et clair.

Le 4×4 bordeaux métallisé brillait tellement qu'il projetait des reflets de soleil en descendant lentement la côte qui traverse le village avant de s'arrêter devant moi. Les vitres arrière étaient teintées. Hormis ce détail, la voiture ne se distinguait en rien des autres : aucun logo ne révélait d'où elle venait ni où elle se rendait. Le chauffeur, une femme vêtue d'une doudoune noire, descendit et me salua d'un signe de tête accompagné d'un sourire amical, avant de mettre ma grande valise dans le coffre et de m'inviter à monter à l'arrière. Je bouclai ma ceinture de sécurité et plaçai mon sac à bandoulière sur mes genoux, les bras posés dessus. Le chauffeur passa la première, desserra le frein à main et nous nous mîmes en route. Nous étions seuls dans la voiture. Nous n'échangeâmes pas un mot.

Après un voyage d'à peine deux heures derrière ces vitres dont la teinte était si foncée que, même si j'avais essayé, j'aurais eu du mal à suivre le trajet que nous empruntions ou même à déterminer dans quelle direction on m'emmenait, nous nous mîmes soudain à descendre une pente escarpée tandis que le bruit du moteur et des pneus changeait. Il était étouffé mais résonnait comme si nous nous étions engagés dans un tunnel. Dans un premier temps, il fit encore plus sombre puis la clarté revint de l'autre côté des vitres et c'est alors que la voiture s'arrêta. Quelqu'un ouvrit la portière arrière. Je vis le visage d'un homme puis celui d'une femme. Elle m'adressa un large sourire, et me lança :

– Bonjour Dorrit ! Vous êtes arrivée à présent.

Je sortis de la voiture et vis que je me trouvais dans un garage, souterrain pour autant que je puisse en juger. L'homme et la femme étaient tous les deux vêtus d'une chemise vert tilleul ornée du sigle de l'Unité en blanc sur la poitrine – je le reconnus pour l'avoir déjà vu sur la brochure d'information qui m'avait été expédiée quelques mois auparavant. L'homme et la femme se présentèrent : Dick et Henrietta. Cette dernière ajouta :

– Nous sommes les agents en charge de votre section.

Elle ouvrit le coffre, en sortit ma valise puis se dirigea vers une rangée d'ascenseurs à une extrémité du parking où se trouvaient une cinquantaine de véhicules, la plupart des voitures de tourisme, des 4×4 et des minibus, mais je vis également quelques ambulances. Dick se saisit de mon bagage à main que j'avais posé au sol pour les saluer. J'aurais préféré m'en charger moi-même étant donné qu'il contenait mes effets les plus intimes, mais il insista et je ne voulus pas faire de scène ; je me contentai donc de hausser les épaules et le laissai faire. Il m'indiqua les ascenseurs d'un geste et je suivis Henrietta, les mains vides, tandis que Dick se plaçait juste derrière moi.

La cabine ne monta que d'un étage. Au moment de sortir, Dick m'expliqua :

– À présent, nous nous trouvons au niveau K1. C'est la partie supérieure du sous-sol.

Nous empruntâmes un large passage dont les murs, le plafond et le sol étaient peints en rouge jusqu'à ce que nous parvenions à d'autres ascenseurs. Nous entrâmes dans l'un d'eux qui nous mena quelques étages plus haut. Nous débouchâmes dans ce qui ressemblait à une banale cage d'escalier dotée de deux portes semblables à des portes d'appartements, une à chaque extrémité. Dick, celui des deux agents qui était le moins chargé, passa devant, ouvrit la porte sur laquelle était inscrit « Section H3 » et me laissa passer. Je me retrouvai dans une vaste salle commune, de celles qu'on trouve habituellement dans les hôpitaux ou dans les résidences étudiantes, un foyer, tout simplement. Une femme aux cheveux roux en bataille qui viraient au gris pâle était assise dans un canapé d'angle, plongée dans la lecture d'un magazine. Une tasse de thé fumante était posée sur la table devant elle. À en juger par l'odeur qui régnait dans la pièce, il s'agissait de thé à la menthe poivrée. La femme leva les yeux et me sourit.

– Voici Majken, dit Henrietta. Et voici Dorrit.

Je croassai quelque chose qui se voulait un bonjour mais ma bouche était complètement sèche.

– Mon appartement se situe deux portes après le vôtre, dit Majken. Si vous vous posez des questions à un sujet ou un autre, si vous avez juste envie de parler, ou même si vous voulez simplement rester silencieuse en compagnie de quelqu'un – je suis là ou chez moi dans les heures qui viennent. Mon nom est écrit sur la porte : Majken Ohlsson.

– D'accord, parvins-je à répondre.

Son regard ne cherchait pas à se dérober. Dans ses yeux miroitaient différentes nuances de vert.

– N'hésitez pas, ajouta-t-elle. Inutile de penser que vous allez me déranger. Ici, nous avons toujours du temps les uns pour les autres.

– D'accord, répétai-je avant de réaliser qu'il serait opportun que j'ajoute quelque chose et d'opter pour « Merci ».

Du foyer partait un couloir percé de cinq portes sur l'un de ses murs. Mon nom était inscrit sur la deuxième. Dick appuya sur la poignée, poussa la porte et nous entrâmes directement dans le séjour.

Henrietta posa la valise sur le sol. Dick plaça mon bagage à main au-dessus, puis il se retourna vers moi :

– Souhaitez-vous que nous restions un moment ? demanda-t-il avec gentillesse.

– Non, rétorquai-je sur un ton sensiblement moins aimable.

– Dans ce cas, nous allons vous laisser tranquille. Simplement, n'oubliez pas la réunion d'information à quatorze heures.

Il me fixa d'un air inquisiteur, comme pour s'assurer que j'allais vraiment m'en sortir toute seule jusque-là. Je ne pus m'empêcher de faire une grimace. Ils quittèrent la pièce sans bruit.

J'étais donc là.

Il faisait chaud, un bon vingt-trois, vingt-quatre degrés. Je n'étais pas habituée à une température intérieure aussi élevée, surtout pas à cette période de l'année. J'enlevai mon duffel-coat, délaçai mes bottillons d'hiver, retirai mon gilet et, pour finir, mes chaussettes. Je laissai le tout en tas sur le sol pour le moment et demeurai à côté, pieds nus, considérant le mobilier du séjour en hêtre à la fois simple et beau : un grand canapé et deux fauteuils aux housses couleur coquille d'œuf et, tout au fond de la pièce, une alcôve où se trouvait un bureau. Sur ma gauche : la penderie ; sur ma droite : la salle de bains, à côté, la chambre. À ma surprise je vis que le lit était double. Je n'en avais jamais eu de ma vie. J'éclatai de rire et pour la première fois j'entendis le léger bourdonnement de la caméra lorsqu'elle tourna son petit œil vers moi et – m'imaginai-je – zooma sur mon visage. Je détournai instinctivement le regard.

2

Oui, j'avais bel et bien une maison. Lorsque je dis qu'on est venu me chercher devant ma maison, je ne veux donc pas juste dire mon domicile, ma résidence, mais vraiment ma maison. En dépit de mes revenus très modestes et irréguliers, j'avais, environ huit ans auparavant, peu avant mon quarante-deuxième anniversaire, réussi à obtenir un prêt bancaire pour acheter une petite bâtisse que j'avais visitée plusieurs fois. Alors l'un des rêves de ma vie s'était réalisé : ma propre maison et mon propre jardin au milieu d'une plaine dégagée ondoyant entre Romeleåsen et la côte méridionale.

Par contre, je n'avais pas eu les moyens de l'entretenir. Les chéneaux et les châssis des fenêtres étaient vermoulus, le crépi de la façade s'effritait, la toiture prenait l'eau à au moins deux endroits et il aurait fallu drainer le terrain. Mes revenus suffisaient à peine à couvrir les traites, les intérêts du prêt, le chauffage, l'électricité et les frais annexes, les assurances, les impôts, l'essence et la nourriture pour moi et mon chien. Je ne pense pas que ça ait fait grande différence pour les caisses de l'État lorsque l'autorité en charge des confiscations l'a vendue aux enchères – si toutefois, ils ont réussi à la vendre, vu son triste état.

Certes, j'avais laissé la maison se délabrer. Elle n'était ni moderne ni pratique, parcourue de courants d'air, froide l'hiver, il y régnait une chaleur humide et écrasante l'été. Mais cette maison m'appartenait, à moi et à personne d'autre. C'était mon refuge, un lieu où j'étais seule à prendre des décisions, où mon chien courait en toute liberté et où je pouvais la plupart du temps travailler sans être dérangée. Pas de voisins bruyants de l'autre côté des murs, pas de cavalcade dans une cage d'escalier pleine d'échos, pas de gamins hurlant dans la cour à l'arrière, pas d'espace extérieur commun où n'importe qui pouvait s'installer à tout moment, surtout lorsque je me détendais au soleil, pour pique-niquer bruyamment ou faire la fête autour de moi, comme si je n'existais pas. Ici, j'étais chez moi, que ce soit à l'intérieur ou à l'extérieur ; c'était mon domaine et si quelqu'un – un voisin ou un ami qui passait par hasard – voyait que j'étais installée dans le jardin et franchissait la grille pour venir bavarder un moment ou boire une tasse de café, c'était bien avec moi qu'il voulait parler ou boire une tasse de café. Et si je n'avais pas envie de bavarder, j'avais le droit de leur dire et ils étaient forcés de s'en aller.

Pour autant, c'était assez rare que je demande à quelqu'un de partir. Je n'avais pas vraiment beaucoup d'amis et guère plus de voisins. Aussi, si quelqu'un arrivait à l'improviste à un moment inopportun, je l'accueillais quand même, du moins quelques instants. Lorsqu'on vit seule à la campagne, on ne peut pas se permettre de repousser ses voisins ou de se fâcher avec eux. De mon point de vue, on ne peut pas, en fait, se permettre de se brouiller avec qui que ce soit lorsqu'on vit seule et que personne n'a besoin de vous. C'est pour cette raison que, dès le départ, je me suis montrée amicale et prévenante à chaque fois que quelqu'un faisait son apparition dans mon jardin, y compris quand j'étais profondément absorbée dans mon travail et qu'on me dérangeait vraiment.

À cette époque-là, peu après mon emménagement, j'envisageais encore l'avenir avec optimisme. Je pensais avoir un enfant, j'espérais encore en avoir le temps. Ou, du moins, gagner assez d'argent grâce à mon activité et augmenter ainsi grandement mon pouvoir d'achat. J'espérais sinon trouver un compagnon, quelqu'un qui m'aimerait et voudrait vivre avec moi. J'ai bêtement et vainement espéré presque jusqu'à la fin que ce serait Nils.

Nils était mon cadet de plusieurs années ; il était grand, fort et faisait preuve d'une belle vitalité sexuelle. Nous partagions les mêmes désirs secrets. Les mêmes fantasmes. Les mêmes positions désespérément politiquement incorrectes. Nous allions ensemble comme les doigts de la main. C'est vrai qu'il vivait déjà avec une autre femme et qu'ils avaient un enfant ensemble, un garçon. Il ne me disait jamais qu'il m'aimait mais, pour nous deux, le mot « aimer » était un mot qu'il ne fallait pas prononcer à la légère. Par contre, il me déclara qu'il « m'aimait presque », le répéta souvent et, pour moi, c'était important de l'entendre. Être presque aimée est quand même ce qui se rapproche le plus d'être aimée, sans l'être pour autant.

C'est peut-être à cause de ce « presque aimer », alors qu'il ne restait plus que six mois avant mon cinquantième anniversaire, dans une ultime tentative pour obtenir au moins une dispense provisoire, que je me suis tournée vers lui et lui ai demandé de me sauver – oui, dans mon désespoir, j'ai utilisé cette expression – en se séparant de sa compagne et en devenant mon concubin officiel à la place et d'attester par écrit auprès des autorités qu'il m'aimait. Lorsque je lui ai explicitement demandé ça, il était au désespoir. Il a même pleuré. Il était assis, nu, au bord de mon lit et c'est la première et la dernière fois que je l'ai vu pleurer. Il restait là, le regard vide, à sangloter. Il a placé, apparemment sans en avoir conscience, la couette sur son sexe avant de répondre :

– Dorrit, je t'apprécie plus que je n'ai jamais apprécié une autre femme et il ne s'agit pas uniquement d'attirance sexuelle, ça, tu le sais. Je te tiens en haute estime et je te respecte, je t'aime presque, je voudrais tant vivre et partager mon quotidien avec toi. Mais, d'abord, je veux que mon fils grandisse avec ses deux parents dans la même maison. Et puis je ne peux vraiment pas dire que je t'aime parce que je suis incapable de mentir. Je… je ne suis tout simplement pas fait de ce bois-là. Je ne peux pas te le dire et je ne peux pas le dire aux autorités ; je ne peux pas apposer ma signature sous une déclaration qui serait fausse. Ce serait commettre un parjure. Un délit. Il faut que tu le comprennes, Dorrit. Je…

Il marqua une pause, reprit son souffle, déglutit plusieurs fois, se passa le doigt sous le nez et poursuivit presque sans voix et en chuchotant :

– Je suis tellement désolé. Je… Tu sais ce que tu as représenté… ce que tu représentes pour moi. Tu vas tellement me manquer que…

Et il n'en finissait plus de pleurer. Il me serrait dans ses bras, se cramponnant à moi, et braillait comme un enfant. Moi je ne pleurais pas. Pas à ce moment-là.

Ce n'est que lorsque j'ai dû me séparer de Jock, mon chien, qui avait été un compagnon si proche pendant plusieurs années, que je me suis mise à pleurer. C'est un chien de ferme dano-suédois avec des taches noires et brunes, des yeux marron et des oreilles aussi douces que du velours, l'une noire, l'autre blanche. Je l'ai donné à une famille que je connaissais et en laquelle j'avais confiance non loin de l'endroit où j'habitais. Lisa, Sten et leurs trois enfants. Ils possèdent une ferme retirée où ils élèvent des chevaux et des poules et ils étaient vraiment ravis d'accueillir Jock. Les enfants l'aimaient. Je savais qu'il les aimait également et qu'il serait bien. Mais tout de même. C'était mon chien. J'étais sa maîtresse. Entre moi et lui, on pouvait – « sans commettre de parjure » – parler d'amour. Un amour mutuel – j'en suis convaincue. Mais les chiens ne comptent pas ; la dépendance et l'attachement d'un animal ne sont pas pris en considération. C'est lorsque je suis repartie après avoir laissé Jock chez Sten et Lisa que j'ai pleuré.

Aimer et abandonner ne vont pas ensemble. Ce sont deux notions antinomiques et, lorsque des circonstances extérieures imposent leur juxtaposition, cela requiert une explication. Toutefois, cette explication, je ne pouvais pas la fournir à Jock. Car comment expliquer une telle chose – ou quoi que ce soit d'autre d'ailleurs – à un chien ? Nils, lui, pouvait du moins m'expliquer pourquoi il ne pouvait pas être avec moi pour de vrai et faire de moi une personne *nécessaire* et je pouvais le comprendre. Mais comment Jock, s'il est toujours en vie, pourra-t-il jamais comprendre pourquoi je suis repartie sans lui ce jour-là ? Comment pourra-t-il jamais comprendre pourquoi je ne suis jamais revenue ?

3

Ma valise n'était pas particulièrement lourde. Une seule main me suffit pour la soulever jusqu'à la table de la salle de séjour. Je l'ouvris et commençai à déballer mes affaires. Il s'agissait pour l'essentiel de vêtements d'une extrême simplicité : des pulls, des chemises et des pantalons. Une veste noire pour les événements festifs ou solennels. Des vêtements de sport. Des baskets, des chaussures de promenade et des sandales.

En revanche, dans mon bagage à main j'avais, à la dernière minute et après maintes tergiversations, fourré ma petite robe noire, ma jupe bleue, mon chemisier brodé, un soutien-gorge à balconnet, quelques paires de bas et mes escarpins à talons hauts. Je ne savais vraiment pas si j'aurais l'occasion de les porter ici. Je ne le pensais pas mais ils n'étaient, de toute façon, guère encombrants. En outre, ils m'appartenaient, je les avais payés cher et ne me les étais pas procurés sans difficultés. De surcroît, je me connaissais assez bien pour savoir que si mon moral venait à faiblir et que j'avais besoin de me sentir féminine, je serais très malheureuse si je n'avais pas les moyens d'assouvir ce désir. Ce fut d'ailleurs à ce moment-là, alors que je tournais le dos à la caméra de surveillance du plafond pour ranger discrètement la robe, la jupe et le chemisier dans la penderie, que je me rendis compte qu'il y avait également une caméra à l'intérieur. Elle était dirigée droit sur moi ; je me sentis prise en faute et rougis. Puis la colère me gagna. Je lui adressai un doigt d'honneur et suspendis mes vêtements à des cintres avec détermination avant de claquer la porte.

Dans mon bagage à main, j'avais également emporté quelques livres que je posai sur une petite console dans le séjour, mon ordinateur portable que je plaçai sur le bureau dans l'alcôve de même qu'un bloc-notes, mon stylo favori et une enveloppe contenant quelques photos. Je les rangeai dans le tiroir du chevet dans la chambre.

L'enveloppe contenait une photo de Jock, une de Nils, une de ma maison et une de ma famille lorsque j'étais enfant. La dernière était un cliché Polaroid pris dans le salon chez mes parents. Ma mère et mon père au milieu du canapé, ma mère avec Ole, le cadet, sur les genoux. Ida et moi sommes assises à côté d'elle et Jens et Siv, les deux aînés, se trouvent à côté de mon père, serrés l'un contre l'autre. Tout le monde sourit, Ida et moi rions même. J'avais huit ans lorsque cette photo a été prise par la meilleure amie de ma mère – je me souviens que je l'apréciais beaucoup. Elle aimait les enfants mais n'en avait pas et, ce jour-là, elle avait proposé de nous photographier avec son nouvel appareil photo Polaroid. C'était en fait le seul cliché jamais pris de toute la famille rassemblée. J'étais donc bien contente qu'elle ait réussi à imposer sa volonté. Malheureusement je ne me souviens pas de son nom.

Ma famille était à présent dispersée aux quatre vents telles des aigrettes de pissenlit. Mon père et ma mère étaient morts depuis longtemps. Si ce n'était pas le cas, j'aurais sans doute pu obtenir une dispense de quelques années pour prendre soin d'eux. Jens, Ida et Ole avaient leur propre famille, vivaient et travaillaient dans différents endroits d'Europe. Ma sœur aînée, Siv, n'était plus de ce monde, du moins je le supposais. Elle n'avait pas d'enfants et elle avait sept ans de plus que moi donc la probabilité qu'elle soit encore en vie était faible, surtout si elle avait vraiment été déclarée *superflue* – ce dont je n'étais même pas sûre.

J'avais fini de ranger mes affaires, casé ma valise de même que mon duffel-coat et mes bottines tout en haut de la penderie avant de me mettre – d'abord avec indifférence puis avec agitation et finalement de manière presque hystérique – à faire les cent pas dans l'appartement : j'ouvrais les robinets, tirais la chasse d'eau, inspectais tiroirs et placards, vérifiais les ustensiles de cuisine, le branchement du réfrigérateur et du congélateur, le bon fonctionnement de la machine à glace, du chauffe-plat, du four à chaleur tournante, du micro-ondes et de la bouilloire électrique. J'allai jusqu'à l'alcôve et m'installai sur la chaise face au bureau. Elle était belle, en bois moulé, mais pas particulièrement confortable. Elle ne permettait pas de prendre appui au niveau des reins mais juste au-dessus, pile sous les omoplates et elle n'avait pas d'accoudoirs. L'expérience me disait que si je restais assise à écrire ne serait-ce que quelques heures par jour sur un siège de cette qualité, j'aurais mal au dos et aux épaules en moins d'une semaine. Toutefois, j'étais sûre de pouvoir en obtenir un meilleur si je le demandais. À partir de maintenant, il était important de me maintenir en bonne condition physique et de préserver ma santé par tous les moyens possibles. C'était le but, après tout.

Je quittai le bureau et me dirigeai vers le canapé pour l'essayer également. Lui, par contre, était incroyablement confortable, que ce soit en position assise ou allongée. Je m'étendis à moitié et attrapai la télécommande sur la table de salon, la dirigeai vers l'écran de télévision, appuyai sur un bouton au hasard et l'image apparut en quelques secondes. C'était un talk-show sur une chaîne allemande. Je zappai, constatai qu'il semblait y avoir un nombre impressionnant de canaux et qu'en tout cas le monde arrivait jusqu'ici même si moi, à partir de maintenant, je ne pourrais plus avoir de contact avec l'extérieur que ce soit par lettre, par courriel, par SMS ou par téléphone. Désormais, pour moi, le téléphone n'existait plus que sous la forme d'une ligne d'urgence interne.

Quant à internet, je n'étais autorisée à surfer que sous surveillance directe, ce qui impliquait qu'un fonctionnaire ou un autre membre du personnel devait se trouver à côté de moi et que je n'avais pas le droit de participer à des forums de discussion ou à des blogs, de placer des annonces ou d'y répondre ou de participer à des enquêtes d'opinion.

Après avoir zappé sur une cinquantaine de chaînes, j'éteignis la télé, me levai, m'étirai et regardai autour de moi. Qu'allais-je faire à présent ? Un coup d'œil à l'horloge du lecteur de DVD placé sous le téléviseur me permit de constater qu'il me restait encore plus d'une heure avant la réunion, ce qui n'était pas une bonne nouvelle. Quelque chose avait commencé à se recroqueviller à l'intérieur de mon corps. Sous l'effet de l'inquiétude ou de la colère ? Je ne le savais pas et ne tenais pas à le savoir non plus. S'il y avait eu une fenêtre, je m'y serais installée et j'aurais regardé à l'extérieur. Cette activité exerçait généralement un effet apaisant sur moi. Cependant – et ce n'est qu'à cet instant que j'en pris conscience – il n'y avait pas de fenêtre. Je l'avais sans doute remarqué de façon inconsciente dès qu'on m'avait introduite dans la pièce mais cette absence ne m'avait pas troublée. Pas de fenêtre. Et pourtant la lumière du jour filtrait. Comment était-ce possible ? La lumière ne semblait pourtant pas émaner de lampes, pas plus qu'elle ne paraissait provenir d'une source unique. On aurait plutôt dit qu'elle emplissait la pièce. Déconcertée, je regardai tout autour de moi. La seule lampe allumée était le néon au-dessus du plan de travail dans la cuisine. Dans une vaine tentative pour percer ce mystère, j'avançai et éteignis le néon mais cela ne changea pas grand-chose. Je renonçai.

Ce n'est que quelques jours plus tard que je compris d'où venait la lumière du jour lorsque je montai sur une chaise pour installer une étagère murale à côté de l'alcôve. Je jetai par hasard un coup d'œil à l'un des ventilateurs rectangulaires intégrés dans les murs, près du plafond, au nombre d'au moins deux par pièce. Ce n'était pas du tout un ventilateur. En effet, tandis que je me tenais sur cette chaise et regardais de biais entre les lames orientées vers le haut – à la manière des persiennes qui laissent entrer la lumière tout en protégeant des rayons directs du soleil –, je fus éblouie par l'éclat vif et blanc des diodes qui se trouvaient là.

Étant donné que je ne disposais pas d'une fenêtre devant laquelle m'attarder et me calmer, comme ce qui rétrécissait en moi menaçait à présent de se mettre à bondir et à prendre le contrôle, j'envisageai d'aller dans le foyer ou de frapper chez cette Majken. Cependant, à bien y réfléchir, je n'étais pas prête. J'étais très fatiguée ; je gagnai donc la chambre et m'allongeai sur une moitié du lit double. J'inspirai profondément puis expirai lentement. Au bout d'un moment, je dus m'endormir car lorsqu'une sonnerie résonna tout un coup, je sursautai et ouvris grand les yeux. La sonnerie fut suivie par l'exhortation d'une voix masculine amicale, émise par un haut-parleur dissimulé dans la pièce :

« Message à l'intention des arrivants du jour. Nous vous rappelons que la réunion de bienvenue et d'information obligatoire aura lieu dans la salle de conférences D4 dans dix minutes. Celle-ci se situe dans le couloir D au quatrième niveau. Le plus facile pour la trouver est d'emprunter l'ascenseur de secours pour descendre jusqu'au niveau K1, de suivre le passage bleu jusqu'à l'ascenseur D puis de monter au quatrième étage. Vous êtes cordialement attendus ! Fin du message. »

4

Nous étions huit dont seulement deux hommes, ce qui n'était guère surprenant puisque la limite d'âge pour eux est fixée à soixante ans. C'est tout naturel ; ils produisent du sperme viable beaucoup plus tard que nous des ovules. Pour autant, j'avais longtemps tenu pour injustes les différences de limite d'âge entre les hommes et les femmes. Jusqu'à ce que Nils me signale qu'il y avait des tas d'hommes – il en connaissait lui-même quelques-uns – qui avaient été enrôlés comme parents par des femmes motivées par la seule perspective de semence gratuite : « Ce n'est vraiment que justice que les hommes aient plus de temps pour eux, alors arrête de te plaindre ! »

Je fus très attristée lorsqu'il prononça ces paroles, en particulier parce que je me sentais démasquée. C'était l'une des raisons pour lesquelles je voyais Nils : j'espérais secrètement que le préservatif dont il enveloppait si soigneusement son pénis avant chaque rapport sexuel allait craquer. Par ailleurs, je m'arrangeais le plus souvent pour que nous nous voyions juste avant ou pendant mon ovulation. Mais c'étaient également les mots durs et la sévérité de sa voix lorsqu'il les avait prononcés qui m'avaient peinée. Après ça, je n'évoquai jamais plus devant lui mon inquiétude à l'approche de mon cinquantième anniversaire.

Il restait encore quelques minutes avant le début de la réunion. Nous fîmes le tour de la salle, nous serrâmes la main et nous présentâmes. Nous étions tous pâles et graves. Concentrés. Moi, je ne me sentais pas très bien, et un peu groggy, tout juste réveillée après mon somme involontaire. Une femme, un membre du personnel qui nous avait souhaité la bienvenue et cochés sur une liste à la porte, se tenait à présent près d'une table placée sur une estrade tout au fond de la salle et disposait quelques documents, une bouteille d'eau pétillante, un décapsuleur et un verre. Elle donnait l'impression d'être introvertie, comme si elle était timide. Toutefois, lorsqu'on croisait son regard par hasard, elle souriait chaleureusement. Ses jambes étaient proportionnellement trop courtes et elle était enceinte de sept ou huit mois. Après avoir terminé ses préparatifs, elle se dirigea vers l'autre bout de la pièce à petites enjambées, d'une démarche saccadée qui évoquait celle d'un pingouin, constatation qui améliora un peu mon humeur. Lorsqu'elle m'adressa de nouveau un sourire, je le lui rendis.

L'une des arrivantes me paraissait vaguement familière. C'était une femme grande et mince aux pommettes hautes, aux paupières légèrement bridées qui semblaient considérer le monde en plissant les yeux de scepticisme. Je reconnaissais la petite fille en elle pardelà toutes les strates d'années mais je ne parvenais pas la situer. Lorsqu'elle prononça son nom, Elsa Antonsson, la mémoire me revint.

– Elsa ! Je suis Dorrit. Dorrit Weger.

– Oui, maintenant, j'y suis, me dit-elle en me souriant avec précautions. Collège et premières années de lycée, nous étions dans la même classe. Le temps passe..., dit-elle ensuite lentement d'une voix à peine audible.

Elle était visiblement émue.

– Oui, répondis-je. Le temps passe.

Nous formâmes un demi-cercle tourné vers l'estrade. La directrice de l'Unité s'était à présent installée derrière le bureau, soignée et tirée à quatre épingles dans son tailleur brun-rouge et sa chemise grise. Elle nous considéra, laissant ses yeux s'attarder sur chacun d'entre nous à tour de rôle et elle prit soin de croiser le regard de chacun. Cette attention lui donna l'air très chaleureuse. Elle sourit, déboutonna sa veste, s'éclaircit la voix, prit une profonde inspiration et commença son discours :

– Je m'appelle Petra Runhede et je suis la directrice de la deuxième unité de la banque de réserve de matériel biologique. Tout d'abord, je veux vous souhaiter chaleureusement la bienvenue ici. J'en profite également pour vous souhaiter un bon anniversaire pour vos cinquante et soixante ans respectivement. Mes vœux les plus sincères ! Ce soir, nous organisons une grande réception en votre honneur. Une fête de bienvenue et d'anniversaire à la fois. Toute l'Unité, résidents comme membres du personnel, sont bien sûr invités. Si tout le monde vient, nous serons presque trois cents. Il y aura un repas, un spectacle et on dansera. Ne manquez pas ça ! Nos fêtes de bienvenue sont généralement très agréables. Nous en organisons une chaque mois, comme vous vous en doutez probablement. Car vous qui êtes ici, tous les huit, vous avez beaucoup en commun, vous êtes, entre autres, nés le même mois. Vous êtes tous des enfants de février.

Petra marqua une pause et but un peu d'eau.

– Par ailleurs, vous savez bien pourquoi vous êtes ici, alors je ne vais pas vous ennuyer en vous retraçant toute l'histoire.

Elle avait penché la tête sur le côté, elle esquissait un sourire à présent, sûre d'elle et étrangement prévenante.

– Ou, pour être exacte, vous savez pourquoi vous êtes ici *avant tout*, mais votre présence comporte également des aspects plus positifs.

Elle s'interrompit à nouveau, un peu plus longuement cette fois-ci, en nous regardant, d'un air sérieux.

– Vous avez sûrement, dit-elle lentement tout en laissant à nouveau son regard passer de l'un à l'autre, s'arrêtant sur chacun d'entre nous, souvent remarqué que les gens manquaient d'assurance avec vous, qu'ils étaient nerveux en votre présence, parfois carrément effrayés, voire condescendants et narquois. Pas vrai ? Est-ce que vous vous reconnaissez dans ce que je vous dis ?

Personne ne répondit. Le silence complet régnait dans la salle, en dehors du léger bourdonnement de la climatisation. Je fixais Petra comme une idiote et les sept autres faisaient probablement de même. Au bout d'un moment, elle nous demanda :

– Est-ce que quelqu'un ne se reconnaît pas dans cette description ?

Nous éclatâmes de rire à l'unisson, ricanâmes d'un air gêné en nous lançant des regards et lui répondîmes par un marmonnement affirmatif.

– Eh bien, je m'en doutais, dit-elle. Pour la plupart d'entre vous, ce n'est que lorsque vous arrivez à l'Unité de la banque de réserve que vous avez l'occasion de faire l'expérience de cette solidarité, de cette complicité avec d'autres personnes. Nous, qui sommes *utiles*, les considérons souvent comme allant de soi. Et, cerise sur le gâteau, vous n'aurez plus, comme vous avez pu le lire dans la brochure d'information, à vous préoccuper des questions d'argent. Vous êtes nourris, logés et avez librement accès aux soins médicaux, dentaires, au kiné, etc. sans que cela vous coûte le moindre sou. Vous pouvez vous déplacer sans aucune entrave à l'intérieur de l'Unité et utiliser tous les équipements dont elle dispose. Vous y trouverez un grand jardin d'hiver, presque un parc en fait, pour vous détendre et garder contact avec la nature. Il y a également une bibliothèque, un cinéma, des théâtres, une salle de concert, un café, un restaurant. Vous disposez en outre d'un immense complexe sportif. Et vous pouvez, en gros, vous consacrer à n'importe quelle activité de loisir : dessin, poterie, électronique, mécanique, botanique, architecture, théâtre, cinéma, dessin animé – *you name it*[1]. Il existe des ateliers pour la plupart des activités. Mais, par-dessus tout… (à présent, elle s'était avan-

1. En anglais dans le texte. « Vos désirs sont des ordres. »

cée et s'appuyait du bout des doigts sur le bord du bureau comme pour conférer plus de poids à ses paroles)… mais, *par-dessus tout*, vous pouvez compter *les uns sur les autres*. Bien, maintenant, nous allons faire une pause-café.

J'ose affirmer que ce discours de bienvenue nous apporta un certain réconfort. Dire qu'il régnait une atmosphère guillerette au cours de la pause aurait été exagéré mais la pâleur et la gravité avaient disparu de la plupart des visages. Tandis que nous buvions du café et mangions des brioches à la cannelle dans une pièce attenante à la salle de conférences semblable à un bar, les conversations allaient bon train. Nous commençâmes à nous intéresser les uns aux autres, à poser des questions sur la profession et les activités de chacun. Roy et Johanna étaient des chômeurs de longue durée. Avant cela, Johanna était factrice et Roy une sorte de consultant – je ne saisis pas dans quel domaine. Annie était réceptionniste dans un hôtel. Fredrik monteur dans une usine qui fabriquait des camions, Boel violoniste et Sofia avait exercé beaucoup d'activités différentes : elle avait, entre autres, distribué des journaux, travaillé comme correctrice, fait le ménage dans des hôtels et préparé des colis pour une société de vente par correspondance. Elsa, enfin, avait fait toute sa carrière dans un seul et même magasin de chaussures après avoir quitté le lycée.

Après la pause-café, la réunion se poursuivit par des informations pratiques en tous genres, des procédures liées aux recherches expérimentales, aux dons d'organe, jusqu'à la manière de s'orienter à l'intérieur de l'Unité. Les personnels attachés aux sections des résidents, de l'hôpital central, du service de chirurgie, du restaurant, de la salle de concert, du complexe sportif, de la clinique podologique, de l'institut de massage défilèrent, les uns après les autres, pour se présenter et détailler leurs activités.

Lorsque nous nous séparâmes, ma tête bourdonnait de tout ce qui avait été dit au cours de l'après-midi et je fus obligée d'aller me reposer encore un moment pour avoir la force d'assister à la fête de bienvenue du soir.

5

Je me souviens du débat et du référendum. Au départ, cette question ne suscitait guère la polémique. En effet, l'idée émanait d'un parti populiste qui venait de se former et s'appelait Rassemblement démocratique pour le Capital ou quelque chose de ce style, et presque personne ne prenait leurs propositions au sérieux.

Moi, la politique ne m'intéressait pas particulièrement et j'étais beaucoup trop jeune pour pouvoir m'identifier à un concept tel que l'âge mûr. Chaque fois que le sujet revenait sur le tapis, dans les médias ou dans la réalité, je soupirais d'ennui, tournais la page, changeais de chaîne ou de sujet de conversation. J'estimais que ce genre de questions de société ne me concernait nullement et lorsque, au cours des premières phases du débat, je me retrouvai accidentellement enceinte, je me fis avorter. J'étais jeune, élève au lycée et je voulais voyager, étudier, bosser un peu ici et là, peindre, écrire, danser et m'amuser. Je ne pouvais pas davantage m'imaginer dans la peau d'une mère que dans celle d'une quinquagénaire. Cependant, si j'avais su, au moment où je me laissais endormir et cureter, que je gâchais mon unique chance de devenir mère, ce choix n'aurait sans doute pas été aussi évident. Si j'avais pu deviner l'avenir, si j'en avais eu le moindre pressentiment, j'aurais mis mon enfant au monde. Du moins, je veux vraiment croire que je l'aurais fait.

La question fut soulevée sous différentes formes et présentée de diverses manières et, progressivement, elle finit par se glisser dans le programme de certains des partis les plus importants et les mieux établis. Lorsque le référendum eut finalement lieu, l'opinion publique s'était retournée. Au moment où la loi fut votée, j'étais déjà une femme d'âge relativement mûr qui envisageait une carrière d'écrivain. Tout en vivotant grâce à divers petits jobs, je travaillais avec acharnement à mon premier livre. Il se trouve qu'à cette époque, j'avais vraiment caressé l'idée d'avoir un enfant dans un proche avenir. Toutefois, comme je vivais juste en dessous du minimum de pauvreté et sans compagnon ou autre adulte qui aurait pu partager la responsabilité et les coûts avec moi, je ne concrétisais jamais ce désir. Quand la nouvelle législation entra en vigueur, j'avais déjà largement dépassé les trente ans. J'étais une personne accomplie à la personnalité bien affirmée et malheureusement plus marquée par l'esprit de l'époque où j'avais grandi que celui qui régnait désormais.

Quand j'étais enfant et adolescente, on prônait l'acquisition d'une expérience de la vie, d'une expérience professionnelle. Il fallait apprendre à connaître la nature humaine, voir du monde et essayer différentes choses avant de trouver un moyen de subsistance qui devait avant tout nous plaire. Il était important d'aimer son métier. L'épanouissement personnel était jugé capital. Gagner beaucoup d'argent et acheter beaucoup de biens et de services étaient considérés comme moins importants, oui, presque secondaires. Il suffisait de gagner assez pour s'en sortir. Se débrouiller tout seul, être indépendant – d'un point de vue économique, social, mental et sentimental – était important et suffisant. Les enfants et la famille pouvaient venir après et on pouvait même choisir de s'en passer. L'idéal consistait essentiellement à se trouver soi-même, à développer son potentiel, à être une personne entière qui s'aimait, se respectait et ne dépendait pas des autres. Il était crucial pour nous, les femmes, de ne pas dépendre d'un homme qui nous entretenait tandis que nous prenions soin des enfants et du foyer. À cette époque, une telle répartition des tâches était en effet encore possible et ma mère nous avait souvent mises en garde, moi et mes sœurs. De temps en temps, elle nous réunissait toutes les trois et nous débitait de longs discours féministes. Ils commencèrent alors qu'Ida n'avait que trois ans et moi cinq. Siv avait douze ans et était la seule à comprendre un tant soit peu ce dont maman parlait au cours des premières années.

– Prenez garde à ne pas avoir d'enfants avant d'avoir acquis votre autonomie, nous enjoignait parfois ma mère. Veillez à ne pas dépendre d'un homme que ce soit d'un point de vue économique, intellectuel ou émotionnel. Ne tombez pas dans ce piège !

Tomber dans un piège devint ma plus grande peur. Au départ, ce fut une peur très concrète. Je regardais soigneusement s'il n'y en avait pas dans mon environnement et je ne m'aventurais qu'à contrecœur dans les passages étroits et les pièces closes comme, par exemple, les ascenseurs et les avions, de peur d'y trouver un homme qui menacerait de m'entretenir ! Je ne savais pas vraiment ce qu'entretenir signifiait mais j'étais sûre que c'était très douloureux et qu'on pouvait en mourir. Dans les magasins, les musées, les cinémas, les salles de théâtre et les grands lieux publics fermés, je m'arrangeais toujours pour être près d'une sortie et mon premier souci lorsque j'arrivais dans un bâtiment inconnu était de repérer l'emplacement des issues de secours, l'escalier à emprunter en cas d'incendie et les itinéraires d'évacuation.

En vieillissant, je saisis mieux ce que maman voulait dire au sujet des enfants, des hommes, du fait d'être entretenue et des pièges. Ma peur de la foule et des endroits clos s'estompa. Elle ne s'exprimait plus de manière aussi concrète. Malgré cela, je craignais toujours de m'attacher. Chaque fois qu'un choix s'offrait à moi, je retenais la solution me laissant la plus grande liberté de mouvement même s'il s'agissait généralement de la moins avantageuse d'un point de vue économique. Je n'ai, par exemple, jamais eu d'emploi fixe avec des horaires de travail réguliers, un salaire mensuel, des points pour ma retraite et des semestres de cotisation. Mes jobs étaient toujours payés à l'heure ou en free-lance afin que je puisse choisir moi-même jour après jour de travailler ou pas, en théorie du moins. Les rares fois où j'ai été obligée de signer un contrat – de quelque nature qu'il soit : contrat de location, pour un livre ou une vente – j'en ai conçu un grand malaise. Il m'est arrivé d'en avoir des palpitations et des sueurs froides tandis que, le stylo à la main, j'étais sur le point de signer et, par ce geste, de m'engager de manière irrévocable.

Dans mon système de représentation, c'était un tabou absolu d'être – ou même de rêver d'être – dépendante de quelqu'un d'un point de vue sentimental ou économique ou d'entretenir ne serait-ce qu'un souhait ténu de vivre en symbiose avec une autre personne. Pourtant – ou peut-être pour cette raison précise – j'ai toujours éprouvé une forte attirance pour ce genre d'existence. Une attirance et un désir secret d'être dépendante et prise en charge. Oui, vraiment : prise en charge, tenue par la main – d'un point de vue économique, sentimental, sexuel et dans tous les domaines – par un homme.

Ce désir, qui s'exprimait dans des rêveries éveillées et des fantasmes, je parvenais parfois à le réaliser dans mes relations sexuelles. Il se concrétisait alors sous la forme d'un jeu de rôle où mon partenaire et moi prétendions être un vieux couple hétérosexuel marié : l'époux qui entretient sa femme au foyer rentre à la maison où son repas l'attend sur la table. Et après le repas, le sujet masculin actif baise l'objet sexuel féminin passif.

Mais, comme je l'ai dit, je n'arrivais à réaliser que partiellement ce désir : pas plus d'emploi fixe que de relation stable pour moi, juste des liaisons libres.

De nos jours, les pièges dont ma mère nous parlait et contre lesquels elle nous mettait en garde, moi et mes sœurs, n'existent plus. Il y a d'abord eu la loi stipulant que les parents devaient se partager à part strictement égale le congé parental au cours des dix-huit premiers mois de l'enfant. Ensuite, la crèche est devenue obligatoire huit heures par jour pour tous les enfants entre dix-huit mois et six ans. La femme au foyer et son soutien masculin sont des notions depuis longtemps non seulement exclues mais bannies. Quant aux enfants, ils ne sont plus des freins ou des entraves pour quiconque. Plus personne ne court le risque de finir dans une situation de dépendance, de se retrouver à la traîne dans son évolution salariale ou de perdre ses compétences professionnelles. En tout cas, pas à cause des enfants. Il n'y a plus d'excuse pour ne pas procréer. Il n'y a plus d'excuse non plus pour ne pas se tuer au travail lorsqu'on est parent.

6

La fête de bienvenue commença par un repas italien comportant cinq plats : du jambon de Parme accompagné de melon, un minestrone, des filets de poulet avec pâtes au pesto, du fromage affiné avec des poires et du raisin et, pour le dessert, de la *panna cotta*. Du pain blanc frais fut servi avec les entrées et le plat principal. Il ne manquait que le vin. Pendant le dîner, j'eus pour voisins de table Majken, qui m'expliqua qu'elle était artiste ; Alice, une petite femme rondelette ancienne machiniste au théâtre de Malmö, et Johannes, un collègue écrivain que j'avais souvent croisé dans les cercles littéraires sans jamais lui avoir vraiment parlé. Il m'avait toujours semblé compliqué et réservé. Là, cependant, il m'apparut tout le contraire : de compagnie agréable et sociable. Malgré sa présence à l'Unité depuis plus de trois ans, il paraissait en bonne forme ; jusque-là il n'avait donné que sa semence à la banque du sperme et un rein à un enseignant du primaire père de cinq enfants. Il avait également participé à différentes expérimentations.

– En ce moment, je collabore à une recherche d'ordre psychologique, sans aucun danger, sur les notions de coopération, de confiance et ce genre de choses, nous apprit-il.

Puis il nous raconta l'époque où il avait participé aux essais d'un nouveau médicament contre la dépression et la fatigue chronique. Il s'était retrouvé si agité et bavard qu'ils avaient dû recruter du personnel, travaillant 24 heures sur 24, uniquement pour lui tenir compagnie et discuter avec lui – ou plutôt l'écouter, car il babillait non-stop – et pour garder un œil sur lui afin qu'il ne se surmène pas et ne dérange pas trop ses voisins. Il avait été saisi d'une envie irrépressible de bricoler et de rénover et en avait profité pour transformer sa kitchenette et une partie du séjour en une petite cuisine digne de ce nom.

– Je n'ai pas beaucoup écrit durant cette période – j'étais trop agité et désespérément en quête de compagnie – mais je me suis vraiment amusé, dit-il pour conclure son récit.

Majken était à l'Unité depuis quatre ans, Alice depuis quatre mois. Majken avait, entre autres, donné des ovules pour des recherches sur les cellules souches, un rein et les osselets de son oreille droite. Elle était désormais sourde de cette oreille et nous expliqua que pour cette raison elle demandait toujours aux gens de se placer à sa gauche.

– Et dans quelques semaines, poursuivit-elle, je vais donner mon pancréas à une élève infirmière mère de quatre enfants. Je suppose donc que ce sera ma dernière fête de bienvenue.

Elle remuait sa cuillère dans son dessert, un mouvement inconscient, me sembla-t-il – comme si elle n'était pas préoccupée par ce qu'elle venait de nous annoncer, comme si cela ne la dérangeait pas, ne lui posait aucun problème. Tout à coup, je me sentis totalement impuissante. Majken n'en finissait plus de manipuler sa cuillère que je suivais des yeux et, à chaque rotation, l'air dans la grande pièce paraissait se raréfier et devenir plus difficile à respirer. Mon corps s'alourdit, mes bras étaient douloureux, mes oreilles étaient emplies d'un martèlement et d'un bourdonnement et ma vision se troubla. Une sueur froide m'envahit et, à travers un brouillard noir et tremblotant, je vis la main de Majken interrompre son mouvement, lâcher la cuillère et attraper la mienne posée à côté de mon assiette, molle, moite et froide. J'entendis sa voix qui me parut venir de très loin, par-delà le bourdonnement dans mes oreilles :

– Ma chérie, on s'y habitue. Pas vrai, Alice ?

Je ne voyais pas cette dernière. Mon champ de vision avait rétréci. Je ne distinguais que la main de Majken posée sur la mienne. Alice dit quelque chose, elle parlait, me rassurait, mais je ne percevais pas ses paroles, car sa voix montait et descendait, tantôt forte tantôt faible, comme si elle parlait au milieu d'une tempête et que seules des bribes me parvenaient. J'ouvris la bouche et essayai de lui dire que je ne l'entendais pas bien, mais je n'avais pas assez d'air. Je n'arrivais pas à reprendre mon souffle ni à fixer mon regard. La brume sombre et tremblotante s'épaissit et se transforma en un voile noir, un rideau. Je ne voyais presque plus rien. La chaise et le sol semblaient sur le point de céder sous mon poids, comme si j'étais aspirée dans un trou. Je sentis alors qu'Alice était également là, qu'elle me caressait le bras et je l'entendis me dire :

– Tout va bien, ma chérie, tout va bien...

Johannes, qui était assis à côté de moi, passa un bras autour de mes épaules et posa son autre main sur mon front, comme si j'étais une enfant en bas âge susceptible d'avoir de la fièvre. Ce geste se révéla efficace. J'avais l'impression qu'il me soutenait, me retenant, m'empêchant d'être aspirée dans ce trou et de tomber tête la première dans la *panna cotta*. J'avais le sentiment qu'ils se souciaient de moi, tous les trois, et ce sentiment m'a toujours rassurée. Johannes dit :

– C'est tout... Inspire profondément. Voilà. Maintenant expire lentement. Bien. Encore une fois, Dorrit, lentement et calmement. C'est ça, voilà...

Nous demeurâmes ainsi un moment : Majken me tenait la main, Alice me caressait l'avant-bras, Johannes me passait délicatement la main dans le dos et ils continuaient tous à murmurer « C'est tout » jusqu'à ce que j'aie repris mes esprits et que ma respiration soit redevenue régulière. Lorsque Johannes retira finalement sa paume de mon front, il le fit en la laissant glisser sur ma joue, en une délicate caresse.

Il y eut un spectacle. On dansa. Un groupe de rock joua. Je dansai avec Johannes, Majken et Alice. Ainsi qu'avec Elsa et bien d'autres gens. Cependant, c'est avec Johannes que je dansais le plus. Il avait le sens du rythme et il connaissait les véritables pas. Il savait mener tel un vrai mâle à l'ancienne, tel un gentleman d'une autre époque. Au début, j'eus du mal à le suivre, d'une part parce que je n'avais rien appris de la sorte auparavant et que j'avais vu danser ainsi uniquement dans des vieux films ; d'autre part parce que, d'une certaine manière, je me sentais un peu en péril. Cela semblait presque dangereux de ne pas être maître de ses propres pas. Toutefois, après un certain temps, je décidai de faire abstraction de cette sensation et de simplement me laisser conduire. Alors, tout ne fut plus que pur délice et parfaitement à mon goût.

Il se faisait tard. Elsa et moi étions au bar, chacune devant un cocktail à la poire. Ils ne servaient que des breuvages non alcoolisés et si vous ne vouliez pas de soda, vous n'aviez le choix qu'entre du jus d'orange et cette boisson à la poire.

– Est-ce que tu veux que nous nous rejoignions demain pour prendre notre petit déjeuner ensemble ? demandai-je.

– Est-ce que tu veux que nous passions également les quatre jours suivants ensemble ? répondit Elsa.

En tant que nouveaux arrivants, nous disposions de quatre jours libres consécutifs, du dimanche au mercredi, afin de nous familiariser avec l'Unité avant le contrôle médical obligatoire. Ensuite, on nous affecterait à un groupe pour participer à des expérimentations médicales humaines où nous commencerions à donner nos organes. On nous accordait un début en douceur. Lorsque Elsa évoqua l'idée de passer les quatre jours suivants ensemble, j'éprouvai, à ma grande surprise, un immense soulagement, ce qui m'amena à comprendre que je redoutais ces quatre journées libres. Je réalisai que, pour la première fois de ma vie d'adulte, je craignais de me retrouver seule. J'acceptai donc sa proposition. Non, je ne voulais pas être seule. Je ne voulais pas être seule dans un bâtiment dépourvu de fenêtres, où il n'y avait aucun être vivant auquel attacher son regard, rien pour m'empêcher de penser que plus jamais je n'éprouverais ce sentiment qui m'envahissait au matin chaque mois de mars lorsque j'ouvrais ma porte et voyais les premiers crocus fleuris de l'année au milieu de ma pelouse. Ou les premières scilles, hépatiques ou violettes parfumées. Ou quand je voyais les grues, trompetant tandis qu'elles volaient, formant de grands écheveaux, en route vers le Nord et le lac Hornborga. Par ailleurs, je ne voulais pas penser à Nils et à nos moments passés ensemble, ses mains sur mon corps, ses baisers, son pénis, ses mots me disant toute l'importance que je revêtais à ses yeux. Et, par-dessus tout, je ne voulais pas penser à Jock et au fait que nous ne courrions jamais plus ensemble dans la forêt ou au bord de la mer. Que nous ne nous promènerions jamais plus le long du chemin à tracteurs menant à la ferme Ellström pour y acheter des œufs frais et des légumes pour moi, du cœur de porc pour lui. Il fallait que j'érige une barrière d'expériences nouvelles, une zone tampon entre là-bas et ici, entre le passé et le présent, avant d'avoir à nouveau le courage d'être seule avec mes pensées.

La nuit, elle, ne m'effrayait pas autant. Je n'avais pas peur de dormir sans compagnie étant donné que je n'avais pas l'habitude d'héberger d'autres personnes dans la même pièce ni sous mon toit ; cela ne me posait aucun problème, bien au contraire. De surcroît, pour ne prendre aucun risque, j'avais veillé à me procurer des somnifères. Bien sûr, il ne s'agissait pas de ceux qui peuvent vous plonger dans un sommeil éternel, mais de ceux munis d'un système anti-suicide et anti-abus intégré : si vous en preniez plus de deux, vous vous mettiez à vomir.

Lorsque Elsa posa son verre vide sur le bar en déclarant qu'elle était fatiguée et qu'elle avait l'intention d'aller se coucher, je lui en proposai un.

Elle éclata de rire.

– Merci, mais moi aussi je me suis rendue chez le médecin pour qu'il m'en prescrive !

Nous décidâmes que la première réveillée le lendemain matin appellerait l'autre et qu'après le petit déjeuner, nous entreprendrions d'explorer l'Unité et profiterions au maximum de tout ce qui nous était offert gratuitement. Puis nous nous étreignîmes, nous souhaitâmes bonne nuit et elle s'éloigna.

La dernière danse fut un slow. Le chanteur était au milieu de la scène, seul dans le halo du projecteur, l'orchestre dissimulé dans la pénombre autour de lui. Il chantait : « *This is for my girl, this is for my woman, for my world. Baby, baby, this is all for you…* »

Johannes avança vers moi alors que j'étais là, mon verre de boisson à la poire tiède à la main, me balançant en rythme et fredonnant le refrain. Il fit une courte révérence et me demanda sur un ton très poli :

– M'accorderez-vous cette danse ?

C'était charmant et je fus séduite par ses manières démodées et ses mots, si bien que, sans une seconde d'hésitation, je posai mon verre, acquiesçai avec grâce et lui tendis la main. Il la prit, plaça un bras de manière assez formelle autour de ma taille et nous voguâmes vers la piste. Il conduisait avec une telle assurance, une telle décontraction et un sens du timing si parfait que je ne me rendis presque pas compte que je n'étais pas vraiment capable de danser ainsi. Je tombai dans un état de quasi-transe, le suivant avec autant de facilité que si j'avais fait partie de lui, comme si nous ne constituions qu'un seul et même corps.

– Merci pour cette danse, Dorrit, dit-il quand la musique se tut. Et merci pour cette soirée.

Il prit ma main, la leva jusqu'à ses lèvres et l'effleura. J'avais vu des scènes de ce type dans des romans, des films ou des pièces. J'en avais rêvé, mais c'était la première fois de ma vie que quelqu'un me faisait un baisemain.

7

Au moment où je quittais la fête, j'entendis des pas rapides derrière moi et me retournai. C'était Majken.

– Je suppose que nous allons dans la même direction et je peux te montrer un détour agréable. Enfin, si tu n'es pas trop fatiguée.

– Non, je ne le suis pas particulièrement, répondis-je.

En réalité, j'étais contente qu'on me tienne encore un peu compagnie.

Nous prîmes l'ascenseur B entre le K1 et le cinquième étage. Les portes s'ouvrirent et nous sortîmes dans un couloir très large et apparemment interminable, ressemblant davantage à une rue intérieure ou, ainsi que je le compris après quelques pas, une piste de course. Le revêtement était identique à celui des pistes extérieures : légèrement meuble et capable d'absorber le bruit. De l'autre côté, à l'opposé de la rangée d'ascenseurs, se dressait un mur de verre haut comme un bâtiment de trois ou quatre étages, surplombant ce qui, dans la semi-pénombre, ressemblait à une véritable forêt vierge.

– C'est le jardin d'hiver, annonça Majken. L'un des secteurs les plus sauvages.

Au-dessus de nous, très haut, un dôme de verre recouvrait cette zone verte et la piste impressionnante sur laquelle nous étions. Au-dessus du dôme, le ciel nocturne s'incurvait, la réalité infinie de l'espace.

– Ça, dit Majken en désignant le sol, c'est la promenade de l'atrium. Elle fait le tour complet du jardin d'hiver et mesure cent trente mètres d'un bord à l'autre sur une longueur totale de cinq cent vingt mètres. Si tu la parcours dix fois en courant, tu as donc effectué un jogging d'environ cinq kilomètres.

Nous suivîmes cette voie sur une cinquantaine de mètres jusqu'à ce que la forêt de l'autre côté de la paroi de verre cède la place à une espèce de galerie bordée de serres aux dimensions plus modestes et d'orangeries, de petites boutiques fermées, d'ateliers pour le séchage des fleurs, la composition de bouquets, la teinture à base de plantes, etc., et d'un large escalier menant à ce qui ressemblait à un café.

– C'est la Terrasse, m'indiqua Majken. On y sert le petit déjeuner et le déjeuner tous les jours. Le reste du temps, c'est un café classique en self-service – on peut y préparer son café, son jus de fruits ou son sandwich, prendre tous les gâteaux qu'on aime ou n'importe quoi dans l'assortiment disponible qui vous tente.

– Ça a l'air vraiment agréable.

– Pardon ?

Je réalisai que nous avions involontairement échangé nos places en nous engageant dans la galerie et que j'étais à présent sur sa droite, le côté où elle n'entendait pas très bien.

Elle s'arrêta et tourna son oreille gauche vers moi.

– Ça a l'air agréable, répétai-je.

Elle acquiesça.

– Oui. On voit presque tout le jardin d'hiver d'ici. J'y déjeune toujours la semaine.

Tout au bout de la galerie, à l'endroit où la paroi de verre révélait à nouveau un arrière-plan de végétation dense, il y avait une porte. Majken la poussa et m'invita à la suivre dans un sas d'air chaud où elle en ouvrit une seconde qui nous donna accès à un jardin plongé dans l'obscurité.

Les fleurs et la végétation dégageaient une odeur fraîche et légèrement écœurante. La lune, quasiment pleine, brillait à travers le plafond de verre depuis sa nuit hivernale. Cependant, à l'intérieur, c'était déjà le printemps, presque le début de l'été, et des fleurs aux centaines de formes et de coloris différents scintillaient dans la clarté lunaire.

Le climat de ce jardin d'hiver différait de celui de notre Europe septentrionale. Un réseau d'allées serpentaient entre des palmiers, des hibiscus sauvages, des vignes grimpantes, des bougainvillées, des oliviers, des pins parasols, des platanes, des citronniers et des cèdres, menant à des petits patios pavés agrémentés de fontaines et de bancs où on pouvait s'asseoir pour lire ou méditer avant de continuer autour d'une gigantesque pelouse – qui permettait de s'étendre – avant de s'enfoncer à nouveau dans une zone plus sombre et sauvage et, finalement, dans le secteur que Majken souhaitait me montrer : une réplique presque exacte, bien que de taille réduite, du jardin de Monet à Giverny. Seule la maison rose qu'il habitait avec sa famille manquait et, bien sûr, cette copie n'avait pas atteint le même stade de maturité que l'original. Le jardin, qui avait été planté par un groupe de fanas de jardinage férus d'art, ressemblait à une peinture impressionniste : une explosion de couleurs, une composition parfaite et réfléchie, tachetée et aux contours légèrement flous – du moins, c'est ainsi qu'ils m'apparaissaient en cette heure nocturne – mais d'une netteté sans équivoque en termes de combinaisons et de contrastes de plantes et de teintes.

Tandis que nous déambulions en silence sur les allées gravillonnées traversant le jardin de fleurs et franchissions les petits ponts en bois disposés çà et là au-dessus des pièces d'eau, les senteurs des fleurs et des herbes aromatiques se succédaient – violette, lavande, thym, romarin, sauge, rose, pommier en fleur, œillet – et toutes ces odeurs et visions exerçaient un agréable effet apaisant sur moi.

Lorsque nous atteignîmes la grande mare où les reflets de la lune chatoyaient entre des masses irrégulières de nénuphars commençant tout juste leur floraison dans les tons jaunes, bleus, verts et roses, nous nous arrêtâmes et nous assîmes sur un banc en bois peint en vert, humide de rosée.

– Je viens souvent ici, dit Majken au bout de quelques instants. On se croirait dans le monde réel.

Je compris ce qu'elle voulait dire. On se serait vraiment cru à l'extérieur, en plein air, dans un jardin normal et non dans une forteresse dépourvue de fenêtres avec de la terre transvasée, des mares et des ruisseaux artificiels sous verre renforcé incassable et disposant sans nul doute d'un système d'alarme intégré.

– Ces Impressionnistes, ils en connaissaient un rayon en matière de couleur. Idem pour la lumière et l'ombre. Différentes sortes d'ombres : les légères qui laissent passer la lumière et les plus épaisses, les plus denses. Monet semble avoir conçu ce jardin pour exposer au monde sa vision des couleurs, l'idée qu'il se faisait de leur puissance, de leur potentiel et de leur objet. Je pense qu'il voulait montrer que le monde est couleur. Que la vie elle-même est couleur. Que si nous sommes capables de voir les couleurs, pleinement, la vie est belle. Et pleine de sens. Parce que la beauté possède une valeur intrinsèque, c'est ainsi que je vois les choses en tout cas.

Elle me regarda et me sourit. La clarté lunaire conférait une teinte rouge sombre à ses lèvres, semblable à de la grenade, ses yeux d'un vert presque émeraude, sa peau couleur ivoire, ses cheveux or et cendre. Je m'efforçai de lui retourner son sourire, mais une boule dans ma gorge tirait les commissures de ma bouche vers le bas et si elle avait répété le mot « vie », je n'aurais pas réussi à réprimer les sentiments qui palpitaient sous ce plaisant voile anesthésiant que toutes ces impressions différentes avaient enroulé autour de moi. Fureur, chagrin, peur et haine, tout l'aurait déchiré et serait remonté à la surface, s'échappant par tous les orifices de mon visage : mes yeux, mon nez, ma bouche. Je ne voulais pas que cela se produise, non par crainte de révéler mes sentiments à

Majken ou à quiconque, non par souci particulier de préserver les apparences de force et de maîtrise de soi, mais simplement parce que je ne voulais pas perturber cet instant de quiétude. Je voulais le conserver intact aussi longtemps que possible.

Elle n'ajouta rien pendant assez longtemps et nous restâmes juste assises là, silencieuses. Finalement, nous nous levâmes et nous remîmes en route. Nous entendîmes alors un léger bourdonnement métallique quelque part dans les buissons derrière nous – si soudain et si différent des bruissements délicats de feuilles et des clapotis des vagues que je sursautai et me retournai.

– Il n'y a pas de quoi s'inquiéter, dit Majken, c'est juste un membre de leur équipe de surveillance qui se demande ce que nous faisons dehors en pleine nuit.

– Nous n'avons pas le droit de venir ici la nuit ?

– Si, si, bien sûr. C'est simplement un peu inhabituel que quelqu'un le fasse à cette heure.

Le silence avait été perturbé comme si quelqu'un l'avait transpercé et brisé en mille morceaux. Tout à coup, je me sentis froide, glacée.

8

Le buffet du petit déjeuner au restaurant la Terrasse regorgeait de fruits, de légumes, de pain frais blanc et bis, de fromages, de pâtés, de salami, de jambon, d'œufs, de flocons d'avoine, de yogourts, de céréales, de confitures et autres marmelades. Sur une table adjacente, on avait disposé du café et de l'eau chaude ainsi que du lait et des jus de fruits dans des Thermos pour les garder frais.

Elsa se contenta d'une tasse de café et d'un bol de yogourt agrémenté de muesli et de fruits en tranches tandis que je remplissais mon plateau à ras bord : du café, du jus d'oranges fraîchement pressées, de la semoule au lait aromatisée à la cannelle, du yogourt garni de confiture de framboises et de corn flakes, un œuf à la coque, trois tartines – une avec de l'emmental, une avec du jambon fumé au miel et une avec de la marmelade de gingembre. Je ne m'attendais pas à être capable de tout manger, mais cela sentait si bon et avait l'air si appétissant. Par ailleurs, comme c'était gratuit, je ne vis pas de raison de me réfréner.

Nous slalomâmes entre une quinzaine de convives pour atteindre une table d'où nous disposions d'une vue plongeante sur un patio circulaire avec des bancs en marbre et une fontaine entourée de palmiers de petite taille et de buissons d'hibiscus aux fleurs écarlates. Le jardin d'hiver s'étendait tout autour du patio. Les rayons du soleil matinal entraient par le dôme. Je voyais des oiseaux, des papillons et des bourdons. Au loin, je distinguais un saule pleureur, une glycine, un grand hêtre pourpre et la mare aux nénuphars de Monet. Elsa contemplait toute cette végétation et, sur un ton que je pris pour de la lassitude avant de comprendre qu'il était plus probablement apathique ou peut-être ironique, elle déclara :

– N'est-ce pas charmant ?

– Si, répondis-je.

Je me sentais assez bien, presque confiante après la promenade et le temps passé en compagnie de Majken la nuit précédente. J'avais étonnamment bien dormi sans être obligée d'avaler un somnifère et, même si je n'avais pas eu beaucoup d'heures de sommeil avant l'appel d'Elsa peu après huit heures, je me sentais reposée. Avec précaution, je bus une gorgée de mon café noir brûlant qui avait un arôme fantastique. Je fermai les yeux et dégustai.

– Oh, ce qu'il est bon ! m'exclamai-je spontanément avant de poursuivre : Quel luxe, non ? Prendre le petit déjeuner à l'extérieur…

– À l'extérieur ? répéta Elsa.

Elle leva un sourcil et regarda autour de nous et en direction du dôme, qui, à la lumière du jour, se révélait constitué de sept grandes plaques de verre maintenues ensemble par une armature de plomb – du moins, je supposais qu'il s'agissait de plomb – et assemblées selon un motif symétrique en étoile. Il possédait quelque chose de britannique ou colonial, comme le toit d'une orangerie dans les jardins d'un palais. Le ciel de l'autre côté était bleu clair. Des nuages isolés voguaient majestueusement et le mot « galion » me vint à l'esprit.

– Je ne veux pas dire « à l'extérieur » dans le sens de « en plein air », mais plutôt comme l'opposé du fait de rester à la maison. Sortir, en quelque sorte, expliquai-je.

Elsa marmonna une réponse inintelligible. Elle n'est pas du matin, me dis-je. Elle s'est levée du mauvais pied.

– C'est la première fois que je prends mon petit déjeuner à l'extérieur, repris-je. (Puis je mordis dans ma tartine au fromage, mâchai et avalai.) Et toi, ça t'est déjà arrivé ? demandai-je à Elsa qui – je le notai à ce moment – ne mangeait pas et ne buvait pas davantage, pignochant sans entrain du bout de sa cuillère dans son mélange de yogourt, de muesli et de fraises et mangues en tranches.

– Non, répondit-elle d'une voix atone. Pas que je me souvienne, non.

À cet instant, je réalisai qu'elle n'était pas fatiguée ou, du moins, que ce n'était pas le principal problème. Il ne s'agissait pas de mauvaise humeur matinale, elle était juste extrêmement déprimée. J'avais honte. Je posai ma tartine et dis :

– Elsa, je suis désolée !

– Pourquoi ? Parce que tu es capable de rester positive ? Il n'y a aucun mal à ça.

– Non, parce que j'étais tellement égocentrique que je ne me suis pas rendu compte que tu… Je m'interrompis – je ne savais absolument pas quels mots employer, si bien qu'au lieu de finir ma phrase, je tendis ma main droite par-dessus la table et étreignis la main gauche d'Elsa qui gisait immobile à côté de son bol. Sa main droite tenait toujours la cuillère plongée dans le yogourt, mais elle ne bougeait plus à présent. Elle ferma les yeux et serra les paupières de toutes ses forces. Elle baissa le visage vers son bol afin que je ne puisse plus distinguer que sa frange semblable à un rideau marron strié d'argent. La main que je tenais était froide et tremblait légèrement.

– C'est tout…, dis-je, sur un ton hésitant au début, m'efforçant d'avoir l'air aussi calme et rassurante que Majken, Alice et Johannes la veille au soir. Voilà, c'est tout, Elsa. Tout va bien.

Elle sanglotait à présent, en silence mais avec des inspirations, des gémissements réprimés et des halètements tremblotants tandis que je serrais sa main en répétant « C'est tout », faute de savoir que faire ou dire de plus.

Les personnes présentes à la Terrasse en ce dimanche matin – celles installées aux tables autour de la nôtre, occupées à prendre leur petit déjeuner en lisant les journaux du matin, en bavardant à voix basse, ou simplement à manger en silence sans lire, et les deux serveuses qui auraient tout aussi bien pu être des résidentes que des employées, apportant cafetière sur cafetière, complétant les plats du buffet, essuyant les tables, emportant la vaisselle sale et rapportant des assiettes et des couverts propres – remarquèrent Elsa. Un ou deux convives baissèrent leur journal et retirèrent leurs lunettes de lecture, certains posèrent leur tasse à café, placèrent leur cuillère dans leur bol de flocons d'avoine ou repoussèrent leur plateau sur la table, légèrement de travers. Les conversations s'éteignirent, les unes après les autres. Une serveuse transportant un plat de papayes en tranches s'arrêta au milieu de la pièce. Tout le monde nous dévisageait, le regard grave. Pour autant, personne ne semblait gêné ou ennuyé. Ils nous témoignaient juste une attention soutenue. Ils attendaient, ainsi que je le compris peu après. Ils attendaient de voir comment la situation allait évoluer. Quand Elsa ne fut plus capable de réprimer les sanglots qu'elle avait contrôlés jusque-là, quand ses pleurs se firent plus déchirants et convulsifs, un hôte se leva, bientôt suivi d'un deuxième puis de quelques autres tandis que l'employée se hâtait vers le buffet pour y déposer le plat et se libérer les mains. L'instant d'après, une foule formait un demi-cercle autour d'Elsa, certains assis sur des chaises qu'ils avaient tirées derrière eux, d'autres debout. Ceux qui étaient assez proches la touchaient. Avec des mains fermes, ils lui tenaient les épaules ou lui caressaient les bras, le dos et la nuque, comme s'ils l'empêchaient de se disloquer.

9

Les petites boutiques et les ateliers de la galerie étaient ouverts à présent. Des gens y étaient installés, assis ou debout, et pratiquaient différentes activités en relation avec les plantes, les herbes et les épices. Le patio entier était baigné par le soleil, révélant des particules très fines formant dans l'air une brume arachnéenne et jaunâtre. Il flottait un parfum d'épices et de fleurs.

Il faisait chaud dans le jardin d'hiver, peut-être plus de 26 °C... enfin, au soleil. Elsa et moi nous promenions en silence. Des oiseaux chantaient. Des mouches et des abeilles bourdonnaient. Un écureuil bondissait entre les branches d'un pin parasol, ne s'arrêtant que pour saisir des petites pommes orange entre ses dents ; il les tenait entre ses pattes antérieures, mangeait rapidement puis repartait à toute allure, sautant avec aisance et assurance sur la branche suivante. Nous poursuivîmes à travers le bosquet d'oliviers, traversâmes un secteur planté de rosiers et entrâmes dans la zone des citronniers où les arbres étaient couverts d'inflorescences blanches remplissant l'air d'un parfum délicat et fruité, avant de ressortir du côté où la végétation était dense et enchevêtrée. Après une avenue bordée de buissons hauts et d'arbustes, nous atteignîmes une immense pelouse où des gens étendus lisaient ou se délassaient au soleil. Nous la longeâmes, dépassâmes des ruisseaux, des petites fontaines et des treillages couverts de vignes, de roses, de pois de senteur, de chèvrefeuille, de clématites et de bougainvillées et franchîmes d'étroits passages envahis par la végétation et les fourrés pour finalement atteindre le jardin de Monet. Là, devant une grande plate-bande de myosotis, d'œillets et de tulipes rouges, Elsa s'arrêta net. Nous étions à l'endroit exact où se serait située la maison rose dans le vrai jardin. Tout au bout du carré de myosotis, au-delà de deux ifs, s'étendait le jardin de fleurs avec ses rangées de plates-bandes séparées par des allées de gravier. Elsa regarda autour d'elle, perplexe, puis s'exclama :

– Mais… je suis déjà venue ici ! Je ne veux pas dire ici même, mais… j'étais avec mon… avec une amie proche. Elle m'avait offert le voyage. Nous avions emporté ce livre, tu sais, ce livre pour enfants… Nous l'avions lu à la maison quand nous… Et c'est pour cette raison que nous sommes allées à cet endroit. Là-bas.

Ses joues étaient rouges. Elle était excitée, mais également agitée. Manifestement cette vision l'avait remuée.

– *Linnea dans le jardin de Monet*, intervins-je d'une voix calme. Je pense que c'était ça, le titre.

Elle demeura silencieuse, se remit à marcher et je la suivis. Le gravier crissait sous nos pieds tandis que nous avancions entre les plates-bandes multicolores. La même odeur de fleurs et de végétation que la nuit précédente parvenait jusqu'à moi, quoique plus sèche à présent et pas aussi distincte. Nous franchîmes le passage souterrain pour rejoindre le plan d'eau et nous enfonçâmes parmi les ombres sous les arbres, suivant le sentier qui menait à la mare. Nous atteignîmes l'un des bancs verts où Elsa s'assit. Je m'installai à côté d'elle. Elle se tenait très droite, sans s'appuyer sur le dossier, et elle plongeait son regard droit devant elle, dans la mare aux nénuphars. Elle ne disait rien. Moi non plus. J'allais lui demander comment elle se sentait ou si elle voulait me parler de cette femme avec laquelle elle s'était rendue à Giverny, mais quelque chose me retint. Au bout d'un moment, elle soupira puis se pencha en arrière et croisa les bras et les jambes. Elle haussa alors les épaules, éternua et eut à nouveau l'air normale. Plus de rosaces rouges sur les joues, uniquement cette expression concentrée, les yeux légèrement plissés.

– C'est étrange, mais ça me semble parfaitement vrai, authentique.

– Oui, répondis-je, je sais.

– Authentique et en même temps… romantique, dit-elle et sa voix avait à nouveau ce côté atone qui aurait tout aussi bien pu être de l'apathie ou de l'ironie. Ils veulent peut-être que ce soit romantique pour nous. Chaleureux et romantique. Un éternel été.

Elle ne savait pas encore, pas plus que moi, à quel point elle avait raison de parler d'été éternel. Dans le jardin d'hiver, c'était le printemps et l'été toute l'année. Du mimosa, des bougainvillées, des rhododendrons, des roses, des pivoines, des tulipes et des myosotis fleurissaient semaine après semaine, mois après mois. Tout était toujours sur le point de fleurir ou en pleine floraison, mais jamais jaunissant, fanant ou mort. Rien ne mourait dans le jardin d'hiver. Pourtant, tout était réel ; il n'y avait pas de fleurs en soie, de bulbes en plastique ou d'arbres issus d'un décor quelconque. Il s'agissait de vraies plantes, de fleurs réellement vivantes avec des étamines et des pistils et de véritables bourdons vrombissant autour d'elles. Des fleurs et des feuilles qu'on pouvait cueillir pour les disposer dans un vase, en faire du thé ou teinter des vêtements. Quand on les cueillait et les mettait dans de l'eau, elles se fanaient graduellement comme n'importe quelles fleurs, mais dans les plates-bandes ou sur les arbres où vous les aviez prélevées, de nouvelles plantes délicates ou des bourgeons ne tardaient pas à apparaître. Les pelouses aussi étaient constituées d'herbe réelle ; il fallait les tondre, y mettre de l'engrais et les arroser comme tout gazon. Les buissons et les arbres devaient être taillés et élagués à intervalles réguliers afin qu'ils n'envahissent pas les allées et les patios. Tout était vert en permanence. La couleur des feuilles ne changeait jamais du vert au jaune puis au rouge et au brun ; elles ne se desséchaient jamais et ne tombaient pas davantage. Sur les arbres à agrumes, les oranges, les citrons, les mandarines et les pamplemousses ne mûrissaient jamais. Pourtant leurs petits pétales blancs parfumés se détachaient après la courte période de floraison, remplissant l'espace entre les arbres et formant un tapis neigeux sur le sol. Par contre, les bourgeons desquels les pétales étaient tombés ne se transformaient jamais en fruits. Au lieu de cela, ils fleurissaient à nouveau quelque temps plus tard. Elsa n'était toutefois pas encore consciente de tous ces phénomènes ce jour-là.

– Ils veulent peut-être que nous fassions une dernière fois l'expérience de l'été et du romantisme.

– Ou une première fois, répondis-je.

– Peut-être, reprit Elsa avant de demander : Est-ce que tu penses que l'hiver scandinave va te manquer ? La neige, le vent et le froid ?

Je réfléchis.

– L'automne et la fin de l'hiver, répondis-je. À l'approche du printemps, comme en ce moment…

Je revoyais mon jardin tel qu'il était la veille : les aconits d'hiver et les perce-neige qui venaient de poindre. Je me représentais l'extérieur de ma maison dont la peinture blanche s'écaillait en lambeaux et son toit couvert de plaques de mousse avec la cheminée crachant une fumée translucide et tremblotante issue du poêle. Je me voyais sortant, vêtue de ma veste chaude et de mes gants, en compagnie de Jock, partant pour une longue promenade dans le soleil bas du début de saison. Je me secouai pour chasser ces images de mon esprit, en vain. Je me relevai donc à la hâte et déclarai :

– Est-ce qu'on peut continuer, je sens que je… j'ai besoin de bouger.

Il devait être évident que j'avais quelque chose à évacuer, car Elsa acquiesça et se redressa immédiatement ; elle prit mon bras et nous empruntâmes le sas le plus proche pour rejoindre la promenade de l'atrium où deux joggeurs en nage se rapprochèrent de nous, leurs pieds presque silencieux sur le revêtement.

– Bonjour Dorrit ! s'exclama l'un d'eux en haletant et en essuyant du revers de sa manche la sueur qui lui coulait dans les yeux. Merci pour hier.

C'était Johannes. Il s'arrêta. Son compagnon l'imita et courut sur place.

– C'est Dorrit, une excellente danseuse, expliqua Johannes en s'adressant à lui.

Bêtement, je me sentis flattée. Je ne pense pas avoir rougi, mais ce n'est pas exclu.

Johannes nous présenta son ami et je fis de même avec Elsa. Nous nous serrâmes tous la main puis ils poursuivirent leur jogging tandis qu'Elsa et moi prîmes l'ascenseur A pour rejoindre l'étage supérieur où nous allâmes directement à la bibliothèque.

Celle-ci n'était pas très grande. Il s'agissait d'une bibliothèque de campagne typique : une grande salle divisée en plusieurs espaces par des étagères, mais en la parcourant, je constatai qu'elle était bien organisée et disposait de collections étonnamment à jour. Je remarquai certains titres, tout juste publiés. La section des CD et DVD était elle aussi limitée, mais offrait un assortiment varié et récent.

Le bibliothécaire, un homme maigre portant un pantalon en velours marron trop ample, s'approcha de nous alors que nous examinions les films. Il se planta derrière nous, les mains dans ses poches arrière. Il s'écoula quelques instants avant qu'il ne nous adresse la parole et, quand il le fit, ce fut sur un ton maussade et geignard qui, nous ne tarderions pas à nous en apercevoir, était inhérent à sa voix. Quoi qu'il dise, ses propos semblaient toujours négatifs. Il nous apporta quelques précisions :

– Vous pouvez bien sûr commander des CD musicaux et des films auprès de la vraie bibliothèque dans la communauté extérieure.

– Vous voulez donc dire que ceci n'est pas une véritable bibliothèque ? répliquai-je, amusée.

Il ne daigna pas répondre. Au lieu de cela, il sortit sa main droite de sa poche et nous la tendit lentement, d'abord à Elsa puis à moi. Il nous serra la main et se présenta sous le nom de Kjell.

– Avant, je travaillais à la bibliothèque de Lund. Je vous y ai d'ailleurs vue une fois. Vous enregistriez l'un de vos ouvrages pour un audio-book. Enfin, cela fait maintenant deux ans que je suis responsable de tout ceci, déclara-t-il en désignant la pièce d'un geste ample. À plein temps – au moins. J'effectue un certain nombre d'heures supplémentaires, si je puis m'exprimer ainsi.

– Je vois, répondis-je.

– Il y a tellement d'intellectuels ici. Des gens qui lisent… Les gens qui lisent tendent à être *superflus*. À l'extrême, poursuivit-il.

– C'est exact, convins-je.

– Oui, reprit-il.

Je cherchai Elsa des yeux. Elle s'était discrètement éloignée et feuilletait à présent un livre de jardinage quelques rayonnages plus loin.

Kjell enfonça à nouveau sa main dans sa poche et, l'espace d'un instant, il parut retourner au bureau des prêts, mais il s'arrêta.

– Oui, ainsi vont les choses. Les livres, par contre, ne peuvent pas être commandés auprès de la bibliothèque principale. Soit je les achète, soit vous les téléchargez sous forme d'e-books. Vous pouvez emprunter un lecteur de livres électroniques chacune si vous ne l'avez pas encore fait.

Nous le fîmes et lui demandâmes de nous établir des cartes. Nous nous installâmes ensuite dans les fauteuils placés dans un coin et feuilletâmes les quotidiens et les magazines. Un homme dormait profondément sur l'un des sièges. Le journal dans lequel il avait été plongé gisait sur le sol devant lui. Il respirait de manière audible – ne ronflant pas vraiment, mais on aurait dit que ses voies aériennes étaient encombrées. Il produisait un bruit entre le raclement et le sifflement.

Nous nous consultâmes en chuchotant, il avait peut-être un rhume. Ni Elsa ni moi ne voulions l'attraper si bien que nous nous levâmes et nous éloignâmes.

Au cours des premiers jours à l'Unité, je tombais plusieurs fois sur des gens qui s'étaient endormis n'importe où et respiraient de la même manière, ronflant presque. On m'expliquerait bientôt qu'il s'agissait d'un effet secondaire de tranquillisants testés ici. Les personnes participant à cette expérimentation voyaient leur capacité à absorber l'oxygène sérieusement réduite et, simultanément, leur réflexe de bâillement disparaître. Une conséquence de ces deux effets était qu'ils s'endormaient très facilement. Quelques-uns souffrirent également de séquelles cérébrales mineures mais irrémédiables, sans doute en raison du manque d'oxygène et, dans les cas les plus sévères, rencontrèrent des difficultés pour marcher, parler ou déterminer le lieu où ils se trouvaient ou quel jour on était.

En d'autres termes, l'homme dormant dans le coin n'était vraisemblablement pas atteint d'un rhume et il n'y avait pas matière à nous inquiéter pour notre santé.

Nous n'empruntâmes rien à la bibliothèque le premier jour et ressortîmes les mains vides en dehors de nos lecteurs de livres électroniques. En passant devant le bureau des prêts, nous saluâmes Kjell d'un signe de tête.

– Merci d'être entrées, dit-il d'un ton lugubre, vous êtes toujours les bienvenues.

Nous émergeâmes sur un grand square intérieur entouré d'un supermarché, de nombreuses boutiques de taille plus réduite, d'un cinéma, d'un théâtre, d'une galerie d'art et d'un restaurant avec des tables en terrasse. Au milieu de la place, pavée de dalles d'un gris moucheté semblables à celles qu'on voit souvent dans les églises en guise de pierres tombales, il y avait un rectangle de verre épais avec plusieurs bancs en pierre autour d'une sculpture en bronze représentant un bateau de pêche. À travers le verre, nous distinguions des ombres bleues et turquoise sans cesse changeantes et en mouvement. Nous comprîmes que la piscine se situait juste sous nos pieds.

Parmi les petites boutiques autour du square, il y avait deux magasins proposant des vêtements, neufs dans un cas, et d'occasion dans l'autre ; un magasin de musique présentait des guitares et divers instruments tels que des orgues électriques et des batteries en vitrine. Dans une échoppe, des objets réalisés par des artistes de l'Unité. Une quincaillerie et une boutique offraient des articles de loisirs, des fournitures de bureau et du matériel artistique. Les mots « magasin » et « boutique » sont peut-être trompeurs et je dois souligner qu'il n'y avait pas d'échange d'argent. Ou pour parler plus clairement, ce n'était pas du tout une question de commerce. Vous entriez simplement et preniez ce dont vous aviez besoin, à l'exception de certains articles pour lesquels il fallait signer un document de sortie. Parfois, il fallait également commander des produits en rupture de stock ou remplir une demande pour qu'un objet particulier ou une marque spécifique soit disponible à l'avenir.

Le cinéma comptait deux salles. On y diffusait un drame psychologique sur une famille en crise ayant reçu de très bonnes critiques et un film d'action.

La galerie était fermée le temps que l'on installe une nouvelle exposition et elle rouvrirait le samedi suivant. C'était Majken qui exposait. Elle nous l'avait annoncé pendant la fête : « Ma première exposition en solo ! »

Le théâtre était lui aussi fermé, mais une affiche nous informa que la première de *La Mouette* de Tchekhov y serait bientôt jouée. Un peu plus tard, au cours du printemps, ils monteraient *Le Marchand de Venise* de Shakespeare.

– Quelle honte ! m'exclamai-je. Maintenant que nous avons effectivement la possibilité d'aller au théâtre, ils ne jouent que les vieux classiques !

– Mais ça n'a pas vraiment d'importance, si ? répondit Elsa. Une pièce est une pièce. On va au théâtre pour aller au théâtre, non ?

J'éclatai de rire. Elle n'avait sans doute pas tout à fait tort.

– Bon, allons nous baigner ! dit-elle en m'attrapant par le bras et en me tirant doucement mais fermement vers les ascenseurs situés de l'autre côté du square.

10

J'ai toujours aimé les activités physiques et le complexe sportif de l'Unité disposait de tout ce dont je pouvais rêver et même davantage : un petit terrain de sport doté d'une piste de course – comme si celle de l'atrium ne suffisait pas –, des équipements pour toutes les disciplines d'athlétisme, une grande salle pour les jeux de ballon et de raquettes, une piste de bowling, un gymnase classique aux murs couverts d'espaliers, et flanqué d'une réserve où étaient entreposés un cheval d'arçon, un plinth de gymnastique, des battes de base-ball, des crosses de hockey et des filets contenant des ballons de tailles variées. Sur deux étages se déployaient des salles plus petites réservées aux cours d'aérobic, de gym suédoise, de vélo d'appartement, de danse, de yoga, d'escrime, etc. Il y en avait également une pour la musculation. La piscine se trouvait au centre de tous ces équipements.

J'en avais presque l'eau à la bouche tandis qu'Elsa et moi déambulions dans le complexe. Nous vîmes des gens s'entraîner au saut en hauteur et longueur, discutant entre chaque essai, jouer au badminton, au tennis, au hockey et au volley. Quand nous poussâmes discrètement les portes des petites salles les unes après les autres pour jeter un coup d'œil à l'intérieur, nous aperçûmes deux femmes au milieu d'une partie de squash, un groupe en kimono s'initiant au judo, un autre groupe pratiquait ce qui semblait être une danse africaine tant au niveau sonore que gestuel ; un homme seul effectuait des mouvements de tai-chi et, enfin, plusieurs personnes s'étaient rassemblées autour d'une femme professeur de gym suédoise et s'activaient au son d'une musique au rythme puissant. Lorsqu'elle nous vit dans l'entrebâillement de la porte, elle nous fit signe de nous joindre à eux, mais nous déclinâmes avec un sourire, lui montrant nos vêtements et nos chaussures en guise d'explication. Elsa portait des mocassins et moi des sandales. L'instructrice acquiesça. Nous refermâmes la porte et gagnâmes le gymnase suivant.

Il était petit mais bien équipé. L'air y était frais sans être froid. On y entendait une musique au rythme soutenu, mais à un volume assez bas. Cinq ou six personnes s'entraînaient. Aucune ne nous prêta attention : ici on soulevait des poids, on marchait sur des tapis roulants, on tirait et poussait sur des machines en soufflant et grimaçant, aussi concentré que possible pour réaliser une série agissant sur plusieurs muscles à la fois.

– Je ne comprends pas, marmonna Elsa pendant que nous nous frayions un chemin entre les rangées de machines bien huilées fonctionnant à la perfection.

– Tu ne comprends pas quoi ?

– Tout ce luxe ! Combien tout cela coûte-t-il au contribuable ?

– C'est vrai, convins-je, bien que je sois plus excitée que contrariée. Apparemment, nous coûtons cher à entretenir.

– Exactement… et pourquoi en définitive ?

Je m'abstins de répondre. Non que ce sujet m'indifférât, mais parce qu'à cet instant j'aperçus quelque chose qui détourna mon attention du sujet du luxe. La machine destinée à travailler les jambes était occupée par un homme portant un tee-shirt et un short, exhalant de manière audible à chaque fois qu'il tirait le poids vers lui en se servant de l'arrière de ses jambes à un rythme régulier. Sur son visage, ses bras et ses jambes, il souffrait d'une espèce d'érythème : des points et des marques bleu-noir et d'un rouge tirant sur le brun, les plus petites de la taille d'un ongle d'annulaire, les plus grosses à peu près de celle de la moitié d'une feuille de bouleau. Certaines avaient éclaté et suppuraient. Elles étaient répugnantes. Cela ressemblait à une maladie et m'évoqua le sarcome de Kaposi que j'avais observé dans ma jeunesse chez un patient souffrant du sida, lorsque je travaillais dans le secteur de la santé et des soins à domicile. Cette éruption cutanée et ses kystes grossissaient et rétrécissaient en fonction des mouvements des muscles de l'homme. Lorsque nous passâmes à sa hauteur, je regardai avec curiosité et aussi discrètement que possible les poids sur la machine et je constatai qu'il soulevait 190 kilos avec l'arrière de ses cuisses. Pas mal pour un homme entre soixante et soixante-cinq ans. Quelle que soit la maladie dont il était atteint, ce n'était assurément pas le sida !

Elsa, qui n'avait visiblement remarqué ni la peau de l'homme ni la force de ses jambes, soupira et poursuivit son argumentation.

– Nous sommes comme des poulets ou des porcs élevés en plein air. La seule différence, c'est que les poulets et les porcs vivent – espérons-le – dans une heureuse ignorance de tout ce qui n'est pas le présent.

Tout à coup, un souvenir depuis longtemps oublié refit surface. J'éclatai de rire et m'exclamai :

– Tu sais quoi, Elsa ? Tu n'as vraiment pas changé !

– Qu'est-ce que tu veux dire ?

– Tu te souviens de notre excursion de classe au zoo en CM1.

– Euh… vaguement. Pourquoi ?

– Toutes ces pauvres bêtes effectuant des allers-retours derrière les barreaux t'avaient rendue folle furieuse. Surtout les animaux de proie et les éléphants. Ainsi que les grands oiseaux qui ne disposaient pas d'assez de place pour voler à leur guise. Tu étais probablement la seule parmi nous à comprendre que leurs déplacements incessants n'étaient pas leur comportement naturel. Tu te souviens ? Tu te souviens de ce que tu as fait ?

– J'ai ouvert leurs cages ? Non, je ne me rappelle pas.

– À chaque fois que tu voyais l'un des gardiens ou un quelconque employé du zoo, tu te faufilais derrière eux et une fois que tu étais juste dans leur dos, tu hurlais « Gestapo ! ». Tu te souviens ?

Elsa pouffa et répondit :

– Maintenant que tu le dis, oui, mais est-ce que tu te rappelles quand toi et cette Lotta…

Nous étions lancées dans l'évocation de nos souvenirs d'enfance en nous acheminant vers la sortie du gymnase pour rejoindre le foyer rempli d'échos de la piscine avec son odeur de chlore. Cette forme de conversation était apaisante, réconfortante. Nous étions comme enveloppées dans un cocon protecteur.

Nous n'avions pas apporté de maillots de bain, mais Elsa avait entendu dire que nous pourrions en emprunter parmi ceux qui étaient usagés mais propres. Nous nous dirigeâmes donc vers l'employé en blanc le plus proche et lui posâmes la question. Il nous montra un placard contenant des slips de bain, des bikinis et des maillots une pièce soigneusement rangés par ordre de taille. Dans celui d'à côté étaient pliés des serviettes et des draps de bain.

– Vous n'avez qu'à vous servir, nous indiqua-t-il. Après, mettez-les simplement dans les sacs de linge sale disposés à cet effet dans les vestiaires en veillant à placer les maillots et les serviettes dans des sacs différents. C'est simple et pratique, non ?

Il nous sourit et nous le remerciâmes, prîmes ce dont nous avions besoin et gagnâmes le vestiaire où nous trouvâmes chacune une cabine. Nous nous déshabillâmes et nous dirigeâmes vers les douches pieds nus et poitrines découvertes, une serviette ceinte autour des hanches.

Il n'y avait guère de monde à l'intérieur, ce qui était une bonne chose, car les quelques corps nus que nous vîmes provoquèrent le relâchement puis la désintégration du cocon protecteur formé par nos souvenirs d'enfance. Devant nous, se tenaient six femmes nues. Trois d'entre elles présentaient le même type d'érythème sur le corps et le visage que l'homme sur l'appareil de musculation. Toutes avaient une ou plusieurs cicatrices postopératoires, la plupart sur le ventre. Deux des femmes avaient des articulations déformées et enflées, leurs mouvements étaient lents et saccadés comme si elles avaient mal partout. Une autre éprouvait manifestement des difficultés à respirer. Elle aussi se mouvait très lentement et se tenait toujours à proximité d'une amie ou d'un objet auquel s'agripper – un mur, un robinet – lorsqu'elle devait s'arrêter et cherchait désespérément à reprendre son souffle avant de poursuivre d'une démarche chancelante.

Elsa et moi nous étions figées sur le sol carrelé, juste après le seuil de cette pièce humide et envahie de vapeur, avec nos maillots d'emprunt dans les mains et les serviettes enroulées autour de nos hanches et de nos cuisses. Nous restions plantées là. Les femmes sous les douches et près de la rangée de robinets où quelques-unes rinçaient leur tenue de bain se tournèrent vers nous. Elles nous sourirent toutes amicalement et nous saluèrent – à l'exception de celle qui avait de la peine à respirer qui nous adressa juste un mouvement las de la tête, la main appuyée contre les carreaux de faïence du mur.

Elsa fut la première à se ressaisir. Résolument, elle retira sa serviette, avança, la pendit à un crochet puis entra dans l'une des douches et tourna le robinet. Machinalement, je suivis son exemple et, une fois nos maillots enfilés, nous rejoignîmes les deux grands bassins, l'un de 25 mètres, profond et équipé d'un trampoline et de plongeoirs, et l'autre de 50 mètres, moins profond. Il y avait également deux jacuzzis, mais pas de petit bain pour enfants.

Sans un mot, Elsa se dirigea droit vers les plongeoirs et commença à y grimper. Il y avait quatre niveaux différents, chacun avec une planche saillant au-dessus du bassin. Je supposais qu'elle allait utiliser l'un des deux moins élevés, se préparer et sauter les pieds en premier dans l'eau, mais tel ne fut pas le cas. Elle poursuivit son ascension, dépassa le troisième niveau et continua jusqu'au sommet – d'où j'étais, on aurait dit qu'elle n'était qu'à quelques centimètres du plafond.

D'un pas détendu et assuré, elle s'avança sur la planche qui rebondissait légèrement sous son poids ; elle se positionna tout au bout, les orteils dépassant du bord, puis elle tendit les bras devant elle, s'immobilisa complètement jusqu'à ce que les oscillations du plongeoir aient totalement cessé. Au-dessus d'elle, je distinguais la forme floue des semelles d'une paire de chaussures à travers l'épais plafond en verre quand quelqu'un traversa le square. Au même instant, je pris conscience d'une sensation de vertige dans la plante de mes propres pieds tandis que j'attendais là, regardant Elsa du bord de la piscine en contrebas. J'ai toujours été sujette au vertige.

Elle plia alors les genoux, une fois, puis une deuxième afin que la planche rebondisse et la troisième fois, elle ramena ses bras en arrière, semblant ramasser son corps sur lui-même en quelque sorte. Lorsqu'elle tendit ses jambes et poussa dessus, ses bras fusèrent, dessinant un trait au-dessus de sa tête et son corps entier ne forma plus qu'une ligne droite du bout de ses orteils à l'extrémité de ses doigts. Elle était comme une lance quand elle s'élança du plongeoir ou peut-être fut-ce la planche qui l'éjecta dans l'air, tel un ressort. Elle décolla en dessinant un certain angle vers le plafond. Après quelques mètres, elle inclina son tronc en avant, vers le bas, vers ses jambes, puis elle redressa à nouveau son corps en étirant ses jambes derrière elle vers le haut, formant une nouvelle fois cette lance droite, fonçant à présent vers le bas. L'instant d'après, elle fendit la surface de l'eau en produisant un son qui évoquait avant tout un coup de fouet, puis elle fut sous l'eau sans avoir provoqué la moindre éclaboussure. Du moins c'est ainsi que je me rappelle la scène, la manière dont je la visualise maintenant que je tente de la décrire : comme si elle traversait la surface de l'eau avec un sifflement, un claquement, sans qu'une seule goutte ne gicle autour d'elle. La seule trace dont je me souvienne, c'est une série d'anneaux ondulant légèrement et se propageant à la surface du bassin depuis son point d'impact.

Elle nagea sous l'eau et les contours de son corps tremblotaient. Elle remonta tout au bout et grimpa l'échelle métallique, dégagea les cheveux mouillés de son visage et secoua la tête pour se débarrasser de l'eau dans ses oreilles.

– Tu n'imagines pas à quel point c'est agréable ! s'exclama-t-elle quand j'eus fait le tour du bassin pour la rejoindre.

J'étais surprise, admirative et lui demandai stupidement :

– Où as-tu appris à faire ça ?

– Oh, répondit-elle en riant, je pratiquais le plongeon quand j'étais jeune. J'en avais déjà fait un peu au collège, en CM2 si je me souviens bien, ensuite j'ai commencé les compétitions.

– Tu devais être douée. Je veux dire, tu *es* douée.

– Merci. Oui. Je me débrouillais effectivement assez bien. J'ai gagné quelques prix et ce genre de choses. C'était amusant. Oui, plonger était amusant, mais je n'avais pas assez le sens de la compétition pour me hisser au sommet. Je le faisais seulement parce que ça me procurait un sentiment extrêmement libérateur, d'une grande beauté d'une certaine manière. C'était l'expérience de la beauté et la légère sensation de danger que je recherchais, pas des tas de trophées, de médailles et tous ces machins.

Je la fixais, ne sachant que répondre.

– Je sais ce que tu penses, reprit-elle. Tu te dis que si j'avais atteint le sommet, je n'aurais peut-être pas fini ici.

– Quelque chose de cet ordre, oui, admis-je. Par exemple, si tu avais décroché une médaille olympique…

– Je sais. Je serais alors devenue un grand modèle positif pour de nombreuses jeunes femmes et j'aurais été protégée pour le reste de ma vie, mais je dois t'avouer, Dorrit, que je ne regrette pas un instant d'avoir renoncé à cette foire d'empoigne. Ce n'est pas mon truc. Je n'ai jamais saisi l'intérêt de gagner pour le seul fait de gagner. Pourquoi consacrer toute son énergie à surpasser les autres dans un seul domaine, qui, par ailleurs, est totalement futile ? Pourquoi le faire ? Est-ce que tu le comprends ?

– Non, répondis-je en toute sincérité. Vraiment pas.

– Non, répéta-t-elle. Je m'en doute. Si c'était le cas, tu n'aurais sans doute pas atterri ici non plus. On va nager à présent ? On serait bien inspirées d'aller dans l'autre bassin pour éviter que quelqu'un ne nous tombe sur la tête.

Nous parcourûmes vingt longueurs, aller-retour. Après les trois ou quatre premières pour m'échauffer, j'accélérais l'allure. Je nageais la brasse. Je n'ai jamais réussi à apprendre une autre technique. Cependant, mes bras et mes jambes étaient puissants et j'étais capable de progresser assez vite pour peu que j'en ressente l'envie, comme à ce moment-là. J'avais l'impression de littéralement fendre l'eau tandis que je la repoussais à grands coups rapides et l'expulsait avec mes jambes.

Quand je ressortis, après avoir parcouru la distance voulue, il me sembla que j'étais aussi lourde qu'une baleine. Je me hissai sur le bord du bassin en produisant des éclaboussures particulièrement disgracieuses et j'attendis Elsa qui avait adopté une allure plus modérée et avait encore une ou deux longueurs à couvrir. J'étais à bout de souffle, mon cœur battait rapidement, mais à un rythme régulier. Je me sentais vraiment vivante.

DEUXIÈME PARTIE

11

Je ne pensais pas à Nils. Je ne pensais pas à ma maison. Je ne pensais pas à Jock, et pourtant cela ne m'aidait pas. Ne pas penser à Jock ne m'était d'aucun secours, car la manière dont il me manquait était différente. Ce manque s'inscrivait dans mon corps, dans mon cœur, et me faisait souffrir.

Pour celui qui n'a jamais fait l'expérience de la proximité d'un animal ou n'y a jamais attaché grande importance, il est peut-être difficile de comprendre qu'un chien puisse vous manquer au point que son absence soit littéralement douloureuse. Toutefois, la relation avec un animal est bien plus physique que celle qui vous lie à une personne. On n'apprend pas à connaître un chien en lui demandant d'exprimer ce qu'il éprouve ou ce qu'il pense, mais en l'observant et en apprenant à interpréter son langage corporel. Par ailleurs, toutes les choses importantes que vous souhaitez lui communiquer, vous devez les lui montrer à travers vos actions, votre attitude, vos gestes et des sons.

Les gens, par contre, sont toujours accessibles par le langage. Un pont de mots se construit facilement entre des êtres humains, un pont d'informations, d'explications et de propos rassurants. Par exemple, on peut dire à quelqu'un : « Le 26 août, c'est mon anniversaire », ce qui constitue une information, ou « Je suis en retard parce que je n'ai pas réussi à faire démarrer la voiture », ce qui est une explication, ou « Je t'aimerai jusqu'à ce que la mort nous sépare », ce qui est une assurance. Les mots échangés entre les humains servent également à amortir les chocs ; des gens proches choisissent souvent de parler d'un sujet différent de celui qui les préoccupe, les tourmente ou les perturbe. Comme quand Elsa et moi évoquions nos souvenirs d'enfance. Ou quand deux personnes en couple depuis longtemps sont absorbées dans une discussion concernant le besoin urgent de nouvelles chaussures pour les enfants ou commencent à planifier l'extension de leur maison avec enthousiasme au lieu de se pencher sur la raison de leurs incessantes querelles.

Entre Jock et moi, il n'y avait pas de pont, pas d'amortisseur de chocs. Le contact entre nous était ce qu'il était, sans raccourcis, déviations ou contournements. Nous ne pouvions pas parler de notre relation, ni dissiper nos malentendus ou nous dire tout ce que nous signifions l'un pour l'autre. Nous vivions totalement séparés en raison des contraintes imposées par notre appartenance à des espèces différentes. Nous vivions également côte à côte, corps contre corps, sans promesses, mensonges, ni paroles. Et peu importe que je pense à lui ou non. Durant mes premiers jours à l'Unité, je devinais encore son pelage rêche sous la paume de ma main, le battement rapide de son cœur sous la rugosité, sa truffe froide, sa langue chaude contre ma joue, l'odeur de son haleine et de sa fourrure. Je l'entendais et le voyais : son bref aboiement lorsqu'il m'apercevait et fonçait sur moi, sa course désordonnée mais la tête élégamment relevée ; ses reniflements excités et ses battements de queue incessants ; sa respiration haletante tandis qu'il courait à mon côté, ses pattes qui martelaient le sol à une allure cadencée. Lorsque je me couchais le soir, je ressentais son poids sur mes jambes et quand je me réveillais le matin, je me redressais immédiatement et, une fraction de seconde, j'imaginais croiser son regard à l'expression impatiente au pied de mon lit. Chacune de ces perceptions sensorielles, ces émotions fantômes liées à la présence de Jock étaient immédiatement suivies par la prise de conscience de leur totale absence de connexion avec la réalité. Celle-ci était toujours aussi brutale, semblable à un violent coup de poing ou de poignard, puis elle se transformait en une douleur permanente et lancinante.

Le seul remède contre ce genre de souffrance était l'activité physique. Si longtemps que j'étais en mouvement, mon corps produisait des endorphines et si longtemps qu'il le faisait, la vie était supportable. Elsa semblait dans le même état d'esprit, car sans que nous en discutions jamais ni que nous commentions les raisons qui nous y poussaient, nous étions plus ou moins constamment en activité durant ces premiers jours. Nous faisions de longues promenades à pas rapides sur le circuit de l'atrium et dans le jardin d'hiver, nous nagions, participions à des séances de gym suédoise, nous livrions à des exercices de musculation, intégrions différents groupes de danse – salsa, hip-hop, jazz, step, danse du ventre – et nous efforcions de suivre le rythme de notre mieux. Le soir, nous dînions au restaurant du square intérieur au niveau 4 et nous discutions de nos anciens camarades d'école ou nous bavardions un moment avec des convives. L'idée de tuer le temps uniquement en bavardant et en fréquentant du monde était totalement inédite pour moi. Je n'avais jamais considéré le temps ou les gens de cette manière auparavant. J'avais toujours accordé grand prix au temps et considéré chaque personne comme un individu, qui ne se réduisait pas à *n'importe qui* apte à me tenir compagnie. Jamais auparavant, je n'avais apprécié la compagnie en elle-même, ni le bavardage d'ailleurs. À présent, je notais qu'il exerçait un effet apaisant, telle une compresse froide appliquée sur une cheville foulée, limitant l'œdème et l'hématome. Quand arrivait la nuit et qu'Elsa et moi nous séparions pour regagner nos appartements respectifs, j'étais si épuisée par toutes ces activités physiques, ce verbiage et l'impressionnante quantité d'énergie déployée pour tuer le temps, que je m'effondrais littéralement sur mon lit et sombrais dans un sommeil noir et sans rêves. Huit heures plus tard, je me réveillais, avec l'impression d'être reposée, et de matin en matin, mes perceptions relatives à Jock s'estompaient.

12

– Et s'ils découvrent que j'ai un problème ? demandai-je.

– De quel ordre ? répondit Majken.

– Euh… je ne sais pas. Mais si je ne suis pas assez bonne, s'il apparaît que je suis… (je cherchais le mot adéquat) si je suis inutilisable… Que m'arrivera-t-il dans ce cas ? Que feront-ils de moi ?

Nous étions dans l'ascenseur. C'était le jeudi matin. Nous descendions. Elle rejoignait son atelier au niveau 2 pour boucler les préparatifs avant son exposition, dont le vernissage aurait lieu le samedi. Je me dirigeais vers le laboratoire n° 2 situé au niveau 1 pour la visite médicale obligatoire pour tous les nouveaux arrivants. L'ascenseur s'arrêta au deuxième étage et les portes s'ouvrirent, mais au lieu de sortir, Majken passa le bras autour de moi et me caressa le dos.

Elle était chaude. Elle était rassurante. Elle ne disait rien, mais restait simplement là à me tenir et me caresser le dos quand les portes de l'ascenseur se refermèrent et qu'il se remit à descendre. Nous éclatâmes de rire et elle fut obligée de m'accompagner au niveau 1. Je sortis, me tournai vers elle et levai une main en signe d'au revoir. Elle me rendit mon salut, et l'appareil la ramena à l'étage supérieur avec un bourdonnement.

Je me trouvais dans un corridor semblable à ceux des hôpitaux avec des portes blanches et des murs jaune pâle décorés du genre de reproductions qu'on voit souvent dans ce type d'établissements. Je passai devant un Van Gogh, un Carl Larsson, un Miró et un Keith Haring avant d'atteindre la salle marquée LAB 2.

J'étais en avance, mais Fredrik, Boel et Johanna étaient déjà installés dans la salle d'attente. Ils étaient alignés le long d'un mur, silencieux. Ils me saluèrent d'un simple signe de tête. Je pris place à côté de Fredrik.

Sur la cloison opposée étaient accrochés deux grands tableaux réalisés en patchwork. L'un représentait un paysage d'automne avec des champs marron foncé, brun doré et jaune pâle, un ciel dans les tons gris tirant sur le jaune ou le blanc et des nuées d'oiseaux noirs et blancs sur le sol et dans les airs. Ces nuées formaient un motif, un dessin ; au bout d'un moment, je vis qu'il s'agissait d'un visage. Siv, ma sœur aînée, employait souvent cette technique dans son travail. Je me levai et me rapprochai pour voir si le tableau était signé, mais il ne l'était pas. Je soulevai délicatement l'un des coins et jetai un coup d'œil derrière. Il n'y figurait pas davantage de nom. Quand je regagnai ma chaise, Johanna, Boel et Fredrik me considéraient avec curiosité.

– Il me rappelait simplement… le style d'une artiste que je connais, expliquai-je.

Johanna indiqua qu'elle avait compris par un léger mouvement de tête. Boel acquiesça et Fredrik dit :

– Il y a beaucoup de choses ici qu'on pensait avoir oublié.

– Oui, mais je n'avais pas oublié cette personne-là.

– Une amie proche ?

– Une parente.

Je m'efforçai de sourire puis détournai le visage.

Fredrik n'insista pas, il posa brièvement sa main sur la mienne.

Nous entendîmes des voix animées dans le couloir. La porte s'ouvrit et Elsa entra suivie de Roy et de Sofia. Ses joues étaient rouges et ses cheveux paraissaient humides. Elle s'assit à côté de moi. Une légère odeur de chlore flottait autour d'elle.

– Tu es allée nager ?

– Plonger.

– C'était bien ?

– Super !

Je regardai autour de moi et nous comptai. Nous étions sept.

– Qui manque ? demandai-je.

À cet instant, on poussa la porte à la volée et Annie se précipita à l'intérieur, à bout de souffle, les cheveux en bataille et du dentifrice à la commissure des lèvres.

Elle chercha une chaise libre des yeux, mais n'eut pas le temps de s'asseoir avant qu'on ouvre une pièce où était dressé un buffet de petit déjeuner. Une infirmière arborant des dreadlocks d'un noir corbeau apparut.

– Bonjour. Je m'appelle Lis. Je vous en prie, entrez !

En prenant notre petit déjeuner, chacun de nous dut remplir un questionnaire sur sa santé, cochant des cases pour indiquer s'il y avait eu des cas de diabète, de rhumatisme, de cancer du sein ou des maladies chroniques et/ou héréditaires dans sa famille ; si nous-mêmes souffrions d'un mal chronique, d'une maladie ou d'une blessure grave ; si nous avions subi des actes chirurgicaux, un avortement ou une fausse couche ; si nous étions atteints d'une maladie sexuellement transmissible ou l'avions été ; si nous prenions des médicaments quelconques pour tous types de problèmes somatiques ou psychiatriques et si les femmes étaient encore réglées. Dans ce cas, les cycles étaient-ils réguliers ou non ; souffraient-elles de bouffées de chaleur, de troubles du sommeil ou de sautes d'humeur ; se sentaient-elles fatiguées, stressées, anxieuses, déprimées ou en pleine forme ?

Une fois les questionnaires ramassés et le petit déjeuner terminé, l'examen à proprement parler débuta. On nous pesa et nous mesura. On prit notre pouls, notre tension, des échantillons de sang et d'ADN. On nous fit passer un ECG, une radio des poumons et une mammographie. Ils vérifièrent notre vue, notre audition et nos réflexes. Un examen gynécologique complet fut pratiqué avec frottis et tests de dépistage du VIH, de la chlamydia, de la syphilis et de la gonorrhée. Cela prit toute la matinée selon un programme de roulement où nous entrions un par un de pièce en pièce et de poste en poste. C'était comme une espèce de circuit d'entraînement où le cheval d'arçon, la corde à sauter, les altères, la poutre et les tapis de gymnastique avaient été remplacés par des infirmières et des médecins dotés de différents équipements – des seringues, des flacons de prélèvement, des tensiomètres, des stéthoscopes, des appareils de radiographie, des étriers gynécologiques, etc.

Je commençai par la mammographie. L'infirmier Karl s'occupa de moi, appuyant délicatement un sein, puis l'autre contre la plaque. Je gagnai ensuite la salle d'examens gynécologiques du Dr Amanda Jonstorp. Une fois ceux-ci achevés, je me rendis dans la pièce suivante où l'infirmière Lis et son confrère Hassan me pesèrent, me mesurèrent, prirent mon pouls et vérifièrent ma tension. Je rejoignis alors l'infirmière Yasmin qui quantifia mon temps de coagulation ainsi que mon taux d'hémoglobine, procéda à d'autres prélèvements, détermina mon groupe sanguin avant de prendre un échantillon de salive dans ma bouche à l'aide d'un coton-tige afin de recueillir mon ADN. Puis ce fut la radio des poumons, l'ECG, les tests de vue et d'audition, etc. jusqu'à ce que nous ayons tous les huit effectué le circuit complet.

Au déjeuner, on nous servit des filets de saumon bouilli accompagnés d'une salade. Pas de pain ni de pommes de terre ou de pâtes – afin que nous soyons sustentés sans être fatigués ou ballonnés, car après seulement une heure de pause, nous dûmes attaquer les épreuves d'endurance et de force.

Sur des vélos d'appartement disposés en un demi-cercle et avec différents câbles, fils et capteurs fixés sur des parties soigneusement sélectionnées du corps, nous pédalâmes poussés par une musique au tempo extrêmement soutenu et une instructrice hurlant avec vigueur d'une voix stridente :

– Allez, on y va ! Et un et deux et trois et quaaaatre ! Allez, tout le monde ! Et un et deux et trois et quaaatre !

Pendant ce temps, les machines et les moniteurs auxquels nous étions connectés par le biais des électrodes mesuraient notre pouls, notre capacité pulmonaire, notre dépense calorique et la vitesse à laquelle nous brûlions nos graisses en fonction du nombre de coups de pédales par minute. Les vélos étaient réglés en mode alternatif et pédaler était tour à tour facile et difficile. À peu près à la mi-temps de cette épreuve d'endurance, qui nous occupa une heure, la difficulté s'accrut progressivement, toujours davantage, jusqu'à ce que nous ayons l'impression de grimper une côte escarpée en luttant contre un vent soutenu de face. Nos jambes cherchaient à pédaler doucement, à un rythme lent – ou carrément à renoncer, mais l'instructrice multipliait ses encouragements :

– Allez, on y va ! Faites tourner ces pédales, et un et deux, et un et deux, on accélère !

Elle semblait presque furieuse et je me dis que ce n'était sans doute pas une bonne idée d'abandonner. Je persévérai donc de mon mieux, libérant de l'acide lactique dans les muscles de mes cuisses, haletant, grognant et grimaçant de douleur tandis que la sueur dégoulinait le long de mon corps. Au bout d'un moment, j'eus la sensation que mon cœur s'alourdissait, qu'on le tirait toujours davantage vers le bas et que l'air se faisait de plus en plus rare. C'était comme atteindre une altitude de plusieurs milliers de mètres.

Cependant, l'exercice devint graduellement plus facile, d'abord comme si nous roulions sur un terrain plat, puis sur une pente légèrement descendante et, après une brève décélération, la musique se tut. L'infirmière Yasmin et son collègue Karl entrèrent et nous retirèrent les capteurs. Pour finir, nous fûmes autorisés à descendre des vélos, à boire et à manger des fruits disposés dans un grand panier.

Après la pause, nous dûmes chacun nous installer sur un appareil de musculation pour mesurer notre force dans les jambes, les bras, les épaules, le dos et les abdominaux. C'était beaucoup plus agréable que tout ce pédalage frénétique. L'instructrice ne nous criait pas dessus, mais se contentait de venir nous voir les uns après les autres pour nous expliquer avec calme et clarté comment utiliser les machines pour les différents groupes de muscles, chacun travaillant à son rythme.

Toutes ces mesures de même que les résultats de nos analyses et tests du matin et de l'après-midi furent alors introduits dans des bases de données. À la fin de la journée, quand l'épreuve de force fut terminée, nous reçûmes le récapitulatif de nos mesures et taux individuels comparés aux moyennes observées chez des personnes *superflues* du même âge et du même sexe. On nous remit également un tableau comparatif des données moyennes des individus *nécessaires*. Il était intéressant et surprenant de noter que celles-ci étaient sensiblement plus mauvaises que celles des *superflus* en termes de forme, de force physique et d'IMC, alors qu'en parallèle, ils avaient des résultats sanguins paradoxalement bien meilleurs et une tension artérielle inférieure à celle des *superflus*.

On me jugea en bonne santé d'un point de vue somatique même si mon taux de fer était un peu bas, quoique dans la norme ; je me situais juste au-dessus de la moyenne des *superflus* en termes de force et bien au-dessus en matière de condition physique.

Par contre, durant une courte conversation avec l'infirmière Lis – nous eûmes tous un bref entretien avec l'une d'elles à la fin de la journée – on m'attribua un psychologue. Comme si cela n'était pas déjà assez pénible en soi, on m'avait programmé une séance avec lui dès le lendemain pour la seule raison que j'avais coché sur le questionnaire la case « anxieuse et déprimée ». Nous avions à choisir l'une de ces possibilités :

Je me sens : (1) pas du tout anxieuse, (2) anxieuse par moments, (3) légèrement anxieuse, (4) assez anxieuse, (5) extrêmement anxieuse, (6) intolérablement anxieuse, et les mêmes choix pour déterminer notre degré de déprime, de stress et de fatigue.

– Si vous avez coché la quatrième, la cinquième ou la sixième solution pour au moins deux de ces facteurs, on prévoit automatiquement un entretien avec un psychologue, m'expliqua Lis.

– Mais, protestai-je, est-ce que tout le monde n'est pas plus ou moins anxieux et déprimé ? Je veux dire, vous ne considérez pas ça normal ?

Mon interlocutrice pencha la tête sur le côté et ses dreadlocks se balancèrent. Elle sourit, la bouche ouverte. Elle avait des fossettes et des petites dents blanches. Elle avait l'air d'une enfant lorsqu'elle souriait.

– Vous avez raison, Dorrit. La plupart des gens ont des coups de déprime de temps en temps et c'est pour cette raison que nous avons une dizaine de psychologues rattachés à l'Unité. Nous voulons que vous vous sentiez tous aussi bien que possible. Corps et âme. Ils fonctionnent ensemble ainsi que vous le savez. Pas vrai ?

– Oui, convins-je.

Je me préparai à me lever et partir. La transpiration avait séché sur mes vêtements et j'avais l'impression de sentir mauvais et d'avoir froid. Je voulais prendre une douche chaude et me changer, mais l'infirmière Lis avait quelque chose à ajouter et je m'immobilisai donc.

– Nous avons une proposition à vous faire. Un groupe de chercheurs mène une expérience ici. Ils ont besoin de volontaires en bonne condition physique et nous pensons que vous conviendriez.

– D'accord, répondis-je. Et que serais-je supposée faire ?

– En termes purement pratiques, cela implique que vous devrez consacrer toutes vos après-midi à des exercices physiques sur une période assez longue – nous parlons d'environ deux mois. Un entraînement relativement intensif, à ce que j'ai compris, l'idée étant que lorsque vous êtes littéralement épuisée on mesure le niveau des différents minéraux et des hormones de votre corps. En conclusion, ce n'est pas très différent de ce que vous avez fait aujourd'hui. Les chercheurs veulent étudier quels nutriments et hormones manquent et ce que le corps produit de lui-même ou libère au cours d'un entraînement poussé. Ils souhaitent également déterminer les conséquences de cette carence ou de cette production sur un cycle de plusieurs mois en fonction du poids, du sexe et de la forme de départ du sujet. En bref, ce que nous gagnons et ce que nous perdons à pratiquer régulièrement une activité physique intensive.

J'étais surprise. Cette offre semblait trop belle pour être vraie.

– Et où est le piège ?

Lis éclata de rire, ravie, comme si j'avais posé la question qu'elle voulait m'entendre soulever entre toutes.

– Il n'y en a pas. Il est difficile de trouver des volontaires pour ces expériences au sein de la communauté extérieure, bien que ce soit sans danger et relativement plaisant. Les gens sont simplement trop occupés. C'est en partie parce que cela prend pas mal de temps, quatre heures par jour, cinq jours par semaine pendant quelques mois et, en partie, parce que vous allez être fatiguée et que vous aurez probablement besoin davantage de sommeil et de nourriture. Et quelles personnes *nécessaires* ont le temps pour ça ? Des jeunes gens pourraient se porter volontaires moyennant une rémunération de même que les sportifs de haut niveau, mais ce ne sont pas les populations qui intéressent les chercheurs. Ils veulent des individus d'âge moyen en relative bonne forme.

Elle marqua une courte pause avant de me demander :

– Alors, Dorrit, qu'en pensez-vous ?

Je compris bien sûr d'emblée que ce projet me tiendrait à l'abri de la table d'opération pour un certain temps. On aurait cru un rêve – faire du sport, manger et dormir beaucoup. Il n'y avait pas de quoi tergiverser. Pour autant, je ne voulais pas paraître trop reconnaissante ou enthousiaste et je soupesai ma réponse.

– Eh bien… je suppose que je peux essayer.

– Super ! Dans ce cas, vous commencez demain après-midi à quatorze heures. Tout de suite après votre entretien avec Arnold.

– Arnold ?

– Votre psychologue. Arnold Backhaus. Ce groupe de recherche travaille au labo n° 8. Si vous venez ici après avoir vu Arnold, je vous y amènerai. En fait, je débute précisément demain en qualité d'assistante dans cette expérience !

Elle prononça ces mots sur le ton qu'on emploie quand on livre une information en s'attendant à ce qu'elle provoque une surprise énorme et merveilleuse chez son interlocuteur.

Elle sourit et découvrit ses fossettes. Ses yeux brillaient. Je ne la comprenais vraiment pas.

En passant dans la salle d'attente au moment de partir, je m'arrêtai pour regarder le patchwork avec les vols d'oiseaux dessinant un visage. Celui-ci me semblait familier, mais je n'arrivais pas à déterminer de qui il s'agissait. Par contre, j'étais presque certaine que le tableau était l'œuvre de Siv.

13

Je pris une douche. C'était la première fois que je le faisais seule chez moi. Jusqu'à présent, je m'étais lavée à la piscine ou au complexe sportif, en permanence entourée d'autres femmes nues. Mais à ce moment-là, sans personne à qui parler, je pris pleinement conscience de la présence des caméras de surveillance et, en mon for intérieur, j'imaginais un individu à la tour de contrôle quelque part, installé devant une rangée de moniteurs et observant avec davantage d'attention à ce moment où j'étais occupée à me doucher dans la salle de bains. C'était comme si je le faisais pour quelqu'un, exécutant une espèce de numéro, me livrant à une représentation en direct. Ce n'était pas franchement plaisant, mais cette situation me procurait un sentiment d'irréalité, comme si je jouais le rôle d'une personne se douchant sans le faire pour de vrai.

À ce stade, j'avais déjà appris à aller aux toilettes sans me soucier de la surveillance. Je considérais simplement pour acquis que lorsqu'un résident se livrait à une activité aussi intime que la satisfaction de ses besoins corporels, n'importe quel observateur détournait les yeux par pudeur et se concentrait sur un autre écran.

Après m'être séchée et avoir enfilé des vêtements propres, je réalisai que j'avais faim et soif. Ma première impulsion fut d'aller au restaurant et d'avaler un repas préparé par des anonymes, mais je m'arrêtai sur le seuil.

Si j'avais réussi à prendre une douche seule, me dis-je, je pourrais tout aussi bien essayer de manger sans compagnie. Je refermai donc la porte, traversai résolument le séjour pour gagner la cuisine, sortis un paquet de biscottes, du beurre, du fromage et du jus d'orange du réfrigérateur. J'étalai du beurre sur une biscotte, coupai plusieurs tranches de fromage. Je mangeai – toujours debout, adossée au plan de travail et face à la pièce. La biscotte dure craquait entre mes dents. Celle-ci terminée, je m'en préparai une deuxième, identique. Je me souvins alors que j'avais des tomates. J'en coupai une en lamelles épaisses que je disposai sur le fromage. Je mangeai. Je me versai un deuxième verre de jus de fruits. Au moment où je le portai à mes lèvres, j'aperçus l'un des petits objectifs au coin du plafond. Il pointait droit sur moi.

Je levai le verre et lançai « Santé ! » avant de le porter à mes lèvres. Je beurrai ensuite une troisième biscotte. Je tournai le dos à la caméra pour l'engloutir. Après ça, j'étais repue mais je ne savais que faire. Je rangeai les restes de ma collation dans le réfrigérateur et sortis quand même.

Je pris l'ascenseur pour rejoindre la promenade de l'atrium et gagnai le jardin d'hiver par l'un des sas. Plutôt que de me comporter comme une personne cherchant délibérément à éliminer les endorphines de son corps, je flânai. Oui, je me forçai vraiment à ralentir l'allure et à cheminer le long des allées gravillonnées entre des tonnelles et des buissons, passant devant des fontaines et des bancs en marbre où des gens étaient installés, bavardant ou lisant. Ils relevaient les yeux et m'adressaient un signe de tête ou me saluaient. Je poursuivis ensuite ma balade vers des secteurs plus sombres et broussailleux. Je m'arrêtai devant un hibiscus aux fleurs énormes pointant leur pistil vers moi d'un air de défi. Un bourdon, vrombissant bruyamment, pénétra droit dans un calice où il se tut un instant avant de s'en extraire tant bien que mal, reprenant son bourdonnement en s'éloignant. Je continuai, hochant la tête, souriant ou saluant les gens que je croisais. Certains m'étaient déjà familiers et je reconnaissais la plupart. Il y en avait quelques-uns que je n'avais jamais rencontrés auparavant. Un ou deux que je voyais pour la dernière fois. Je traversai l'oliveraie puis passai un long moment à marcher lentement entre les plates-bandes extravagantes. J'inhalai des senteurs sans cesse différentes : cyprès, rose, jasmin, lavande, eucalyptus. Je m'engageai dans le bosquet de citronniers et j'atteignis enfin la grande pelouse.

Sous un cèdre, un petit groupe pique-niquait sur une couverture. Un peu plus loin, un homme seul lisait, étendu sur le ventre, lui aussi sur un plaid. Je m'allongeai sur le dos dans l'herbe légèrement humide qui sentait la terre. Je repliai une jambe sur l'autre et je contemplai le ciel à travers le dôme vitré zébré de filets d'eau. Il pleuvait là-haut, dehors, de l'autre côté du verre. À travers les zébrures, je distinguais des nuages gris et gonflés d'eau qui filaient dans le ciel. Outre la pluie, il y avait donc du vent. Violent. On aurait presque dit une tempête. D'après mes estimations, les rafales devaient atteindre les soixante, soixante-cinq kilomètres/heure. Cependant, ici, à l'endroit où je me trouvais, tout était immobile. Aucun vent et pas de pluie non plus, bien sûr, uniquement le léger ronronnement de la climatisation. Mais on l'entendait à peine à cette heure de la journée quand l'air était empli de divers bruits : des gens se déplaçant, d'autres bavardant, des abeilles, des oiseaux. L'arrosage automatique fonctionnait la nuit, en respectant un ordre soigneusement établi.

Il régnait une chaleur agréable, très favorable à la détente. J'étais couchée là, à demi assoupie, lorsque je perçus un mouvement dans l'herbe juste derrière moi : des pas légers et rapides et, de façon étrange et onirique, je me retrouvais dans mon jardin à la maison, en même temps que j'étais dans le jardin d'hiver de l'Unité. Je me reposais dans l'herbe, c'était l'été, et les pas derrière moi s'éloignèrent avant de revenir et de se rapprocher toujours davantage. J'entendis le léger halètement, sentis le museau effleurer mes cheveux, le souffle chaud sur mon crâne, je souris et me retournai, mais il n'y avait personne. Nul chien. Nul être humain. Nul oiseau. Pas même une souris ou un scarabée. Rien. Une douleur semblable à un violent coup de poignard me transperça la poitrine. Néanmoins, je m'armai de courage et parvins à réprimer mon envie de me redresser. Je ne pressai même pas ma main sur ma poitrine, mais me forçai à rester immobile et à concentrer mon attention sur le temps et le vent de l'autre côté du dôme de verre.

Il pleuvait toujours. Les nuages filant dans le ciel étaient plus sombres à présent, un camaïeu allant du gris au bleu-noir. Je compris que c'était le crépuscule. L'air devint rapidement plus frais et humide – une rosée artificielle tomba – et lorsque je finis par me mettre sur mon séant, l'obscurité avait tout envahi autour de moi. Le groupe du pique-nique rangeait ses affaires. Ombres chinoises, silhouettes dessinées, jusqu'à ce que les réverbères disposés autour de la pelouse s'allument en tremblotant et les éclairent d'une lueur jaunâtre et tamisée. Je m'aperçus alors qu'Alice figurait parmi eux. Je ne l'avais pas vue depuis la fête, quelques jours auparavant.

Juste au moment où je me levai, criant son nom, je la vis se tourner et scruter dans ma direction, et je pensai soudain « Et si elle ne me reconnaît pas ? Et si elle ne se souvient pas de moi ? »

C'était déjà arrivé, assez souvent en fait, avant, au sein de la communauté extérieure. Je saluai des gens qui ne me reconnaissaient pas alors qu'ils étaient assis en face de moi à une fête ou à un événement quelconque à peine quelques jours plus tôt. Cependant, dès qu'Alice m'aperçut, son visage s'éclaira, elle me fit signe, cria « Bonjour Dorrit ! » et s'avança vers moi.

– Si j'avais su plus tôt que tu étais là, nous aurions pu t'inviter à partager la délicieuse tarte aux framboises d'Ellen ! Malheureusement, nous avons tout mangé.

– Je viens seulement de te repérer. Et puis j'avais besoin d'être seule un moment. C'était le gros bilan de santé aujourd'hui.

– Ah oui, exact. Comment ça s'est passé ?

Je lui parlai de l'expérience sur l'entraînement intensif.

– Waouh ! Félicitations ! (Alice leva la main et nous fîmes toutes les deux le signe de la victoire.) Tu es contente ?

– Je suis ravie.

– Alice ! appela l'un de ses compagnons, qui avaient rassemblé les couvertures et les paniers et s'apprêtaient à partir. Tu n'oublieras pas tes injections ?

– Non, non, j'arrive tout de suite ! répondit Alice avant de se tourner à nouveau vers moi. Je participe à une expérimentation sur les hormones mâles. Ne me demande pas de quoi il retourne, car c'est si compliqué que j'ai oublié, mais je suppose que je ne vais pas tarder à avoir de la barbe et un torse velu.

Au moment où elle prononça ces paroles, je réalisai que sa voix était un peu plus grave que le samedi à la fête.

– À plus tard ! lança-t-elle en s'éloignant avant de s'arrêter. On se voit au vernissage de l'exposition après-demain, non ? Celle de Majken. Tu viens ?

– Bien sûr. Bonne chance avec ces injections !

Elle leva les deux pouces en guise de réponse, et se remit en marche.

Je traversai également la pelouse, mais dans la direction opposée. L'homme au livre s'était endormi. Il était toujours allongé sur le ventre. Je m'arrêtai et hésitai. Valait-il mieux le réveiller ou le laisser tranquille ? Il allait attraper froid à rester ici, mais il voulait peut-être avoir la paix. J'avançai, mais il était vraiment complètement immobile. Et s'il était malade ? Après tout, il était sans doute préférable de vérifier.

En arrivant tout près de lui, je vis que c'était Johannes. Sa joue reposait sur la page droite de son livre ouvert. Je m'agenouillai et un regard sur celle de gauche m'indiqua qu'il lisait une pièce de théâtre. J'aperçus une réplique à peu près au milieu de la page : « Quelqu'un qui est resté debout, près du fourneau toute la journée a le droit d'être fatigué le soir. Et le sommeil doit être respecté. »[1]

1. August Strindberg, *Mademoiselle Julie*, in *Théâtre complet*, tome 2, trad. Carl-Gustaf Bjurström, Paris, Éditions de L'Arche, 1993, p. 291.

J'aurais pu interpréter ces mots comme un message, un signe que je ne devais pas le déranger, mais Johannes était d'une étrange immobilité et – à ce qu'il me semblait – ne respirait pas, aussi l'espace d'un instant, je redoutai… le pire, comme on dit, et, spontanément, je posai ma main sur son épaule et le secouai doucement.

– Johannes ?

– Oui… qu'est-ce qu'il y a, Wilma ? marmonna-t-il dans son rêve.

– Ce n'est pas Wilma, c'est Dorrit. Est-ce que ça va ?

– Dorrit… ? (Il s'agita, releva la tête et ouvrit les yeux, d'abord l'un puis l'autre.) Oh, Dorrit, ma *dancing queen*[1]. Bonjour.

Il me fit un clin d'œil soit pour flirter, soit parce qu'il était encore à moitié endormi – je ne pus le déterminer, mais tranchai en faveur de la seconde hypothèse. Il roula sur le dos et s'assit. Je remarquai qu'il était leste : son corps n'avait rien perdu de sa souplesse après être resté étendu à dormir sur l'herbe humide. Par contre, ses fins cheveux blancs étaient en bataille et son visage était défait – sensiblement plus que le soir précédent quand Elsa et moi l'avions rencontré alors que nous nous dirigions vers la bibliothèque.

– Comment vas-tu ?

– Je suis juste très fatigué. Oh là, il fait nuit. Le temps file, Dorrit.

– Oui, en effet.

Il se leva, ferma le livre, secoua sa couverture et la plia, puis nous traversâmes le jardin ensemble en direction d'une sortie. Il me parla de l'expérience psychologique à laquelle il participait.

– Il s'agit simplement d'une série d'exercices fastidieux sur la coopération, la loyauté et la confiance. Je ne sais pas quels résultats ils escomptent obtenir en menant ce genre d'expériences ici. Je veux dire, personne ici ne s'y connaît en matière de confiance. C'est ton cas ?

1. En anglais dans le texte.

J'éclatai de rire.

– Non, pour être franche, je ne pense pas. Je n'ai jamais compris pourquoi on regardait d'un bon œil la capacité à s'en remettre à des inconnus. Cela me semble tout bonnement naïf.

– Exactement. Et la loyauté ? Qu'est-ce que tu en penses ? C'est juste une forme d'aveuglement, en réalité, non ?

– Ou un autre nom pour la dépendance et une forme d'infériorité. L'expression d'un respect obséquieux, voire de peur.

Johannes soupira.

– Tu devrais nous voir essayer de résoudre un problème ensemble. Ou nous efforçant d'atteindre une position commune sur une question donnée. Tu n'imagines pas la quantité de palabres que cela implique. J'en ai mal aux oreilles. C'est pour cette raison que je suis si fatigué. Tu vois ce que je veux dire ?

Je voyais.

– Enfin, je ne devrais pas me plaindre. Au moins, il n'y a pas de danger physique, ni substance chimique, ni scalpel. Et comment se passent les choses pour toi, Dorrit ? Que deviens-tu ?

Alors que nous quittions la promenade de l'atrium par l'un des sas d'air chaud, je lui parlai de l'expérience sur l'entraînement physique et reçus à nouveau des félicitations, cette fois-ci accompagnées d'une accolade et non d'un V de la victoire, une accolade franche et chaleureuse qui sentait l'homme et je devins… que devins-je d'ailleurs ? Pas excitée sexuellement, mais pas loin, une sensation de ce genre en tout cas. Mes oreilles bourdonnaient, j'avais le vertige et un frisson parcourut mon corps – un endocrinologue aurait probablement déclaré que je réagissais aux phéromones de Johannes – et je me sentis soudain gênée. Lorsqu'il me lâcha, je ne savais où poser mon regard.

Pour masquer mon embarras, je lui demandai s'il irait à l'exposition de Majken le samedi.

– Est-ce que tu y vas ? rétorqua-t-il en guise de réponse.

Je le lui confirmai.

– Dans ce cas, je viens aussi, reprit-il en me décochant un clin d'œil.

Cette fois, ce ne pouvait être parce qu'il était à moitié endormi. Je lui dis donc sur un ton aussi ferme que possible :

– Est-ce que tu flirtes avec moi, Johannes ?

Il sourit, pencha la tête sur le côté et me répondit :

– À ton avis ?

Dans la communauté extérieure, j'aurais pu dénoncer un homme se comportant ainsi, pour sexisme ou harcèlement léger – de fait, j'y aurais virtuellement été obligée. Pour la première fois, je fus contente, oui, contente de ne plus en être membre, car, en secret, je m'étais toujours sentie flattée quand des hommes flirtaient avec moi. Cela me rendait heureuse et provoquait une espèce d'alanguissement de tout mon corps, une sensation comparable à celle que j'éprouvais lorsque je mettais ma robe noire, des bas et des hauts talons.

En dépit de mon plaisir et de cette sensation d'être flattée, je m'efforçai de garder une façade d'indignation et lançai un regard sévère à Johannes.

Il se contenta de se moquer de moi, et cela me fit rougir, détourner les yeux et me sentir complètement idiote. À ma grande honte, toutefois, j'aimais cela, ce qui m'amena à me sentir encore plus bête. J'eus l'impression d'être une de ces potiches dans les vieux films, uniquement capables de glousser, de s'évanouir, de s'occuper de leur foyer et de se laisser séduire. Tout à coup, je pensai aux caméras et aux micros qui, même si personne ne nous observait à cet instant précis, enregistraient tout. Je craignais que mon langage corporel n'ait des conséquences pour moi.

Comme s'il avait lu mes pensées, Johannes dit :

– Personne ne s'en soucie, Dorrit. Tu ne t'en es pas encore aperçue ? Pas ici.

Puis il ajouta, taquin :

– Ici, tu peux être toi-même, sans aucune censure.

J'envisageai de feindre de ne pas comprendre ce qu'il voulait dire, d'affirmer qu'il avait mal interprété mon attitude et avait des présuppositions fausses à mon égard, mais je marmonnai simplement :

– D'accord…

Sur ce, nous nous séparâmes. Il se dirigea vers l'ascenseur F et je le regardai s'éloigner. Il se retourna, m'adressa un clin d'œil et je ne pus m'empêcher de lui répondre par un sourire.

J'étais sur le point de prendre l'ascenseur H pour regagner mon appartement quand je me souvins que je n'avais pas la moindre idée du résultat de la discussion entre Elsa et l'infirmière et je décidai donc d'aller chez elle.

Elle n'était pas dans sa chambre de la section A1 et je frappai aux portes jusqu'à ce que je trouve quelqu'un qui l'avait vue. Elle était partie, un petit sac à la main et un drap de bain autour des épaules.

Je la découvris dans le sauna à côté de la piscine en compagnie de Lena, une femme gaie aux cheveux blancs courts et rebelles, aux yeux aussi brillants que ceux d'un écureuil, et de Vanja dont l'apparence était en tous points opposée à celle de Lena : une expression sérieuse et des cheveux gris acier rassemblés en une longue tresse.

– Salut Dorrit ! s'exclama Elsa lorsqu'elle m'aperçut dans l'entrebâillement. Viens nous rejoindre !

J'attrapai une serviette, me déshabillai, me douchai et entrai dans la chaleur sèche. Je m'assis sur un des bancs de bois du haut.

Nous bavardâmes de tout et de rien pendant un moment. Pour finir, Vanja s'en alla, bientôt suivie de Lena. Elsa et moi nous retrouvâmes seules. Je suais à grosses gouttes et ne cessais de m'essuyer le front afin d'éviter qu'elles coulent dans mes yeux. J'appréciais la sensation procurée par les petits filets de transpiration qui ruisselaient le long de ma colonne vertébrale et entre mes seins.

– Comment les choses se sont-elles passées pour toi aujourd'hui, Elsa ? L'entretien avec l'infirmière, je veux dire.

– Oh, je pense que j'ai eu de la chance. Je rejoins une expérience déjà en cours où ils veulent davantage de gens dits normaux, des gens qui ont occupé un travail et sont habitués aux collègues, aux compromis, aux heures de travail fixes et ce genre de choses. Leur but est de tester la capacité des gens à œuvrer dans un esprit de confiance et de loyauté mutuelles. Travailler en groupe pour répartir et déléguer des tâches, résoudre des problèmes ensemble. En fait, ça semble très intéressant.

– Ce doit être celle à laquelle participe Johannes.

– Ah bon ? Qu'est-ce qu'il en pense ?

– Trop de temps gaspillé à parler de conneries, selon lui. Sans aucun danger, toutefois. Simplement, cela le fatigue beaucoup.

Je lui racontai que je l'avais retrouvé étendu sur le ventre sur la pelouse, profondément endormi, et Elsa éclata de rire.

– Je n'ai rien contre le fait d'être fatiguée, déclara-t-elle.

– Moi non plus.

14

– Qui est Wilma ?

Johannes se retourna brusquement vers moi. Il arborait une expression surprise, mais il semblait également tendu comme s'il était en colère ou suspicieux et je regrettai immédiatement d'avoir posé la question.

Nous étions devant l'une des œuvres de Majken, un verre de jus de fruits pétillant à la main. Le tableau représentait une vieille femme décharnée dans un lit d'hôpital. Elle était allongée sur le côté, en position fœtale, les bras et les jambes noués par des contractures – le titre de la toile était d'ailleurs *Contracture*. La femme était nue en dehors d'une couche verte contre l'incontinence. Au-dessus d'elle, dans l'air, flottait un banc de spermatozoïdes aux longs flagelles.

– Qu'est-ce que tu sais de Wilma ? demanda Johannes.

– Rien. Quand je t'ai réveillé sur la pelouse l'autre jour, tu as dit : « Qu'est-ce qu'il y a, Wilma ? »

– Oh !

Son expression se radoucit et son regard redevint plus calme, moins sur la défensive.

– Wilma est ma nièce.

– Ah, d'accord…

J'avais envie de lui poser des questions. Quel âge a-t-elle ? Est-ce que tu la voyais souvent ? Est-ce que vous vous entendiez bien ? Est-ce que tu t'occupais parfois d'elle ? Mais les questions restaient bloquées dans ma gorge. J'aurais voulu savoir quel effet cela faisait d'être en présence d'un enfant, d'être un membre de son réseau social, de prendre soin d'un parent en bas âge, d'être réveillée par un neveu ou une nièce voulant jouer avec vous ou requérant votre aide.

Je n'avais quasiment jamais vu mes nièces et neveux, sans parler de les garder. Après la mort de nos parents – à moins d'un an d'écart, d'abord mon père, puis ma mère – l'intervalle entre les appels téléphoniques, les lettres, les courriels et les visites s'était accru toujours davantage. Il était devenu évident que nos parents avaient été le lien qui nous unissait et qu'après leur disparition plus rien ne nous rassemblait. Ole, Ida et Jens vivaient respectivement à Bruxelles, Londres et Helsinki avec leur famille depuis longtemps. Ils étaient très occupés par leurs carrières, aux titres aussi vagues que consultant en management ou marketing. Je n'avais jamais rendu visite à aucun d'eux et ne pouvais même pas imaginer l'un de leurs enfants me réveillant en me secouant doucement l'épaule et en me demandant : « Dorrit ? Tante Dorrit ? » Cette notion était tout aussi irréelle que l'idée qu'un enfant me réveille en m'appelant « Maman ! ».

Quoi qu'il en soit, je ne pus me résoudre à questionner Johannes davantage au sujet de Wilma.

Après un moment, nous nous dirigeâmes vers le tableau suivant. Il montrait une autre femme, sensiblement plus jeune. Elle portait une longue robe blanche et un voile en tulle et nageait sous l'eau avec un filet, chassant un autre banc de spermatozoïdes qui, cette fois-ci, essayaient de lui échapper en frétillant du flagelle. Cette œuvre était intitulée *Fertile*.

La toile suivante était petite, environ trente centimètres sur trente, et représentait un fœtus bleuâtre dans un placenta, se détachant sur un arrière-plan chaud couleur rouge sang avec des veines bleues. Le fœtus apparaissait de profil, mais était tordu dans une position artificielle : les bras et les jambes minuscules encore translucides étaient repliés près du corps alors que le tronc et la tête étaient tournés vers l'avant, face au spectateur. La tête était également légèrement inclinée vers l'arrière et les yeux ovales très sombres louchaient sans voir, me sembla-t-il, dans différentes directions. Le nez n'était encore qu'une masse informe et dénuée de narines au milieu du visage bleu pâle avec sa peau fine et duveteuse. La bouche était la partie du corps manquant le plus de naturel avec d'épaisses lèvres rouges à demi ouvertes et figées en une expression contrariée, peut-être une grimace de douleur, peut-être un ricanement méprisant, c'était difficile à déterminer. De même qu'il n'était pas évident de savoir si le fœtus était mort, en train de mourir ou viable mais souffrant de malformations sévères. Je me penchai pour lire le titre : *To be or not to be - that is the question.*

J'éclatai de rire, involontairement. Johannes me fixa et partit également d'un rire grave, tonitruant quoiqu'un peu hésitant ; peut-être riait-il par politesse pour m'imiter ou pour ne pas paraître stupide, ou alors il était aussi hilare que moi ; peut-être était-ce juste sa manière de rire.

Majken, qui était plus loin dans la pièce et discutait avec Alice, Vanja et d'autres visiteurs, se dirigea vers nous, un verre à moitié plein à la main.

– Vous le trouvez amusant ? demanda-t-elle en désignant le tableau en question.

– Oui, répondis-je. Ou plutôt non. Ou les deux. Il… met mal à l'aise. Et pourtant il est amusant.

– Oui… En fait, c'est ce que j'éprouvais quand je l'ai peint. Dans le sens opposé, cependant. Mon premier sentiment était une espèce d'humour indigné, mais plus je progressais, plus le fœtus était malformé et effrayant. À la fin, j'en avais même un peu peur. Et c'est toujours le cas, je pense.

Tandis qu'elle parlait j'observais ses yeux verts, qui dégageaient calme et harmonie. Toutefois, au coin d'un œil, un minuscule nerf vibrait, imperceptiblement ; il tressaillait et tremblait sous la peau. Ce frémissement ainsi qu'un signe très discret de tension autour de sa bouche révélaient que cette harmonie n'était pas totale, qu'il y avait quelque chose à l'intérieur qui n'était pas calme et je fus saisie d'une envie presque irrépressible de la prendre dans mes bras pour la consoler et la protéger. Pour essayer de la sauver. Cependant, comme durant notre promenade nocturne dans le jardin de Monet la semaine précédente, je craignis de gâcher l'atmosphère si je cédais à mes émotions et à mes impulsions.

La galerie était, comme c'est généralement le cas, claire et aérée – un parquet ciré, des murs blancs, un plafond haut – et il y faisait jour alors que c'était le soir. Majken étant avant tout une artiste travaillant sur le visuel, l'exposition se composait essentiellement de tableaux, colorés et figuratifs. Cependant, tout au fond du hall lumineux, il y avait un mur peint en noir. Il était percé d'une porte dissimulée sous une lourde tenture noire. Au-dessus de celle-ci étaient accrochées de grandes lettres au néon bleu indiquant ICI.

En s'approchant, on entendait, très faiblement, une voix qui murmurait à l'intérieur. Elle était aguichante et possédait un côté méditatif et magnétique et je fus attirée vers la porte. Je repoussai légèrement le rideau et plongeai le regard dans l'obscurité compacte. J'entrai et laissai la tenture retomber derrière moi. Je demeurai immobile dans la pénombre, attendant que mes yeux s'y accoutument et après quelques instants, je discernai une faible lueur bleuâtre plus loin.

J'avançai avec précaution dans sa direction et celle du murmure et, immédiatement, je distinguai non pas une voix mais deux. Ou peut-être trois, voire davantage, c'était difficile à déterminer. Elles émanaient de l'obscurité, diffuses. À des distances variables de moi, elles surgissaient et disparaissaient, s'enchaînant parfois ou se couvrant les unes les autres. Les voix étaient insistantes, mais d'une manière agréable, ni courroucées ni vindicatives. Il était impossible de distinguer ce qu'elles disaient, mais j'avais l'impression qu'elles m'appelaient – enfin, pas précisément moi, bien sûr, mais en tant que visiteuse. Le sol sous mes pieds semblait doux et silencieux comme de la moquette et je n'entendais pas mes propres pas. Je ne voyais rien non plus à l'exception de la lueur bleuâtre tout au fond ; seule une obscurité d'un noir de poix m'entourait et j'avais l'impression de me déplacer dans une sorte de tunnel. Au bout d'un moment, j'eus également la sensation qu'il y avait plusieurs personnes autour de moi. Je ne distinguais rien, mais de temps à autre il me semblait percevoir une respiration qui n'était pas la mienne ou sentir un léger mouvement de l'air comme si quelqu'un passait à côté de moi sans que j'en aie la certitude.

Les voix qui murmuraient devinrent de plus en plus nombreuses au fil de ma progression. Elles ne se firent pas plus fortes, c'était moi qui me rapprochais d'elles. Je dépassai des voix isolées, les laissant derrière moi, seulement pour m'approcher d'autres. Soudain je me retrouvais encerclée par ces murmures, chuchotants et aguichants. Au début, c'étaient des voix d'hommes et de femmes. Cependant, après quelque temps, je distinguai aussi une voix d'enfant, plus stridente et haut perchée, çà et là.

La lueur bleue devant moi gagna en intensité et en taille. Je me rapprochais toujours plus, la température fraîchissait à présent et une odeur de terre humide me parvint comme si j'entrai dans une caverne. En m'y enfonçant, au milieu de toutes ces voix, je perçus au loin quelque chose qui dégoulinait puis l'écho de pas lents. L'ensemble produisait un effet vraiment apaisant : les sons, la pénombre, l'odeur de la terre et la fraîcheur. Je sentais littéralement mon cœur ralentir et adopter un rythme plus paisible. Mes bras, mes épaules et ma nuque me semblaient agréablement détendus. Mes pas aussi se firent plus lents et légers, presque comme si j'avançais au ralenti. J'étais parfaitement calme. Mon cerveau pesait de tout son poids à l'intérieur de ma boîte crânienne – pour la première fois de ma vie, j'avais conscience de son poids. Il était là, lourd et silencieux. Il ne pensait pas, n'avait pas d'opinions, n'argumentait pas, n'analysait pas. Il se contentait de contrôler mes fonctions corporelles et mes organes sensoriels et je ne pense pas que mes sens aient jamais été aussi aiguisés. Dans cet état très lucide, hautement réceptif et pourtant incroyablement détendu, je pénétrai dans une pièce ovale aux murs noirs recouverts de grands vitraux tandis que mes pas résonnaient sur un sol en marbre. Il y avait manifestement des gens ici et c'était leurs pas que j'avais entendus, accompagnés de leurs voix et de ce bruissement d'eau.

Les gens étaient des ombres noires, se déplaçant comme mues par une transe. L'écoulement était devenu plus perceptible, plus proche, les voix chuchotant comme avant, certaines à proximité, d'autres lointaines, des voix d'enfants et des voix d'adultes, femmes et hommes, et les mots étaient impossibles à discerner. L'obscurité régnait ici aussi, mais les vitraux aux motifs abstraits bleus et turquoise étaient illuminés. À leur faible lueur, je distinguais, en plus des silhouettes bougeant lentement dans la pièce, une grande pierre arrondie, à peu près de la même hauteur que le garrot d'un petit poney ou d'un grand chien, au centre de la salle. D'un endroit situé quelque part en hauteur une goutte d'eau tombait à intervalles réguliers, peut-être toutes les cinq ou six secondes, droit dans un creux au sommet de la masse. Il était rempli et l'eau ruisselait le long du bloc, s'accumulant dans un socle concave noir à sa base.

Je demeurais là à contempler les gouttelettes tomber et l'eau qui recouvrait la pierre tel un voile translucide, jusqu'à ce que je prenne conscience de la chaleur d'un corps à côté de moi et relève le regard. C'était Majken en personne. Elle m'adressa un signe de tête sans rien dire. Je le lui rendis. Le blanc de ses yeux brillait à la lueur bleuâtre des vitraux ; ses cheveux avaient leur lustre blond cendré nocturne et paraissaient vraiment doux et soyeux, comme de l'angora, et spontanément, je levai la main et les caressai avec délicatesse et lenteur du bout des doigts – ils étaient effectivement d'une incroyable douceur – avant de les laisser glisser sur sa nuque et le long de sa colonne. Arrivée au bas de son dos, je m'arrêtai et retirai lentement ma main.

À cet instant, je sentis quelqu'un me faire la même chose, oui, précisément : quelqu'un parce que ce n'était pas Majken, mais une personne se tenant juste derrière moi et déplaçant délicatement le bout de ses doigts du sommet de mon crâne sur mes cheveux puis le long de ma nuque et de mon dos jusqu'à la base de ma colonne avant de disparaître. Je me retournai, mais pas assez vite pour voir de qui il s'agissait. J'entendis uniquement l'écho de pas feutrés s'éloignant et se fondant dans l'obscurité.

15

Je fus réveillée par un coup de feu. Je me redressai dans mon lit en sursaut et regardai autour de moi, à moitié endormie. Il ne faisait pas encore tout à fait jour. On était lundi et deux semaines s'étaient écoulées depuis l'exposition.

Un coup de feu ? Était-ce possible ? Peut-être avais-je rêvé. Ou quelqu'un, un de mes voisins, avait claqué une porte. Mais pourquoi quelqu'un claquerait-il une porte en pleine nuit ? Le bruit pouvait-il provenir de l'extérieur ? Au fond, je ne savais pas vraiment où je me trouvais. J'ignorais ce qu'il y avait au-delà des murs de l'Unité. S'agissait-il d'un village, d'une ville ? Ou juste d'une forêt ? D'une zone industrielle ? Je ne savais pas non plus si l'un des murs de mon appartement donnait sur l'extérieur, si c'était un mur de façade. Le bruit que j'avais entendu – coup de feu, craquement, détonation – aurait pu être une bombe, un camion transportant des matières inflammables percutant un autre véhicule, provoquant une fuite de gaz explosive. Un feu digne des flammes de l'enfer accompagné d'épaisses fumées noires s'était peut-être déclaré « dehors ». Nocif. Étais-je en danger ? Étions-*nous* en danger ? Probablement pas. Au bout du compte, je décidai que je devais avoir rêvé et m'efforçai de me rendormir, ce qui se révéla toutefois impossible. J'étais totalement éveillée. Je me levai donc, préparai du café puis retournai au lit avec une tasse. Je restai assise sous la couette à observer l'aube artificielle qui pointait, cette lumière qui ressemblait tant à la vraie filtrant à travers les interstices des cloisons, tandis que j'avalais mon café du matin.

Je me sentais presque à la maison. C'était ainsi que mes journées commençaient. Enfin, en réalité, elles débutaient par l'enfilage d'un pantalon chaud et d'une veste molletonnée au-dessus de mon pyjama. J'enfonçais également une sorte de chapka sur ma tête et je sortais faire une promenade somnolente avec Jock. Après ça, en rentrant, je buvais mon café au lit pendant que le jour se levait. Mon bloc-notes à proximité.

J'allumai la lumière, ouvris le tiroir du chevet et pris l'enveloppe contenant les photos de Nils, de Jock et de ma famille, je sortis aussi mon bloc-notes et mon stylo favori. Je n'avais pas regardé les photos depuis mon arrivée et je doutais de jamais le faire ; je rangeai l'enveloppe, m'efforçant de ne y pas penser.

Je commençai alors à écrire, pas mon roman cependant. Je me lançai dans une nouvelle sur une femme célibataire de quarante-cinq ans donnant naissance à un bébé malformé, semblable à celui du tableau de Majken, même si dans mon récit l'enfant n'était pas un fœtus, mais un nourrisson. Complètement développé et né à terme bien qu'atteint de graves malformations. De grandes parties de son cerveau manquaient, comme si elles avaient été effacées. Seules les zones responsables de la faim, de la soif et de certaines fonctions corporelles comme la déglutition ou le fait de vider sa vessie fonctionnaient. Il était impossible de savoir si l'espérance de vie de l'enfant se chiffrait en semaines, en jours ou en heures. Par ailleurs, s'il survivait à la première période extrêmement critique, il serait selon toutes probabilités totalement sans défense, dépourvu de vision, d'ouïe, d'odorat, de goût et de sens du toucher, privé de la capacité de reconnaître d'autres personnes ou d'entrer en relation avec elles. Un fardeau épuisant qui nécessiterait une surveillance vingt-quatre heures sur vingt-quatre durant toute sa vie ; la mère ne parviendrait jamais à assurer les soins dont il aurait besoin sans une aide massive de la société. Les questions qui se posaient étaient les suivantes : cette mère doit-elle être considérée comme un parent dans le sens pratique et concret du terme ? Doit-elle être déclarée *nécessaire* ? Auquel cas, on pouvait s'interroger : une personne est-elle *nécessaire* si elle donne naissance à un enfant incapable d'établir un lien avec elle et qui ne pourra jamais apporter aucune contribution à la société ?

Vers onze heures et demie, je dus m'interrompre pour m'habiller et prendre un repas digne de ce nom qui me donnerait assez d'énergie pour l'expérience d'entraînement intensif. En cinq heures, j'avais rempli trois pages et demie ; pas mal. Je les arrachai du bloc et les plaçai retournées dans une chemise en plastique sur le bureau à côté de l'ordinateur. Mon intention était de les taper au propre et de poursuivre l'histoire le lendemain.

J'allai à la Terrasse. Ils proposaient généralement des salades aussi savoureuses que copieuses. J'en choisis une avec du thon, des œufs, des pois, du riz, de la laitue iceberg et des tomates, me servis un grand verre de jus de fruits fraîchement pressés et m'installai à mon emplacement préféré d'où l'on pouvait voir jusqu'à la mare aux nénuphars dans le jardin de Monet.

À cette heure, il n'y avait presque personne. Le restaurant se remplissait et devenait bruyant à partir de midi et demi. Je m'étais dit que j'y croiserais peut-être Majken étant donné qu'elle déjeunait habituellement tôt, mais elle n'était pas là et ne se montra pas.

Après mon repas, je gagnai le jardin d'hiver. Allongée dans l'herbe, je contemplai le ciel à travers le dôme de verre puis il fut temps pour moi de prendre l'ascenseur pour rejoindre ma séance d'entraînement. Je m'arrêtai au niveau 2 pour voir si Majken était dans son atelier. Je voulais lui dire que son tableau représentant le fœtus malformé m'avait fourni l'inspiration pour me remettre à écrire. J'estimais qu'elle devait le savoir, que c'était important. Son atelier se situait entre une pièce de montage pour les films et un studio occupé par deux animateurs, Erik et Peder.

La porte de Majken était entrouverte. Je frappai sans obtenir de réponse si bien que je la poussai alors qu'une forte odeur d'huile de lin, de térébenthine et de poussière de charbon de bois m'envahit les narines.

– Majken ? lançai-je.

Aucune réponse. Des dessins et des peintures à moitié achevés étaient alignés le long des murs. Sur un chevalet au centre de la pièce une toile à peine commencée était posée. Des tubes de peinture, des pots avec des pinceaux propres et d'autres au couvercle vissé contenant probablement de l'huile ou de la térébenthine, deux palettes et des morceaux d'étoffe multicolores étaient entassés sur une petite table à côté du chevalet. Il y avait une pièce annexe équipée d'une kitchenette et d'un évier pour nettoyer le matériel. J'entrai, mais elle était également vide. J'avais un peu l'impression de fouiner et d'envahir l'espace privé de Majken, ce que je faisais, en réalité. Après m'être assurée qu'elle n'était pas là, je me hâtai donc de sortir.

En me dirigeant vers les ascenseurs je passai devant le studio des animateurs et frappai à leur porte.

– Oui ? entendis-je.

Lorsque j'entrai, Erik et Vanja étaient assis sur un canapé éculé coincé entre une table de dessin et un bureau informatique, entouré d'un fatras de carnets, de crayons et de morceaux de craie abandonnés partout sur les meubles et le sol. Ils buvaient du café. Le bras d'Erik reposait sur les épaules de Vanja. Peder n'était pas là.

– Avez-vous vu Majken ?

– Pas depuis un moment, précisa Erik. Elle est peut-être partie donner du sang. Est-ce que je dois lui transmettre un message si elle revient ?

Je répondis que ce n'était pas nécessaire, car j'étais à peu près sûre de la croiser au H3 le soir. Puis je les quittai et poursuivis jusqu'aux ascenseurs pour me rendre à ma séance d'entraînement. Je ne pensai plus à Majken avant la fin des exercices de la journée, soit quatre heures sur un rameur. Je rentrai à la section H3, épuisée, les avant-bras tremblants. La porte de l'appartement de Majken était entrouverte, exactement comme celle de son atelier à midi, à la différence près que je distinguais des voix à l'intérieur, au nombre de deux, dont aucune n'appartenait à Majken.

Mes jambes commencèrent à trembler elles aussi et, sur ces jambes vacillantes qui menaçaient de céder sous mon poids, j'avançai jusqu'à la porte et l'ouvris en grand.

Dick et Henrietta bavardaient comme si de rien n'était tout en farfouillant dans les affaires de Majken, Henrietta avec un sac-poubelle noir à la main et Dick poussant une grande boîte métallique montée sur roulettes qui m'évoqua les chariots utilisés dans les hôpitaux pour transporter les patients décédés, mais de plus petite taille et profonde.

Dick fut le premier à remarquer ma présence sur le seuil.

– Oh, mon Dieu ! dit-il en s'adressant à Henrietta tout en me fixant. On dirait que nous avons oublié de verrouiller la porte.

– Oh, mon Dieu ! répéta Henrietta.

Elle posa le sac, vint vers moi, me prit les bras en penchant la tête de côté, s'apprêtant sans doute à prononcer quelque parole chaleureuse et réconfortante. Cependant, je ne voulais rien entendre et je m'arrachai à son étreinte, tournai les talons et me précipitai dans mon appartement, claquant la porte de toutes mes forces avant de la verrouiller – ce geste était essentiellement symbolique puisque tous les membres du personnel possédaient un passe-partout qui leur donnait accès à l'ensemble des logements des résidents.

Je restai alors figée derrière la porte, ne sachant où diriger mes pas. Pour la première fois, les caméras de surveillance me dérangèrent vraiment. Manger, dormir, lire, écrire, regarder la télé, parler au téléphone, se brosser les dents, se curer le nez ou les oreilles, prendre une douche, pisser ou déféquer, changer son tampon :

passe encore de faire tout cela en étant observée, mais pourquoi ces bâtards devraient-ils voir ça, suppliai-je.

Ça… Mes jambes finirent par céder et je m'écroulai, impuissante, sur le sol, restant juste là, immobile, appuyée contre la porte, incapable de me maîtriser ou même de contrôler le volume de ma voix : je hurlai, telle une bête blessée à mort.

16

Au moment où ma sœur aînée s'apprêtait à fêter ses cinquante ans, je l'avais appelée pour lui demander si elle voulait que je vienne, mais je n'avais obtenu qu'un message automatique pour toute réponse : « Il n'y a pas d'abonné à ce numéro. » Lorsque j'avais essayé de lui envoyer un courriel, il m'avait été retourné ; cette adresse n'existait pas. Je m'étais alors mise en relation avec mes frères et mon autre sœur, mais ils m'avaient dit ne pas avoir eu de nouvelles de Siv depuis plusieurs années et ne rien savoir d'elle. Finalement, après lui avoir écrit une simple lettre et l'avoir reçue en retour avec son nom et son adresse barrés et estampillée de la mention RETOUR À L'EXPÉDITEUR, j'avais pris ma voiture et avais effectué le trajet jusqu'à Malmö et son appartement sur Kornettsgatan. Cependant, c'était un nom différent qui figurait sur la porte et un jeune homme qui m'avait répondu quand j'avais sonné. Il m'avait déclaré :

– Non, il n'y a pas de Siv Weger à cette adresse. Mon petit ami et moi vivons ici depuis plus de deux ans.

Il mentait ! À moins que… ? J'étais perplexe. D'aussi loin que je me souvienne, j'avais vu Siv chez elle dans cet appartement précis et aussi récemment que l'année précédente, le jour de ses quarante-neuf ans. Nous essayions de nous voir au moins deux fois par an, pour nos anniversaires respectifs, et parfois également à Noël et au nouvel an. Il arrivait qu'une réunion d'anniversaire soit décalée ou annulée parce que nous n'avions pas le temps de voyager pour nous rendre visite ou parce que nous n'en avions pas les moyens. Pour cette raison, j'en vins à la conclusion, à contrecœur, que ma mémoire me jouait des tours et que je confondais les deux dernières années, comme cela se produit si fréquemment chez les personnes d'un certain âge. Le déroulement des événements et l'intervalle les séparant au cours de mon passé relativement récent tendaient à être un peu confus dans mon esprit ces derniers mois. Le temps passé avait en quelque sorte perdu sa structure linéaire, ma mémoire s'était mise à établir des priorités d'une manière inédite dans mon vécu, disloquant la chronologie et réorganisant mes expériences et mes points de référence, les plaçant dans un ordre arbitraire et changeant. Je conclus donc que plus de deux ans devaient s'être écoulés depuis que j'avais vu Siv dans cet appartement.

Pour autant, je n'en restai évidemment pas là. Elle était partie sans m'avertir, et cela ne lui ressemblait pas. Je signalai donc sa disparition à la police même si je suspectais bien sûr qu'on l'avait emmenée à l'Unité. Cependant, ce n'était pas avéré. Certes, elle n'avait pas d'enfants, mais elle aurait très bien pu connaître le succès professionnel tout à coup ou réussir à rencontrer un compagnon régulier qui l'aimait. Ou les deux. Nous n'avions pas pour habitude de nous questionner sur nos vies sentimentales respectives et Siv n'était pas du genre à engager la conversation dans ce domaine. Cela aurait donc pu se produire sans que je n'en sache rien. Elle aurait, par exemple, pu rencontrer une personne originaire d'une autre région du pays, y emménager avec lui ou elle en oubliant tout bonnement de m'en parler. Ou un événement terrible avait pu avoir lieu : elle avait pu déménager ailleurs avec son partenaire en ayant l'intention de me le dire, mais sans en avoir le temps parce qu'elle était impliquée dans un accident ou un crime. Elle était peut-être enterrée dans une forêt ou un marécage, elle avait peut-être été balancée à la mer ou son corps démembré se trouvait dans un congélateur. Ou peut-être encore avait-elle décidé d'aller faire de l'alpinisme et était-elle tombée sans que personne ne soit témoin, atterrissant là où personne ne passait jamais. Tout était envisageable, et je m'empressai de signaler sa disparition.

Toutefois, l'enquête n'aboutit pas. C'est du moins ce qu'on me déclarait chaque fois que j'appelais pour m'enquérir de son évolution. « Nous faisons tout ce qui est en notre pouvoir pour découvrir ce qui est arrivé à votre sœur, mais jusqu'à présent aucune de nos pistes n'a malheureusement abouti. »

Parfois, quand je devais aller à Malmö, je croisais d'anciens amis de Siv et j'en profitais toujours pour leur demander s'ils avaient des nouvelles d'elle ou s'ils disposaient d'informations. J'obtenais parfois ce genre de réponse : « Non, cela fait des lustres que je n'ai pas eu le moindre contact avec Siv, mais tu sais comment elle est ; elle a sans doute juste donné son préavis pour l'appartement, tout vendu et s'est embarquée pour un long voyage. Tu verras, elle est sans doute installée dans un ashram quelconque à chanter un mantra, ou alors elle navigue au large du cap Horn sur un radeau ou quelque chose de ce style. Je suis persuadé qu'elle va surgir tel un diable hors de sa boîte un de ces jours. »

Ou on m'abreuvait de commentaires du genre : « Oh, tu sais, les contacts entre Siv et moi ont toujours été sporadiques. Je n'ai pas la moindre idée de ce qu'elle fabrique ces temps-ci. »

Par la suite, environ un an plus tard, quand j'eus accepté l'idée que Siv était partie et qu'elle ne reviendrait pas, je me suis dit que l'une de ses amies devait savoir ce qu'il était advenu d'elle, mais n'en avait rien révélé. Je pensais qu'elle avait peut-être avoué à quelqu'un qu'elle allait être déclarée *superflue* et cette personne avait promis de garder le secret si moi ou n'importe qui l'interrogeait. Je voulais vraiment croire que les choses s'étaient produites ainsi. Je voulais vraiment croire que Siv possédait une telle amie, quelqu'un de si proche qu'elle pouvait se confier à elle. Je voulais vraiment croire qu'elle n'avait pas eu que des « contacts sporadiques ».

17

– Quel est le sens de la vie ? demanda Arnold, mon psychologue.

Pour la troisième fois de la semaine après la donation finale de Majken, j'étais assise sur un fauteuil dans son bureau. La première fois avait été une urgence. Henrietta m'avait suivie à mon appartement où je m'étais enfermée et écroulée, le dos contre la porte. Elle était restée dehors, attentive, à m'épier – comme si cela ne suffisait pas qu'un individu soit installé à la tour de contrôle (enfin, dans l'endroit d'où ils nous surveillaient), m'observant et m'écoutant. Il était manifestement en contact avec Henrietta par le biais d'un portable ou d'un moyen de communication quelconque, car je l'avais entendue parler à voix basse à quelqu'un.

Elle disait « oui », « oui, Dick est là », « prête, oui », « j'attends ton signal » et peu après elle avait tourné la clé et ouvert délicatement. La porte s'était ouverte vers l'extérieur et j'étais lentement tombée en arrière, apathique. Dick lui avait alors prêté main-forte et ils m'avaient plus ou moins portée jusque chez Arnold que je connaissais à peine. À ce stade, je ne l'avais vu que deux fois et nous n'avions pas encore évoqué de sujet particulièrement sensible, mais en étions essentiellement restés à la surface de ma vie émotionnelle. Ce jour-là, par contre, on me déposa sur son fauteuil alors que je me trouvais dans un état de totale impuissance et sans défense. Toute ma peur, ma rage et mon chagrin refoulés étaient remontés à la surface et l'attendaient – tout ce qu'il avait à faire, c'était se pencher et se servir, du moins c'est ce qui me semblait, comme s'il lapait mes sentiments avec sa grosse langue rugueuse de psychologue. Il avait réussi à me faire parler de la mort, de ce moment où quelqu'un meurt ou disparaît, à l'instar de Majken, de Siv, de mes parents et de gens que j'avais connus et qui n'existaient plus.

Après, je m'étais effectivement sentie mieux et je n'avais pas du tout l'impression qu'il m'avait subtilisé quelque chose. Au contraire, il me donnait le sentiment d'être là pour moi. Je n'étais pas totalement sûre que cela soit vrai en réalité, mais l'essentiel était qu'il me procure cette sensation.

Cette fois-ci, une semaine après la donation finale de Majken, il estimait que nous devions parler de la vie.

– Le sens de la vie ? répétai-je. C'est une question difficile et je ne pense pas pouvoir y répondre.

– Essayez, insista Arnold.

– Est-ce que vous voulez dire ma vie ? Quel est le sens de ma vie ? Ou la vie en général ?

– Vous êtes libre d'interpréter la question à votre guise.

En temps normal, si j'avais été dans la communauté extérieure, ses propos auraient éveillé ma méfiance. L'expérience m'avait enseigné qu'à chaque fois qu'un médecin, un psychologue, un patron, un enseignant, un policier ou un journaliste déclaraient que vous étiez libre d'interpréter une question à votre guise, cela signifiait généralement qu'on vous testait d'une manière ou d'une autre. En fonction de votre interprétation et de la réponse que vous apportiez, vous étiez classé dans telle ou telle catégorie.

Cependant, ici à l'Unité, je me dis que cela revêtait peu d'importance. Après tout, il n'y avait qu'une seule catégorie entre ces murs et quelle que soit ma réponse, c'est à elle que j'appartenais. Je n'avais pas à me soucier de deviner ce qu'on attendait de moi. Je pouvais me détendre et dire ce qui me plaisait. Je pouvais me permettre de babiller, de digresser et d'hésiter à peu près comme lorsque j'écrivais.

– Je crois qu'avant, j'imaginais que ma vie m'appartenait, qu'elle était entièrement à ma disposition et que personne jamais n'émettrait de prétentions ou de jugements sur elle. Mais j'ai changé d'avis. Ma vie ne m'appartient pas du tout, elle appartient à d'autres.

– À qui ? demanda Arnold.

Je haussai les épaules.

– À ceux qui détiennent le pouvoir, je suppose.

– Et de qui s'agit-il ?

– De nos dirigeants, bien sûr.

– Et qui sont nos dirigeants ?

– Heu… nous ne le savons pas vraiment. L'État, ou l'industrie, ou le capitalisme. Ou les médias. Ou les quatre. Ou est-ce que l'industrie et le capitalisme, c'est du pareil au même ? Quoi qu'il en soit, les garants de la croissance, de la démocratie et de l'abondance, ce sont eux qui détiennent ma vie entre leurs mains. Et la vie, c'est du capital. Un capital qui doit être partagé de manière équitable entre les gens de façon à promouvoir la reproduction et la croissance, l'abondance et la démocratie. Je ne suis qu'un intendant veillant sur mes organes vitaux.

– Mais est-ce que c'est vraiment ce que vous, vous pensez, Dorrit ?

– Absolument. Enfin, peut-être pas tout à fait. Mais j'y travaille.

– Pourquoi ?

– Pour surmonter cette situation, bien sûr. Je vis pour le capital, c'est une réalité, non ? Et la meilleure manière de gérer cette situation est d'apprendre à l'apprécier. De croire qu'elle fait sens. Sinon, je ne pourrais pas croire qu'on doive mourir pour elle.

– C'est important pour vous de sentir qu'il y a un sens à mourir pour ce que vous appelez le capital ?

– Oui.

– Pourquoi ?

– Parce que sinon je me sentirais impuissante, ce que je suis pour une large part, mais je peux le supporter aussi longtemps que je ne le sens pas trop. Je suis ici maintenant, non ? Je vis ici et je vais mourir ici. Je vis et je meurs afin que le P.I.B. augmente et si je ne considérais pas ça comme important, mon existence serait insupportable.

– Et vous voulez avoir une existence supportable ?

– N'est-ce pas le cas de tout le monde ?

Arnold ne répondit pas. J'interprétai son silence comme une provocation et je déclarai avec âpreté :

– Peut-être que c'est ça le sens de la vie. Peut-être que c'est la réponse à votre question : le sens de la vie, c'est qu'elle devrait être supportable. Êtes-vous satisfait de cette réponse ?

– Vous êtes en colère, dit-il sans que je puisse déterminer si c'était une question ou une affirmation.

– Bien sûr que je suis furieuse ! Vous ne le seriez pas, vous ?

– Si, probablement.

Il ne s'étendit pas davantage sur ce sujet et ne me posa plus de questions supplémentaires sur le sens de la vie. Je n'ajoutai rien non plus et nous demeurâmes donc un moment sans rien dire. Sans doute au moins une longue minute et durant tout ce temps j'étais terriblement en colère, à tel point que les larmes me montèrent aux yeux. Pour autant, je ne pleurai pas, bien qu'un nœud palpitant et brûlant se soit formé dans ma gorge. J'étais ce que j'appelais habituellement « politiquement en colère » et, par-dessus tout, pleine de honte pour moi-même.

Pour finir, Arnold déclara :

– Est-ce que vous savez qui a reçu le pancréas de Majken ?

Je dus m'éclaircir la voix avant de pouvoir répondre :

– Non. Ou plutôt si : une infirmière mère de quatre enfants.

Arnold se pencha et prit une chemise sur la petite table à côté de son fauteuil. Il l'ouvrit et en sortit une photographie. Il était sur le point de me la passer lorsqu'il se ravisa :

– Bien sûr, il n'y a pas que cette personne qui a pu reprendre le cours de sa vie grâce à Majken. Son cœur a probablement été donné à quelqu'un, son rein – je suppose qu'elle n'en avait plus qu'un – à quelqu'un d'autre encore, ainsi que son foie. Et de nombreux éléments auront été prélevés et stockés dans notre banque d'organes et de tissus. Un seul corps peut sauver jusqu'à huit vies. Le prélèvement et la transplantation des autres organes et tissus sont un bonus, pourrait-on dire, quand un organe spécifique, dans ce cas le pancréas, d'un donneur particulier possédant le groupe sanguin adéquat va à un receveur bien précis dans le cadre d'une greffe programmée et soigneusement préparée. Et voici… (il se pencha à nouveau vers moi et me tendit alors la photographie) la personne qui a reçu le pancréas de Majken.

Il s'appuya à nouveau contre le dossier de son siège.

Le cliché dans ma main montrait une femme en compagnie de quatre enfants encore trop jeunes pour fréquenter l'école, dont des jumeaux. La femme paraissait âgée et fatiguée, son visage était usé et couvert de taches, signe d'une mauvaise santé.

– Elle élève les enfants seule, m'expliqua Arnold. Son compagnon – le père des enfants – est mort dans un accident il y a deux ans. Elle n'a ni frères ni sœurs et sa vieille mère souffre d'une forme de démence et requiert des soins permanents. La photo est assez récente ; l'aînée des enfants va bientôt avoir six ans, les jumeaux viennent de célébrer leur quatrième anniversaire et le benjamin n'était même pas encore né au décès du père. Cette femme souffre d'un diabète de type 1 et il ne s'agit donc pas d'un mal dont elle serait elle-même responsable. Je ne connais pas tous les détails médicaux, mais le pancréas a deux fonctions. Il produit de l'insuline normale, comme vous le savez peut-être, et il produit également une substance qui contribue à désintégrer les aliments. La production d'insuline n'a jamais fonctionné normalement chez cette patiente. Par ailleurs, il y a quelque temps la fonction secondaire de son pancréas est également devenue défaillante, entraînant des perturbations du processus digestif. Elle ne pouvait ni boire ni manger normalement, mais était maintenue en vie grâce à des perfusions nutritives. Étant donné que vous n'avez pas d'enfants, vous n'imaginez peut-être pas ce que cela représente d'élever quatre enfants seule tout en veillant sur un parent sénile, en traînant un porte-perfusions derrière soi, en se faisant des injections et en prenant un traitement, le tout sous surveillance médicale permanente.

En fait, j'imaginais très bien tout cela et j'aurais aimé être à sa place. J'aurais avec joie échangé ma place avec cette femme malade, usée et passablement laide, vieillie avant l'heure. Ma mère me manquait. Peu importe à quel point elle aurait perdu la tête et serait devenue dépendante, si seulement elle avait eu la possibilité de vieillir, si seulement elle était restée en vie. Quant à moi, j'aurais volontiers vécu, malade et épuisée, constamment tourmentée par quatre enfants en bas âge et un porte-perfusions, car ça au moins, c'était la vie, même si ce devait certainement être un enfer. J'aurais aimé vivre un enfer du moment que ce soit la vie.

Arnold ajouta :

– Et le point le plus important : sans cette transplantation, il ne lui serait pas resté longtemps à vivre. C'était une question de mois, une année tout au plus. Maintenant, par contre, elle a de fortes chances de voir ses enfants grandir. Elle ne vivra peut-être pas assez longtemps pour avoir des petits-enfants, mais elle aura sans doute le temps de remplir son rôle de parent. Et c'est grâce au pancréas d'une personne qui n'avait plus personne.

Je n'émis aucun commentaire et regardai simplement la photo. L'aînée des enfants portait des lunettes et souriait à l'objectif, un grand sourire innocent, la bouche ouverte. Il y avait des trous à l'endroit où les dents de lait étaient tombées. Les jumeaux arboraient une expression plus sérieuse ; ils penchaient la tête l'un vers l'autre comme s'il y avait un aimant invisible entre eux. L'enfant le plus jeune était sur les genoux de sa mère et agitait une main potelée dans l'air – peut-être qu'il faisait signe à l'appareil photo – tout en fixant le visage maternel. Il avait l'air serein, animé d'un sentiment de sécurité et de confiance. La femme souriait d'un air fatigué à l'objectif, la tête légèrement inclinée sur le côté.

Je considérai longuement le cliché. Quelque chose chez l'aînée – il me semblait que c'était une fille – me touchait particulièrement ; son sourire franc, une expression dans ses yeux derrière ses lunettes, une espèce de confiance en elle, la conviction que tout irait bien. Cette forme de force spirituelle qu'on possède seulement à cet âge, quand on a cinq, six ou sept ans ou, du moins, qui est alors à son apogée. Par la suite, elle est détruite, petit à petit, jusqu'à ce qu'il n'en reste plus que des lambeaux.

Arnold se racla la gorge.

– Que vous évoque cette photo ?

– C'est une fille, l'aînée ?

Il me regarda, attrapa la chemise, l'ouvrit, compulsa les documents, lut et releva les yeux :

– Oui, en effet, confirma-t-il. (Puis il garda le silence quelques instants et hésita avant de poursuivre.) Pourquoi posez-vous la question ?

– J'aurais aimé avoir une fille, répondis-je d'une voix involontairement si basse que je n'étais pas sûre qu'il m'ait entendue.

Il ne fit pas de commentaire pas plus qu'il ne me pria de répéter.

Mon heure était terminée. Je jetai un dernier coup d'œil à la fillette de six ans puis rendis le cliché à Arnold, me levai et me dirigeai vers la porte. La main posée sur la poignée, je me retournai et lui demandai :

– Est-ce que Majken a vu cette photo ?

– Oui, bien sûr !

– Est-ce qu'elle – la receveuse, la femme – sait quoi que ce soit au sujet de Majken ?

– Non.

– Pourquoi pas ?

Arnold écarta les mains.

– C'est ainsi qu'on procède. Ce ne serait pas éthique.

J'acquiesçai.

– Bien sûr.

Je le remerciai et pris congé, ouvris la porte et sortis.

18

Tout le temps que dura l'exposition de Majken, je me rendis à la galerie tous les jours, restant longuement devant ses tableaux. Je parcourais souvent le corridor sombre pour rejoindre la caverne sacrée où l'eau dégoulinante creusait la pierre. Cela devint une espèce de rituel, comme de se rendre sur une tombe pour honorer sa mémoire.

Quand l'exposition prit fin et que tout fut démonté, j'allai voir le directeur de la galerie pour lui demander si je pouvais éventuellement récupérer le petit tableau représentant le fœtus malformé. Il me répondit qu'il n'y voyait pas d'inconvénient, qu'il y avait juste quelques formalités à effectuer, des documents qu'il devait signer ainsi que Petra Runhede et moi. Quelques jours plus tard, je pus récupérer la toile à la galerie. Je la rapportai chez moi et l'accrochai au mur au-dessus de mon bureau d'où le fœtus m'adressait un rictus empreint de mépris avec ses yeux aveugles, à moins qu'il se torde d'agonie, ou bien les deux. « Être ou ne pas être… »

Je sortis ensuite les pages manuscrites de la pochette en plastique où elles étaient depuis le jour du don final de Majken.

J'allumai l'ordinateur et là, dans mon nouveau fauteuil à n'en pas douter très onéreux, avec soutien pour mes lombaires, mes épaules et mes bras, j'achevai la nouvelle sur cette femme accouchant d'un enfant malformé. Elle se terminait par la mort du nourrisson trois jours après sa naissance, bientôt suivie d'un retour à la normale. Aucune question ne restait en suspens, il n'y avait pas de « si » en dehors du fait qu'il restait environ cinq ans à la femme pour se rendre *nécessaire*.

À la mi-mars, six individus *superflus* supplémentaires rejoignirent l'Unité. Une nouvelle fête de bienvenue avec dîner, spectacle et danse fut organisée. Je m'y liai d'amitié avec d'autres personnes tant parmi les arrivants que parmi les résidents plus anciens et ma relation avec ceux qui étaient déjà mes amis s'approfondit. Je n'avais pas eu autant d'amis, un cercle social aussi large, depuis que j'avais une vingtaine d'années.

Je passais le plus clair de mon temps avec Elsa. Nous évoquions nos souvenirs d'enfance et dissertions sans fin au sujet de ce qu'étaient devenus tel ou tel camarade de classe, tel ancien professeur ou diverses personnes de la petite communauté au sein de laquelle nous avions grandi.

Je devins également très proche d'Alice. Elle était facile à vivre et amusante sans être superficielle pour autant. Son apparence et son timbre de voix ressemblaient de plus en plus à ceux d'un homme, un homme de petite taille aux mains menues, au large postérieur et aux seins généreux, mais les contours de son visage devenaient plus anguleux. Elle avait de la barbe grisonnante (lorsqu'elle ne se donnait pas la peine de se raser) et un rire profond et caverneux. Elle semblait accueillir ces changements avec une grande gaieté. « Mieux vaut être des deux sexes à la fois que morte ! » rétorquait-elle à quiconque la plaignait ou lui demandait avec compassion comment elle se sentait. Et je crois qu'elle le pensait. Je pense qu'elle préférait vraiment vivre en tant qu'homme et femme à la fois que de ne pas vivre du tout.

J'écrivais intensément cinq heures par jour le matin puis je déjeunais au restaurant la Terrasse. Je me détendais une heure ou deux en nageant, en me rendant au sauna en compagnie d'Elsa ou d'Alice, ou des deux, parfois de quelqu'un d'autre, en me promenant dans le jardin d'hiver, en m'allongeant sur la pelouse et en regardant le ciel et les nuages ou en m'asseyant sur un banc pour lire ou simplement profiter de la végétation, des senteurs, du chant des oiseaux et de la chaleur. Une fois par semaine, j'allais voir Arnold ou le kiné. De temps en temps, je m'offrais une séance de pédicure, de massage relaxant ou de manucure et je fréquentais régulièrement le salon de coiffure pour me faire couper et teindre les cheveux. Je me procurais de nouveaux vêtements : des jupes en soie onéreuses, des pantalons en lin, des vestes de différents styles et couleurs. Des chaussures italiennes hors de prix. Des bijoux.

Chaque après-midi, à deux heures, je participais aux expériences scientifiques d'entraînement intensif. Cela ne comportait aucun danger en dehors du fait que je finis par souffrir de périostite et d'une carence en vitamines et en sels minéraux (c'était l'un des paramètres qu'ils mesuraient). J'avais des vertiges et me sentais surentraînée, les muscles douloureux et extrêmement fatiguée. Je devais veiller à beaucoup manger et dormir pour trouver la force suffisante. Pour autant, je ne me plaignais pas, bien au contraire. Si longtemps que je prenais part à cette expérience spécifique, j'étais à l'abri de la table d'opération et des dons. En raison de la fatigue, je n'avais même pas à donner mon sang ni du plasma. J'en vins à aimer cet épuisement comme s'il était un ami fidèle, voire carrément un ange gardien. Au cours de mes premiers mois à l'Unité, la plupart des gens que je connaissais donnèrent au moins une partie d'un organe ou des tissus : Erik, l'animateur, donna un morceau de son foie ; Alice, une de ses cornées ainsi que des ovules pour la culture de cellules souches (paradoxalement, ses ovaires fonctionnaient encore) ; Elsa donna également des ovules et de la peau ; Lena, un rein ; Johannes, un petit bout de son intestin grêle – c'était une innovation qui n'avait quasiment jamais été tentée auparavant. Quant à Vanja, la compagne d'Erik, elle donna son cœur et ses poumons et ne revint évidemment pas. Erik était effondré.

Notre vie quotidienne dans l'Unité de la banque de réserve tournait vraiment autour d'expérimentations scientifiques sur des spécimens humains. C'était essentiellement à cela que nous étions utilisés en réalité. Ils s'efforçaient de nous maintenir en vie aussi longtemps que possible et certains individus en pleine forme avaient vécu six ou sept ans à l'Unité avant leur don final. Ceux qui sont *superflus* constituent une réserve et ceux jugés *nécessaires* mais gravement malades, reçoivent avant tout des organes produits à partir de leurs propres cellules souches. Si cela ne fonctionne pas, ils sont placés sur une liste d'attente pour recevoir des organes de personnes jeunes déclarées en mort cérébrale suite à un accident. Ils n'utilisent les *superflus* que lorsqu'il apparaît évident qu'aucune autre méthode ou matériel n'est disponible pour un patient atteint d'une maladie grave ou dans les cas d'extrême urgence. Le tout – « cet élevage de porcs en plein air », pour reprendre l'expression rageuse d'Elsa – était finalement sensiblement plus humain que je ne l'avais imaginé au premier abord.

19

Un nouveau mois avait commencé : avril. C'était un samedi matin et neuf individus *superflus* supplémentaires étaient attendus. J'avais appris que l'un d'eux devait prendre la chambre de Majken. J'étais installée en pyjama et robe de chambre dans le canapé du foyer et buvais mon café matinal plongée dans un livre quand elle arriva, accompagnée de Dick et d'Henrietta.

Elle était très grande, avait des membres fins et faisait preuve d'une extrême féminité dans son attitude et ses mouvements. Elle avait une peau extraordinairement pâle, des cheveux noirs et brillants lui descendant sur les épaules, une bouche incroyablement rouge et de grands yeux alertes. Henrietta portait ses deux valises et Dick son épais et volumineux manteau d'hiver. Je me dis qu'il devait faire exceptionnellement froid pour un mois d'avril ou qu'elle était très frileuse. Ou peut-être ce manteau possédait-il une valeur sentimentale pour elle, car, ici, à l'Unité, on n'avait nul besoin de vêtements d'hiver, ce qu'elle devait savoir. C'est en effet l'un des points positifs qu'ils soulignent dans leur brochure d'information. Mon duffle-coat et les grosses bottes que je portais à mon arrivée deux mois auparavant étaient toujours sur l'étagère supérieure de mon placard et c'était la première fois que j'y pensais depuis.

Lorsque Dick m'aperçut, il nous présenta. Elle s'appelait Vivi. Je me levai, réajustai la ceinture de mon peignoir et m'avançai vers elle pour lui serrer la main. La sienne était froide et légèrement moite. Je regardai son visage et perçus son expression de terreur. Je dis :

– Si vous avez un doute à quelque sujet que ce soit, si vous avez juste besoin de parler ou si vous ne voulez tout simplement pas rester seule, je suis dans le canapé ou mon appartement pour les quelques heures à venir. Dorrit Weger, c'est écrit sur ma porte. N'hésitez pas et ne pensez pas que vous me dérangerez, car ce ne sera pas le cas.

– D'accord, marmonna-t-elle.

Puis Dick, Henrietta et elle traversèrent le séjour, dépassèrent la laverie et la cuisine et disparurent dans le couloir.

Le même soir, pendant la fête de bienvenue, j'avais pour voisins de table Vivi, Erik et Alice, ce qui ne constituait pas la combinaison idéale : Vivi était tendue, introvertie et terrifiée, Alice avait un œil vitreux et aveugle, de la barbe, une voix grave et sa pomme d'Adam montait et descendait quand elle partait de son rire tonitruant. Comme si ce n'était pas suffisant, Erik était si profondément déprimé depuis la perte de Vanja qu'il arrivait à peine à parler ou boire. Il était là, tantôt bégayant tantôt silencieux, pignochant la nourriture dans son assiette. Heureusement, Alice était comme à son habitude de bonne humeur ; elle exhalait la chaleur et l'assurance et Vivi se détendit un peu.

Lorsque le dîner et le spectacle furent terminés, je l'emmenai au bar où nous essayâmes différents mélanges colorés décorés de petits parapluies, au goût de fruits et de friandises. Le barman était nouveau ; il était arrivé le mois précédent et montrait à présent ce dont il était capable. Je commandai une boisson à la banane et au citron qui me fut servie dans un verre à cocktail : un Green Banana. C'était sucré au point d'être écœurant mais une note fraîche et acidulée contrebalançait le côté sirupeux. C'était délicieux. Vivi choisit un Rasperry Rock composé d'oranges fraîchement pressées et mixées, additionnées de jus de framboise et de framboises surgelées. Le parapluie était rouge, bleu et orange et il y avait un anneau de sucre bleu sur le bord du verre.

– Du colorant ? supputai-je, mais Vivi le goûta et secoua la tête.

– Des myrtilles, déclara-t-elle.

Elle n'ajouta plus rien et se contenta de siroter lentement et en silence. Une framboise ne cessait de cogner contre sa lèvre supérieure. Je ne savais que dire et lui adressai juste un petit sourire en aplanissant un pli invisible de ma robe que j'avais mise pour la première fois depuis mon arrivée à l'Unité. Je me sentais élégante et sexy, mais aussi un peu mal à l'aise. Nous étions donc là, Vivi timide ou effrayée ou les deux, moi hésitante dans ma tenue et mon rôle auto-attribué de soutien, quand Elsa fit son apparition, gaie et en sueur d'avoir dansé, et s'exclama :

– Oh, quelles boissons fantastiques ! Si elles sont alcoolisées, la soirée sera parfaite !

– Malheureusement non, répondit Vivi, l'air amusée et je la vis sourire pour la première fois.

Je la présentai à Elsa. Elles se serrèrent la main et engagèrent immédiatement la conversation. Elles semblèrent d'emblée s'apprécier. Je me sentis soulagée. Elsa commanda un Black Night qui était vraiment noir. Il était servi dans un grand verre étroit avec une paille aux stries rouges et noires et quelque chose de rouge, peut-être un bonbon, au fond. Elle se pencha au-dessus du verre, prit la paille entre ses lèvres et aspira une gorgée avec précaution. Vivi et moi nous tenions chacune d'un côté, épiant sa réaction. Elle lâcha la paille, avala et arbora une expression pensive.

– Pas mal du tout, jugea-t-elle. Étrange, mais délicieux. Je recommande.

Vivi posa son verre de boisson à l'orange et à la framboise à moitié fini et commanda un Black Night. Je l'aurais sans doute imité si Johannes ne s'était pas frayé un chemin à travers la foule jusqu'à nous. Après un signe de tête amical mais bref à l'intention d'Elsa et de Vivi, il se tourna, me prit la main et dit :

– Dorrit, tu es magnifique ce soir ! (Puis il se pencha et me baisa la main.) M'accorderas-tu une danse ?

J'acceptai et sans un mot nous voguâmes vers la piste.

On jouait une ballade rock. Le chanteur du groupe possédait une voix rauque. Johannes menait, je suivais et l'ourlet de ma robe effleurait mes mollets. Il me tenait par la taille ; j'avais une main sur son épaule, et l'autre dans sa main. Nos mains jointes formaient une pointe, la proue d'un bateau ; il était bâbord, j'étais tribord. Quand je fermais les yeux, il était Nils.

20

Nous quittâmes la fête ensemble et flânâmes dans le jardin d'hiver. J'aimais effectuer ce détour tard le soir ou la nuit, quand tout était calme et silencieux, la rosée artificielle scintillant sur la végétation, l'air empli de senteurs. J'aimais me souvenir de Majken ici au milieu de cette quiétude et de ces parfums.

Johannes avait posé son bras autour de mes épaules et, lorsque nous atteignîmes le patio à la fontaine et aux bancs, il me demanda :

– On s'arrête un instant ?

Nous nous assîmes sur le marbre frais et légèrement humide et observâmes le ciel nocturne à travers les branches des palmiers et le dôme de verre. Il était empli d'étoiles.

– Là, c'est la Petite Ourse et l'étoile Polaire, m'indiqua Johannes.

– Où ?

Je n'avais jamais été particulièrement douée pour repérer les constellations. Je n'étais capable d'identifier que la Grande Ourse.

Johannes pointa du doigt, décrivant ce groupe d'étoiles comme une version miniature de la Grande Ourse et je le repérai alors dans l'espace délimité par deux feuilles de palmier.

– Et l'étoile Polaire est la grosse sur la droite au premier plan, celle qui brille si fort. Elle est toujours au nord, poursuivit-il en m'expliquant la méthode la plus simple pour la trouver : Elle est alignée sur les deux étoiles les plus à l'arrière de la Petite Ourse.

– Mais comment est-ce possible ? Comment peut-elle toujours être au même point cardinal ? Nous sommes bien en rotation, non ?

– Oui…, répondit Johannes d'un ton hésitant au départ. Mais nous tournons sur notre propre axe et ce qui est au nord le reste en permanence. De toute façon, l'important dans ce cas, ce n'est pas comment c'est possible mais le fait que ce soit ainsi. Quand on est capable d'identifier l'étoile Polaire, on ne se perd jamais par une nuit étoilée.

Je n'éclatai pas de rire. Normalement, je l'aurais fait, car la probabilité que l'un d'entre nous coure le risque de se perdre à un quelconque moment du reste de sa vie était, pour autant que je puisse en juger, négligeable. Toutefois, le ton employé par Johannes était si sincère qu'il semblait me livrer une information extrêmement importante et digne d'être retenue si bien qu'au lieu de rire, je hochai la tête en arborant un air concentré. Nous restâmes ensuite assis en silence au milieu des palmiers dans l'obscurité. On aurait dit une nuit d'été douce et paisible. Je me sentais jeune. Mes pensées vagabondaient çà et là : de ce sentiment de jeunesse à l'étoile Polaire puis vers Majken, Siv et ma famille, et de là vers le roman sur lequel je travaillais, qui traitait d'une famille semblable à la mienne, avant de s'orienter vers un sujet auquel j'avais réfléchi ces derniers temps. Je rompis alors le silence pour interroger Johannes :

– Selon toi, qu'advient-il de ce que nous écrivons ici et qui est politiquement incorrect ou tabou ? Tu penses qu'ils détruisent nos manuscrits ?

– Non, répondit-il avec conviction. Tout est conservé et archivé.

– Comment peux-tu en être si sûr ?

– En partie parce que nous sommes en démocratie et que la liberté d'expression est l'une des pierres angulaires de notre système, qui sans elle s'effondrerait. Par conséquent, il est impensable de détruire des œuvres littéraires ou artistiques parce que leur contenu ne correspond pas aux normes et valeurs de la société. Donc même ce qui est politiquement gênant est traité et archivé, sans doute dans une crypte sous la Bibiothèque royale de Stockholm. En partie parce que l'homme est un collectionneur, un fanatique de la documentation avec une tendance à préserver tout ce qui peut l'être pour la postérité. La vie et l'existence ne possèdent pas de valeur intrinsèque. Nous ne sommes rien et même ceux jugés *nécessaires* ne sont rien. La seule chose qui possède une réelle valeur est ce que nous produisons. Ou pour être plus précis : le fait que nous produisions quelque chose – ce que nous produisons est en fait de moindre importance du moment que cela peut être vendu ou archivé. Ou les deux de préférence.

Son argumentation paraissait convaincante, mais je n'étais pas totalement certaine qu'il ait raison. Je n'étais pas absolument sûre que des œuvres d'art ne fussent pas détruites. Cependant, j'estimais que nous devions présumer qu'elles ne l'étaient pas et que nous devions vivre comme si nous pensions que toutes les créations avaient le droit d'exister, quelque part.

Nous nous attardâmes encore un peu jusqu'à ce que l'air commence à être humide et frais. Nous nous levâmes alors et quittâmes le jardin, émergeant dans la lumière de la promenade de l'atrium. Johannes m'accompagna jusqu'à l'ascenseur H.

– Est-ce que tu accepterais de dîner avec moi demain soir ?

J'acceptai l'invitation. Il m'embrassa délicatement sur la joue et nous nous souhaitâmes bonne nuit.

Cette nuit-là, je rêvai de Jock. Nous étions sur la plage. C'était l'automne et il y avait du vent. Les nuages voguaient dans le ciel, tels des vaisseaux moutonneux. Le soleil étendait ses bras dorés vers nous, rutilant, scintillant, chauffant, disparaissant soudain derrière un nuage semblable à un bateau de course, surgissant à nouveau et ayant à peine le temps de poser ses mains chaudes sur ma tête avant de disparaître à nouveau. La mer rugissait et sifflait. Nous courions sur la plage. Je m'arrêtai. Le vent me mordait les joues de ses dents glaciales et ébouriffait mes cheveux. Jock gambadait et dansait autour de moi, aboyant et me regardant de ses yeux marron. Il était heureux, joueur. Je me baissai, ramassai un bâton sur le sable et criai « Va chercher ! » en le lançant loin de moi. Il aboya, fonça à sa poursuite, le ramassa, revint, le déposa à mes pieds et releva le museau vers moi, haletant, grognant, les oreilles pointées vers l'avant et la queue battant frénétiquement. Je le caressai sur la tête en le flattant. « C'est bien, Jock. Tu es un bon chien. » Puis, je ramassai le bâton et le relançai. Jock se rua à sa suite, le sable giclant autour de ses pattes, les oreilles battant au vent, le ramassa, revint et le déposa de nouveau à mes pieds ; je le félicitai. Et nous répétâmes ce rituel encore et encore, toujours le même, pendant des heures, tandis que la mer grondait, que les nuages filaient et que le soleil descendait lentement vers l'horizon au sud-ouest, colorant les nuages de rose et le ciel d'orange. C'était tout ; dans ce rêve, il n'y avait que Jock, moi, le bâton, la plage, la mer, le ciel, le temps qui s'écoulait et c'était tout. Il n'y avait rien d'autre. Et c'était le bonheur.

21

Johannes avait préparé du poisson accompagné d'une sauce au safran et de pommes de terre en purée. J'en humais déjà le parfum quand je sortis de l'ascenseur et je n'eus qu'à le suivre, entrant dans la section F2 avant de remonter le couloir jusqu'à sa porte marquée : Johannes Alby.

Je frappai et il m'ouvrit. Il avait un tablier noué autour de la taille et une fourchette en bois à la main. Il m'embrassa sur la joue et dit :

– Bienvenue. Tu es superbe ! Le dîner sera bientôt prêt. Assieds-toi pendant que je finis.

Je m'installai à la table dressée pour deux : des assiettes en grès bleu, des verres à pied, des serviettes assorties aux assiettes, pliées en triangle à côté d'elles, deux bougies dans des chandeliers en laiton et une boîte d'allumettes. Un galet – d'un gris tirant sur le rose, à peu près de la même taille qu'un téléphone portable – incrusté d'un fossile blanc de forme conique était posé à côté de l'un des bougeoirs en guise de décoration. Johannes disparut dans la cuisine avec sa fourchette en bois. J'entendis des cliquetis et des tintements. Par ailleurs, il sifflait et fredonnait. J'allumai les bougies. Johannes revint avec un dessous-de-plat et une carafe contenant ce qui ressemblait à du vin blanc, en fait du jus de raisin. Il sourit. « C'est prêt maintenant », déclara-t-il en les plaçant sur la table, puis il s'éclipsa et réapparut avec une grande poêle, une casserole et deux louches. Avant de s'asseoir en face de moi, il éteignit le plafonnier.

Nous nous retrouvâmes donc là, rien que nous deux, à la lueur des chandelles. Le repas était vraiment bon. Je le félicitai. Nous ne parlâmes pas beaucoup en mangeant, nous jetant simplement des coups d'œil. Quelque chose me rendait timide et il éprouvait peut-être une gêne similaire. À un moment, vers la fin du repas, alors que son regard posé sur moi m'embarrassait, je baissai les yeux vers le galet rose au fossile.

– Où l'as-tu trouvé ? demandai-je.

– Sur une plage. Sur la côte méridionale. Entre Mossby et Abbekås pour être plus précis.

Je posai mes couverts et relevai les yeux vers lui.

– Quand ?

– Quand ? Euh... voyons voir... Plus ou moins exactement deux ans avant que j'atterrisse ici. Il y a à peu près cinq ans. Pourquoi ?

– Parce que c'est ma plage ! Enfin, quand je dis ma... j'y allais régulièrement avec... avec mon chien. Au moins deux à trois fois par semaine. Qu'y faisais-tu ? Nous aurions pu nous croiser.

Il me fixa.

– Oui, en effet, nous aurions pu.

Puis il me raconta ce qui s'était produit le jour où il avait trouvé le galet et la raison pour laquelle il l'avait gardé.

– C'était l'automne. Je travaillais sur un roman – sans doute mon dernier –, j'avais atteint un point de blocage et je m'apprêtais à tout laisser tomber. Cependant, afin de m'éclaircir les idées et de ne pas prendre une décision hâtive, j'ai emprunté la voiture d'un ami et je suis parti pour la côte. La mer y est plus dégagée que dans le secteur de l'Öresund et je voulais être proche du large, je voulais sentir que l'autre rive était loin. J'ai donc marché, heure après heure, du port d'Abbekås jusqu'à la plage de Mossby aller-retour plusieurs fois. L'automne touchait presque à sa fin si bien que le crépuscule tombait tôt et qu'il était d'un bleu acier, comme peut l'être le crépuscule au bord de la mer par temps couvert. Quoi qu'il en soit, tandis que je me traînais sur le sable et que l'obscurité commençait à tomber, je regardais les galets, les coquillages, le bois flotté et tous les débris rejetés par la mer. C'est alors que j'ai aperçu ce galet au bord de l'eau. Le blanc de craie du fossile ressortait dans la pénombre.

Johannes se tut. Je tenais toujours le galet dans ma main posée sur la table, la paume tournée vers le haut. Il effleura d'un doigt le minéral et poursuivit son récit en le caressant délicatement dans ma main en coupe.

– Il était là, au bord de l'eau, brillant pour moi ou du moins c'est ce qu'il me semblait. Je me suis donc arrêté et agenouillé. À l'instant précis où je l'ai touché, tout s'est clarifié. Tous les éléments se sont mis en place. On aurait dit qu'un ravin s'était ouvert devant moi et dans la fente qui s'élargissait, je voyais le dénouement de mon roman, avec une clarté absolue. Je l'ai mis dans ma poche et je suis rentré à la maison où j'ai achevé mon roman en quelques jours. Depuis, je n'ai plus voulu m'en séparer.

Après le repas, je m'installai dans un fauteuil et Johannes dans le canapé. Nous buvions du thé.

– Parle-moi de ton chien.

J'hésitai, sentant les larmes sourdre derrière mes paupières et ma gorge se serrer rien qu'à y penser. Je suppose qu'il le pressentit, car il ajouta avec douceur :

– Enfin, si tu le veux bien, évidemment, Dorrit.

Et oui, je le voulais. Je lui parlai de Jock et de mon amour pour lui. Johannes ne semblait pas du tout trouver ridicule que je parle d'amour au sujet d'un chien et pas davantage quand je mentionnai le fait que ce chien m'aimait. Il écoutait avec compréhension et respect. Une fois lancée, je poursuivis en parlant de ma maison, de mon jardin et également un peu de Nils.

Johannes me parla ensuite de la femme qu'il avait aimée lorsqu'il avait mon âge. Ils avaient vécu ensemble et il avait été très heureux avec elle, mais dès qu'elle s'était trouvée enceinte de lui, elle l'avait quitté.

– Un soir, elle m'a dit qu'elle attendait un bébé. J'étais si heureux et si fier à l'idée de devenir père ! Mais quelques jours plus tard, en rentrant de mon jogging, ses chaussures et ses manteaux avaient disparu du hall, son placard était vide de même que son étagère dans la salle de bains. Ses livres, ses photographies, son ordinateur… tout ce qui lui appartenait était parti. Après, je suis devenu froid, incapable d'aimer. Je n'avais plus aucune envie de coucher avec quelqu'un. Je ne supportais pas la présence d'une autre à mes côtés. Et le temps a passé… Tout à coup, j'ai eu soixante ans et j'ai atterri ici, sur la montagne de verre. Ou plutôt *dans* la montagne de verre.

– Où en es-tu à présent ? demandai-je.

– Comment ? répondit-il alors que ses yeux et l'adoucissement des traits autour de sa bouche m'indiquaient qu'il m'avait parfaitement comprise.

– Est-ce que tu en serais capable ?

– Capable de quoi ?

Il y avait quelque chose de taquin dans sa voix maintenant. Son attitude m'embarrassa.

– Oh, tu sais…, marmonnai-je.

J'avais chaud aux joues et je m'aperçus que je rougissais. Je détournai le regard.

Le silence régna quelques instants puis il dit :

– Dorrit, viens t'asseoir ici.

Son ton était doux, pas le moins du monde autoritaire, mais il était également ferme et déterminé. Le ton d'une personne sachant précisément ce qu'elle veut, qui me fit trembler et palpiter de l'intérieur. Les choses s'étaient passées exactement de la même façon avec Nils. On entendait également au son de sa voix qu'il savait ce qu'il voulait. Il possédait lui aussi cette capacité à me faire trembler rien qu'en exprimant un souhait d'une voix douce mais ferme.

J'ai toujours eu une tendance – bien excessive – à être attirée par des gens qui savent ce qu'ils veulent et sont capables de s'exprimer sans hurler ni vociférer. Ceux qui semblent contrôler la situation. J'étais donc là, dans le fauteuil de Johannes, tremblante et palpitante tel un cœur tout juste prélevé sur le point d'être inséré et cousu dans un autre corps, et je sentais une pulsation dans mon ventre, tout en bas. Cette sensation se propageait à la face interne de mes cuisses. Mes joues étaient brûlantes et mes yeux me paraissaient chauds et brillants comme si j'avais de la fièvre. Pourtant, je ne dis rien et ne fis rien. Je restai simplement assise dans ce fauteuil, réduite à la somme de ces réactions physiques et de ces sentiments.

– Je veux que tu viennes t'asseoir ici, sur le canapé, à côté de moi, déclara Johannes de ce ton doux et ferme.

Je ne le regardai pas, mais j'étais consciente de son regard posé sur moi, mon visage tout entier sentait ses yeux cherchant à croiser mon regard.

– Et je veux que tu le fasses tout de suite, ajouta-t-il.

– Pourquoi ? croassai-je.

– Tu connais la réponse. Viens ici.

Et j'essayai. J'essayai de mettre mes jambes et mes bras en mouvement, de me hisser hors de ce fauteuil, de franchir les deux ou trois pas qui me séparaient du canapé, mais j'étais transformée en une potiche impuissante dénuée de toute volonté propre – non, ce n'est pas vrai, je possédais une volonté, car je voulais bouger, je le voulais si fort que c'en était douloureux –, mais je ne pus contrôler mes membres, sans parler de les faire se mouvoir. Je renonçai.

– Je crois que tu vas devoir venir me chercher, chuchotai-je.

Ce qu'il fit. Sans un mot, il se leva du canapé, me souleva dans ses bras et m'y porta. Et je restai inerte. J'étais juste alanguie et me laissai allonger au milieu des coussins. Je ne fis rien quand il m'embrassa, sauf de lui rendre son baiser, me frayant un passage entre ses lèvres avec gourmandise et suçant sa langue comme si c'était une mamelle et moi un agneau affamé. Je ne fis rien quand il déboutonna ma chemise et mon pantalon, me déshabilla, vêtement après vêtement ; rien lorsqu'il me contempla, étendue devant lui, nue, me contentant simplement d'écarter légèrement les jambes en anticipant son regard. Je ne fis rien lorsqu'il m'explora, caressa ma peau – partout, inquisiteur, comme s'il cherchait des cicatrices ou des traces d'incursions, d'attaques ou d'accidents –, rien quand il caressa mes mains, mes bras, mon cou, mon visage, mes seins, mon ventre, mes cuisses, mes fesses, mon vagin. Je ne fis rien. Je ne bougeai pas un muscle lorsqu'il se pencha entre mes cuisses et pressa sa langue contre moi, pas plus que je ne fis quelque chose quand il banda les muscles de sa langue et commença à stimuler mon clitoris. Je ne fis rien que me laisser jouir en vagues chaudes qui n'en finissaient plus de me parcourir. À la seconde qui suivit mon orgasme, sans même me laisser le temps de reprendre mon souffle, il s'enfonça en moi par devant, en appui sur ses bras, ses coups de reins se firent tantôt lents et titillants, tantôt brusques et profonds. Il me baisa – c'était vraiment de la baise. Il me prit. Il me prit comme un vrai macho, oppresseur de femmes, un homme des cavernes, un homme de Neandertal, comme un mâle au cerveau reptilien aurait pris une femme. Et je ne fis rien, absolument rien en dehors de me laisser prendre et c'était… non, il n'y a pas de mots pour décrire ce que c'était.

22

Je n'avais pas pensé qu'il serait possible d'avoir des relations sexuelles à l'intérieur de l'Unité de la banque de réserve. Je croyais que personne ne le souhaiterait ou n'en serait capable, en partie à cause de l'anxiété et du stress, en partie à cause de la surveillance qui rendait toute vie privée, au sens strict du terme, impossible. Cependant, je n'avais pas l'impression de ne pas avoir de vie privée. Nous étions tous sous contrôle vidéo permanent, quoi que nous fassions, mais à ce stade j'avais cessé d'y attacher de l'importance. Je ne parvins jamais totalement à ignorer ou oublier les caméras, mais elles devinrent simplement une partie de ma vie, presque quelque chose de naturel. Cela se rapprochait sans doute des temps jadis, quand la religion jouait un rôle si important dans la vie quotidienne, et que les gens étaient convaincus que Dieu gardait sans cesse un œil attentif sur eux, qu'il voyait et entendait tout ce qu'ils faisaient, disaient, pensaient, éprouvaient, qu'il était inutile de chercher à dissimuler quoi que ce soit.

Nous fîmes donc l'amour, Johannes et moi. Nous fîmes l'amour sans fausse pudeur, physiquement, assez ouvertement.

Nous fîmes l'amour tout le reste de cette soirée après le poisson au safran et plus ou moins toute la nuit. Et le soir et la nuit suivante, et la suivante et d'autres encore. Nous devînmes tout bonnement un couple. Nous devînmes un couple amoureux. Nous faisions l'amour à l'ancienne, sans la moindre trace d'embarras. Il était le séducteur, celui qui initiait nos rapports, l'actif. Il me prenait ce qu'il voulait, ce que j'acceptais, m'autorisant à être passive. C'était comme faire l'amour avec Nils à nouveau mais en mieux, avec davantage de liberté. Johannes et moi vivions notre vie enfermés, exclus de la communauté extérieure, et n'avions donc aucune raison d'avoir honte devant qui que ce soit.

Nous n'avions pas besoin non plus de nous séparer sans cesse pour que Johannes puisse rentrer chez lui auprès de sa compagne ; j'étais sa compagne. Nous ne pouvions emménager ensemble – ce n'était pas autorisé à l'intérieur de l'Unité – mais nous pouvions passer la nuit ensemble aussi souvent que nous le voulions et je n'étais pas « l'autre femme ». J'étais tout simplement *la* femme. Et j'appréciais cette situation, j'appréciais que nous puissions nous promener en nous tenant par la main sans nous cacher, le fait que tout le monde sache que nous formions un couple et l'accepte. Nous avions même des amis communs avec lesquels nous passions du temps : Erik, Elsa, Alice, Lena et bien d'autres. Parfois, nous voyions des couples et allions dîner avec eux. C'était quelque chose de totalement nouveau et fantastique, être invités par un couple parmi d'autres, et faire soi-même partie d'un couple, ne pas toujours être la cinquième roue du carrosse, mais considérée et traitée comme une personne liée à une autre.

Avec Nils (ainsi qu'avec un certain nombre d'hommes avant lui) tout était frappé du sceau du secret. Nous ne nous rencontrions jamais en public, aucun membre de sa famille ou de son cercle d'amis ne connaissait mon existence et aucun de mes amis n'était au courant de la sienne. Et cela pas seulement parce qu'il était le compagnon de quelqu'un, mais aussi parce qu'une grande partie de nos activités était taboue.

Nils enfreignait en effet la loi. Il aurait pu être condamné plusieurs fois à la prison pour l'oppression d'une femme et l'utilisation impropre de la force physique masculine. Quand nous étions ensemble, il passait souvent du temps à débiter du bois pour moi, à tondre la pelouse, à tailler les haies ou élaguer les arbres pendant que je préparais le déjeuner ou le dîner à la cuisine. Il lui arrivait également de changer les pneus de ma voiture, de réparer une fuite dans le toit, d'installer une nouvelle gouttière ou de combler des fissures dans la façade de la maison. Je lui montrais ma gratitude en m'habillant de manière sexy, en cuisinant un repas vraiment délicieux, en dressant une table particulièrement belle.

J'éprouvais un sentiment très particulier à être dans la cuisine avec un tablier sur ma robe qui dissimulait ma lingerie en soie, cuisinant pour moi mais aussi pour mon amant grand et fort – mon homme grand et fort – tandis qu'il était dehors dans le froid et le vent, maniant la hache, fendant les bûches avec autant de facilité que si elles avaient été en cire, à une vitesse qui m'impressionnait énormément. Nils était capable de couper autant de bois en une heure que moi en deux. À chaque fois qu'il mettait les pneus d'hiver ou d'été sur la voiture, il effectuait la manœuvre complète dans le temps qu'il me fallait pour desserrer les écrous. Ne pas avoir à me charger de ces tâches ardues et souvent pénibles – ne pas avoir à suer, me salir pour finir avec des tensions et des douleurs dans les bras, les épaules et le dos – mais les voir accomplies quand même était bien sûr une satisfaction en soi, mais c'était bien plus que ça. Quand Nils rentrait après avoir effectué un de ces travaux harassants, je lui sortais un drap de bain et, pendant qu'il se douchait et enfilait des vêtements propres (qu'il rapportait toujours de chez lui dans un attaché-case) je finissais de préparer le repas et de dresser la table. Puis, à l'instant où j'entendais l'eau couler et Nils chanter sous la douche, je m'arrêtais parfois pour savourer toute la scène, la dégustant et m'en délectant. Dans ces moments, je me sentais particulièrement vivante, particulièrement impliquée, comme si nous nous appartenions l'un à l'autre. Nils et moi. Presque comme si nous avions besoin l'un de l'autre.

Il y avait également une dimension sexuelle, évidemment. Je bouillais de désir pendant mes préparatifs à la cuisine, mon tablier noué autour de la taille, telle une obéissante petite femme au foyer, en entendant les bûches se fendre sur le billot ou le bourdonnement incessant de la tondeuse, les coups de marteau ou le crissement de la bétonneuse. J'éprouvais une sensation d'attente infinie et palpitante pendant que je cuisinais avec le soin d'une épouse, sans parler de la satisfaction de voir Nils dévorer par la suite avec le solide appétit que donne l'exercice physique. Oui, tout cela était sexuel, c'était du sexe, c'était une partie de nos préliminaires. Et ça formait – ou aurait pu former – un style de vie. Si nous avions été un véritable couple, nous aurions probablement fonctionné suivant cette répartition des rôles. Pas ouvertement, peut-être, mais dans notre intimité. Dans l'intimité de nos relations, nous aurions permis à nos sentiments et à nos corps, et non à nos pensées, de décider qui faisait quoi.

Je trouve cela beau quand les hommes déploient leur force physique ouvertement sans en avoir honte ou s'excuser. De même que je trouve beau que les femmes osent afficher leur faiblesse physique et acceptent l'aide des hommes dans les tâches difficiles. J'estime qu'il y a une forme de courage à le faire et le courage est beau. Si on me donne le choix entre esprit et corps, je choisis le corps. Si on me donne le choix entre cerveau et cœur, je choisis le cœur. Avec Johannes, je pouvais faire ce choix sans être obligée de le cacher.

23

L'expérience sur l'entraînement intensif était terminée. On m'avait accordé quelques jours libres, puis il serait temps pour moi de faire mon premier don d'organe : l'un de mes reins irait à un jeune étudiant en médecine. J'avais très peur.

La nuit précédant l'intervention, Johannes resta chez moi. Nous fîmes l'amour, puis je pleurai. Il essaya de calmer mes inquiétudes et de me consoler.

– Je n'ai plus qu'un rein. Ce n'est pas un problème, je ne sens pas la différence.

– Ce n'est pas ça. J'ai peur de ne pas me réveiller après l'anesthésie. J'ai peur de ne plus jamais te revoir.

Il se tut quelques instants. Il me regarda, l'expression grave, puis il dit :

– Ce jour viendra, tu le sais. Nous le savons tous les deux et nous devons nous en accommoder. Mais ce n'est pas pour maintenant, pas pour demain.

Pas maintenant. Pas demain. Cette pensée m'apaisa et je m'endormis.

Le matin venu, je me rendis sur des jambes relativement stables au service n° 4 de l'hôpital, qui occupait toute la section K. Au niveau inférieur se trouvaient le centre de soins, la pharmacie, les cabinets du masseur, du podologue et du kinésithérapeute ainsi qu'un coiffeur, des toilettes et les ascenseurs menant aux différents étages. Le n° 4 se situait au quatrième étage. Dans ma chambre – à ma grande surprise, je disposais d'une chambre individuelle –, une fenêtre s'ouvrait sur la promenade de l'atrium et je pouvais admirer le jardin de Monet à travers les parois de verre.

C'était la première fenêtre que je voyais à l'intérieur de l'Unité. Je restais là, comme ensorcelée, observant les personnes qui bougeaient en contrebas, certaines marchant ou faisant leur jogging. Je relevai les yeux par-delà la cloison vitrée et regardais de l'autre côté de la mare, les ponts aux arches recouvertes de roses et la glycine, le hêtre pourpre, le saule pleureur, le bosquet de bambous et les étroites allées que des gens arpentaient. Je reconnus Lena à ses courts cheveux blancs en bataille. Elle se déplaçait rapidement, la démarche souple, tel un petit troll pressé. Elle s'arrêta et échangea quelques mots avec une personne que je ne parvins pas à identifier, occupée à lire un journal sur un banc au bord de la mare.

– Dorrit Weger ?

Je me retournai. Une infirmière vêtue d'un pantalon blanc et d'une chemise bleu clair se tenait dans l'encadrement de la porte.

– Je m'appelle Ann, dit-elle en entrant dans la pièce avant de me serrer la main. Je suis la chef du service n° 4.

Elle entreprit ensuite de m'expliquer ce qui m'attendait au cours des heures à venir : j'allais prendre une douche en utilisant une lotion antiseptique, enfiler une chemise d'hôpital, recevoir une prémédication, être emmenée à la salle d'opération au niveau K1 sur un chariot et être anesthésiée.

L'opération se déroula sans encombre. Je me réveillai, eus la nausée et vomis par le biais d'une sonde placée dans mon nez.

C'était répugnant, mais au moins j'étais vivante. Le jeune étudiant en médecine avait reçu mon rein et les choses semblaient également bien se passer de son côté, d'après ce qui me fut relaté. Au bout de quelques jours à peine, je fus autorisée à sortir. Johannes vint me chercher en m'apportant un bouquet de fleurs et une boîte de chocolats. Il me ramena à l'appartement et veilla sur moi, cuisinant pour moi, me servant mes repas, me préparant du café et du thé et me gavant de chocolats. Il me faisait même la lecture à haute voix : la nouvelle de Somerset Maugham intitulée « La cigale et la fourmi », entre autres.

Il me fallut du temps pour récupérer, mais j'étais forte et je repris bientôt plus ou moins mon rythme normal : je travaillais à mon roman, me promenais, nageais, allais au sauna – cette dernière activité le plus souvent avec Elsa et Alice qui, elles aussi, avaient récemment subi chacune une intervention chirurgicale. Elsa avait donné une partie de son foie et Alice un rein, comme moi.

– Si j'avais su que la procédure était si peu compliquée, déclara Alice une après-midi que nous étions ensemble au sauna, elle et Elsa installées dans des coins opposés sur le banc du haut et moi sur le niveau intermédiaire au-dessous d'Elsa, j'aurais aussi bien pu envisager de donner un rein volontairement, comme ça, dans la communauté extérieure.

– Vraiment ? demanda Elsa qui parut réellement surprise. À une poulinière *nécessaire* parce que mère de cinq superbes enfants et dont le boulot participe à la croissance économique ? Volontairement ? Tu es sérieuse ?

– Oui, et évidemment c'est une personne de ce genre qui l'aurait reçu ! Et alors, pourquoi pas ? Tout le monde a le droit de vivre. Même les poulinières.

– Ah oui ? répliqua Elsa. C'est ce que tu penses ? Quelle noblesse d'esprit !

– Absolument. Appelle-moi sainte Alice.

Elle pressa ses paumes l'une contre l'autre, feignant de prier tout en louchant intentionnellement et en arborant une expression empreinte de gravité. Du fond de ses poumons, elle entonna d'une voix de baryton :

– Aaaaamen… !

Il était impossible de ne pas rire, ce qui n'était pas très recommandé, car c'était douloureux. Elsa et moi portâmes la main à la cicatrice laissée par l'opération.

Nous entreprîmes ensuite de les comparer. Nous étions seules dans le sauna, en dehors des caméras de surveillance et des micros invisibles, bien sûr. La cicatrice d'Alice était plus importante que la mienne qui était cependant plus calleuse et moins belle, dans des nuances de bleu, de vert et de rose. Celle d'Elsa, plus grande et boursouflée, formait presque une excroissance et toute la zone autour était enflammée et pourpre, mais c'était également la plus récente. Quand nous eûmes épuisé ce sujet de discussion, Elsa dit :

– Dorrit, il faut que je te raconte quelque chose. J'ai essayé de trouver le bon moment, mais… Enfin, maintenant ou plus tard, ça ne change rien. Il s'agit de ta sœur.

– Ma sœur ?

– Oui. Elle s'appelait bien Siv, non ?

J'acquiesçai.

– Elle était ici. Elle vivait au B4.

Je me souvins du tableau en patchwork en bas, au laboratoire B2. J'avais donc raison : c'était bien Siv qui l'avait réalisé. Je n'étais pas surprise. Je me sentais parfaitement calme.

– Comment l'as-tu découvert ? demandai-je à Elsa.

– Lors de mon hospitalisation pour l'opération, j'ai rencontré une infirmière, Clara Gransjö.

– Gransjö ? Est-ce qu'elle est parente avec Göran Gransjö ?

– C'est sa fille. Göran Gransjö était le directeur de notre école, expliqua-t-elle à l'intention d'Alice avant de poursuivre : Clara a reconnu mon nom et moi le sien, alors nous nous sommes mises à parler des gens du village pour vérifier si nous avions des connaissances communes et j'étais sur le point de te mentionner lorsqu'elle s'est exclamé : « Siv Weger ! Tu la connais ? » « Non.

Par contre, je connais sa sœur, ai-je répondu. Elle est au H3. Nous nous voyons tous les jours. » Ça ne te gêne pas que je lui aie dit ça ?

Elle baissa les yeux vers moi avec anxiété.

– Bien sûr que non, l'assurai-je en me hissant sur le banc supérieur entre elle et Alice pour que nous soyons au même niveau. Mais raconte-moi ce que tu sais de Siv.

– Eh bien, elle est arrivée ici à l'âge de cinquante ans, comme la plupart d'entre nous, et elle a évidemment participé à de nombreuses expériences médicales. Elle a également donné trois organes ainsi que des ovules et de la moelle épinière à plusieurs reprises. Ses ovules étaient apparemment d'aussi bonne qualité que ceux d'une femme de trente-cinq ans et elle était considérée comme une véritable superwoman. Et puis elle a trouvé l'amour ici, exactement comme toi. Elle a rencontré une femme du nom d'Elin, ou Ellen, Clara ne se souvenait plus, et elles ont été compagnes jusqu'à ce que ce soit le tour d'Elin, ou Ellen, de donner son cœur.

Je sentis un élancement douloureux dans la région de mon propre cœur et dus inspirer profondément dans l'air humide du sauna. Je pensais à Johannes qui était beaucoup plus âgé que moi et qui était à l'Unité depuis bien plus longtemps. Je fermai les yeux et pensai « pas aujourd'hui, pas demain » et je sentis en même temps la main d'Elsa agripper la mienne.

– Ça va ? Est-ce que tu as besoin d'air frais ? Pour te rafraîchir ? De l'eau ?

– Non, non, je vais bien, répondis-je.

J'ouvris les yeux, croisai son regard et lui fis signe de poursuivre. Elle retira sa main et s'appuya à nouveau avec précaution contre la cloison en bois chaude. Son corps entier brillait de transpiration, comme le mien et celui d'Alice. Cette dernière était assise en silence, les genoux relevés et les bras autour des jambes, et écoutait l'histoire d'Elsa avec attention.

– Après avoir perdu son Elin-Ellen, elle a demandé à faire aussi son don final.

– C'est possible ?

– Tu ne le savais pas ? Bon, enfin, maintenant oui. Sa demande a été acceptée – je pense qu'elles le sont toujours – et environ une semaine plus tard, une personne du même groupe sanguin que Siv a eu besoin d'un cœur et de poumons. Et... C'était il y a quatre ans.

À ce stade, je n'étais plus calme ; à ce stade, je bouillais et cela n'avait rien à voir avec la chaleur du sauna. Comme je l'ai dit, je n'étais pas surprise. Ainsi que je l'ai déjà mentionné, je n'estimais pas très probable que Siv soit encore en vie. J'aurais été étonnée qu'elle le soit si, par exemple, j'étais tombée sur elle au cours d'une promenade dans le jardin d'hiver, en chair et en os, simplement plus vieille que lors de notre rencontre précédente. Je n'étais pas bouleversée non plus, du moins ce n'était pas mon sentiment principal. J'étais en colère. Une véritable rage était montée en moi, petit à petit, pendant qu'Elsa nous racontait ce qu'elle avait appris. Savoir que le cœur et les poumons de Siv continuaient de vivre à l'intérieur d'une personne qui en avait eu davantage besoin qu'elle – une personne qui était peut-être mère de cinq magnifiques enfants à nourrir – n'atténuait en rien ma colère.

– Et moi alors ? m'écriai-je en claquant ma main contre la cloison. J'avais peut-être besoin de ma sœur, pourquoi est-ce que personne ne se soucie de ça ? Que les frères et les sœurs ont peut-être besoin les uns des autres ? J'avais besoin de ma grande sœur et j'ai toujours besoin d'elle. Elle était ma famille, ma parente la plus proche. Pourquoi personne ne s'en préoccupe ?

J'assenais coup de poing sur coup de poing dans la cloison, dégoulinante de transpiration, la sueur giclant presque de moi, nauséabonde, tandis que je cognais et frappais jusqu'à ce qu'Alice et Elsa m'encerclent, m'attrapent par les bras et me maîtrisent, m'empêchant de me démener. Elles m'enveloppèrent, me bercèrent, m'apaisèrent comme si j'étais un jeune enfant et nos corps chauds et humides glissèrent, collés les uns aux autres.

– Tu sais bien que les relations entre frères et sœurs ne comptent pas, dit Alice au bout d'un moment. Seuls les liens entre ascendants et descendants sont pris en compte. Des gens qui créent de nouveaux foyers et produisent de nouveaux êtres. Tu le sais, Dorrit ! Tu sais que tout doit être tourné vers l'avenir.

24

Parfois, la nuit, je rêvais de Jock. Nous étions généralement sur la plage ou nous rentrions, fatigués et affamés, moi avec les joues rougies par le froid et Jock l'haleine fumante. Nous regagnions la maison où je mettais du bois dans le poêle avant de l'allumer, puis je nourrissais Jock et me préparais un repas. Les saisons variaient dans mes rêves, mais c'était le plus souvent l'automne ou l'hiver. Nous étions sur la plage, je lançais un bâton et Jock se précipitait en aboyant joyeusement pour le récupérer et le rapporter à mes pieds. Je le félicitais, ramassais le morceau de bois et le lançais à nouveau. C'était comme un film, une boucle, et j'étais vraiment heureuse dans ces rêves ; on aurait dit que tout ce qui était important était inclus dans ce perpétuel recommencement et que tout le reste était futile, mesquin et sans valeur. Parfois je me réveillais avec le mot « cycle » dans la tête puis je m'étirais et me glissais plus près de Johannes encore endormi. Je le caressais ou me pressais simplement contre lui jusqu'à ce que ses mains commencent à explorer mon corps, qu'il écarte mes jambes et s'introduise en moi, à moitié assoupi, en grognant légèrement avant de se réveiller complètement.

La nuit suivant les révélations d'Elsa au sujet de Siv, je fis le rêve de la plage. Cette fois, il était d'une intensité inhabituelle ; la clarté et la netteté des couleurs et des contrastes étaient exceptionnelles, presque comme un film Technicolor, et le bruit des vagues, du vent, des mouettes, des sternes, des hérons et de Jock étaient parfaitement audibles. Je sentais même l'odeur de la mer et des algues.

J'étais heureuse dans le rêve, mais je me réveillai avec le sentiment d'être en train de me désagréger, de craquer de l'intérieur et de tomber lentement en morceaux. Mon cœur faisait des soubresauts et hoquetait tel un vieux moteur refusant de démarrer. J'avais la chair de poule et j'étais incapable de la moindre idée claire comme si toutes mes pensées étaient réduites en bouillie à la seconde où elles naissaient.

Je ne fus pas très productive ce jour-là. Une fois Johannes parti chez lui pour écrire – à contrecœur, car il avait évidemment remarqué que je ne me sentais pas très bien, mais je lui avais affirmé que j'avais du travail –, je restai assise un long moment, d'abord dans le lit, mon bloc-notes sur les genoux, puis devant mon ordinateur, incapable de coucher la moindre ligne sur le papier.

Vers onze heures du matin, je renonçai, pris une douche, m'habillai et sortis. Je déambulai telle une âme en peine dans les allées et sentiers du jardin d'hiver. Je parcourus la promenade de l'atrium avant de revenir dans le jardin, la partie Monet cette fois-ci, mais j'éprouvais une sensation de suffocation, d'enfermement, presque comme si j'étais sur le point de déclencher une crise de claustrophobie. Je bifurquai donc et quittai l'endroit par le sas le plus proche. Je parcourus à nouveau la moitié de la promenade jusqu'à ce que j'atteigne la galerie marchande où je pris l'ascenseur pour me rendre au restaurant la Terrasse. Là-haut, plus près du dôme de verre et du ciel, il faisait plus clair. Regarder par-dessus la cime des arbres plutôt que d'être sous leur feuillage m'apporta un léger réconfort. Je restai longuement assise là au milieu de la cohue de l'heure du déjeuner, tournant le dos à ceux qui mangeaient, observant le jardin en contrebas sans bouger, m'efforçant simplement de respirer normalement, jusqu'au moment où je sentis une main sur mon épaule et me retournai. Alice.

– Comment vas-tu, mon amie ?

– Je ne sais pas, en fait, répondis-je.

C'était la vérité. Je ne comprenais pas moi-même : j'avais Johannes, après tout. Je l'aimais et tout indiquait que mon amour était payé de retour. J'avais des amis dont je me souciais, que je respectais, qui me le rendaient et avec lesquels je me sentais en sécurité. Et la nouvelle de la mort de Siv n'avait pas été une surprise. Je l'avais anticipée depuis longtemps et l'avais acceptée.

Pourtant, il y a une différence entre envisager une probabilité et en recevoir la confirmation. Une grosse différence. Ce sont même deux choses totalement différentes.

Et puis il y avait Jock.

Alice alla chercher une chaise, s'installa à côté de moi et passa son bras autour de mes épaules.

– Mon chien me manque.

– Ton chien ? Je ne savais pas que tu en avais un.

– Si.

– Ma pauvre. Ma pauvre Dorrit.

Je me penchai contre elle. Je ne sais plus si je pleurais, mais je crois que oui.

Ce même jour, l'après-midi et le soir j'assistai à une réunion d'information relative à une expérimentation thérapeutique à laquelle je devais participer. Elle concernait un médicament d'un genre nouveau contre les troubles psychiques, une sorte d'antidépresseur censé avoir une efficacité immédiate, contrairement aux versions antérieures qui ne commençaient à produire des effets qu'après plusieurs semaines de dépression et de fatigue accrues. Nous étions trente à la réunion, dont Erik, Kjell et Lena. Kjell était de mauvaise humeur et affirmait qu'on l'avait dupé. Pour une raison ou une autre, il était convaincu que son statut de bibliothécaire à l'intérieur de l'Unité l'exemptait de participer à des expériences médicales. Je ne comprenais pas vraiment son raisonnement, mais il reposait sur son service à la bibliothèque.

– C'est uniquement maintenant, Kjell, dit l'une des responsables de l'expérience, une femme enceinte jusqu'aux yeux, aux cheveux gras et au double menton. Il n'y a que pendant cette réunion, insista-t-elle, que vous ne pouvez pas être à la bibliothèque. Mais Vivi Lundberg vous remplace et elle est censée être une excellente bibliothécaire, alors…

Kjell ricana.

– Vivi Lundberg n'est *pas* bibliothécaire. Vivi Lundberg est assistante-bibliothécaire. De surcroît, cette bibliothèque ne lui est pas familière. Par ailleurs…

Et il poursuivit son monologue d'une voix geignarde. Il m'agaça prodigieusement et je me sentis particulièrement mal à l'aise. Je trouvais qu'il se couvrait de ridicule.

Après la réunion, tandis que j'étais dans l'ascenseur F pour rejoindre Johannes, je m'aperçus à quel point ces pilules du bonheur que je devais commencer à avaler le lendemain me stressaient. Il y avait un risque d'effets secondaires et on nous avait demandé de surveiller l'éventuelle apparition de symptômes tels que vertiges, nausées, vomissements, problèmes de vision, engourdissements dans les mains et les pieds, et paresthésies au niveau du visage. C'était la seconde campagne d'essais de ce médicament après un ajustement de sa formule. Au cours de la première, les effets secondaires mentionnés avaient affecté 90 % des participants et, dans certains cas, ils avaient été très graves, provoquant des ulcères d'estomac hémorragiques, des attaques et un état de démence. Des rumeurs circulaient, affirmant que quelques personnes étaient même mortes. En raison de ces risques et de ces rumeurs, les chefs de l'équipe avaient décidé qu'il était obligatoire que nous ingérions les comprimés sous leur surveillance. Ils craignaient que sinon nous ne ruinions l'ensemble du projet en nous dispensant de les prendre.

J'étais vraiment fatiguée quand je frappai à la porte de Johannes. Je me sentais lourde et vieille. Cependant, en entendant ses pas, je devins plus légère, comme si on me remplissait d'hélium ou de gaz hilarant. Je me découvrais heureuse et ivre de joie.

– Te voilà enfin ! s'exclama-t-il.

Il me tira à l'intérieur de l'appartement, dans ses bras, ferma la porte derrière moi, embrassa mon front, le bout de mon nez, mes joues, ma bouche. Mes mains se promenaient sur son corps, l'agrippaient et griffaient son dos, ses bras, à nouveau son dos et ses fesses, tandis que les siennes couraient dans mes cheveux, sur mon visage, mon cou, mes seins ; il introduisit de force un pouce dans ma bouche et je le suçai tandis qu'il m'ordonnait de le regarder dans les yeux. De l'autre main, il trouva son chemin sous ma chemise et déboutonna mon pantalon, le baissa de même que ma culotte – pas jusqu'en bas, mais juste assez pour avoir accès à mon sexe. Il retira alors lentement son pouce de ma bouche, attrapa mes cheveux à l'arrière de la nuque et maintint ma tête de telle sorte que je ne puisse détacher mes yeux de son visage. Il caressa mon clitoris avec son index tout en enfonçant un, deux, trois, quatre doigts en moi alternativement. Au moment de l'orgasme, mes genoux cédèrent et s'il ne m'avait pas tenue fermement, je serais tombée devant lui. Au lieu de ça, je restai dans ses bras, soutenue par son torse et sa main qui caressait ma vulve. Je m'entendis émettre des gargouillis et des gémissements de douleur et de plaisir mêlés.

Ensuite, il me laissa lentement glisser à genoux et je demeurai là, haletante, sanglotant, regardant ses mains à la fois rudes et douces aux veines saillantes, bleu-violet, que sillonnait une forêt clairsemée de poils blancs, tandis qu'elles déboutonnaient son pantalon et que son pénis émergeait devant mon visage. J'ouvris la bouche et refermai mes lèvres autour, avec force, tel un sphincter. Il expira avec un lent « aaaaah… ».

Plus tard, nous nous mîmes au lit, nus. Je n'avais pas encore raconté à Johannes ce qu'Elsa avait découvert au sujet de Siv – je n'avais d'ailleurs jamais mentionné Siv ou le reste de ma famille. C'était le moment.

– Siv la superwoman ! s'exclama-t-il avant même la fin de mon récit. Siv la superwoman était donc ta sœur ? Je ne savais pas que son patronyme était Weger.

– Tu la connaissais ?

Je me redressai dans le lit.

– Non, mais quand je suis arrivé ici, il y a… combien de temps ça fait à présent ? Il y a trois ans et demi… les gens parlaient d'elle et de sa compagne, Ellen. Majken avait eu le temps de la connaître, elle. Tout juste. Je crois que Siv la superwoman représentait pour Majken ce que Majken représentait pour toi.

– Tu le crois vraiment ? Tu ne dis pas ça uniquement pour que je me sente mieux ?

– Ne sois pas stupide, Dorrit ! Pourquoi ferais-je une chose pareille ? Je le dis parce que c'est l'impression que j'ai eue concernant la relation entre Siv et Majken : une brève amitié qui a produit une profonde impression et a aidé Majken à atteindre un certain équilibre assez rapidement, à trouver une stabilité et à supporter les conditions de vie ici.

– Elle semblait très bien s'en accommoder.

– Sans doute grâce à ta sœur, dans une certaine mesure.

– Je me demande qui a rempli ce rôle auprès de Siv.

Johannes ne répondit pas. Il me regarda simplement et j'eus l'impression que son expression était soudain chagrinée et légèrement distante.

– Tu es triste ou seulement sérieux ?

– Je ne sais pas vraiment.

Je m'allongeai à nouveau et pris sa main. Nous demeurâmes ainsi, sur le dos, main dans la main, fixant le plafond.

– Les générations sont très courtes ici, dis-je.

– Oui, en effet, répondit Johannes.

Au bout d'un moment, je devinai à sa respiration qu'il luttait pour réprimer des larmes. Je pivotai sur le côté, face à lui, et posai ma main sur sa joue légèrement arrondie. Il éteignit la lumière – peut-être ne voulait-il pas que je voie son visage quand il pleurait ou pensait-il juste qu'il était temps de dormir –, puis il se tourna vers moi dans l'obscurité, m'attirant tout contre lui, un bras autour de mes épaules, l'autre maintenant ma tête contre sa poitrine. Je me pressai contre lui, un bras autour de sa taille, le front contre sa clavicule et une jambe enroulée autour de ses cuisses, presque comme si je l'escaladais.

Le matin, à notre réveil, nous étions toujours dans cette position, telles deux âmes en perdition s'agrippant l'une à l'autre dans un dernier effort vain pour se sauver ou simplement pour éviter de mourir seules.

25

L'essai du médicament antidépresseur m'imposa une nouvelle routine. Trois fois par jour – matin, midi et soir – je devais me rendre au laboratoire n° 3 au niveau K1 pour ingérer un petit comprimé jaune. Cela perturbait mon emploi du temps, surtout le matin, car il me fallait interrompre mon processus d'écriture ; plus exactement, le simple fait de savoir qu'à un moment fixé, entre huit et neuf heures, je devais m'interrompre pour m'habiller, prendre l'ascenseur et aller avaler ce comprimé, créait en moi des tensions qui m'empêchaient d'atteindre le calme et la concentration nécessaires pour que je puisse produire quuelque chose. Au lieu d'écrire, je passais donc généralement ma matinée à relire ce que j'avais déjà couché sur le papier, effectuant le genre de corrections et de notes dont j'aurais préféré m'occuper une fois le roman achevé.

C'était assez irritant, mais ce qui me dérangeait beaucoup plus était le sentiment qu'on n'avait pas confiance en moi, d'être traitée comme une enfant à problèmes, une tricheuse, une rebelle. Je trouvais dégradant d'être obligée de me tenir la bouche ouverte devant l'infirmier Karl ou Lis, sa collègue fringante et naïve, qui lui tendait les comprimés jaunes puis vérifiait à l'intérieur de ma bouche, comme si j'étais un cheval dans une foire aux bestiaux des temps jadis, avant de cocher soigneusement une liste et de gazouiller sur un ton benoît :

– Bien joué, Dorrit. On se voit entre deux et trois heures.

Ma dignité en prenait un sacré coup à chaque fois que je devais subir ce rituel.

D'un autre côté, pendant ces tests médicaux, je disposais de davantage de temps pour écrire, de plus de temps d'une manière générale que durant l'expérience sur l'exercice physique. Ma seule obligation consistait à ne pas oublier d'être au bon endroit trois fois par jour. Cela m'occupait environ une demi-heure au total, et cette simple constatation aurait dû l'emporter sur les inconvénients… mais non !

Au cours d'une de mes nombreuses conversations avec Arnold, j'évoquai cette question de ma dignité en berne et cette difficulté à me mettre au travail en sachant que j'aurais à m'interrompre. J'avais espéré qu'il prononcerait les mots appropriés pour suggérer une solution à mon problème, mais il se contenta de m'écouter, d'acquiescer, de noter et de me poser des questions telles que : « Quel genre de sentiments éprouvez-vous lorsque vous écrivez ? » et « Comment définiriez-vous le mot "dégradant" ? »

Je ne lui répondis pas, mais j'exprimai mes inquiétudes quant aux éventuels effets secondaires.

– En avez-vous ressenti ? demanda-t-il.

– Non, mais je n'ai pas perçu d'amélioration non plus. Je suis peut-être même plus anxieuse encore qu'avant. Ces comprimés sont censés produire des effets directs.

– « Direct » ne signifie pas toujours nécessairement immédiat, répondit Arnold.

– Ah vraiment ? Quel sens faut-il lui donner, alors ?

Il garda le silence, se contentant de rester dans le fauteuil en face de moi, les jambes croisées avec nonchalance, les coudes posés sur les accoudoirs baissés, les bouts des doigts joints, me considérant d'un air pensif. Je changeai à nouveau de sujet et commençai à parler de Siv et du fait que j'avais failli m'effondrer quand j'avais reçu la confirmation de ce que je pressentais.

Il fut manifestement intéressé, car son expression s'anima. Il ramena les mains sur ses genoux et se mit à me poser des questions sur Siv, ma famille et nos relations pendant mon enfance et mon adolescence. Je répondis consciencieusement et un peu mécaniquement, déballant mes pensées et théories pour expliquer pourquoi Siv et moi étions les deux seules parmi les cinq frères et sœurs à avoir échoué à fonder une famille et avions choisi des professions artistiques aux revenus aléatoires.

Il aurait été infiniment plus utile de parler de mon rêve récurrent au sujet de Jock ou de ce qui se passait entre Johannes et moi, car il s'agissait là de phénomènes ou de sentiments nouveaux que je ne comprenais pas vraiment, alors que ma relation à ma famille était ancienne et qu'elle avait déjà acquis un sens pour moi. Cependant, je ne pus me résoudre à aborder ces sujets et, en quittant le bureau d'Arnold, j'avais le sentiment d'avoir gâché une heure entière de ma vie.

26

Une après-midi, après être descendue pour avaler mon deuxième comprimé de la journée, je pris l'ascenseur pour aller rendre des livres à la bibliothèque et découvris Vivi derrière le comptoir. Il n'y avait aucun signe de Kjell et je m'enquis de lui, en tendant les ouvrages, le code-barres tourné vers elle.

– Est-ce qu'il a été remercié ?

C'était une plaisanterie, mais Vivi arborait une expression grave.

– Tu n'es pas au courant ? Il est malade. Des effets secondaires très sérieux. Il a constamment le vertige et il est complètement désorienté dans le temps et dans l'espace. C'est tout juste s'il peut sortir de son lit et se nourrir sans aide.

– Quoi ? Depuis combien de temps est-il dans cet état ? Je participe aux mêmes essais que lui, alors…

– Est-ce que ça va également t'arriver ? Non.

– Vraiment ?

– Si tu n'as eu aucun effet secondaire à ce stade, c'est qu'on t'a donné des comprimés ne contenant que du sucre. Et si tu te demandes comment je peux en être aussi sûre, je ne le suis évidemment pas. Certains d'entre vous étaient gais comme des pinsons au départ, puis dans un état de confusion avant de complètement perdre la tête. Frais comme des gardons au lever et dégonflés comme des baudruches le soir, pourrait-on dire. Kjell était devenu une personne complètement différente les tout premiers jours – j'étais là pour aider à déballer les nouveaux films et à évacuer une partie des vieux magazines et journaux. Il était d'excellente humeur, plaisantait et s'activait avec une telle frénésie que c'en était presque insupportable. Puis, tout à coup, du jour au lendemain, il est devenu apathique et fatigué. Ensuite c'est allé de mal en pis ; il avait du mal à évaluer les distances, se cognait dans des obstacles, trébuchait, tombait à droite et à gauche et égarait des objets. Quant à sa mémoire, elle était devenue si défaillante, c'est à peine s'il savait où il se trouvait après quelques instants. Au bout du compte, il ne pouvait plus continuer ici, ça ne fonctionnait pas, tout simplement. Comme je te l'ai dit, il n'est pas le seul. Cet homme qui est toujours si triste, par exemple, celui qui était en face de toi à la fête de bienvenue donnée le soir de mon arrivée, il est dans le même état. Cloué au lit.

– Erik ? Tu veux dire Erik ?

Je sentis mon cœur se serrer et je dus m'appuyer sur le bureau pour ne pas tomber. Ma tête tournait.

– Comment sais-tu tout cela ?

Vivi répondit avec un petit sourire que lorsqu'on travaille dans un lieu comme une bibliothèque, on apprend beaucoup de choses sur toutes sortes de sujets. Elle poursuivit en me racontant ce qu'elle avait entendu concernant d'autres personnes qui participaient au même essai que moi. Cependant, je n'écoutais pas vraiment, je pensais à Erik. Je me rappelais à quel point il était déprimé et perdu depuis le don final de Vanja. Il aurait eu besoin d'elle à présent, il aurait besoin de l'amour et de la sollicitude de quelques amis.

Je rassemblai un petit groupe : Elsa, Lena, Johannes et Peder, et nous rendîmes visite à Erik. Il était à peu près vingt heures trente, j'étais allée au gymnase, j'avais dîné et je m'étais rendue au laboratoire n° 3 pour prendre mon dernier comprimé jaune de la journée.

L'état d'Erik était pire que ce que j'avais imaginé. Il ne reconnut aucun d'entre nous. Pas seulement parce qu'il avait des problèmes de vision et qu'il tremblait tellement qu'il ne parvenait pas à garder sa tête immobile. Il s'était également produit quelque chose à l'intérieur de son cerveau, sa capacité d'attention et sa mémoire étaient affectées. Il ne savait tout bonnement pas qui nous étions, pas même Peder, celui qu'il connaissait depuis le plus longtemps.

– Ooooh ! s'exclama Erik d'une étrange voix chantante avec un sourire d'une oreille à l'autre lorsque nous entrâmes dans sa chambre après avoir été accueillis dans son appartement par un jeune aide-soignant portant de grandes lunettes rondes à monture noire, qui veillait sur lui et l'aidait à manger, se laver et aller aux toilettes. Bien-bien-bieeenvenue !

Son grand sourire était la seule consolation offerte par son état. Au moins paraissait-il heureux, pour la première fois depuis plusieurs semaines. Il appela Peder oncle Jonas, Johannes grand-père et Elsa maman. Moi, il me qualifia, non sans un certain mépris, tantôt de Miss et tantôt de *Mademoiselle*[1]. Il ne parla pas du tout à Lena, mais se montra très timide à son égard, rougissant, pouffant et détournant les yeux chaque fois qu'elle lui adressait la parole ou le regardait.

Nous étions tous très déprimés en le quittant. Alors que nous traversions le séjour en repartant, Johannes dit d'une voix très basse afin que moi seule, qui me tenais à côté de lui, puisse l'entendre :

– Ce n'est plus qu'une question de jours.

Je relevai les yeux vers lui, mais ne répondis pas. Je m'avançai vers le jeune aide-soignant assis sur le canapé devant la télé et le questionnai :

– Dans quel état est-il vraiment ??

1. En français dans le texte.

– Que voulez-vous dire ?

Je m'assis à côté de lui. Il était inscrit « Potter » sur le badge fixé à sa chemise.

– Est-ce qu'Erik va redevenir… normal ?

Potter me regarda droit dans les yeux derrière ses lunettes, se montrant à la fois étrangement distant et compatissant.

– Je pense que nul ne le sait vraiment, mais, personnellement, je ne le crois pas.

Au bout de quelques instants, d'une voix assourdie et couverte par le son du téléviseur, il ajouta :

– J'ai vu les radios.

Il se pencha alors vers moi une fraction de seconde, toussa, se racla la gorge et me glissa furtivement et d'une voix si rauque que je le compris à peine : « Atrophie anormale… » Dans une autre quinte de toux : « Le cerveau… », et dans un dernier raclement de gorge : « … a rétréci ».

Je comprenais très bien la situation : l'atrophie cérébrale anormale est la cause de la maladie d'Alzheimer, cela signifie tout simplement qu'il ne reste que des vestiges du cerveau, qu'il rétrécit à l'intérieur de la boîte crânienne jusqu'à ce qu'il n'en demeure plus rien, rien qu'un grand espace entre les deux oreilles et une expression de désespoir sur le visage du malade. J'avais vu de nombreux cas dans ma jeunesse, lorsque je travaillais en gériatrie.

Après sa brève quinte de toux, Potter plaça très respectueusement sa main sur mon épaule et me dit sur le ton amical de la conversation :

– Mais vous ne devez pas vous inquiéter. Il est très bien soigné et vous avez pu constater comme il était gai.

J'acquiesçai, pleinement consciente que les patients atteints d'Alzheimer sont bien plus souvent malheureux qu'heureux. Comme s'il avait saisi ma pensée, Potter ajouta :

– Il est gai la plupart du temps. Il semble satisfait, assez bizarrement.

Je ne sais évidemment pas s'il disait la vérité, il cherchait peut-être juste à me consoler.

– Est-ce qu'ils ont mis un terme à l'essai ?

– Non, il se poursuit.

– Je voulais dire : en ce qui concerne Erik. Prend-il encore trois comprimés par jour ?

– Bien sûr. L'essai se poursuit, je viens de vous le confirmer.

Potter sourit – son expression, à présent, était bien plus distante que compatissante – et je compris que l'entretien était terminé. Je me levai donc, lui recommandai de prendre soin d'Erik et rejoignis les autres qui étaient assis dans le foyer, pâles et silencieux.

– Qu'est-ce qu'il a dit ? demanda Peder, le plus livide d'entre tous.

– Il ne savait pas grand-chose, mentis-je. (Je ne pouvais pas trahir la confiance du jeune aide-soignant et raconter ouvertement les informations qu'il avait eu la gentillesse de me glisser entre deux quintes de toux.) Mais, d'après lui, la situation ne semble pas très encourageante.

Quelques heures plus tard, dès que Johannes et moi fûmes à l'intérieur de mon appartement, je l'attirai vers moi et me mis à l'embrasser et à le caresser. Tandis qu'il gémissait et grognait tout haut, je lui chuchotai à l'oreille ce que j'avais appris au sujet du cerveau d'Erik.

27

Erik, Kjell et treize autres furent admis pour effectuer leur don final. Officiellement, on ne livra guère plus de renseignements aux résidents. Les informations officieuses – celles qui étaient chuchotées et qui se diffusaient par le biais de diverses sources – étaient parcellaires et, vraisemblablement, mêlées à des éléments de rumeur et de spéculation. Voici ce que nous parvînmes à établir comme relativement fiable.

Pendant la fabrication du médicament antidépresseur, un mélange accidentel s'était produit entre différents composants, et des traces d'un poison s'attaquant au système nerveux, du même type que celui utilisé dans certaines armes chimiques, s'étaient retrouvées dans les comprimés. Quand la société pharmaceutique, tardivement et par pur hasard, avait découvert cette erreur lamentable, les responsables en avaient informé la direction de l'Unité de la banque de réserve sur-le-champ. Celle-ci avait à son tour décidé qu'il valait mieux éliminer les quinze participants à l'essai atteints puisque leur cerveau était irrémédiablement détruit et que cela n'aurait servi à rien d'ébruiter toute l'affaire. Ils choisirent ainsi d'agir rapidement et efficacement, de récupérer ce qui pouvait l'être de leurs corps, puis de reprendre le cours normal des choses sans s'appesantir plus que nécessaire sur cette histoire, en laissant l'amnésie collective jouer son rôle.

L'histoire ne précisait pas dans quelle mesure la demande d'organes et de tissus correspondait à ce soudain afflux sur le marché, mais je sais que certains tissus peuvent être conservés longtemps jusqu'à ce qu'un receveur en ait besoin et je suis certaine que les cadavres sont toujours les bienvenus pour la recherche et l'enseignement. J'espère donc et je veux croire que les restes d'Erik et des autres furent utiles.

Nous, les quinze participants indemnes, fûmes conviés à une réunion conduite par la directrice de l'Unité, Petra Runhede en personne. En laissant son regard glisser sur nous, à la fois grave et bienveillant comme toujours, s'attardant une à deux secondes sur chacun, elle exprima ses regrets quant à ce qui s'était produit et confirma ce que Vivi m'avait appris : ceux qui n'avaient pas souffert d'effets secondaires avaient reçu un placebo.

– Bien sûr, l'essai est d'ores et déjà abandonné, poursuivit-elle. On vous attribuera de nouvelles missions sous peu.

Nous étions évidemment tous submergés par des émotions puissantes et contradictoires. Il est naturel d'éprouver de tels sentiments quand on s'aperçoit qu'on appartient à un groupe de survivants sélectionnés par le pur hasard. Certains pleurèrent, d'autres s'esclaffèrent un peu hystériquement, quelques-uns restèrent assis à regarder fixement devant eux, tremblant, claquant des dents – bien sûr, on les prit en charge et les traita pour état de choc. Deux s'effondrèrent et durent être admis pour des séances en urgence avec leur psychologue respectif. Lena et moi conservâmes notre calme, mais nous nous tînmes la main pendant toute la réunion.

Après la mort de Kjell, Vivi reprit les rênes de la bibliothèque. Cette situation semblait lui convenir à la perfection et, malheureusement, je dois dire que Kjell ne manqua pas à grand monde. C'était un pauvre hère constamment en train de se plaindre, mais il ne faisait pas beaucoup parler de lui en dehors de ça. Il n'avait pas vraiment d'amis à l'Unité, même s'il n'avait pas d'ennemis non plus. Personne ne porta son deuil, il ne laissait personne derrière lui, et Vivi se glissa dans son costume comme si ça avait toujours été elle qui se faufilait entre les rayonnages, rangeant les livres, les films, les CD, les magazines et les quotidiens à leur place, notant et transmettant les demandes de prêts à distance, délivrant les lecteurs de livres électroniques, téléchargeant les e-books et discutant un peu avec les emprunteurs lorsqu'ils entraient et repartaient. Au bout de quelques semaines à peine, c'était comme si Kjell n'avait jamais existé. Si sa vie n'avait pas pris fin en raison d'un scandale et d'une tragédie, je pense que personne ne lui aurait accordé la moindre pensée.

28

Après l'incident de l'essai raté de l'antidépresseur, Elsa et moi nous retrouvâmes pour la première et dernière fois à participer à la même expérience scientifique, une étude psychologique où les chercheurs tentaient de déterminer s'il existait un instinct parental biologique ou génétique et, le cas échéant, s'il était identique chez les hommes et les femmes. En tant que personnes *superflues*, nous étions la cible idéale, puisqu'aucun d'entre nous n'avait d'expérience physique ou émotionnelle de soins et d'éducation de nos propres enfants comme des pères et des mères peuvent en avoir.

Durant les premiers jours, nous fûmes tous soumis à un scanner cérébral qui mesurait et enregistrait les réactions de notre cerveau tandis que nous étions exposés à une série d'impressions visuelles, auditives et olfactives. Il y avait des photos d'enfants de différents âges et dans des situations variées ; des bruits de gazouillements, de gamins riant, de bébés pleurant, des crises de colère ; l'odeur de bouillie, de talc, d'excréments de nourrissons, de couches souillées et de vomi. Il y avait également des images, des sons et des odeurs signalant l'existence de différentes menaces et dangers : des poêles brûlantes, le crissement de freins de voiture, du feu, de la fumée, des piscines, un escalier raide, des guêpes bourdonnantes, des chiens grognant et découvrant leurs dents, des objets acérés et pointus, des fusils, différents types de substances nocives, des hommes vieux et répugnants offrant des bonbons à des bambins, des images pornographiques mettant en scène des enfants… et bien d'autres choses encore.

Après ces préliminaires, l'expérience se poursuivit par une batterie de tests. Nous eûmes droit à des questionnaires à choix multiples, des discussions de groupe et des séances durant lesquelles on nous jouait différents scénarios en mesurant nos réactions par divers moyens. L'expérience dura deux semaines et l'avant-dernier jour, nous reçûmes – ou du moins je reçus – un petit choc en arrivant au laboratoire n° 2 où s'effectuait l'essentiel du travail : je découvris que l'endroit grouillait de vrais enfants. Il devait y en avoir une vingtaine, âgés de dix-huit mois à six ans, et nous étions censés jouer avec eux, leur parler et, si nécessaire, les nourrir et changer leurs couches et vêtements.

Elsa et moi passâmes plusieurs heures à jouer avec une fillette de quatre ans et un garçonnet de deux ans et demi. Nous construisîmes une cabane en utilisant une table, des couvertures et des coussins et nous organisâmes un goûter avec des poupées ; nous fûmes attaquées par des extrémistes, livrâmes bataille à des terroristes, mourûmes et restâmes inanimées jusqu'à ce que la fillette décrète que ce n'était pas si grave que ça, que nous étions simplement blessées, que nous avions besoin de pansements et de bandages et que nous pouvions continuer à manger du gâteau et à converser avec les poupées. Cependant, nous fûmes à nouveau interrompues, car le petit garçon devait faire pipi. C'était si urgent que nous n'eûmes pas le temps d'arriver jusqu'aux toilettes : il avait un peu mouillé son pantalon. Il dut donc en enfiler un vert foncé propre, qu'il n'aimait pas, à la place du rouge qu'il portait jusque-là et qu'il préférait. Il se mit alors à pleurer, furieux et inconsolable, jusqu'à ce qu'Elsa suggère l'idée qu'il portait un treillis militaire dans le cadre d'une nouvelle guerre contre le terrorisme, ce qui l'apaisa. Le garçonnet s'appelait Olav et la fillette Kristina ; je les trouvais absolument merveilleux.

Le lendemain, on nous questionna, à tour de rôle, dans des petites pièces séparées, sur ce que nous avions éprouvé et nos réactions pendant le temps passé en compagnie des enfants. La pièce était équipée d'un bureau d'une grande simplicité, de deux chaises, d'un enregistreur numérique, d'une télé et d'un lecteur DVD. La personne qui conduisit mon entretien était une femme d'environ mon âge, assez forte et au regard calme et posé. En des circonstances normales, je l'aurais trouvée rassurante. Mais pas ce matin-là…

La veille au soir, je m'étais sentie très déprimée et avais éprouvé des douleurs dans le ventre et la poitrine, comme lors des premiers mois à l'Unité, lorsque l'absence de Jock était trop pénible à supporter. J'avais refoulé mes larmes et tourné le dos à Johannes dans le lit. Il avait remarqué que quelque chose n'allait pas et avait essayé de me réconforter sans vraiment y parvenir. Bien sûr, je ne voulais pas parler de cela pendant l'entretien. Cependant, les psychologues qui menaient les tests avaient accès à nos dossiers médicaux et la femme qui me questionnait savait donc que j'avais subi un avortement quand j'étais jeune. Comme si ce n'était pas suffisant, elle me demanda l'effet que le contact des petits avait eu sur moi d'autant que je n'avais pas eu d'enfant après cet avortement. Je refusai de répondre.

– Regardez ça, Dorrit, dit-elle en appuyant sur la touche *play* du lecteur de DVD.

Une forme verdâtre, comme si elle était filmée avec une caméra sous-marine, apparut sur l'écran. Instinctivement, je m'attendais à voir des poissons, des étoiles de mer, des coraux, des algues ondulantes et, éventuellement, un plongeur vêtu d'une tenue en caoutchouc avec une bouteille d'oxygène sur le dos. Cependant, au bout de quelques secondes, je compris qu'il ne s'agissait pas d'un film réalisé au fond d'un océan, d'un lac ou même d'un aquarium, mais dans une pièce : une chambre verdâtre avec deux personnes verdâtres dans un grand lit verdâtre, filmées à l'aide d'une caméra infrarouge. Au début, les deux personnes étaient allongées, immobiles et silencieuses, dos à dos, puis on entendait des bruits étouffés suivis d'un murmure. Je distinguai quelques mots : « Dorrit… ? Ma chérie, qu'est-ce qu'il y a ? »

Je vis alors, filmé en plongée et en diagonale, Johannes me retourner de force mais avec douceur. Je me retrouvai face à lui et j'entendis mes propres sons étouffés se transformer en mots et phrases, d'abord entrecoupés de sanglots et incompréhensibles, puis un peu confus mais parfaitement audibles. Je fus surprise – et horrifiée – par la qualité du son.

La femme arrêta le film, se tourna vers moi et me regarda. Elle attendait calmement, sans prononcer un mot. Cela dura longtemps. Nous restâmes assises, silencieuses, elle avec ses mains sur son genou, les yeux rivés sur mon visage, et moi aussi rigide qu'un cadavre. Je demeurai silencieuse et raide si longtemps que cela m'acheva complètement. On aurait dit que tout en moi avait été éteint, j'étais vide. Je fus dès lors capable – tel un automate – d'expliquer ce que j'avais ressenti par rapport aux événements de la veille et ce que j'avais éprouvé et pensé par la suite.

29

Le temps s'écoulait. Le temps filait. Les jours s'envolaient comme des ballons, remplis d'heures passées devant l'ordinateur sous la photo du fœtus malformé de Majken ; des heures passées à me soumettre à des expériences et des tests ; des heures passées à marcher, à faire de la musculation, à nager, en rendez-vous chez le psychologue, chez le masseur, le pédicure ou au sauna. Les soirées commençaient et se terminaient avec des séances de cinéma, des dîners, des conversations, du temps consacré aux amis. Les nuits se succédaient et s'évanouissaient en heures passées à faire l'amour, à chuchoter, à dormir, à rêver. Les jours et les nuits se transformaient en semaines, les semaines en mois. À la fin de chaque mois, cinq, six, sept ou huit nouveaux individus *superflus* arrivaient à l'Unité et une nouvelle fête de bienvenue avec dîner, spectacle et danse, était organisée. Chaque mois, des résidents disparaissaient de l'Unité et ne revenaient pas ; de plus en plus souvent, j'en connaissais certains. Durant une période, je perdis mes repères temporels. Ou pour être plus précise, ceux-ci disparurent dans mes souvenirs. Cela n'était sans doute pas uniquement dû au fait que notre mémoire est sélective, qu'elle mélange les événements et retient ce que bon lui semble à un moment donné. En des circonstances normales, dans le monde réel à l'extérieur, notre mémoire peut généralement s'appuyer sur les saisons ; tel événement est lié à une période particulière de l'année. Par exemple, je sais que mon père est mort et a été enterré à l'automne parce que les érables du cimetière étaient rouges et orange et que l'air était vif, clair et froid. Ma mère mourut au tout début de l'été suivant, quand le colza était en fleur et à la fin des classes. Je sais également que c'est au début du printemps que Nils m'a accompagnée chez moi pour la première fois, car je me rappelle lui avoir montré l'hépatique tout juste fleurie derrière le tas de compost. Au début, il ne voulait pas croire qu'il s'agissait vraiment d'hépatiques parce que, pour une raison ou une autre, il pensait qu'elles avaient disparu. J'avais dû sortir mon livre de botanique pour lui prouver que je disais vrai. J'avais emménagé dans ma maison à la fin de l'automne quand les arbres étaient dénudés et les champs boueux et lourds. Jock devint mon chien l'hiver suivant. Il m'avait fallu débarrasser le pare-brise de la neige collante fraîchement tombée et déblayer l'allée du jardin avant de pouvoir rouler, doucement et prudemment, dans la neige fondue pour aller le chercher au refuge. Par contre, quand je repense au temps passé à l'Unité, ma mémoire ne peut pas prendre les saisons pour repères, car elles ne changent jamais. À l'intérieur de l'Unité, la seule alternance est celle des jours et des nuits, obscurité et lumière. Dans le jardin d'hiver, tout est en bourgeons ou en fleurs, rien ne se flétrit, fane ou meurt. Ce n'est jamais l'hiver dans ce jardin d'hiver.

Un jour, après le déjeuner, au cours d'une de mes promenades quasi quotidiennes dans ce jardin, j'arrivai devant le bosquet de citronniers à l'instant précis où les pétales tombaient. Je m'avançai entre les arbres les plus bas, au milieu de ce dessin impressionniste constitué de touches blanches, et restai là à penser à Majken et à Jock – Majken parce qu'elle aimait la manière de représenter le monde des Impressionnistes, et Jock parce que je savais qu'il aurait apprécié ce déluge de petits pétales blancs. En levant la tête, je les contemplai tandis qu'ils tombaient en virevoltant doucement, avec noblesse, tels des flocons parfumés qui ne fondraient jamais en ce jour sans vent, atterrissant dans mes cheveux, sur mon front, sur une de mes paupières, sur un sourcil, sur le bout de mon nez, sur ma lèvre supérieure. Je soufflai sur un pétale pour m'en débarrasser puis je baissai à nouveau les yeux et m'ébrouai. Je vis alors que je n'étais pas toute seule dans le bosquet. Un homme portant des lunettes rondes se tenait à quelque distance, dans sa chemise d'uniforme vert pâle, et me regardait dans cette atmosphère tachetée de blanc. C'était Potter.

– Bonjour, lança-t-il en levant une main pour me saluer lorsqu'il s'aperçut que je l'avais vu.

Il se remit à marcher. En arrivant à ma hauteur, il me demanda :

– Comment ça va ?

– Bien, répondis-je. Et vous ?

– Bien…

Puis il sembla hésiter, examinant le sol avant de relever les yeux. Il prit une profonde inspiration :

– C'est terrible ce qui est arrivé.

– Avec Erik et les autres, vous voulez dire ?

– Oui. On ne peut vraiment pas laisser de telles erreurs se reproduire. Peu importe que le médicament en question soit testé sur des individus *superflus*, des rats, des amibes ou des personnes *nécessaires*. C'est un… (il chercha le mot approprié)… un gâchis totalement indéfendable.

– Oui, confirmai-je. Ils auraient tout aussi bien pu jeter les financements de leur recherche par la fenêtre.

– Un gâchis de gens, je veux dire, reprit Potter. Pas d'argent.

– Les gens représentent de l'argent, rétorquai-je. De la même manière que le temps est de l'argent.

Il secoua la tête.

– Les personnes sont des personnes, dit-il sur un ton grave. Des êtres vivants.

– Oui, oui, bien sûr.

– J'ai failli démissionner, poursuivit Potter, qui avait manifestement besoin de se confier. La façon dont vous êtes traités ici est difficile à supporter.

– Nous sommes très bien traités.

– Vous trouvez ?

Il était sincèrement surpris, voire un peu déçu.

– Oui, répondis-je. Comparé à la manière dont nous sommes traités dans la communauté extérieure. Ici, je peux être moi-même, à tous les niveaux, sans rien avoir à cacher, sans être rejetée ou faire l'objet de railleries et risquer de ne pas être prise au sérieux. Je ne suis pas considérée comme bizarre, une espèce d'extraterrestre ou une pitoyable cinquième roue du carrosse dont les gens ne savent que faire. Ici, je suis comme tout le monde. J'ai ma place. Je compte. J'ai les moyens d'aller chez le médecin, le dentiste et même le coiffeur ou le podologue, je peux manger au restaurant, aller au cinéma et au théâtre. J'ai une vie digne ici. Je suis respectée.

– Vraiment ?

– Oui… comparativement, je veux dire.

Potter me regarda.

– OK. Je crois que je comprends.

Je changeai de sujet.

– Pourquoi n'avez-vous pas démissionné en fin de compte ?

– Eh bien… je ne pense pas avoir les moyens de me passer d'un emploi en ce moment. Ma compagne et moi allons être parents. Des jumeaux. Il nous faut un logement plus grand.

– Bien. Je crois que je comprends aussi.

Il éclata de rire. Je souris. Puis nous nous séparâmes. Je m'enfonçai davantage dans le bosquet de citronniers. J'avais l'impression de traverser un paysage voilé de neige fraîche et, tout à coup, j'éprouvai un violent désir d'hiver et de vent, de froid mordant et d'haleine fumante, de moufles, d'écharpe et de bonnet, et d'un petit chien blanc avec des taches marron et noires courant entre les congères de neige poudreuse, la queue battant frénétiquement, farfouillant avec son museau dans le tapis poreux en faisant voleter la neige autour de lui en petits tourbillons.

J'avais trois choses au programme cette après-midi-là : donner du sang à la banque centrale de l'hôpital, descendre au laboratoire pour une injection de chrome – je participais à une expérience d'évaluation de l'efficacité de fortes doses de ce produit pour accroître la glycémie – et honorer un rendez-vous chez le masseur. Plus tard, dans la soirée, Johannes et moi avions prévu d'aller au théâtre pour assister à une nouvelle pièce dont tout le monde parlait.

Tandis que je donnais mon sang et pendant le massage complet qui suivit, j'eus tout le temps nécessaire pour élaborer soigneusement mon projet et dès mon retour à l'appartement, je mis mon plan en branle.

En entrant dans le séjour, je bâillai et m'étirai paresseusement – les massages me donnaient toujours envie de dormir –, puis je trottinai jusqu'à la kitchenette et me servis un verre d'eau. Je retournai dans le séjour, le verre à la main, bâillai de nouveau et gagnai le canapé où je m'effondrai, à demi couchée, tout en essayant de boire. Je posai le verre sur la table, à côté de la télécommande que je pris en main et manipulai distraitement. Je me tournai sur le côté en soupirant, pointai la télécommande vers le poste et sélectionnai une chaîne au hasard. J'avais rarement regardé la télévision depuis que j'avais été déclarée *superflue* et je pris un air détaché, comme s'il s'agissait d'une lubie soudaine. L'image d'un paysage vallonné et luxuriant jaillit sur l'écran : une vallée avec des prairies et des vignes en terrasse s'étalant sur les pentes, les nuances bleutées de lointaines chaînes de montagnes en arrière-plan. J'étais bien installée, apparemment détendue, devant une série se déroulant dans une région viticole française.

Je patientai jusqu'à la pause publicité et le second spot, qui concernait des couches, puis je feignis d'avoir trouvé l'inspiration, une idée pour mon roman. Je me redressai vivement, posai les pieds sur le sol, attrapai mon bloc-notes et mon stylo toujours sur la table de salon, plaçai le papier sur mes genoux, me penchai et griffonnai fébrilement. Mon écriture était bien plus petite que d'habitude, j'avais décidé de la teneur du message à l'avance, pendant que je donnais mon sang :

J'ai un chien de ferme dano-suédois qui s'appelle Jock. Il est blanc avec des taches marron et noires ; son oreille gauche est blanche, l'autre noire, et sur son dos, il a une grande tache marron qui ressemble à une selle qui aurait légèrement glissé sur le côté. Il vit avec Lisa et Sten Jansson à la ferme Verkholma juste à l'extérieur d'Elnarp, la deuxième ferme sur la droite immédiatement après le panneau de limitation de vitesse quand on se dirige vers Kasstorp. S'il vous plaît, si c'est possible, voyez comment il va et faites-le-moi savoir !

Immédiatement, je relus les quatre phrases et m'écriai « Non, non ! », arrachai la page du bloc-notes, la froissai et la jetai sur la table de salon, puis m'affalai à nouveau sur le flanc dans le canapé et regardai la fin de la série.

Plus tard, après une douche rapide et avoir changé de vêtements, je nettoyai la pièce en attendant Johannes qui, en gentleman, venait me chercher pour m'emmener au théâtre. Je ramassai le verre et la boule de papier et, tout en avançant vers la kitchenette, le verre dans la main gauche, je feignis d'ajuster mon pantalon. J'en profitai pour glisser le morceau de papier dans ma poche. Je posai le verre sur le plan de travail puis, pour donner le change, j'ouvris le placard sous l'évier et fis semblant de jeter quelque chose à la poubelle.

Il ne me restait plus qu'à attendre. Johannes tout d'abord, et ensuite le moment où je tomberais à nouveau sur Potter. Je m'affalai une fois encore dans le canapé.

Johannes arriva. Il m'embrassa sur la bouche ; ses lèvres étaient fraîches comme s'il revenait tout juste du monde extérieur où la température était négative ou presque. Je fermai les yeux pour imaginer que c'était le cas.

– Tu parais heureuse, dit-il.

– Oui, tu as le goût de l'hiver. Voilà pourquoi. On dirait que tu as affronté une tempête et que tu viens de rentrer.

Il éclata de rire.

– J'ai un peu la même impression. Comme si j'avais couru contre le vent toute la journée. Je suis mort de fatigue.

Johannes participait à une nouvelle expérimentation, il prenait des médicaments qui faisaient chuter la pression artérielle. Sa tension était peut-être un peu trop basse. Je fronçai les sourcils d'inquiétude.

– Dis-moi, ils contrôlent régulièrement ton pouls, ta tension et tout ça ?

– Bien sûr. Ne t'inquiète pas. On y va ?

La pièce de théâtre était longue et pas particulièrement amusante. Néanmoins, son sujet était intéressant : un couple subissait fausse couche sur fausse couche et leur amour se renforçait à travers cet espoir sans cesse renaissant et à chaque fois brisé. Le chagrin, l'attente et leur but commun les rapprochaient toujours davantage. Mais quand, à peu près à la moitié de la pièce, ils réussissaient enfin à donner naissance à l'enfant tant attendu, ils commençaient, lentement mais sûrement, à s'éloigner l'un de l'autre jusqu'à ne plus être que deux étrangers ne parlant plus la même langue – très clairement, ils parlaient des langues différentes et ne se comprenaient pas – et toute communication passait par l'enfant qui devait servir d'interprète entre ses parents. Tout cela était vraiment étrange.

Johannes dormit pendant une grande partie du deuxième acte, si bien qu'il était parfaitement éveillé à la fin de la pièce.

– Je meurs d'envie d'une bière ! s'exclama-t-il en s'étirant quand nous débouchâmes sur la place quelques minutes après.

– Une vraie tempête de neige et une bonne bière forte ! répondis-je, car c'était uniquement ce dont j'avais envie à cet instant.

– Tu parais vraiment obsédée par l'hiver ? Comment l'expliques-tu ?

– Oh, les pétales tombaient dans le bosquet aux citronniers aujourd'hui.

Nous retournâmes ensuite chez moi. En me déshabillant, je pris garde que le morceau de papier ne tombe pas de ma poche droite.

– Waouh, ce que tu deviens soigneuse d'un seul coup ! s'exclama Johannes depuis le lit.

Il était déjà déshabillé et sous la couverture, un bras derrière la tête.

– Je veux simplement éviter de le froisser.

– Il l'est déjà.

– Eh bien, davantage alors.

– Depuis quand te soucies-tu de ce genre de choses ?

Je voulais changer de sujet.

– Depuis que je t'ai rencontré, répondis-je.

Je me hâtai d'ôter le reste de mes vêtements – les pliant rapidement mais avec soin et les plaçant sur la chaise au-dessus de mon pantalon –, puis je soulevai la couette au pied du lit pour former un espace dans lequel je me faufilai en frôlant l'une des jambes de Johannes aux poils doux et frisés, sa peau légèrement rugueuse au parfum d'homme – cette odeur m'évoquait le soleil, le cumin, la coriandre et la cannelle –, ses mollets appuyés sur le matelas, la partie inférieure de la rotule particulièrement rêche, légèrement noueuse et aussi rugueuse que la langue d'un chat, et sa cuisse – cet énorme muscle de la cuisse, se tendant et gonflant tandis que mes mains remontaient en tâtonnant.

Cette nuit-là, je rêvai de Jock, de la plage et du bâton que je ramassais et lançais encore et encore et qu'il me rapportait inlassablement. Cependant, le rêve était différent cette fois. Ce n'était pas toujours Jock qui revenait vers moi, le bâton dans la gueule, mais parfois Johannes qui se précipitait à ma rencontre en courant, les bras tendus et les cheveux flottant au vent. Parfois ce n'était pas moi qui lançais le bâton à Jock, mais Johannes. Lorsque Jock le rapportait, nous le félicitions tous les deux. Puis soudain, nous fûmes dans la voiture devant la maison, ma vieille voiture et ma vieille maison. Nous sortîmes du véhicule, entrâmes dans la maison et y vécûmes tous les trois. Johannes accrochait des photos aux murs, des clichés encadrés. Je lui demandais :

– Qu'est-ce que c'est, ces photos ?

– Tu ne le vois pas ? répondait Johannes. Ce sont nos enfants, évidemment.

– Nos enfants ? dis-je et je me réveillai alors que la lumière de l'aube artificielle inondait la chambre.

Je ne parlai pas de ce rêve à Johannes, du moins pas tout de suite. Il m'effrayait. Car il était beau et nous y étions heureux. Et pourtant – ou peut-être précisément pour cette raison – il me paraissait menaçant, d'une certaine façon. Je m'efforçai de l'oublier pendant toute la journée, de l'évacuer comme on le fait d'un cauchemar. En vain. Il s'était logé dans ma conscience et il refusa d'en sortir, influençant tout ce que je faisais, ce qui arrivait et ce que je disais. Tout était marqué par ce sentiment d'avoir un mari, des enfants, une maison, une voiture et un chien.

30

Un jour, à l'heure du déjeuner, au cours d'une promenade, j'aperçus à nouveau le jeune Potter dans le jardin d'hiver. Il était plongé dans un livre, sur le banc d'un patio. Plusieurs semaines s'étaient écoulées, peut-être un mois, depuis le jour où nous avions bavardé dans le bosquet de citronniers et, bien sûr, j'avais porté différents pantalons entre-temps. Chaque fois, j'avais soigneusement transféré le petit morceau de papier d'une paire à l'autre au même endroit, dans la poche droite, afin de toujours savoir où il se trouvait. Lorsque je vis Potter à travers les palmiers, à moitié dissimulé par la petite fontaine, j'enfonçai mes mains dans mes poches, marchai tranquillement jusqu'à lui, m'arrêtai et le saluai.

Il releva distraitement les yeux de son livre.

– Oh, bonjour, répondit-il en me reconnaissant. Comment allez-vous ?

– Très bien. Et vous ?

– Bien aussi.

Il remonta ses lunettes du bout de son index, le regard fuyant légèrement de haut en bas ; il était évident qu'il souhaitait reprendre sa lecture, mais il était poli et s'efforçait de me sourire aimablement. Je ne voulais pas lui donner l'impression de vouloir à tout prix imposer ma présence à quelqu'un qui aspirait à un peu de tranquillité et je feignis donc de poursuivre ma promenade. Je m'arrêtai cependant et lui demandai, incidemment :

– Où en êtes-vous de vos recherches d'un nouveau logement ?

– Ça avance. En fait, nous avons visité un très bel appartement en rez-de-chaussée hier. Un quatre-pièces avec un petit jardin. Les voisins sont proches, mais le jardin est planté depuis longtemps et il protège des regards indiscrets. Par ailleurs, c'est un duplex et on dispose d'une belle vue sur un parc depuis l'étage. Il y a un grand terrain de jeux adjacent, une crèche, une école à proximité et plein d'enfants.

Je frissonnai involontairement à l'idée même de vivre dans un tel endroit, cernée de familles bruyantes s'étalant, gonflant pratiquement comme de la pâte à pain en train de lever, engloutissant les gens seuls qui ne désiraient pas s'étendre ainsi. Incapables de se faire entendre, invisibles, ils finissaient annihilés – écrasés. Potter était d'humeur à bavarder ce jour-là, il n'en finissait plus. Je m'armai donc de patience et m'efforçai de contenir mon irritation quand il me parla en détail de cette belle zone résidentielle idéale pour les enfants. Je retirai ma main de ma poche droite avec le morceau de papier serré dans ma paume. Potter continuait à me détailler les caractéristiques de l'appartement, son agencement astucieux, la manière dont ils comptaient décorer la chambre des enfants… Il en vint même à mentionner une échographie des jumeaux dans le ventre de sa compagne.

– Vous voulez la voir ? Je l'ai là.

Sans attendre ma réponse, il sortit son portefeuille de sa poche arrière.

En temps normal, j'aurais hésité, voire refusé, trouvant une excuse et déclarant que j'étais terriblement pressée – j'avais déjà eu ma dose d'images échographiques floues du développement des fœtus *nécessaires* –, mais je réalisai évidemment que je ne pouvais pas laisser filer une pareille chance.

Je m'assis donc sur le banc à côté de Potter, qui me tendit le petit cliché flou. Simulant l'intérêt, je le saisis entre le pouce et l'index de ma main droite, les autres doigts maintenant toujours le papier. Il désigna deux zones plus pâles en forme de reins au milieu de toutes les lignes et les ombres sur l'image. J'acquiesçai et déclarai que c'était vraiment fascinant avant de lui demander quel âge avaient les fœtus jumeaux et s'il était impatient d'être père. Il répondit, me fournit des explications et bavarda de plus belle. Au milieu de toutes ces questions et explications, tandis que nous étions toujours penchés au-dessus de la petite photographie, je réussis à glisser dans sa main le petit morceau de papier chiffonné. Je jetai un coup d'œil rapide à son visage. Il ne semblait pas surpris et se contenta d'un bref hochement de tête presque imperceptible, accompagné d'un minuscule clin d'œil – j'eus l'impression qu'il avait compris que mes questions pleines d'intérêt n'étaient qu'une espèce de camouflage – puis, après avoir bien regardé le cliché, il le rangea dans son portefeuille avec le morceau de papier froissé et remit le tout dans sa poche arrière.

Plusieurs semaines s'écoulèrent avant que je croise à nouveau Potter, un soir, dans la section E4 où Alice avait son appartement. Elle avait emprunté un DVD à la bibliothèque et m'avait invitée avec Elsa, Lena et Vivi à le visionner en mangeant du gâteau aux fruits maison et en buvant du thé. Le film était une comédie romantique, une histoire légère regorgeant de quiproquos et de malentendus et s'achevant par un mariage. Dès le générique, Elsa et Vivi s'éclipsèrent. Elles passaient beaucoup de temps ensemble toutes les deux depuis quelques mois. Je réalisai peu à peu qu'il y avait une histoire entre elles, qu'elles étaient en train de tomber amoureuses. Quant à moi, j'avais envie de retourner auprès de Johannes et, peu après le départ d'Elsa et Vivi, je remerciai Alice et partis à mon tour. C'est alors que j'aperçus Potter dans la buanderie au moment où je m'apprêtais à quitter le secteur. Il travaillait sur l'évacuation d'eau au sol.

– Est-ce qu'elle est bouchée ? demandai-je en m'arrêtant.

J'hésitai dans l'entrebâillement de la porte, avant de finir par m'appuyer au chambranle. Il releva les yeux.

– Oui, soupira-t-il, et c'est la troisième fois en une semaine.

Nous demeurâmes ainsi un moment, moi debout et lui à genoux, discutant des pannes et des moyens d'y remédier. En tant qu'ancienne propriétaire d'une maison équipée de vieilles évacuations et tuyauteries qui se bouchaient souvent, je pus lui suggérer quelques astuces pour résoudre le problème et des mesures de précaution pour les éviter à l'avenir.

Une fois qu'il eut fini, du moins pour cette fois-ci, ainsi qu'il le dit en remettant la grille au-dessus de l'évacuation, il se leva et passa à côté de moi pour sortir. Quand nous nous saluâmes, il glissa un petit morceau de papier soigneusement plié dans ma main.

Je le fourrai discrètement dans ma poche.

Il n'était pas particulièrement tard, mais Johannes était déjà endormi. Il avait laissé la lumière allumée au-dessus de l'évier. Depuis la chambre, j'entendais les soupirs qu'il poussait dans son sommeil. Il ne s'agissait pas vraiment de ronflements, mais ce n'était pas une respiration normale non plus. On aurait dit un enfant plongé dans un rêve. Il produisait les mêmes sons que mon frère Ole lorsqu'il avait quatre ans et moi neuf.

Ida, lui et moi avions partagé une chambre dans un bungalow au cours de vacances. Sa respiration évoquait le vent soufflant dans un champ de blé à la fin de l'été. Elle m'apportait un sentiment de paix. De sécurité.

Je m'installai à la table du séjour dans la semi-pénombre. De temps en temps, Johannes claquait des lèvres dans son sommeil, gémissant et marmonnant quelque chose d'une voix épaisse (qui n'évoquait en rien celle d'Ole). Puis il se remettait à respirer normalement et je n'entendais plus rien, sauf le bourdonnement faible et régulier de la climatisation. Hormis ce bruit, il régnait un silence complet. Le fossile ramassé par Johannes trônait sur la table, à côté d'un magazine dont j'ai oublié le titre. Je touchai la pierre, passant mon index sur les contours du fossile conique qui avait été, un jour, un animal ou du moins une partie d'un animal. Je la soulevai et la soupesai dans ma main, refermai mes doigts autour et la fis tourner encore et encore. Son toucher me procurait une sensation agréable ; elle était fraîche et lisse. Je la reposai à sa place sur la table, tirai le magazine vers moi, l'ouvris, le feuilletai en feignant de survoler un article çà et là tout en farfouillant dans ma poche – en faisant mine de me gratter la cuisse –, à la recherche du morceau de papier que Potter m'avait donné. Je l'attrapai et le sortis aussi silencieusement que possible, le tenant entre mon index et mon majeur, puis je le dépliai avec précaution sous la table. Je le glissai alors rapidement entre deux pages du magazine que j'avais placé juste au bord du meuble. Je n'eus alors plus qu'à parcourir les pages jusqu'à ce que j'arrive au bon endroit. Quand je l'atteignis, je me penchai légèrement en avant, un coude posé sur le plateau et le menton appuyé sur la paume de ma main afin de dissimuler autant que possible ce que je faisais.

Je ne vois pas très bien dans le noir et il me fallut un certain temps pour comprendre ce que signifiait ce morceau de papier. Il ne s'agissait pas d'un message ou d'une lettre, pas un seul mot n'y figurait. C'étaient deux images, deux photographies en couleurs imprimées l'une à côté de l'autre au milieu de la feuille. Je bougeai légèrement afin d'être éclairée par la lumière de la cuisine.

Elles avaient été prises dans le jardin de Sten et Lisa. Sur celle de gauche, Jock est avec leur cadette, une petite fille aux joues rondes, aux cheveux bouclés noirs, aux grands yeux marron et au petit nez en trompette. Jock a une balle bleue dans la gueule – du moins, on dirait une balle – et il court vers la fillette, le museau relevé, fier et sans crainte. Elle porte un jean, des bottes Wellington, un pull bleu tricoté main orné d'une grosse voiture rouge sur le devant et une écharpe grise ; elle rit et tape des mains au-dessus de sa tête. Elle a grandi et paraît plus élancée, plus vigoureuse – l'automne précédent, son frère, de deux ans son aîné, portait ce même pull. La pelouse où elle joue avec Jock est jonchée de feuilles rouges, brunes et jaunes. Quelques champignons d'un blanc jaunâtre pointent çà et là. Des fruits sont tombés à terre et pourrissent : des pommes rouges et vertes à moitié mangées par les oiseaux. Dans le fond, on distingue le poulailler et deux des poules mouchetées. Le vélo de Sten, équipé à l'arrière et à l'avant de sièges pour enfants, apparaît à l'extrémité du poulailler.

Sur la photographie de droite, Jock et Lisa sont assis sur le banc devant la maison et la plate-bande où quelques roses et des soucis résistent encore, rayonnant au milieu du lierre rouge foncé grimpant le long du mur. Lisa est face à face avec Jock et l'une de ses mains est posée sur le dos de mon chien au niveau des omoplates. Ses oreilles pointent vers l'avant, les sourcils de Lisa sont légèrement relevés et tous les deux ont la bouche entrouverte. On a l'impression qu'ils chantent en duo. C'est une photo amusante et je ris tout haut. En moi jaillissait un autre rire, une espèce d'immense soulagement mêlé de chagrin, explosant et se cognant contre les parois de ma cage thoracique, pile derrière mon sternum, cherchant à sortir. Ce soulagement était trop grand, il faisait trop mal pour être libéré.

Je pliai la feuille, la glissai à nouveau dans ma poche, me levai, allai éteindre la lumière de la cuisine puis me rendis à la salle de bains en tâtonnant. Je me lavai et me brossai les dents, me faufilai dans la chambre, me déshabillai et me glissai sous les couvertures, tout contre Johannes qui soupirait toujours en dormant.

Je ne sus jamais comment cette histoire de photographies avait été arrangée – si Potter s'était rendu sur place, avait rencontré Lisa, la fillette et Jock puis avait pris les clichés lui-même ou si Sten, Lisa ou quelqu'un d'autre les lui avait envoyés. Je tombais sur lui plusieurs fois par la suite, mais n'eus pas l'opportunité de lui poser la question. Je ne pus que le remercier par un hochement de tête et un sourire pour la peine qu'il s'était donnée pour moi. À en juger par la saison et l'aspect de la fillette – qui avait grandi depuis la dernière fois que je l'avais vue –, les photos paraissaient récentes. C'est tout ce qui m'importait.

31

Nous étions en pleine période de Noël. Il suffisait d'allumer la télévision ou la radio ou d'ouvrir un journal pour en prendre conscience, jusqu'à percevoir le son des cloches. Les calendriers de l'Avent, les reportages sur des records de ventes, les articles consacrés au stress induit par cette époque de l'année, les publicités pour les cadeaux à la mode, les suggestions pour les repas de fêtes ou les danses autour du sapin, les histoires au sujet de la Vierge Marie, de l'enfant Jésus et de l'étoile brillant au-dessus de l'étable… tout évoquait Noël.

En revanche, à l'Unité, pas de Noël, ce qui était une véritable bénédiction. Les journées avant, pendant et après la période des fêtes se déroulaient normalement, sans cette effervescence si particulière qui dévore tout sur son passage. Pas de décorations, pas de bougies de l'Avent, pas de musique de Noël dans les magasins, pas d'horaires d'ouverture restreints au complexe sportif,. Pas non plus d'instructeurs de gym suédoise affublés de bonnets de Père Noël, pas de cours d'aérobic spéciaux avec pour fond sonore des chants de saison. Le restaurant, la galerie d'art, le cinéma, le théâtre et les magasins n'avaient en rien modifié leurs horaires d'ouverture et n'étaient pas décorés. Pas de menu spécial fêtes, pas de film en matinée pour les enfants le 26 décembre, pas de soldes entre Noël et le 1er janvier, pas de célébration du nouvel an. Et pas non plus de galette des rois qui viendrait se profiler avec un rictus moqueur, juste au moment où vous vous disiez que tout ce cirque était enfin terminé jusqu'à l'année prochaine.

Malgré tout, c'était une nouvelle année, impossible de l'éviter ou de l'ignorer ; le chiffre à la fin de la date avait changé. Le temps s'écoulait, inexorablement. J'aurais bientôt cinquante et un ans, Johannes venait de célébrer son soixante-quatrième anniversaire, ce qui était beaucoup pour une personne *superflue*. Pour autant, il n'avait absolument pas l'impression d'être vieux. Quant à moi, je me sentais plus jeune que je ne l'avais été depuis des années. Probablement parce que j'étais désirée, que j'aimais et que j'étais aimée en retour.

Mon roman était pratiquement terminé. J'y apportais les dernières touches. Je le lus et effectuai des petits changements, puis le relus et apportai quelques modifications mineures supplémentaires. Je ne voulais pas vraiment le laisser m'échapper.

Johannes se moquait de moi et me traitait de « maman poule ». C'était un soir. Nous étions au lit, nus.

– Mais tu ne ressens pas la même chose, toi ? Quand tu as presque achevé un projet et que tu sais que tu vas bientôt devoir t'en séparer et te lancer dans une autre aventure ?

– Si.

– Dans ce cas, pourquoi tu te moques de moi ?

Je lui pinçai un téton.

– Parce que ça m'amuse, répondit-il en me pinçant à son tour.

– Aïe ! criai-je.

– Je ne peux pas t'avoir fait mal.

– Non.

– Alors pourquoi est-ce que tu as dit « aïe » ?

– Parce que ça m'amuse, rétorquai-je.

L'instant d'après, il était sur moi.

Une fois endormie, je fis le rêve avec Jock, le bâton et la plage, celui où Jock est parfois remplacé par Johannes courant vers moi dans le vent, les bras tendus, tandis que la mer gronde et rugit. Ce rêve où Johannes lance parfois le bâton pour que Jock le rapporte et où nous le félicitons tous les deux. Ce rêve où nous rentrons chez moi, où Johannes accroche des photos encadrées aux murs et où je lui demande « Qu'est-ce que c'est, ces clichés ? » et où il me répond : « Tu ne le vois pas ? Ce sont nos enfants, évidemment. »

Le rêve était plus net cette fois-ci. La voix de Johannes était vraiment proche, très réelle, comme si nous faisions le même rêve exactement au même moment et que cette conversation avait réellement lieu, comme si nous parlions de ces photos dans notre sommeil.

Le lendemain, je cessai de pinailler sur mon roman et décidai qu'il était achevé. Je le copiai sur un CD que je rangeai dans une chemise en carton sur laquelle j'inscrivis le titre et mon nom. Ne sachant qu'en faire ensuite, je le laissai sur le bureau.

Et immédiatement je me mis à esquisser des idées pour une autre histoire. J'enclenchais un processus lent, comme c'est souvent le cas lorsque je me lance dans un nouveau projet : lent, pesant et plein d'incertitudes, comme de grimper à grand peine une côte escarpée à vélo, avec une chaîne rouillée menaçant de se rompre à tout moment.

Par ailleurs, ces derniers temps j'étais extrêmement fatiguée, voire épuisée et sujette à des vertiges. Au début, je mis en cause ma nouvelle participation à un programme d'entraînement physique – j'en étais ravie, bien sûr, car c'était bien plus sain et agréable que de devoir prendre des comprimés, subir des injections ou des expériences impliquant des solutions et des gaz divers et variés. Cette fois, il s'agissait de mesurer le volume musculaire et la capacité à absorber l'oxygène. Après les tests préliminaires pratiqués sur ceux d'entre nous qui avaient été sélectionnés, on me dit que je possédais la forme physique d'une femme de vingt ans. Mais maintenant, quelques semaines après le début de cet entraînement, je me sentais faible, parfois vraiment éreintée, et je craignais de ne pas recevoir assez de vitamines et de minéraux ou de souffrir de déshydratation. Je faisais de réels efforts pour manger mieux et boire davantage, sans résultats concrets.

Un matin, je me réveillai nauséeuse et dus me précipiter à la salle de bains. Je vomis. Après avoir avalé une tartine et un verre de lait, je me sentis un peu mieux. J'étais fatiguée et la tête me tournait légèrement, mais je ne fus plus malade jusqu'au soir. Comme le matin, j'allai mieux après avoir mangé.

Le phénomène se répéta le lendemain et se reproduisit jour après jour. Environ deux semaines plus tard, une après-midi, alors que je venais de terminer ma séance d'exercices, j'eus l'idée de faire un crochet par la pharmacie de l'hôpital pour me procurer un test de grossesse.

L'employé me considéra avec surprise.

– Je vais vérifier si nous en avons, répondit-il avant de disparaître.

Il ne revint qu'après un long moment, m'apportant une petite boîte contenant un test de grossesse à effectuer soi-même à l'aide du mode d'emploi fourni.

Je rentrai chez moi, passai la nuit seule et testai mon urine le lendemain matin. C'était bel et bien vrai. Cela avait beau paraître incroyable, j'étais effectivement enceinte. Johannes et moi allions être parents.

À part errer dans mon appartement, je n'accomplis pas grand-chose ce matin-là. J'entrais dans la chambre, en ressortais, faisais le tour de la table du séjour et des chaises, gagnais le bureau, manipulais l'ordinateur quelques instants, sursautais quand j'apercevais le fœtus difforme du tableau de Majken, m'en détournais, me rendais dans la kitchenette, ouvrais la porte du réfrigérateur pour mieux la refermer, me versais un verre d'eau, retournais à la table du séjour, y posais le verre sans y avoir touché, trottinais à nouveau jusqu'à la chambre et en ressortais immédiatement. S'il y avait eu une fenêtre, je m'y serais installée pour rassembler mes esprits et me calmer. Mais il n'y en avait pas et je n'arrivais pas à m'apaiser.

L'après-midi, après la séance d'entraînement quotidienne, je regagnai mon appartement et essayai de dormir un moment sans vraiment y parvenir. J'étais trop excitée ; j'avais trop le vertige et me sentais trop nauséeuse. J'étais trop heureuse.

Dès que je franchis le seuil de l'appartement de Johannes ce soir-là, je m'exclamai :

– Maintenant je sais pourquoi je me sentais si mal. Ou plutôt je me sens mal.

– Ah bon ?

Johannes fronça les sourcils, l'air inquiet et je criai presque en lui révélant :

– Je suis enceinte ! Tu vas être papa !

Dans un premier temps, il crut évidemment que je plaisantais. Lorsqu'il finit par comprendre que ma gravité et mon agitation n'étaient pas feintes et que je disais la vérité, il prit ma main entre les siennes et y déposa un baiser. Puis il m'embrassa le front et chuchota :

– Mon amour.

Il me serra contre lui, ma tête contre sa clavicule, sa joue contre mon oreille et murmura les mêmes mots encore et encore :

– Mon amour. Mon amour…

Quand il me lâcha, je levai les yeux vers son visage et vis que les siens brillaient.

Plus tard, après avoir fait l'amour, alors que nous étions allongés dans la pénombre, sur le point de nous endormir, je l'entendis pleurer, doucement et aussi discrètement que possible. Je me tournai sur le côté, lui caressai la joue, lui demandant ce qu'il avait et s'il ne se sentait pas bien. Il me répondit que tout allait bien et qu'il était juste aux anges.

– Je pleure de bonheur.

Mais il ne paraissait pas heureux.

Je lui parlai de mon rêve avec lui, Jock et moi sur la plage, où nous regagnions ensuite ma maison qui, dans mon rêve, était la nôtre et où il accrochait des photos de nos enfants aux murs.

– Magnifique ! Quel rêve !

– Maintenant, il peut devenir réalité.

Il m'entoura de ses bras et me serra si fort contre lui que je pouvais à peine respirer.

32

Le lendemain après-midi, en arrivant à ma séance d'exercices, on m'envoya immédiatement à la clinique. Je compris que c'était vraisemblablement à cause de ma grossesse. Les micros et les caméras de surveillance avaient évidemment enregistré ma visite à la pharmacie et ma conversation avec Johannes la veille au soir.

Je me présentai à la réception et on m'introduisit dans une petite pièce. Le docteur Amanda Jonstorp m'y attendait avec Petra Runhede, la directrice de l'Unité. Elles étaient assises l'une à côté de l'autre derrière un bureau, Amanda vêtue d'une blouse blanche et Petra de son tailleur rouge sombre.

Petra m'invita à m'asseoir avec une expression amicale mais grave sur le visage.

Je m'installai face à elles.

– Nous avons appris que votre test de grossesse était positif.

– Oui, en effet.

– Vous allez devoir subir un examen gynécologique.

– Bien sûr.

– Autant nous en occuper tout de suite, dit Amanda en se

levant et en m'adressant une grimace qui, présumai-je, était une tentative de sourire.

Je me sentis tout à coup mal à l'aise. Non pas par rapport à l'examen en lui-même : il y avait bien longtemps que je ne m'inquiétais plus des consultations gynécologiques et que je ne les trouvais plus embarrassantes. Non, c'était autre chose, lié au sourire forcé d'Amanda, à la fausse gentillesse de Petra et à l'atmosphère qui régnait dans le lieu.

– Par ici, m'indiqua Amanda.

Je la suivis dans une pièce adjacente équipée, dans un coin, d'un fauteuil gynécologique, flanqué d'une petite table sur laquelle trônait un ordinateur et d'une desserte en acier inoxydable où était posé du matériel médical. Il y avait un rideau dans l'angle opposé.

– Passez derrière et déshabillez-vous jusqu'à la taille pendant que je vais chercher une infirmière.

J'étais installée sur le fauteuil, les jambes relevées et écartées, les pieds dans les étriers. Une main d'Amanda s'était insinuée en moi et de l'autre elle appuyait sur le bas de mon ventre. Elle pressait des deux côtés avec une grande délicatesse – j'imaginais qu'elle plaçait les mains autour du fœtus – tout en marmonnant des phrases et des mots en latin à l'intention de l'infirmière. Puis elle retira ses mains et me dit :

– Oui, il est manifeste que vous êtes enceinte. Avez-vous participé à des expériences impliquant des hormones ?

– Pas que je sache.

– Dans ce cas, c'est vraiment extraordinaire, je peux vous le dire. Normalement, même si la ménopause ne s'installe pas avant cinquante-cinq ans environ, en pratique, il est impossible d'être enceinte après quarante-cinq, quarante-six ans.

– Je sais.

– Enfin, normalement.

– Je sais, répétai-je, me demandant combien de temps je devrais rester dans cette position.

– Normalement, poursuivit Amanda, toujours debout entre mes jambes comme si elle donnait une conférence à mon utérus, le corps cesse tout simplement de produire des ovules, même si on continue à avoir des règles après quarante-cinq ans.

– Je le sais. Puis-je me rhabiller à présent ?

– Bien sûr. Venez à côté nous voir, Petra et moi, quand vous serez prête et nous en discuterons.

Elles étaient à nouveau derrière le bureau. Je repris place face à elles. Petra me regarda droit dans les yeux en arborant une expression de sincérité.

– Vous vous doutez sans doute que cette nouvelle est un choc pour nous, commença-t-elle.

– Oui, pour moi aussi, répondis-je en m'efforçant de sourire.

– Vous avez… (Petra se racla la gorge.) Vous avez le choix entre deux possibilités, Dorrit.

– Pardon ? Que voulez-vous dire par « choix » ? Si vous pensez que je vais avoir recours à un avortement, vous vous trompez. Je ne tuerai jamais mon enfant, jamais !

Une de mes amies dans la communauté extérieure s'était retrouvée enceinte à l'âge de quarante-sept ans et on lui avait recommandé d'avorter. Elle s'appelait Melinda et, lorsqu'elle me l'annonça, elle m'expliqua que toutes les femmes déclarant une grossesse après quarante ans, qu'elles aient déjà un enfant ou non, se voyaient conseiller un avortement, « afin de parer à toutes les éventualités ». Ce n'était pas particulièrement étrange, le risque de malformations et problèmes divers augmentant en proportion de l'âge de la mère, comme le risque de naissance prématurée et autres complications coûteuses. Si l'homme fournissant le sperme est lui aussi d'un certain âge, il existe un risque supplémentaire que l'enfant souffre de schizophrénie une fois adulte.

Pour un individu, l'augmentation de ces risques est en fait très limité en terme de pourcentage. L'âge de Johannes, par exemple, impliquait un accroissement du risque de zéro virgule zéro quelque chose que notre enfant soit atteint de schizophrénie, et il en allait à peu près de même concernant la corrélation entre mon âge et la trisomie 21. Toutefois, les recommandations d'avortement prononcées par les médecins tiennent compte des risques à l'échelle de la société. Comme les enfants nés prématurés avec un handicap mental ou qui deviennent schizophrènes à l'âge adulte coûtent extrêmement cher, si le nombre global de défauts et de complications peut être réduit au minimum, on aboutit à des économies substantielles. Ainsi, seulement quelques centaines d'enfants par an deviennent des gouffres financiers pour la société.

Melinda avait été informée – document à l'appui – du coût que sa décision de mettre son enfant au monde engendrerait pour la société si celui-ci souffrait de tel ou tel problème. Elle m'avait montré que les calculs aboutissaient à une conclusion on ne peut plus claire : il était indiqué que les sommes s'élevaient à des dizaines de millions, pour un seul individu handicapé, de la naissance à l'âge de cinquante ans. Melinda était désespérée. Elle m'avait dit :

– Ce n'est pas que je veuille être un fardeau pour la société. Bien sûr, je veux être *nécessaire* de toutes les manières possibles et je veux que mon enfant le soit, lui aussi, et non pas un boulet toute sa vie. Tout le monde veut vivre une vie digne, non ? Tout le monde veut être respecté et nous voulons que nos enfants le soient aussi. Mais je désire cet enfant. Il a été créé et vit en moi ; cela doit avoir un sens. Et peu importe qu'il naisse prématurément, qu'il soit aveugle ou atteint d'un handicap, il n'en reste pas moins un enfant. C'est tout de même une personne. Par ailleurs, nous vivons en démocratie et j'ai le droit d'enfanter.

Pourtant, Melinda avait fini par avorter. Elle avait déjà deux enfants en bonne santé. Elle était déjà *nécessaire*.

Moi, je ne l'étais pas. J'étais absolument déterminée à donner naissance à mon enfant, à prendre soin de lui et à l'élever, quelles que soient les conditions. Je voulais une vie de famille avec Johannes et l'enfant. Je voulais vivre une vie digne de ce nom avec des relations de dépendance profondes, pour le meilleur et pour le pire, que seule la mort pourrait rompre. Je voulais me sentir exister, avoir le sentiment de faire partie d'un tout. Pour être franche, je me fichais complètement que ce soit digne, respectable ou que cela coûte énormément d'argent au contribuable. Au diable les contribuables, pensai-je, du moment que je puisse avoir mon enfant, ma famille, ma vie ! C'est pour cette raison que je fus immédiatement sur mes gardes avec Petra et que je déclarai que jamais je ne tuerais mon enfant.

Mais ce n'était pas ce qu'elle voulait dire ; l'avortement ne faisait pas partie des options retenues.

– Vous n'allez pas subir d'avortement. Du moins, pas tant que nous n'aurons pas prélevé un échantillon du liquide amniotique, ce qui est nécessaire, vous le comprenez bien. Et divers autres tests – de nos jours, il est possible de déceler beaucoup de défauts et de problèmes différents chez l'enfant par le biais de tests relativement peu risqués. Pas vrai, Amanda ?

Celle-ci acquiesça. Petra poursuivit :

– Et nous devrions essayer de tirer le maximum de cette opportunité. Compte tenu de votre âge, je veux dire.

Nous ? Qui nous ? Le seul « nous » que j'envisageais dans ce cas était Johannes et moi. Néanmoins, je m'abstins de répondre. Je ne voulais pas que Petra, ou Amanda d'ailleurs, me prennent pour une déséquilibrée.

Petra en vint alors au fait. Elle parlait rapidement, comme pour l'évacuer le plus vite possible :

– L'alternative qui s'offre à vous est la suivante : soit donner le fœtus pour une implantation, soit le porter jusqu'à son terme et le faire adopter ensuite. La seconde hypothèse est évidemment la moins risquée, pour l'enfant du moins, mais ce pourrait également être la plus douloureuse pour vous. Alors réfléchissez-y bien. Quelle que soit votre décision, vous aurez le droit d'obtenir des informations sur les personnes qui adopteront l'enfant, comme pour n'importe quel don. Par ailleurs, si vous le souhaitez, je suis sûre que je peux m'arranger pour que vous continuiez à recevoir des informations sur l'évolution de l'enfant au sein de sa famille.

J'en restai bouche bée. Je pensai : est-ce qu'elle est stupide ? Je me redressai, me raclai la gorge et affirmai avec clarté et lucidité :

– Vous ne comprenez pas. Je n'ai pas l'intention de renoncer à cet enfant. C'est le mien. Le mien et celui de Johannes. Nous sommes les parents de cet enfant. Il ne va pas être implanté ou adopté. Je veux dire, nous ne sommes plus *superflus*. Nous sommes passés dans le groupe des *nécessaires*.

– Non, Dorrit. *Votre enfant* l'est, dans le meilleur des cas. *Vous* êtes et demeurez *superflue*. En ce qui concerne Johannes Alby...

Elle s'interrompit et me dévisagea. Elle parut tout à coup absolument terrifiée, ce qui me laissa perplexe. Avait-elle peur de moi ? Je ne comprenais pas. Elle prit une profonde inspiration et aborda le sujet sous un angle différent.

– Vous devez comprendre, dit-elle sur un ton implorant, qu'à votre âge, Dorrit... pensez-vous vraiment qu'il soit pertinent de devenir parent ?

– Je ne vois pas en quoi ce serait moins pertinent pour moi que pour n'importe quel parent. L'âge peut sans doute aussi être un avantage, non ? J'ai une expérience considérable de la vie et je me connais bien. J'ai eu mon lot d'amusement et toute trace d'égoïsme et de nombrilisme juvénile a disparu. En outre, je suis forte et saine, tant au niveau physique que mental. Il n'y a pas si longtemps, on m'a dit que j'étais aussi en forme qu'une femme de vingt ans.

– Ce n'est pas seulement une question de forme, s'exclama Petra.

– Je n'ai rien affirmé de tel.

Le cou de Petra était à présent marbré de rouge – sinon, elle était remarquablement pâle – et elle se tourna vers Amanda, comme pour obtenir son aide. Cependant Amanda n'avait aucune aide à apporter, ni à l'une ni à l'autre ; elle restait assise, silencieuse, les lèvres pincées, fixant des papiers posés sur le bureau devant elle. Petra se retourna vers moi.

– Pour commencer, la durée de vie d'un être humain est limitée. Pendant de nombreux siècles, l'espérance de vie a augmenté, mais elle est restée quasiment inchangée depuis plusieurs décennies. Il semblerait que nous ayons atteint le plafond de notre durée de vie naturelle. Les risques pour la santé associés aux médicaments dont on dispose pour ralentir le processus de vieillissement se sont pour le moment avérés bien trop importants pour qu'ils soient lancés sur le marché. Deuxièmement…

Je l'interrompis.

– Cet enfant aura tout le temps de grandir avant que Johannes ou moi ne passions l'arme à gauche.

Amanda releva les yeux de ses documents et Petra ouvrit la bouche pour dire quelque chose, mais je haussai la voix et poursuivis :

– Nous ne vivrons peut-être pas assez longtemps pour connaître nos petits-enfants, mais nous avons tout le temps de remplir notre rôle de parents. Tous les deux. Parce que même si Johannes a treize ans de plus que moi, il a toujours autant de vitalité qu'un trentenaire.

À ce stade, le visage de Petra était d'un blanc ivoire, ses lèvres n'étaient plus qu'un fin trait rose cendré et son cou était aussi rouge que si on y avait versé de l'eau bouillante. J'interprétai son expression comme un mélange de profond embarras et de cette espèce de panique qui peut saisir les personnes sûres de leur pouvoir lorsqu'elles sentent que l'autorité leur échappe. En d'autres termes, je crus que j'avais pris le dessus dans notre discussion, que Petra perdait le contrôle et était sur le point de s'effondrer face à la solidité de mes arguments. Elle lança à nouveau un regard implorant à Amanda, mais celle-ci détourna une fois encore les yeux vers ses papiers. Petra me fixa. Elle déglutit puis elle me répondit doucement et calmement, comme si elle cherchait son chemin à tâtons :

– Mais Dorrit, avez-vous pensé au fait que vous – tous les deux, je veux dire – vous auriez le même âge que les grands-parents des camarades de l'enfant ? Il y a un risque non négligeable que cet enfant se sente différent et qu'il soit rejeté, voire pris comme souffre-douleur. En outre, des parents *superflus* ne constituent pas le meilleur exemple possible pour un enfant.

– Il n'y a pas de parents *superflus*, Petra, glissai-je. C'est antinomique.

– L'estampille *superflu* demeurerait.

– Quelle estampille ? Je ne porte pas d'estampille. Est-ce que vous voyez une estampille quelque part ?

J'étalai mes mains.

– Vous ne seriez pas de bons modèles, répondit Petra, le visage toujours aussi blanc qu'un linge, parlant toujours calmement, mais avec un léger tremblement dans la voix. Vous…

Elle semblait me respecter, c'était indéniable ; elle paraissait vraiment dans une situation d'infériorité. Je m'appuyai contre le dossier et la laissai s'exprimer un moment. À mesure qu'elle parlait sans être interrompue, sa voix devint moins tremblante et voilée et elle retrouva progressivement son calme, assumant à nouveau son rôle :

– Vous deviendriez, d'une manière ou d'une autre, un fardeau pour votre enfant, Dorrit. Quelque chose dont il aurait… honte. C'est vrai. C'est bien sûr extrêmement… louable de votre part à tous les deux d'avoir créé cet enfant. Et si *vous* trouvez la force de le porter durant toute la grossesse – enfin, s'il arrive à terme – ce sera tout à votre crédit. Naturellement, on ne vous demandera pas de subir un accouchement. On fixera une date pour une césarienne et vous bénéficierez d'une anesthésie générale afin que vous n'ayez pas à voir ou entendre quoi que ce soit. Les autorités de la banque de réserve vous remercieront de toutes les manières imaginables. Il y aura… vous obtiendrez certaines faveurs, pour le dire plus clairement. Mais – et ceci est et restera un « mais » absolument définitif – nous ne pouvons pas vous laisser devenir parents. Malheureusement, c'est totalement hors de question. Quant à Johannes Alby…

Elle s'interrompit à nouveau et cette fois-ci, je réagis.

– Quoi ? demandai-je en me redressant lentement sur mon siège. Que voulez-vous dire quant à Johannes ?

Petra était visiblement nerveuse. Était-elle bouleversée, ou contrariée ? Presque à bout de souffle, elle répondit :

– Il… il ne vous l'a pas dit alors ?

– Me dire quoi ?

Elle me dévisagea d'un air stupide. Stupide et désespéré.

– La décision a été prise depuis plus d'une semaine.

– Quelle décision ? De quoi parlez-vous ?

À cet instant, j'aurais dû avoir compris ce qu'elle essayait de me dire – ce qu'elle essayait de me dire depuis le début. Je ne suis pas idiote, j'aurais dû réaliser. Mais il y a certaines choses, pour évidentes qu'elles soient, telles d'énormes vagues face à vous, qui sont simplement trop écrasantes, trop immenses, trop destructrices pour être saisies sur le moment.

Petra dit :

– Je… je suis vraiment désolée que vous ayez à l'apprendre ainsi, Dorrit, mais à l'heure qu'il est, il est probablement trop tard pour lui…

Elle s'interrompit à nouveau.

– Accouchez, bordel ! hurlai-je.

Amanda Jonstorp releva alors les yeux de ses documents. Après avoir jeté un bref regard à Petra, elle se tourna vers moi, ouvrit la bouche et m'assena :

– Ce que Petra essaie de vous dire, c'est que Johannes Alby a été admis cette après-midi pour donner son foie à un charpentier père de trois enfants et grand-père de six petits-enfants. Nous sommes vraiment désolées.

33

Je courus. Je courus dans les corridors de la clinique, passant devant les salles de consultation, devant des infirmières, des médecins, des patients, des agents de nettoyage et des gens qui tous s'écartaient de mon chemin. Choquée, je traversai la salle d'attente en courant, dépassai la réception, ouvris les portes de secours à la volée – les ascenseurs étaient trop lents – et dévalai l'escalier en colimaçon. Mes pas résonnaient entre les murs nus ; l'écho rebondissait contre les cloisons et martelait l'intérieur de mon crâne où il se mêlait à l'écho de ces mots : *ne vous a pas dit alors... la décision a été prise depuis plus d'une semaine... que vous ayez à l'apprendre ainsi...* Je m'engouffrai dans un autre corridor en courant, descendis un autre escalier en colimaçon, un troisième couloir – le long de la piscine cette fois-ci – et un troisième escalier, qui n'en finissait pas de tourner. Les mots, eux aussi, n'en finissaient plus de tournoyer – *trop tard pour lui... faire don de son foie... un charpentier... six petits-enfants... Nous sommes vraiment désolées...* Les mots et les échos, les escaliers me donnaient le vertige et je débouchai en titubant dans un autre couloir, descendis un dernier escalier et atteignis le passage souterrain au sous-sol supérieur pour finalement franchir les lourdes portes métalliques du service de chirurgie.

Là, je fus interceptée – car bien sûr je le fus. Les caméras m'avaient évidemment suivie et Petra, ayant sans difficulté compris où je me dirigeais, avait donné l'alerte – par deux jeunes infirmiers costauds en blouses vertes. Ils bloquèrent le passage, formant une barrière humaine, comme la police anti-émeute, mais eux portaient des masques et des charlottes semblables à des bonnets de douche au lieu de visières et de casques. L'un d'eux retira son masque, révélant une grande marque de naissance sur sa lèvre supérieure. Il me dit :

– C'est déjà fait, Dorrit. Johannes Alby est en ce moment sur la table d'opération. Nous sommes vraiment désolés.

Je le dévisageai. Je fixai sa tache de naissance qui était sombre, comme du chocolat noir, d'environ un demi-centimètre de diamètre et dessinait un cercle parfait. Elle paraissait irréelle, comme si elle avait été peinte. À sa place, je l'aurais fait enlever – surtout qu'il évoluait dans un milieu professionnel où il était entouré de chirurgiens et de scalpels. Après l'avoir dévisagé, j'essayai de forcer le passage en plongeant brusquement entre les deux infirmiers, en vain bien sûr. Ils étaient trop larges, trop forts, trop bien préparés et le second – qui n'avait pas encore eu le temps d'ôter son masque – m'attrapa, plaqua fermement mes bras derrière mon dos et me maintint serrée contre lui, me forçant à me pencher en avant. Je ne distinguais plus que mes jambes, mes chaussures et le sol vert défraîchi. Je luttai pour me dégager, mais sa pression sur mes avant-bras s'accentua au point d'en être douloureuse.

Sa voix était étrangement douce contre ma nuque lorsqu'il dit : « C'est déjà fait, vous n'avez pas entendu ? » Comme s'il cherchait à m'apaiser, à me consoler, ce qui contrastait fortement avec la prise digne d'un policier dont il se servait pour me neutraliser. Il poursuivit, toujours de la même voix douce :

– Vous ne pouvez rien faire. L'anesthésiste a déjà provoqué la mort de son cerveau. Johannes Alby est parti, en état de mort clinique.

Je fis un dernier effort pour me libérer, mais je compris que je n'aboutirais qu'à l'épuisement et je renonçai. Il dut sentir à mes membres que j'avais abandonné la lutte, car il me lâcha. Je lissai ma chemise, me tournai vers les deux hommes, en frottant mes avant-bras, et leur dis d'une voix aussi maîtrisée que possible :

– Je veux le voir quand même.

– Cela ne sert à rien, répondit celui qui avait la voix douce et la poigne si ferme. (Il retira son masque, dévoilant un nez pointu et des lèvres fines.) Il n'est plus vivant, poursuivit-il, en dépit des apparences. Sa respiration est maintenue grâce au respirateur artificiel, son cœur bat et son sang est oxygéné, mais il ne s'agit pas véritablement de vie, vous le savez très bien. Il n'a plus aucune perception. Il n'entend ni ne sent plus rien.

– Mais moi oui ! Alors laissez-moi le voir.

– Ils l'opèrent en ce moment même ; ils se préparent à prélever le foie et une équipe attend dans un hélicoptère à l'extérieur du bâtiment pour l'emporter. Il est impossible que vous entriez pour l'instant. Il est trop tard. Je suis désolé. Vous devez repartir, rentrer chez vous. Si vous le voulez, je peux vous obtenir une séance en urgence avec votre psychologue. Qui voyez-vous habituellement ?

– Je n'ai pas besoin d'un psychologue. J'ai besoin de voir Johannes. C'est tout ce dont j'ai besoin, la seule chose que je veuille et que j'accepterai. Si vous ne me l'accordez pas, je vais me suicider. Je peux vous assurer que je sais comment faire, ce sera si rapide et efficace que personne n'aura le temps de m'arrêter ou de me sauver.

J'ignore s'ils prirent ma menace au sérieux ou non, je sais qu'ils ne pouvaient faire fi de cet argument. C'était exactement comme lorsque la police reçoit une alerte à la bombe dans un grand magasin, par exemple ; ils doivent procéder à l'évacuation du bâtiment, qu'ils croient ou non à la présence d'un explosif. Je connaissais ma valeur à leurs yeux en tant que *superflue* ; j'étais en parfaite santé, j'avais d'excellents résultats sanguins, une forme impeccable, tous mes organes à une exception près, et pour couronner le tout, je portais un enfant – du capital humain frais – sous mon cœur. Je valais littéralement mon poids en or. Ils ne pouvaient prendre le risque de me perdre.

L'infirmier à la tache de naissance dit :

– Il y a peut-être moyen d'arranger cela. Il est possible qu'ils vous laissent entrer quelques instants quand ils en auront fini avec le foie.

– Mais après ils vont prélever…, commença l'infirmier à la poigne de fer.

– Oui, mais il n'y a pas vraiment d'urgence, l'interrompit celui à la tache de naissance. Presque tout s'en va à la banque de réserve, de toute façon.

La banque, l'endroit où ils conservaient les organes et les tissus pouvant l'être ; les autres parties du corps de Johannes y seraient stockées ; ces parties qu'ils prélèvent toujours si elles sont viables d'un point de vue médical : certains des organes vitaux restants, plus les cornées, les valves cardiaques, de l'os et des tissus. Tout ce qui peut être utilisé est enlevé et placé dans une solution nutritive ou congelé et conservé. C'est une procédure de pure routine qui, naturellement, est également appliquée aux *nécessaires* en état de mort clinique après un accident ou un crime de sang.

Les infirmiers m'emmenèrent dans une petite salle de repos, fermèrent la porte derrière moi et testèrent la poignée de l'extérieur, sans doute pour vérifier que c'était bien fermé à clé.

La pièce était équipée d'un lit, d'une chaise et d'un bureau. Par ailleurs, elle disposait d'une fenêtre. Oui, une fenêtre, une vraie. Une vraie fenêtre donnant sur un parc. C'était l'hiver. Il y avait une mare gelée avec un trou dans la glace au milieu, des canards, des grèbes et d'autres oiseaux se déplaçant de-ci de-là, effectuant de brèves plongées tels des nageurs en hiver. La mare était en partie entourée de buissons et de grands arbres ; la neige formait des petits bonnets sur les buissons et un doux matelas scintillant sur le sol. Une rafale de vent secoua la cime des arbres et la neige tomba des branches comme du sucre en poudre raffiné.

Quelque chose ne collait pas ; j'étais au niveau K1. Au sous-sol. Mais, à présent, il était clair que le niveau supérieur du sous-sol se situait… au-dessus du sol. Il n'y avait aucun doute, cette fenêtre était bien réelle, comme la vue qu'elle offrait ; en me collant à la fenêtre, je pouvais sentir un courant d'air, un courant d'air froid qui charriait l'odeur de l'hiver. Par pur réflexe, je saisis la poignée pour l'ouvrir, mais elle était bloquée. Je laissai mes bras retomber et demeurai ainsi, droite, contemplant cette blancheur, cette réalité. Cet espace à l'extérieur.

Finalement, je réussis à m'arracher de la fenêtre et je laissai mes yeux vagabonder sur les murs, le plafond, les recoins, les meubles, la lumière. C'était bien ce que je pensais : pas de caméras. Enfin, je n'en détectai aucune. À moins qu'elles aient été de la taille d'une tête d'épingle, il n'y en avait pas. Manifestement, les deux infirmiers redoutaient davantage que je sème la pagaille dans la salle d'opération qu'un éventuel suicide.

La « tache de naissance » revint.

– C'est bon, mais cela va encore prendre à peu près une heure et il vous faudra attendre ici. On nous a donné l'ordre de verrouiller la porte. J'espère que vous comprenez.

J'acquiesçai.

– Voudriez-vous quelque chose pendant que vous patientez ? Du café ? du thé ? une collation ?

– Non.

Il recula et s'apprêtait à fermer la porte lorsque je me ravisai.

– En fait, oui. Un de ces formulaires, vous savez.

– Quels formulaires ?

– Ceux qu'on remplit quand on veut faire un don final le plus vite possible.

Une expression de désespoir traversa le visage de la « tache de naissance ».

– Vous êtes certaine ? Vous… vous attendez un enfant, non ?

Je ne daignai pas répondre et le regardai fixement. Il détourna les yeux, légèrement embarrassé, me sembla-t-il. Il avait l'air désemparé et impuissant.

Il s'éloigna, revint avec le formulaire en question puis me laissa à nouveau seule. Je m'installai au bureau. La première question était :

1.
Cette demande concerne
□ A. Une requête pour changer de secteur. (Passez à la question 2)
□ B. Une requête pour changer d'Unité. (Passez à la question 5)
□ C. Une requête pour faire un don final. (Passez à la question 8)
□ D. Une requête pour reporter un don final. (Passez à la question 9)

Je cochai la case C et passai à la question 8 où je cochai la case A :

8.
Je souhaite qu'il soit procédé à mon don final :
□ A. Dès que possible.
□ B. À partir de cette date : année _____, mois _____, jour _____.

Tout au bas du verso, sous la rubrique « Autres informations », j'écrivis : *Je suis enceinte de six semaines. Requête pour que la transplantation/avortement du fœtus soit effectué en même temps que le don final.*

Puis je signai, datai, inscrivis mon numéro de carte d'identité avant de tourner la chaise vers la fenêtre. En attendant, j'observai la mare, les arbres, la neige et les oiseaux. Je regardais un canard sauvage émerger de l'eau, s'ébrouer dans un halo de fines gouttelettes, traverser la glace en se dandinant et se hisser sur la rive accidentée. Il trébucha et glissa plusieurs fois avant de réussir à gagner le talus de la rive couvert de neige sur lequel il marqua une pause de quelques secondes pour reprendre son souffle. Puis il s'éloigna en se balançant sur ses pattes orange qui semblaient parfaitement adaptées pour ne pas s'enfoncer dans la neige, jusqu'à ce qu'il se mette à courir, avec maladresse, tout en battant des ailes encore et encore pour finalement décoller. Il décrivit un grand arc vert scintillant au-dessus de la mare puis disparut entre les arbres.

34

Johannes respirait. Pour être plus exacte : le respirateur s'en chargeait pour lui. Il s'agissait d'une pompe à air d'où émergeait un gros tube en plastique fixé au masque qui recouvrait la moitié de son visage. La machine émettait des sifflements, des claquements et des bruits de succion à intervalles réguliers. Pendant ce temps, la fréquence cardiaque inscrivait son message monotone sur le moniteur placé à côté, accompagné d'un bip mécanique qui retentissait lui aussi à intervalles réguliers.

J'étais assise au bord de la table d'opération sur un tabouret haut, portant une blouse, des gants en plastique, un filet à cheveux et un masque. La plus grande partie du corps de Johannes était recouverte de champs opératoires verts ; seuls sa tête, son cou, ses épaules et ses bras étaient visibles. Sa peau avait pris une teinte jaunâtre. Des tubes contenant des fluides de différentes couleurs dépassaient de sous les champs et étaient reliés à plusieurs appareils. Un tuyau courait entre une aiguille plantée dans le dos d'une de ses mains et une perfusion placée derrière la tête de lit.

J'ignorai les instructions qui m'avaient été données, retirai les gants et posai délicatement une main sur le champ vert au-dessus de la moitié gauche de sa poitrine. Son cœur battait comme d'habitude. Exactement comme d'habitude, juste un peu plus régulièrement, le rythme aussi imperturbable qu'un battement de tambour, et il n'était pas affecté par ma présence ou mon contact. Pas d'accélération du pouls, pas de double battement de surprise ou de bonheur, pas de petites pauses dans la respiration. Uniquement ce bruit de succion suivi par le sifflement, le claquement et le bip monotone.

J'aurais aimé vivre à l'époque où les gens croyaient encore que le cœur était l'organe central contenant tous les souvenirs, les émotions, les capacités, les défauts et les qualités qui font de nous des individus spécifiques. J'avais envie de retourner à cette période d'ignorance avant que le cœur perde son statut et soit réduit à un organe vital mais remplaçable parmi d'autres.

Que le cœur de Johannes batte, que je puisse sentir la chaleur de son corps et un pouls régulier contre ma main signifiait simplement que le sang circulait dans le corps qui avait été le sien. Il était vivant, mais il n'existait plus. Pourtant, je me penchai au-dessus de lui, retirai mon masque et lui chuchotai à l'oreille :

– Pourquoi ? Pourquoi n'as-tu rien dit ? Pourquoi as-tu dit que tu étais heureux ? Pourquoi ne m'as-tu pas laissé partager ta peine, quand c'était encore possible ?

Je n'obtins pas de réponse, bien sûr. Je me redressai, glissai ma main depuis sa poitrine couverte jusqu'à son épaule nue et la zone autour de sa clavicule. La peau était si chaude et les veines palpitantes la faisaient paraître si vivante que durant une fraction de seconde, je m'attendis à ce qu'il lève la main et me caresse doucement la joue pour me consoler, exactement comme le soir de mon arrivée, pendant la réception de bienvenue, juste un an auparavant. Je fermai les yeux, caressai son bras, laissai mes doigts courir sur les poils rêches du dos de sa main et la saisis entre les miennes. Elle était molle et lourde, mais apparemment inchangée : large et rugueuse, comme celle d'une personne ayant exercé une activité manuelle, mais avec de longs doigts délicats – des doigts de rêve pour un pianiste ou, pourquoi pas, un chirurgien. Je retournai la main et palpai sa forme incurvée : les lignes profondes de sa paume, les cales lisses et doux à la base de ses doigts. En l'effleurant, je retrouvai ses doigts qui avaient si souvent et si passionnément caressé les parties les plus sensibles de mon corps. Je me penchai alors au-dessus de sa paume et l'embrassai. En faisant ce geste, je sentis – si près, si près – l'odeur de sa peau, de son corps et j'inspirai profondément cette odeur en moi.

– Dorrit…

La voix me fit sursauter et ouvrir les yeux. Je n'avais pas entendu que quelqu'un était entré dans la pièce. Je me redressai immédiatement, lâchai la main de Johannes et me tournai dans la direction de la voix. C'était la « tache de naissance ».

– Je suis désolé, mais l'équipe doit poursuivre son travail. Vous allez devoir…

– Oui, je sais.

Et sans plus regarder ni toucher le corps de Johannes, je me laissai glisser du tabouret et suivis la « tache de naissance ». Une fois à l'extérieur du bloc, il me scruta avec la même expression pleine de sincérité si souvent arborée par Petra Runhede.

– Qu'y a-t-il ? demandai-je sur un ton hargneux.

– Vous êtes très pâle. Vous semblez complètement abattue. Vous avez l'air d'avoir besoin de parler à quelqu'un de ce que vous venez de vivre.

Bizarrement, je ne me sentais pas du tout abattue. Mais la vie m'avait appris que les réactions post-traumatiques se produisaient parfois avec un certain décalage et la « tache de naissance » discernait peut-être sur mon visage des signes annonciateurs dont je n'étais pas encore consciente. Néanmoins, je n'avais pas le moindre désir de parler à quiconque à cet instant précis, d'autant plus que je le soupçonnais de vouloir être le quelqu'un en question. Car qu'est-ce qu'une personne comme lui aurait pu faire pour une personne comme moi dans une situation pareille ?

Comme si j'avais exprimé mes pensées à haute voix, il dit :

– Vous vous en êtes peut-être rendu compte, mais tous les membres de l'équipe ont reçu une formation de gestion des situations traumatiques. Retournons dans la salle de repos.

En réalité, je l'ignorai, mais n'en fis pas état et me contentai de hausser les épaules, me laissant escorter à nouveau dans la petite pièce avec vue sur le parc.

La lumière extérieure s'était légèrement modifiée. Un crépuscule bleuâtre tombait lentement sur la blancheur.

– Asseyez-vous, m'invita la « tache de naissance ».

Il ferma la porte et en actionna la poignée pour vérifier qu'elle était bien verrouillée. Je suppose que c'était un réflexe, comme lorsque j'avais essayé d'ouvrir la fenêtre.

Je m'installai sur la chaise et lui sur le lit. Je lui lançai un regard mauvais – du moins j'espère qu'il l'était – en me demandant si je devrais lui dire que la tache sur sa lèvre supérieure n'était absolument pas à son avantage et qu'il se rendrait service – ainsi qu'à son entourage – en la faisant retirer.

Il m'adressa un sourire, un sourire grave, en me disant :

– Ne vous inquiétez pas, Dorrit, je n'ai pas l'intention d'essayer de vous faire parler de vos sentiments et émotions. Je voulais juste que nous nous éloignions des caméras et des micros. Cette pièce est une zone libre où les membres du personnel peuvent venir se détendre, tout en sachant que personne n'est là pour contrôler nos faits et gestes. Je voulais venir ici pour vous donner ça.

Il sortit une petite carte en plastique d'une des poches de sa veste verte et me la tendit. Elle portait le logo de l'Unité sur une face et une bande magnétique noire au dos. Elle ressemblait à une carte de crédit.

– Que suis-je censée en faire ?

– Je..., commença-t-il. (Il s'interrompit, détourna les yeux vers la fenêtre – un réverbère venait de s'allumer à l'extérieur et une lueur orange se mêlait au crépuscule d'un bleu toujours plus profond. Il se racla la gorge.) Je suppose que vous, comme d'autres *superflus*, avez déjà tout perdu une fois. Et maintenant, cela vous arrive à nouveau. J'ai le sentiment... eh bien, je ne peux me contenter de rester là à regarder. Oui, vous êtes *superflue* et vous auriez sans doute pu éviter cette situation si vous vous en étiez donné la peine. Pour autant, vous êtes un être humain. Et, à présent, vous êtes enceinte… Si vous l'aviez été l'année dernière, vous n'auriez même pas atterri ici. Quoi qu'il arrive, vous devriez, au nom de la démocratie, avoir droit à votre propre progéniture – vous, comme Johannes Alby, auriez dû avoir ce droit.

La « tache de naissance » marqua une pause et s'éclaircit la voix.

– Ceci, dit-il en désignant la carte en plastique dans ma main, est une carte-clé. Elle ouvre toutes les sections réservées au personnel et toutes les zones interdites aux résidents la nuit. Et, surtout, elle ouvre toutes les portes de sortie.

Quelles sorties ? Ce fut ma première pensée. Je fixai la carte. L'idée d'essayer de sortir, de m'en aller, de m'enfuir d'ici, n'avait jamais traversé mon esprit. Pas même les tout premiers jours, quand Jock me manquait tant. Pas même quelques heures plus tôt, quand j'avais secoué la poignée de la fenêtre. Pas même quand j'avais découvert peu après que la pièce était dépourvue de caméras. Pas même quand j'avais vu le canard s'envoler au-dessus des arbres. Pas même quand j'avais senti le pouls de Johannes tout en réalisant qu'il n'existait plus.

La « tache de naissance » poursuivit :

– Je n'ai pas transmis votre formulaire de demande par le courrier interne. J'ai pris la liberté de le passer à la déchiqueteuse. Pour vous laisser du temps. Du temps pour réfléchir. Vous pouvez toujours en remplir un autre. Mais si vous ne le faites pas et acceptez de donner naissance à votre enfant en vue d'une adoption, vous disposerez alors de sept ou huit mois sans subir d'expériences, sans aucune sorte d'interférences qui pourraient mettre votre santé ou celle de votre bébé en danger. Durant cette période, vous aurez tout loisir de réfléchir, d'envisager un plan d'évasion et de le mettre à exécution.

Il marqua une nouvelle pause, comme pour me laisser une chance de répondre. Mais je ne savais pas quoi dire. Je savais juste ce que je devais absolument taire : qu'il devrait se faire retirer cette tache de naissance anormalement parfaite. Après quelques instants de silence, il reprit la parole :

– La carte est personnelle. C'est un double de la mienne. Quand… la décision vous appartient, bien sûr, je veux seulement vous donner une chance… quand ou si vous utilisez la carte, glissez-la dans le lecteur sur le bord des portes de sortie. Celle-ci, par exemple.

Il se leva du lit, me reprit la carte, alla jusqu'à la porte et glissa la carte dans un lecteur fixé au bord du chambranle et positionné si discrètement qu'il était indétectable sauf à savoir précisément ce qu'on cherchait et où le chercher. Une petite ouverture apparut silencieusement dans l'encadrement, révélant un clavier numérique. La « tache de naissance » tapa un code à la vitesse de l'éclair et un clic à peine audible se fit entendre. Il appuya sur la poignée et ouvrit la porte d'environ un centimètre avant de la refermer immédiatement. Il regagna le lit et me rendit la carte.

– Bien, dis-je. Et où se trouvent ces fameuses portes ? Je n'en ai jamais vu aucune – en dehors de celle-ci à l'instant. Et comment reconnaître celles qui sont des issues de celles qui mènent simplement à des zones réservées ?

– Toutes ces portes se situent dans les grands espaces communs, par exemple sur la place, au niveau de la promenade de l'atrium, ou dans la grande salle des fêtes. Elles s'ouvrent sur des cages d'escalier. Dans les escaliers, se trouvent des portes identiques, donnant accès à des salles de pause, des pièces réservées au personnel, des vestiaires, des douches, etc. Celles-là, il faut évidemment que vous les évitiez. Tout ce que vous avez à faire, c'est descendre l'escalier jusqu'à la porte principale. Et la raison pour laquelle vous n'avez pas repéré ces issues, c'est que vous n'avez jamais cherché à vous échapper. Pas vrai ? Vous n'avez jamais tenté de repérer des itinéraires d'évasion, vous n'y avez même jamais pensé. Vous n'avez jamais eu de raisons valables.

Je poussai un ricanement embarrassé et marmonnai :

– Vous lisez dans mon esprit ou quoi ?

– Non, ce n'est pas nécessaire. J'ai été formé et je sais quelles méthodes psychologiques et quels jeux de pouvoir ils utilisent pour contrôler les *superflus*. Je sais comment agit le système, comment on s'assure que vous ne trouviez pas la motivation pour vous échapper. Mais si vous la trouvez, si vous voulez vraiment survivre, vous découvrirez ces issues. Je sais que ça paraît fou, mais c'est tout simplement comme ça que la psyché fonctionne : on ne voit généralement que ce qu'on est préparé à voir, ce qu'on s'attend à voir.

– Et après ? Si je décide que je veux survivre et que je réussis à m'enfuir sans être repérée, où pensez-vous que je puisse aller ? Sans argent. Sans endroit où vivre. Sans amis. Comment pourrais-je m'en sortir ? Où donnerais-je naissance à mon enfant ? Comment subviendrais-je à ses besoins ?

– Je ne sais pas, répondit la « tache de naissance ». Mais vous trouverez. Si vous avez la force et le courage de sortir d'ici, alors je suis sûr que vous les aurez également pour faire le nécessaire une fois dehors. Vous êtes forte. Je sais que vous vous débrouillerez.

On m'avait déjà tenu de tels propos, si souvent que je ne les supportais absolument plus. Les gens m'avaient souvent dit que j'étais forte, et je considérais ça plutôt comme une marque de mépris que comme un compliment – mais peu importe ce que j'en pensais. Je savais – je sais – que les gens forts n'existent pas. Nous sommes tous faibles. Certains sont certes plus indépendants que d'autres, mais cela ne signifie pas qu'ils soient forts.

Forte ou pas, je tenais une clé dans ma main et, pensai-je, peut-être qu'elle se substituera à la force.

Nous demeurâmes silencieux un long moment, la « tache de naissance » et moi. La pièce devint plus sombre, enfin aussi sombre qu'une pièce peut l'être alors que la neige tombe à l'extérieur, éclairée par un réverbère brillant. Je distinguais son visage. Je distinguais sa tache de naissance.

– Le code, finit-il par dire, est 9844. Je veux que vous le mémorisiez. Ne l'écrivez nulle part et ne le communiquez à personne. Ne parlez à personne de cette conversation non plus. Jamais. Quoi que vous décidiez de faire ou de ne pas faire. Où que vous atterrissiez dans le monde.

J'acquiesçai pour lui montrer que j'avais compris, puis lui dis d'une voix parfaitement calme :

– Je ne sais pas quoi dire. Vous prenez un risque énorme, vous vous mettez peut-être même en danger. Et si je perds la carte ? Si je tombe subitement malade ou que j'ai un accident, qu'ils doivent découper mes vêtements et qu'ils la découvrent ? Il ne leur faudrait pas longtemps pour remonter jusqu'à vous et vous vous retrouveriez dans une sacrée merde.

– Oui, en effet, admit-il. C'est l'une des raisons pour lesquelles je vous supplie d'être prudente. Pour moi comme pour vous. Apprenez le code par cœur. Ne sortez jamais la carte pour ne pas l'exposer aux caméras, ne la regardez jamais de manière à susciter la curiosité ou l'interrogation. Soyez silencieuse, rapide et discrète. Si quoi que ce soit échappant à votre contrôle devait se produire, c'est le destin. Je ne vous en voudrais jamais pour ça.

Je tripotai la carte, la retournant d'un côté et de l'autre. Puis je la fourrai dans ma poche.

– Vous avez bien dit 9844 ?

– Exact ! répondit-il en me souriant. Et si vous oubliez le code…

– Cela n'arrivera pas.

– Bien. Maintenant, rentrez chez vous et reposez-vous. Et, au fait… toutes mes condoléances.

Ce dernier commentaire fut prononcé d'un timbre amical, pas professionnel, un ton qui semblait réellement sincère.

Nous sortîmes de la salle de repos ; la lumière froide du néon dans le couloir me déchira les yeux. Une douleur lancinante me traversa la tête. Aveuglée et les yeux embués, je remerciai la « tache de naissance » pour cette conversation qu'il avait pris le temps de m'accorder. Puis je quittai le service de chirurgie en pleurs, débouchai dans la grande conduite souterraine verte, pris le premier ascenseur pour rejoindre la promenade de l'atrium. Je changeai pour l'ascenseur H.

Lorsque j'atteignis la section H, je traversai le foyer à la hâte pour gagner ma chambre où je m'effondrai sur le lit, la joue contre l'oreiller, les jambes remontées en position fœtale, les bras autour des genoux et les yeux clos.

35

Je me réveillai parce que j'étais gelée. J'avais tellement froid que je tremblais. C'était la nuit, le réveil sur la table de chevet indiquait 2 h 18. J'allais toucher le radiateur ; il était chaud, presque brûlant. Le thermomètre accroché au mur indiquait 24 °C ; ma sensation de froid n'était donc en rien liée à la température de la pièce.

C'est la réaction décalée, pensai-je – et je fus surprise de la manière dont le cerveau humain fonctionne : on peut être à la merci de ses émotions au point d'en avoir les dents qui claquent littéralement tandis qu'en même temps une autre partie de votre cerveau vous indique calmement « voici la réaction décalée ». Et comme si ce n'était pas assez, vous êtes capable de vous étonner de la manière dont cet organe fonctionne.

Je m'étais endormie habillée ; j'enfilai mon peignoir par-dessus mes vêtements, relevai le col et le serrai contre mon corps, nouant la ceinture autour de ma taille. Cela ne suffit pas : j'étais toujours glacée, j'avais si froid que j'en avais la nausée. Tremblante, je tirai une chaise devant la penderie, y grimpai et ouvris le compartiment du haut pour prendre mon vieux duffle-coat – 100 % laine

– et l'enfiler. Puis je me préparai une tasse de thé chaud avec du lait et du miel.

Je me lovai sur le canapé, les mains enserrant la tasse chaude. J'étais assise, les jambes croisées sous une couverture. La boisson fumante sentait la bergamote. Je soulevai la tasse, bus plusieurs gorgées et fixai mon reflet gris-vert flou sur l'écran brillant du téléviseur. J'avais l'air d'un spectre ou d'un vieil Indien d'Amérique. Je trouvais que je ressemblais au fantôme de Sitting Bull en position du lotus.

Je ne parvins pas à me rendormir cette nuit-là qui se transforma en une espèce de veillée funèbre, sans corps, durant laquelle je ne fis rien et ne pensai à rien – je ne songeais même pas à Johannes ou à notre enfant qui grandissait dans mon ventre, ni à la carte dans ma poche. Je restais simplement assise à boire mon thé. Une fois fini, je demeurais là, la tasse vide entre les mains.

Peu à peu, je m'aperçus que la pièce s'était éclaircie. L'horloge sur le lecteur de DVD indiqua six heures, puis sept, puis huit, puis neuf. Juste après neuf heures, j'entendis une série de coups. Je sursautai et regardai autour de moi. Mais qu'est-ce qu'il fabrique ? pensai-je.

– Qu'est-ce que tu fais, Johannes ? demandai-je.

Quand trois coups plus bruyants résonnèrent dans la pièce, je compris qu'on frappait à la porte. Alors je me souvins que j'avais passé la nuit seule, que Johannes n'était pas là et je réalisai qu'en dépit de tout, j'avais sombré dans une espèce de somnolence, les yeux ouverts, quelque part à la limite instable entre sommeil et veille. Je le compris et pourtant je crus, l'espace d'une fraction de seconde, que puisque Johannes n'était pas avec moi, ce devait être lui qui frappait à la porte pour entrer me dire bonjour. Cependant, cette impression ne persista qu'une fraction de seconde, l'idée traversa simplement mon esprit puis je fus pleinement de retour dans la réalité. Johannes n'existait plus. J'essayai de me lever, mais la partie inférieure de mon corps était devenue incroyablement massive et lourde. Il m'en coûta un effort considérable pour me hisser hors du canapé quand on recommença à frapper, plus fort cette fois-ci, par séries de trois coups. Lorsque je parvins enfin à me tenir debout, la tête me tournait, je dus m'appuyer sur la table de salon quelques secondes. Des taches noires tourbillonnaient devant mes yeux. Et on n'en finissait plus de frapper, sans interruption maintenant, six, sept, huit, neuf coups impatients.

– J'arrive ! lançai-je en réussissant finalement à me redresser, à me débarrasser du duffle-coat puis à ouvrir la porte.

Petra Runhede se tenait sur le seuil, la tête légèrement inclinée de côté, me regardant avec sympathie. Ella me demanda d'une voix volontairement basse, par respect :

– Puis-je entrer ?

À ce moment-là, trois choses se produisirent simultanément. D'abord, je m'écartai pour laisser entrer Petra. En même temps, mes émotions se réveillèrent – elles le firent à la manière d'un chat passant instantanément du sommeil profond au plein éveil –, et je ressentis une haine violente à l'égard de cette femme si polie qui affichait une apparence fallacieuse de proximité et une compassion toute professionnelle. Enfin, à l'instant précis où je m'écartai et où cette haine se réveilla, la nausée jaillit en moi, tel un volcan.

– Excusez-moi, parvins-je à lâcher avant de me précipiter dans la salle de bains, la main sur la bouche, en claquant la porte et en soulevant l'abattant des toilettes.

Avec le vomissement vinrent les pleurs, des sanglots entrecoupés de mugissements et de hoquets qui me faisaient mal à la gorge et m'encombraient le nez. Je demeurais ainsi longtemps, penchée au-dessus de la cuvette, les larmes et la morve dégoulinant sur mon visage, tandis qu'une sueur froide s'écoulait par tous les pores de ma peau.

Lorsque la crise fut passée, je me mouchai et tirai la chasse. Je me relevai non sans peine. Une nouvelle forme de douleur s'était installée au niveau des lombaires, comme si ma colonne ne me soutenait plus. Je pressai une main contre mon dos, de l'autre j'attrapai le lavabo tout en m'y appuyant pour me redresser. Je me lavai ensuite les mains, et en me penchant avec précaution, je baignai mon visage à l'eau froide et me rinçai la bouche. Haletant de douleur, une main toujours pressée contre mes lombaires, je me brossai les dents, mais très rapidement pour ne pas prendre le risque de vomir à nouveau en enfonçant la brosse trop profondément. Après m'être essuyé le visage avec une serviette, je restai là à observer mon reflet au-dessus du lavabo : ma peau d'un blanc tirant sur le gris, les yeux cernés de rouge et injectés de sang, le nez gonflé, les joues bouffies, les cheveux en bataille, les vêtements froissés et trempés de sueur sous le peignoir. Je lissai mes cheveux et passai les mains sur mes vêtements dans une vaine tentative pour les défroisser. Lorsque ma main effleura la poche droite de mon pantalon, je sentis la carte rectangulaire à travers le tissu et je pensai : « Il est là, il est là, mon secret. » Je ne pensai pas : « C'est ma clé de sortie, mon ticket pour la liberté, la survie, une vie avec mon enfant. » Je pensai simplement : « Il est là, mon secret. » Puis je refermai ma robe de chambre et nouai la ceinture à ma taille.

Petra avait préparé du café et deux sandwichs au fromage. Je m'installai à la table et la laissai me servir et poser le plat avec les sandwichs devant moi.

– Est-ce que cela vous dérange si je m'assieds en face de vous ? demanda-t-elle, sur un ton proche de la soumission.

J'eus envie de répondre que oui, cela me dérangeait, vous pouvez sortir et attendre dans le couloir jusqu'à ce que je vous appelle et vous pourrez alors revenir pour débarrasser la table et faire la vaisselle avant de vous éclipser à nouveau en toute discrétion. Mais, bien sûr, je ne dis rien de tout cela, je secouai juste la tête et esquissai un geste vers la chaise de l'autre côté de la table. Elle la tira, s'y assit et demeura silencieuse tandis que je buvais mon café, prenais des petites bouchées et mastiquais lentement.

Ma haine toute neuve était à présent sous contrôle. Elle était tapie sous la surface, consciente mais au repos. Elle s'était réveillée comme un chat et elle sommeillait tout pareil : les yeux mi-clos et les oreilles telles des antennes, détectant le moindre mouvement, le plus petit sifflement, murmure ou soupir.

Je me forçai à avaler lentement l'un des sandwichs. Petra se racla la gorge. Je l'ignorai, fixant ma tasse avant de la saisir et de boire les dernières gouttes.

– Dorrit, dit-elle de cette voix calme qui se voulait intime et qui la caractérisait. Je suis désolée. Vraiment. Je suis désolée de tout cela.

– Tout quoi ?

Je la dévisageai, dubitative, avant de poser ma tasse.

– Tout ce que vous traversez, précisa-t-elle. Et tout ce que vous *avez* traversé. Je trouve que vous autres, les *superflues*, êtes souvent soumises à de nombreuses souffrances inutiles. Vous n'êtes pas des criminels après tout, vous n'avez pas fait de mal, contre rien ni personne. Vous avez simplement vécu, sans trop songer au futur ou au monde autour de vous, il faut bien le dire. Mais, d'un autre côté, vous avez souvent survécu avec très peu d'argent et dans la plupart des cas, vous ne vous êtes guère fait remarquer. Vos voisins ne connaissaient sans doute même pas votre existence et très peu d'entre vous ont été des fardeaux pour la société – je sais que ce n'est pas votre cas. Vous avez tous été confrontés à la désapprobation sociale. Et puis vous atterrissez ici et vous avez souvent la belle vie pendant le temps qu'il vous…

Elle s'interrompit.

– … reste, complétai-je.

Son visage s'empourpra. Elle s'éclaircit à nouveau la voix et reprit :

– Mais parfois certains d'entre vous sont frappés par des tragédies. Comme ce qui vous arrive. J'aimerais que vous n'ayez pas à souffrir ainsi. J'aimerais qu'il y ait une autre solution. Qu'il puisse y avoir une autre politique, moins inspirée par des considérations économiques, qui serait un peu plus… (Elle se tut, se pencha au-dessus de la table, m'observa à la dérobée, puis poursuivit d'une voix calme.)… une politique qui ressortirait davantage d'une *économie planifiée*, en fait.

Je haussai les sourcils. Mais de quoi voulait-elle parler ? Où voulait-elle en venir ? De nouveau elle se tut. Ses joues étaient encore rouges, même si la teinte s'était un peu atténuée, et ses yeux paraissaient recouverts d'un voile, d'une espèce d'ardeur fiévreuse, comme si elle partageait des désirs secrets avec moi, des valeurs interdites.

Mais il n'y a pas de valeurs interdites. Quiconque vit en démocratie a le droit d'espérer tout ce qu'il veut et d'exprimer n'importe quelle opinion ou sentiment, si longtemps que ceux-ci ne sont pas offensants, menaçants et ne persécutent personne. Et si par hasard, il existait une limitation à ce droit, Petra, la directrice de la deuxième Unité de la banque de réserve de matériel biologique, n'aurait certainement pas été en train d'exprimer ses opinions dans mon appartement sur écoute. D'autant plus que je savais parfaitement, pour en avoir fait l'expérience à mes dépens, que les micros étaient extrêmement sensibles et que la qualité du son était d'une clarté absolue. Cependant, Petra ignorait manifestement que je le savais, car elle poursuivit, en chuchotant :

– J'aimerais que nous ayons… une politique plus sociale où tout le monde n'aurait pas à être utile tout le temps.

Elle avait vraiment du talent. Je ne comprenais pas ce qu'elle cherchait à obtenir avec ce discours, mais elle était indéniablement douée. S'il n'y avait pas eu la surveillance et si elle n'avait pas été la directrice de l'Unité, je suis sûre que je l'aurais crue. Mais ce n'était pas le cas, et je lui dis :

– Arrêtez votre baratin, Petra, et dites-moi pourquoi vous êtes ici.

Elle me lança un regard blessé puis répondit sur un ton soumis :

– Je voulais simplement voir comment vous alliez.

– Bien. Merci beaucoup.

– Et vous dire qu'on vous accordait une semaine d'arrêt-maladie.

– C'est trop bon de votre part.

– Et j'allais en profiter pour vous demander de décider – quand vous vous en sentirez capable – ce que vous comptez faire. Si vous… (elle se racla à nouveau la gorge) si vous voulez donner le fœtus ou le porter jusqu'à son terme et…

– J'entends donner naissance à mon enfant, l'interrompis-je.

Elle se mit à rire bruyamment, soulagée, et me dit que c'était super avant d'ajouter :

– Dans ce cas, je vais en informer Amanda Jonstorp. Vous passerez régulièrement des contrôles et des échographies, on procédera à un prélèvement de liquide amniotique et à d'autres tests. Quand nous serons assurés que tout va bien chez l'enfant, si tel est le cas, vous pourrez décider d'une date à votre convenance pour la césarienne. Je vais également contacter la commission d'adoption. Je peux vous garantir, Dorrit, que dans un cas comme celui-ci – très rare, pour des raisons évidentes – les parents adoptifs sont triés sur le volet. Il y aura une enquête très approfondie avant qu'on décide qui deviendront les parents de l'enfant que vous portez.

– Il en est assurément toujours ainsi, répondis-je.

C'était davantage une affirmation qu'une question : je savais parfaitement que les candidats à l'adoption faisaient l'objet d'une enquête des plus minutieuses. Les différentes fois où j'avais tenté ma chance, ma requête avait été rejetée pour toute une série de motifs, depuis mes revenus modestes et aléatoires jusqu'au manque de modèles mâles appropriés dans mon réseau social. Lors de ma dernière candidature, on m'avait également estimée trop vieille.

Il m'apparut à cet instant que si on m'avait autorisée à adopter et si j'avais réussi à rassembler tant bien que mal les fonds nécessaires pour tous les frais et déplacements éventuels, j'aurais peut-être récupéré un enfant qu'une femme jugée *superflue* avait mis au monde, forcée de l'abandonner.

Petra ne répondit pas à ma question qui relevait davantage de l'affirmation. Elle posa les mains sur ses genoux et s'apprêtait à se relever, mais elle s'arrêta :

– Est-ce que je peux faire quelque chose pour vous, Dorrit ? Est-ce que vous avez besoin de quelque chose ?

– Oui, répondis-je, surprise par ma propre réactivité. S'ils n'ont pas encore vidé l'appartement de Johannes, j'aimerais y avoir accès avant qu'ils le fassent. Certains objets m'appartiennent.

Ce n'était qu'un prétexte, bien sûr. Je voulais juste y passer un moment, seule. Petra parut le comprendre, car elle répondit :

– Je vais arranger ça. Je m'assurerai également que l'Unité de surveillance ne place pas l'appartement de Johannes sous surveillance pendant que vous vous y trouverez.

– Pourquoi ?

Elle soupira d'un air triste.

– Parce qu'à mon avis, vous avez droit à un moment de solitude complète.

Que voulait-elle ? Peut-être espérait-elle que je lui rende sa faveur d'une manière ou d'une autre ou pensait-elle que je lui en serais éternellement reconnaissante et donc particulièrement coopérative et malléable. Ou alors elle avait vraiment mauvaise conscience, se sentait véritablement coupable du rôle qu'elle jouait dans cet abattoir de luxe, pour reprendre l'une des expressions d'Elsa.

Je suppose que Petra n'était après tout qu'un être humain. Elle avait sans doute des enfants et un homme ou une femme dans sa vie avec qui elle assurait leur éducation. Ou peut-être avait-elle perdu aussi son compagnon à un moment – peut-être avait-elle perdu l'homme avec qui elle avait eu des enfants. Ou peut-être avait-elle perdu un enfant…

Je ne sus jamais ce qu'il en était, je ne lui posai évidemment pas la question et, en fait, je ne voulais pas connaître ses raisons. Au contraire je tenais à garder mes distances à l'égard de cette femme indéniablement très douée. Il était manifeste qu'elle possédait un grand talent d'actrice – même si elle surjouait un peu par moments. Elle aurait dû mettre la pédale douce sur sa sincérité exagérée et sa compassion – elle s'était peut-être destinée à devenir comédienne à une époque avant de préférer la sécurité et la normalité à son rêve de jeunesse. Ce genre d'individus – j'en sais quelque chose – sont rarement bien disposés envers ceux ou celles qui ont choisi de poursuivre leur idéal – à mon instar. Ils méprisent notre sensibilité presque puérile, encore intacte après toutes ces années, et notre réticence – ou incapacité – à accepter des compromis et à nous intégrer. Ils nous qualifient de saltimbanques, de farfelus, d'extraterrestres ou de diva. Ils envient ceux et celles d'entre nous qui obtiennent le succès et se frottent les mains avec délectation en voyant les autres sombrer lentement.

Non, je n'avais aucune envie de me rapprocher de Petra, de lui poser des questions personnelles ou même de feindre de croire que sa bonne volonté était sincère.

– Il n'est absolument pas nécessaire de couper les caméras de surveillance, de mon point de vue, précisai-je. Cela ne m'apporterait pas la moindre satisfaction. Je n'ai pas l'intention de faire quoi que ce soit qu'on ne puisse voir ou entendre. Et, de toute façon, je n'ai aucun moyen de vérifier si la surveillance est interrompue ou non. Cela ne fait donc aucune différence.

Elle ne renonça pas pour autant :

– Peu importe ce que vous pensez ou estimez pouvoir vous être agréable. Je veillerai en personne à ce que cet appartement ne soit pas sous surveillance entre…

Elle consulta sa montre puis leva les yeux vers moi :

– Est-ce que deux heures, c'est assez ?

Je haussai les épaules.

– Disons trois. Entre une et quatre heures cette après-midi, cela vous convient ?

J'acquiesçai.

– Vous avez donc libre accès à l'appartement 3 du secteur F2 entre treize heures et seize heures aujourd'hui.

– Merci.

– Durant cette période, la surveillance sera interrompue.

– Si vous le dites.

Elle se leva et fit le tour de la table pour se diriger vers la porte.

Quand elle passa devant moi, elle s'arrêta et exerça une légère pression sur mon épaule.

– Et si je peux faire quoi que ce soit d'autre pour vous, n'hésitez pas.

Puis elle retira sa main et sortit.

36

On n'entendait que le léger bourdonnement de la climatisation. Aucun bruit extérieur ne s'immisçait dans l'appartement, le silence était compact – comme dans une cellule capitonnée où tout risque d'échos ou d'effets sonores avait été éliminé. Je n'avais encore jamais fait l'expérience de cette forme de silence dans l'appartement de Johannes, ni dans aucun autre endroit de l'Unité.

J'avais fermé derrière moi, tourné le verrou et me tenais à présent appuyée dos à la porte, regardant le séjour et la cloison que Johannes avait montée autour de sa kitchenette. Si j'avais placé une main derrière moi, j'aurais touché le battant tant j'en étais proche. Comme si quelque chose dans la pièce m'effrayait, comme si j'avais peur d'entrer et que je n'étais pas sûre de moi. Voulais-je vraiment être là ? Y étais-je à ma place ? Mais ce n'était pas ça. Je n'étais pas effrayée ou hésitante, juste engourdie. Peut-être le silence qui régnait là provoquait-il cette réaction en moi.

Sur la table du séjour étaient posées deux tasses à café vides, une tranche de pain complet oubliée dans une corbeille et deux assiettes couvertes de miettes. Sur l'une d'elles, une tartine garnie d'une tranche de fromage luisante dont les bords s'étaient recroquevillés, à moitié mangée. Les reliefs du petit déjeuner d'hier. La tartine entamée était la mienne ; j'avais eu faim, bien plus que d'habitude le matin – peut-être était-ce la conscience de la présence de l'enfant dans mon ventre qui m'avait soudain incitée à penser que je devais manger davantage. Cependant, en mordant dans ma troisième tartine, je m'étais rendu compte que je ne serai pas capable de la finir.

– Est-ce que tu en veux la moitié ? avais-je proposé à Johannes.

Il avait secoué la tête et répondu :

– Non merci, ma chérie, je suis repu.

Puis il m'avait longuement regardée, l'expression grave. Au bout du compte, j'avais éclaté de rire en lui demandant :

– Qu'est-ce qu'il y a ? J'ai l'air ridicule ?

– Pas du tout. Tu es plus belle que jamais.

En sortant de table, au moment où je le quittais pour rejoindre mon appartement et travailler, nous nous étions étreints comme nous le faisions toujours.

– À ce soir, avais-je lancé.

– Je t'aime, Dorrit, avait-il répondu. Je vous aime *tous les deux.*

Il venait de poser une main sur mon ventre. Quant à moi, je lui avais déclaré que je l'aimais davantage que je n'avais jamais aimé aucun homme, ce qui était vrai.

Il m'avait embrassée, caressé les cheveux et chuchoté :

– Tu as donné un sens à ma vie, tu le sais ? Tu es le sens de ma vie.

Il s'était montré plus grave qu'à l'accoutumée, un peu moins charmeur, légèrement moins joueur et espiègle. Mais il venait juste d'apprendre qu'il allait être père et il n'était pas inhabituel qu'il me tienne des propos sérieux et m'adresse des déclarations d'amour – que nous échangions des propos sérieux et des déclarations d'amour – au moment de nous séparer après le petit déjeuner. Alors comment aurais-je pu deviner que ces paroles sur le sens de la vie étaient sa façon à lui de me dire adieu ?

Était-ce lâche de sa part de ne rien dire ? Ou était-ce prévenant ? Je ne sais pas. Je sais seulement que peu importe qu'il ait été lâche, prévenant – ou les deux –, en tout cas, il avait agi par amour.

Je ne sais combien de temps je demeurais appuyée à la porte, mais quand je finis par bouger, j'étais ankylosée et mes jambes me paraissaient lourdes, exactement comme lorsque j'étais toute jeune, au lycée, et travaillais au rayon livres d'un grand magasin pendant mon temps libre, ou plus tard encore, lorsque je n'étais plus aussi pimpante et que je subvenais à mes besoins en posant pour des cours de dessin, restant debout immobile par tranches de vingt minutes entrecoupées de pauses de cinq minutes, jour après jour pendant parfois plusieurs semaines. Je me sentais alors enflée comme maintenant. Je traversai la pièce jusqu'au bureau de Johannes où je trouvai un CD dans un boîtier plastique transparent posé à côté de l'ordinateur. *Baleine bleue*, avait inscrit Johannes au marqueur noir. Son recueil de nouvelles. Je le laissai où il était, je ne le touchai même pas, d'abord parce que je l'avais déjà lu, mais aussi parce que j'étais pratiquement sûre que le personnel de l'Unité qui, contrairement à nous, avait des contacts avec le monde extérieur, prenait grand soin des œuvres des auteurs *superflus*. Au cours de l'année écoulée, j'avais lu quelques livres récemment publiés écrits par « des auteurs particulièrement inspirés effectuant leurs débuts » qui s'étaient par la suite avérés des écrivains résidents – ou anciens résidents – de l'Unité.

Entre l'ordinateur et l'imprimante, il y avait toutes sortes d'objets qu'on trouve habituellement sur un bureau : des stylos, une gomme, une règle, des trombones et des Post-it de différentes formes et couleurs. Le galet rose était au milieu. Je le pris et le soupesai, refermant mes doigts sur lui. Il était frais et lisse et pesait un certain poids sans être lourd pour autant.

Dans la chambre, le lit était défait. J'avais toujours dormi du côté du mur, quand je passais la nuit avec Johannes. Là, je m'étendis à sa place et relevai la couette jusqu'à mon menton. Son odeur était présente, âcre et subtile à la fois, évoquant la muscade ou le cumin, et sur l'oreiller où sa tête avait reposé, il restait quelques cheveux blancs épars.

Je me tournai sur le côté, inspirai l'odeur, le galet serré dans la main.

Et s'il s'était rendu sur la côte méridionale une autre après-midi ? pensai-je. S'il y était allé une de ces après-midi où je m'y trouvais avec Jock, pendant l'automne ou l'hiver, au lieu d'un jour où je n'y étais pas ? Et si nous avions marché l'un vers l'autre et nous étions aperçus ? Je me serais dit : « Oh, voilà Johannes Alby » et il se serait dit : « Oh, voilà Dorrit Weger et son chien. » Et si nous nous étions arrêtés pour bavarder ? Si je l'avais invité à prendre un café ou une assiette de pâtes chez moi ? Si ça avait commencé ainsi… Si ça avait commencé à ce moment-là…

TROISIÈME PARTIE

37

L'odeur de cerfeuil et de pain frais m'envahit les narines quand Vivi ouvrit la porte. J'étais en retard. J'avais longuement hésité avant de sortir de mon appartement, de faire les quelques pas dans le couloir qui me séparaient de sa porte et de frapper.

Je m'étais sentie si fatiguée pendant si longtemps. Je n'avais tout simplement pas eu la force de fréquenter du monde, d'aller à des fêtes, des dîners ou des rassemblements où on est censé s'amuser, s'intéresser à des gens, ou parler à plus d'une personne à la fois. Je m'étais retirée, j'étais devenue passive, voire apathique par moments, et je me serais sans doute totalement coupée de mes amis si Elsa, Alice et Lena ne m'avaient pas aidée. Elles avaient été présentes en permanence. Au cours des semaines qui avaient suivi le don final de Johannes, elles s'étaient même relayées pour passer la nuit avec moi. Chaque fois que je me réveillais parce que j'étais triste, en colère ou malade, l'une d'entre elles était là pour me soutenir, me consoler, aller me chercher de l'eau, me préparer du thé, m'écouter et me prendre la main jusqu'à ce que je me rendorme.

Elles furent également là par la suite, après ces premiers jours où j'étais sans doute en état de choc. Silencieuses. À l'arrière-plan. En attente. Et elles étaient là chaque fois que j'avais besoin d'elles pour parler ou simplement me tenir compagnie. Elles le firent sans rien demander en retour, sans s'attendre à ce que je me montre reconnaissante ou même enjouée. Cette situation durait depuis plus de deux mois.

Quand Vivi annonça un jour qu'elle envisageait d'inviter quelques amis à dîner et ajouta ensuite avec une grande prudence : « Ce serait vraiment bien que tu viennes aussi, Dorrit », je sentis que je devrais peut-être essayer. Après force tergiversations, j'y allais.

– Tu es venue ! s'écria Vivi en m'attrapant la main pour m'attirer dans l'appartement, comme si elle craignait que mon courage flanche à la dernière minute et que je m'enfuie si elle ne m'aidait pas à entrer.

Elle me conduisit à la table où les invités, qui avaient abandonné tout espoir de mon arrivée, étaient en train de se servir de pain complet frais pour accompagner une soupe à la carotte et au cerfeuil. Il y avait Elsa, Alice et Lena, et deux personnes que je n'avais jamais rencontrées. Vivi me les présenta et nous nous serrâmes la main. Ils s'appelaient Görel et Mats.

Mats était arrivé le mois précédent, Görel à peine une semaine plus tôt, et elle avait encore cette expression que les nouveaux arrivants arborent toujours : horreur, chagrin et rage – et autre chose encore. La peur de la mort peut-être.

Je pris la place libre entre Alice et Elsa, qui m'étreignirent contre elles. Alice en profita pour déposer un baiser bruyant sur ma joue, ce qui fit rire tout le monde. Je ne l'avais pas regardée de près depuis des lustres. Quand je me tournai et la dévisageai, je remarquai qu'elle avait changé. La rudesse de ses traits avait, dans une certaine mesure, cédé la place à une forme de fragilité, une sorte de délicatesse que je n'avais jamais observée auparavant. Je me dis que les hormones mâles finiraient peut-être par être évacuées de son corps. Elle avait également l'air fatiguée et un peu hagarde, les yeux légèrement enfoncés. Mais qui ne l'est pas, me dis-je en écartant cette pointe de malaise et en me servant de soupe à la carotte.

Durant le dîner, différents sujets de conversation furent abordés. Je n'y participai guère, me contentant d'écouter la plupart du temps. Au bout du compte, ils en vinrent à parler du monde extérieur. Des changements qui s'y profilaient. Le nombre de femmes de cinquante ans et d'hommes de soixante ans sans enfant se réduisait considérablement. Désormais les *superflus* étaient sélectionnés parmi des professions jusqu'alors totalement épargnées. Peu importait que vous soyez enseignant, nourrice, soignant, infirmière ou exerciez une profession dans le secteur des soins à la personne. Même les sages-femmes ne bénéficiaient plus de dispense : si vous étiez sans enfant, vous étiez sans enfant, point final.

– Et comme si cela ne suffisait pas, dit Mats, on parle de rabaisser la limite d'âge. Les gens sont vraiment stressés. Des gamines se retrouvent enceintes à dix-sept ou dix-huit ans pour assurer leur sécurité. Les files d'attente dans les centres de fertilité et d'insémination in vitro ne cessent de s'allonger. Certaines personnes ne sont pas prises en charge dans les temps. Et le nombre de cas d'infection par le VIH et la chlamydia augmente rapidement parce que les femmes ramassent un étranger après l'autre et ont des rapports non protégés.

– Les enlèvements d'enfants en bas âge connaissent également une recrudescence, ajouta Görel. Les gens sont prêts à tout.

– Plus rien ne semble assuré, intervint Vivi. Pour personne, ce qui provoque un sentiment d'insécurité généralisé.

– Bien sûr ! Pourquoi n'y avons-nous pas pensé ? glissa Elsa. Voler un enfant. Regardez la façon dont les *nécessaires* s'affichent avec leurs poussettes et les petits qui courent partout autour d'eux. Ils ne peuvent absolument pas tous les surveiller en même temps. Ce serait probablement facile de prendre au passage un bébé endormi dans son landau pendant que les parents sont occupés à contrôler tous les autres.

Alors, c'est ça la raison ! pensais-je. C'est pour ça que Petra avait soutenu avec une telle obstination que je ne convenais pas en tant que parent. La demande de donneurs d'organes et de candidats pour diverses expériences était sans doute toujours aussi élevée, peut-être même encore plus importante. Je réfléchissais, mais pour autant, je gardai le silence, car je n'avais pas encore révélé à mes amies que j'étais enceinte. Je n'avais simplement pas trouvé le bon moment.

Soudain, je m'aperçus que ce moment-ci était aussi opportun qu'un autre, ici et maintenant. J'ouvris donc la bouche et me lançai :

– En parlant d'enfants, j'ai quelque chose à vous dire…

Toutefois, Alice me grilla la priorité. Elle n'introduisit pas son propos par « En parlant d'enfants… », mais nous annonça simplement sans transition d'aucune sorte :

– J'ai quelque chose à vous dire…

Puis elle poursuivit.

– Il y a quelque chose que je *dois* vous dire. Et il faut que je le fasse le plus vite possible, car il ne me reste peut-être plus beaucoup de temps, alors je vais le faire tout de suite. J'ai une tumeur au cerveau.

Un silence de mort s'abattit sur la pièce. Pas un toussotement, pas un souffle, pas même le moindre cliquetis de verre, de porcelaine ou de couverts. Le silence complet. Tout le monde se figea, tout le monde regarda Alice, assise à côté de moi, si petite tout à coup, me sembla-t-il, si vieille subitement. Le silence complet, un silence interminable jusqu'à ce qu'elle reprenne la parole :

– Ils pensent que c'est dû aux radiations. (Elle se tourna vers Görel, la nouvelle venue.) Tu vois, j'ai participé à une expérience impliquant un type de radiations. Des éléments radioactifs.

– Mais pourquoi ?

– Pourquoi ? Parce que je suis une *superflue* et un rat de laboratoire, bien sûr ! répondit Alice en faisant une grimace et en mâchant comme un lapin.

Personne ne rit, pas même Alice.

– Non, non, reprit Görel, à quoi ces rayons vont-ils pouvoir leur servir ? Quelle est la pertinence de cette expérience ?

– La pertinence ? dit Alice en balayant la question d'un revers de la main. Ma chère amie, je n'en ai pas la moindre idée !

38

Plus une personne reste à l'Unité, plus les expériences auxquelles on lui demande de se soumettre sont risquées, et dans le même temps augmente la probabilité qu'elle ait à donner des organes vitaux.

Sachant dorénavant qu'on manquait de *superflus*, je m'aperçus que la situation à l'intérieur de l'Unité avait quelque peu changé depuis un certain temps : les arrivants étaient moins nombreux, deux à trois par mois alors qu'avant c'était plutôt cinq à dix. On utilisait les gens plus rapidement et les générations s'écourtaient. Alice, par exemple, qui avait probablement été soumise à des expériences ayant trait à des armements chimiques, n'était à l'Unité que depuis un an et demi. Par ailleurs, durant la brève période qui suivit le dîner chez Vivi, mes amis les plus proches furent mis à contribution.

Elsa participa à une série d'expérimentations courtes mais toutes plus ou moins destructrices d'un point de vue humain, entrecoupées de dons. Ce furent d'abord les essais d'un nettoyant surpuissant, puis une observation sur les cigarettes et divers produits à base de tabac et de nicotine. Ses organes respiratoires furent exposés aux gaz et aux vapeurs de différents solvants chimiques. Entre ces tests, elle donna un morceau de son intestin grêle, la cornée d'un de ses yeux et les osselets d'une de ses oreilles. Ces opérations eurent pour seules conséquences qu'elle n'entendait et ne voyait plus aussi bien et qu'elle était très fatiguée ; d'autre part, les expériences lui causèrent un terrible eczéma qui la démangeait au niveau des mains et des bras. Elles déclenchèrent des bronchites et même de l'asthme. Sa forme et son état physique général se dégradèrent. Ce n'était plus la femme athlétique que j'avais retrouvée un an plus tôt. Elle avait souvent le souffle court et éprouvait fréquemment le besoin de se reposer. Elle cessa de plonger pour se contenter de nager la brasse à un rythme lent dans la piscine peu profonde.

Durant la même période, Vivi donna un de ses reins et une partie de son foie. Elle participa également à toutes sortes d'expériences médicales, essentiellement liées à des psychotropes qui, en plus de la rendre tantôt apathique tantôt euphorique, provoquaient également des effets secondaires : vertiges, palpitations, œdèmes au niveau des membres, éruptions cutanées et perte des cheveux. En très peu de temps, Vivi et Elsa se transformèrent en vieilles femmes qui se déplaçaient lentement d'une démarche incertaine, bras dessus bras dessous, lors de leur promenade quotidienne dans le jardin d'hiver, s'arrêtant fréquemment pour tousser, reprendre leur souffle et se tenir la poitrine.

Lena qui, après trois ans passés à l'Unité, en était devenue l'une des doyennes, fut admise pour donner son pancréas, son foie, un rein et son système intestinal. Comme Majken, elle nous annonça qu'elle allait effectuer son don final, sans nous préciser la date. Un jour, elle ne fut plus là, tout simplement. Il arriva à Elsa et Vivi la même chose qu'à moi : elles se rendirent à l'appartement de Lena pour la voir, juste au moment où les employés étaient occupés à débarrasser ses affaires.

Mais, à mon avis, ce fut Alice qui souffrit le plus de la demande accrue en organes et tissus de *superflus*.

Pendant ce temps, j'étais en sécurité, aussi protégée qu'un pygargue à queue blanche. On m'obligeait à effectuer régulièrement des contrôles, on me donnait des compléments alimentaires testés et approuvés, et on m'envoyait à des séances de yoga et de gym suédoise. Quant aux expériences auxquelles je participais, il s'agissait d'études sans danger, sur le sommeil ou les rêves, la comparaison et la mesure de la capacité d'un individu à voir dans le noir, ou à distinguer des goûts, odeurs et sons variés.

Ce n'était qu'une question de temps avant qu'Elsa, Vivi et Alice remarquent que j'étais traitée d'une manière totalement différente alors que nous étions toutes les quatre à l'Unité depuis sensiblement la même époque. C'était aussi uniquement une question de temps avant qu'elles puissent voir que j'étais enceinte. Je m'étais déjà arrondie : mes hanches étaient plus larges, mes seins plus gros et mon ventre pointait sous les vêtements amples que je m'étais mise à porter pour dissimuler ces changements le plus longtemps possible. Pour le moment, je pouvais encore passer pour une femme qui avait simplement pris du poids – du moins tant que je ne me déshabillais pas. À cette période, je commençai à éviter de me changer ou de me doucher au complexe sportif. Je cessai de fréquenter le sauna et arrêtai de nager car la forme de mon ventre sous mon maillot de bain était sans équivoque.

En d'autres termes, il était grand temps que je révèle mon état. Étant donné que je considérais toujours Elsa comme ma meilleure amie et ma confidente, je décidai de commencer par elle et je saisis l'opportunité, un soir où nous nous trouvions seules dans son appartement. Vivi était retenue par le récolement de la bibliothèque et rentrerait tard. Elles dormaient toujours ensemble maintenant, comme Johannes et moi avant elles.

Elsa était étendue sur le canapé et respirait avec difficulté, haletant même par moments. J'étais assise sur le fauteuil en face d'elle.

– Elsa, il faut que je te dise quelque chose, quelque chose que je… garde pour moi depuis un certain temps.

Elle ferma son œil voilé – celui dont la cornée avait fait l'objet d'un don – et me fixa avec anxiété de l'autre.

– Ne me dis pas que tu es malade aussi, Dorrit ?

– Non, je ne suis pas malade. Je suis enceinte.

– Quoi ? (Ses bras et ses jambes volèrent en tous sens tandis qu'elle se mettait sur son séant à grand peine, tournait son oreille valide vers moi, toussait, se raclait la gorge bruyamment.) Qu'est-ce que tu as dit ? jeta-t-elle d'une voix rauque, sifflant presque.

– Je suis enceinte, répétai-je.

– Tu plaisantes, tu as perdu la tête ou quoi ?

– Ce n'est pas une plaisanterie.

Son expression – elle ne m'avait jamais regardée ainsi, je ne reconnaissais pas cette façon de me scruter et ne savais comment l'interpréter : incrédulité, jalousie, dégoût… quoi encore ?

– Mais comment c'est arrivé, bordel ? finit-elle par cracher.

J'eus l'impression d'avoir reçu un coup de poignard, car jamais avant elle n'avait juré en s'adressant à moi. Je m'abstins de répondre.

– Tu le sais depuis combien de temps ?

– Depuis la veille du don final de Johannes.

– Mais ça fait plusieurs mois ! Pourquoi est-ce que tu n'as rien dit ?

– Je te le dis maintenant, c'est…

J'hésitais, une boule dans la gorge.

– … Ce n'est pas rare d'attendre un peu avant de le dire à ses amis et à ses connaissances. Le risque de fausse couche est le plus élevé pendant les premières semaines.

– Je le sais, bordel ! Tu crois je suis née de la dernière pluie, tu crois que tu es la première personne que je connais à s'être retrouvée enceinte et à m'avoir débité toute une série d'informations totalement superflues ?

À nouveau, je m'abstins de répondre.

– Tu en es à combien ? demanda-t-elle avant d'essayer de reprendre son souffle.

– Dix-sept ou dix-huit semaines, parvins-je à dire avant que sa poitrine se mette à râler.

On aurait cru que sa trachée était bloquée, comme si quelque chose avait emprunté la mauvaise voie. Puis vint un léger sifflement. J'imaginai un tube très fin et aplati dans lequel une minuscule quantité d'air circulait jusqu'à ses poumons. Elle saisit son inhalateur posé à côté d'elle sur le canapé, le tint devant sa bouche et pressa le bouton ; un clic discret se fit entendre et elle inspira. Au bout de quelques instants, sa respiration redevint plus régulière, plus calme, mais le sifflement était toujours présent, accompagnant ses paroles :

– Ainsi tu vas avoir un enfant ? Un bébé ? Ici ?

Je secouai la tête, en geste de dénégation.

– Comment ? Pas ici ? Est-ce que tu vas sortir et vivre une vie *nécessaire* et décente, paradant avec ta progéniture et t'étalant partout dans les rues, les squares et les transports publics, poussant tout le monde avec ton landau surchargé ?

Je secouai à nouveau la tête, puis lui exposai brièvement et sur un ton aussi prosaïque que possible les deux options que Petra m'avait proposées : faire transplanter le fœtus ou faire adopter l'enfant. Je ne mentionnai évidemment pas la troisième possibilité, celle liée à la carte qui se trouvait toujours dans la poche droite de mon pantalon. J'y enfonçai parfois la main et la tripotai, incapable de prendre une décision. Jusqu'alors je n'avais pas été en état de me déterminer sur cette question particulière ou même de rechercher des portes me permettant de quitter l'Unité.

Après ma courte explication, je m'attendais à ce qu'Elsa fasse preuve de compassion ou, du moins, qu'elle exprime poliment ses regrets que je ne sois pas autorisée à agir en tant que parent de mon enfant. Mais ce ne fut pas le cas. Au lieu de ça, elle proféra :

– Tu sais, Dorrit, ça la fout vraiment mal. C'est carrément insupportable, pour être franche.

– Qu'est-ce que tu veux dire ?

– Eh bien, tu n'es plus des nôtres. Je veux dire, comment allons-nous pouvoir… comment pourrons-nous te faire confiance, maintenant que tu es devenue comme eux ?

Je ne savais que rétorquer à ces paroles. Je ne m'attendais pas du tout à sa réaction. Je ne la comprenais pas. Je saisissais qu'à l'instar de la plupart des *superflus*, elle vivait avec le chagrin, enfoui en elle, de n'avoir jamais eu d'enfant et cette peine venait d'être activée. Mais je ne comprenais pas pourquoi elle était si en colère contre moi ; après tout, ma grossesse n'avait pas pour but de la bouleverser ou de blesser qui que ce soit.

Face à mon silence, elle poursuivit :

– Donc tu vas te dandiner ici avec un gros ventre digne de Bouddha en affichant un air suffisant et supérieur comme toutes ces salopes de *nécessaires* dans la communauté extérieure ?

Je ne répondis pas davantage. Je me contentai de me lever et de m'en aller. Derrière moi, je l'entendis avoir une nouvelle crise, haletant et luttant pour respirer. Le léger clic de l'inhalateur fut le dernier bruit que je perçus avant de refermer la porte.

39

L'état d'Alice se dégrada rapidement. La détérioration avait débuté par des maux de tête, des douleurs dans la mâchoire, des vertiges et des angoisses. Peu après nous avoir révélé l'existence de sa tumeur, elle commença à connaître des périodes de confusion. Elle perdait tout à coup le fil de sa pensée lorsqu'elle parlait, oubliait que nous avions rendez-vous, s'égarait et était incapable de rentrer chez elle, ou mélangeait les activités du jour. Elle était souvent perturbée et pleurait de désespoir. Les autorités de l'Unité la laissèrent libre de ses faits et gestes aussi longtemps qu'elle ne constitua pas un danger pour elle-même ou pour les autres. Par exemple, tant qu'elle n'oubliait rien sur sa cuisinière. Pour autant, nous savions tous que le temps lui était compté avant son don final.

Nous nous efforcions de nous rencontrer régulièrement ensemble comme avant, Alice, Elsa, Vivi et moi, mais nous n'y trouvions plus la même joie. Il n'y avait plus cet humour salvateur entre nous. En partie parce que la maladie d'Alice projetait une ombre envahissante et en partie parce que ma relation avec Elsa s'était considérablement rafraîchie, ce qui avait aussi alourdi l'atmosphère.

Je n'avais pas mis à exécution mon intention d'informer également Vivi et Alice de mon état. Je supposais qu'Elsa en avait parlé à Vivi et je n'étais pas certaine qu'il soit pertinent de le dire à Alice. Quand je vis à quelle vitesse sa santé se dégradait – elle perdait de plus en plus souvent ses repères temporels et spatiaux durant des périodes de plus en plus longues –, je décidai que ce n'était pas la peine.

Même si nous étions moins proches qu'avant, nous prenions néanmoins soin d'Alice. Lorsqu'elle fut clouée au lit, nous nous relayâmes à son chevet tous les soirs et la nuit. Pendant la journée, des membres du personnel allaient et venaient, s'assuraient qu'elle mange, se lave et s'habille – elle avait oublié assez rapidement ces gestes élémentaires ou ne se souvenait plus les avoir déjà faits. Parfois, elle se douchait toutes les heures ou presque ; ou alors, elle ne se lavait pas durant plusieurs jours. Il lui arrivait d'avaler plusieurs déjeuners, et le lendemain elle oubliait tout bonnement de manger. Elle se promenait avec plusieurs couches de vêtements car, assez bizarrement, elle ne remarquait pas qu'elle était déjà couverte quand elle se décidait à s'habiller.

Une nuit, alors que c'était mon tour de la veiller et que j'étais étendue sur le canapé dans le séjour, je l'entendis soudain pleurer. Elle pleurait comme une enfant, des sanglots sans limites ni retenue, si déchirants qu'on ferait n'importe quoi pour les consoler. Je bondis hors du canapé, et, prise d'un vertige, je manquai de perdre l'équilibre, m'appuyai contre le mur pour ne pas tomber et gagnai la chambre en chancelant, légèrement nauséeuse. J'allumai la lumière. Elle était allongée dans son lit, sur le dos, les bras le long du corps, et fixait le plafond en sanglotant si violemment que tout son corps tremblait.

Je m'assis sur le bord du lit et l'attrapai par les épaules.

– Ça va, Alice. Je suis là. Qu'est-ce qu'il y a ? Qu'est-ce qui te rend triste ?

Elle ne répondit pas, continuant juste à geindre comme si elle ne pouvait ni voir, ni entendre, ni sentir ma présence. Je lui parlai d'une voix apaisante, lui caressai les bras, les cheveux et les joues, séchai ses larmes du revers de la main. J'essayai d'attirer son attention, de lui faire comprendre qu'elle n'était pas seule.

– Je suis là, Alice. Je suis là. Je peux t'aider. N'aie pas peur, il n'y a aucune raison d'être effrayée.

Je continuai simplement à m'adresser à elle sur un ton calme et aussi rassurant que possible. Après un long moment, les sanglots se calmèrent peu à peu, et Alice glissa :

– Je sais, je sais que tu es là, Maman, mais je ne peux pas te voir.

Durant une fraction de seconde, je me demandai si je devais la reprendre, mais décidai de ne pas m'en donner la peine. En fin de compte, qui j'étais n'avait pas réellement d'importance à cet instant précis et je préférai donc lui murmurer :

– C'est parce que tu regardes le plafond, ma chérie. Je suis assise à côté de toi.

Alors, les yeux fouillant la pièce, elle tourna la tête dans ma direction et finit, non sans mal, par réussir à se concentrer sur mon visage. Elle poussa un profond soupir, ferma les paupières, roula sur le côté face à moi, se recroquevilla, émit quelques bruits apaisés en claquant des lèvres puis elle s'endormit. Je remontai les couvertures sur ses épaules, lui caressai les cheveux et rejoignis le canapé dans le séjour où je m'assoupis également.

Le lendemain matin, elle sut très bien me reconnaître. Elle était simplement fatiguée. Une fatigue abyssale en quelque sorte, qu'aucun sommeil ne saurait réparer, je suppose. On ne peut que la surmonter : soit elle s'en va d'elle-même, soit elle demeure et devient comme une partie intégrante de votre être. Dans le cas d'Alice, bien sûr, elle était due à la tumeur, il n'y avait donc aucune chance qu'elle disparaisse. Je l'aidai à se rendre aux toilettes puis à retourner au lit, ce qui lui coûta de tels efforts qu'elle se rendormit un moment pendant que je préparais son petit déjeuner.

– Merci, Dorrit, dit-elle en zozotant légèrement lorsque je le lui apportai sur un plateau. Tu es un ange.

– Toi aussi, répondis-je. Tu t'es souvent occupée de moi.

Elle se redressa en position assise et je gonflai ses oreillers afin que son dos soit maintenu quand elle s'appuyait contre la tête de lit.

– Oui, mais tu n'étais pas souffrante. C'est plus difficile avec des malades, surtout lorsqu'ils vont bientôt mourir.

En lui tendant sa tasse de café, je lui dis que je n'en étais pas aussi sûre qu'elle.

– Une personne en bonne forme physique, mais désespérée, peut se révéler tout aussi difficile à gérer, non ? Veiller sur un malade est assez simple, en réalité. Au moins, on sait ce qu'on a à faire, d'un point de vue purement pratique. Mais que faire quand on ne peut rien pour aider la personne ?

Alice sourit.

– Écouter, je suppose.

– Oui, et n'est-ce pas ça le plus difficile ?

– Vraiment ? Cela ne requiert aucune connaissance ou compétence particulière. Uniquement la capacité à écouter. Et un peu de quiétude dans son corps. La capacité à rester tranquille et à écouter. Je ne vois pas en quoi ce serait si difficile.

Elle se concentra alors un moment sur sa tasse, prenant de toutes petites gorgées, fermant les yeux une seconde après chacune d'elles, semblant vraiment les apprécier. Puis, soudain, elle s'interrompit, me regarda et dit :

– Essaie de ne pas en vouloir à Elsa.

– Quoi ? Alors, comme ça, tu sais que nous…

J'ignorais comment achever ma phrase et je la laissai ainsi, inachevée.

– J'ai remarqué, répondit Alice de cette voix lente et fatiguée qui était devenue la sienne. Tu le lui as dit, non ?

– Dit quoi ?

– Que tu vas avoir un bébé, évidemment.

Je fronçai les sourcils et baissai les yeux vers mon ventre.

– Oh, c'était évident dès le départ, dit Alice. Depuis… voyons, ce devait être juste avant la mort de Johannes, je crois. Une ou deux semaines avant.

Je devais avoir l'air effarée, car elle éclata de rire.

– Ne me regarde pas comme ça, cela n'a rien d'étrange, je ne suis pas médium. J'ai connu tant de femmes enceintes ou qui avaient eu des enfants, que j'ai appris à reconnaître les signes au premier coup d'œil. Le visage se transforme chez la femme quand elle est enceinte : il s'élargit très légèrement, et la bouche aussi. Quelque chose de subtil dans la posture et dans le regard change également, mais je ne saurais dire quoi précisément.

Elle posa la tasse sur la table de chevet, la main tremblante, comme si elle n'avait pas assez de force pour la tenir en même temps qu'elle parlait.

– Que vas-tu faire ? demanda-t-elle. Est-ce que tu vas lui donner naissance ?

– Oui.

– Et après ?

Je ricanai.

– Qu'en penses-tu ?

– Rien, répondit-elle. Dis-moi.

– Ils vont le prendre. Ils vont me le prendre et l'offrir à quelqu'un.

Alice m'examina avec discernement, comme si j'étais transparente, mais elle n'ajouta rien. À croire qu'elle savait ou, du moins, se doutait que j'avais un autre choix, une issue.

Il se passe quelque chose d'étrange chez les individus pleinement conscients de leur mort prochaine, comme si leurs sens étaient affûtés et acquéraient une acuité surhumaine, une vision radiographique, la capacité de lire dans l'esprit, de voir le futur, comme s'ils comprenaient soudain tout ce qu'éprouvent les autres, toutes leurs émotions et réactions. Soit c'est vraiment le cas, soit nous voulons y croire, car cette idée rend la mort plus acceptable et nous aide en quelque sorte à nous réconcilier avec elle.

– Enfin, essaie de ne pas en vouloir à Elsa, répéta Alice.

– Je ne lui en veux pas. C'est elle qui m'en veut.

– Essaie de la comprendre. J'aurais pu réagir comme elle, si ce n'était pas… s'il n'y avait pas eu ça.

Elle se frappa le crâne du bout du doigt.

– Essaie de la comprendre, reprit-elle. (Je craignis qu'elle n'entre à nouveau dans une phase de perte de la mémoire à court terme, mais elle poursuivit.) Tu n'as pas oublié ce que cela fait de perdre une amie à cause d'un enfant, j'espère ?

– Mais elle n'est pas en train de me perdre. Je suis là, je ne vais pas disparaître. Et si quelqu'un va subir une perte, c'est moi : je vais perdre mon enfant.

Alice me considéra à nouveau de ce regard clair et lucide. Je n'ajoutai rien de plus et nous demeurâmes silencieuses un moment. Elle tendit à nouveau la main vers sa tasse. Je lui présentai une assiette contenant deux tartines au fromage, mais elle secoua la tête. Elle semblait encore plus fatiguée à présent et j'avais l'impression de la regarder littéralement s'évanouir, petit à petit, sous mes yeux. Je me sentais indiciblement triste, comme si une trappe s'était ouverte en moi, et je ne pus m'empêcher de pleurer. Dans une vaine tentative pour cacher mes larmes, je détournai le visage.

– Dorrit, ma chérie…, dit Alice en reposant sa tasse sur la table de nuit.

– Je suis désolée ! pleurnichai-je. Je devrais être forte. Forte pour toi. C'est juste que je ne supporte pas, que je déteste l'idée de te perdre !

– Je le sais, Dorrit, répondit-elle calmement. C'est un réconfort pour moi de le savoir. Et cela me suffit. Tu n'as pas besoin d'être forte.

C'était la première fois de ma vie qu'on me disait que je n'avais pas à être forte.

– Ça ne te dirait pas de venir dans le lit à côté de moi un moment ? Je crois que ça nous ferait du bien à toutes les deux.

J'acquiesçai, me mouchai dans l'une des serviettes posées sur le plateau, soulevai les couvertures et me faufilai à côté d'Alice. Elle était chaude, brûlante comme un poêle.

C'est la dernière véritable conversation que j'eus avec l'Alice que j'avais appris à connaître. Pour la dernière fois elle réalisa que c'était à moi qu'elle parlait plus de deux minutes d'affilée. Dans la semaine qui suivit, elle fit son don final. Un petit garçon atteint de diabète reçut des cellules insulaires de son pancréas et l'une des personnalités de la télévision les plus populaires du pays, mère de deux enfants, reçut le rein qui lui restait.

40

Je n'avais pratiquement pas touché à mon projet d'écriture pendant les mois qui venaient de s'écouler. J'avais uniquement lu ce que j'avais écrit : une trentaine de pages – un bon début, quand même, m'étais-je dit. Mais un bon début ne vous mène pas loin si vous n'avez aucune idée de la progression éventuelle de votre histoire, surtout si vous ne vous souvenez plus de la signification que vous vouliez lui donner. C'était comme si le train était parti, celui qui transportait le thème de mon récit et ma motivation.

Je fis toutefois une dernière tentative juste après le don final d'Alice. Je pensais probablement que ce projet m'apporterait un semblant de consolation, susceptible de me permettre de retrouver mon envie. Je m'installai donc sur mon extraordinaire chaise de bureau avec soutien pour les lombaires, la nuque et les bras, allumai l'ordinateur. Je restai assise là très longtemps, trois ou quatre heures, voire plus. Je tapai quelques lignes avant de les effacer, puis recommençai avant de les effacer à nouveau. Je sortis un bloc-notes et décidai d'écrire à la main. Je barrai les phrases que j'avais rédigées, tournai la page et essayai encore et encore, mais non… Cela n'aboutit qu'à me mettre en colère et à me fatiguer. Pour finir, je sélectionnai avec détermination le document sur l'écran et le plaçai dans la corbeille avant d'éteindre l'ordinateur. Je m'appuyai contre le dossier et le repose-tête. Mon regard tomba sur le tableau de Majken représentant le fœtus malformé dont on ne savait s'il grimaçait de douleur ou souriait avec dédain. Et c'est alors, à cet instant précis, que je perçus pour la première fois un mouvement dans mon ventre. Un mouvement bref et fugace, un peu comme une bulle d'air, qui n'avait rien à voir avec mon processus de digestion.

Je baissai les yeux vers mon abdomen et le phénomène se reproduisit : un coup de pied ou une poussée, peut-être même un mouvement de la tête, comment aurais-je pu le savoir, c'était le premier signe tangible que quelque chose non seulement grandissait, mais vivait et s'agitait là-dedans, au fond de moi.

– Bonjour toi, chuchotai-je en appuyant doucement une main contre mon ventre par-dessus ma chemise. Bonjour, mon petit.

Je n'accomplis rien d'autre ce jour-là. J'appelai simplement le laboratoire n° 4 où je participais à une expérience psychologique, sans danger mais agaçante, sur les notions d'espace vital, de territoire, etc. Je les avertis que j'avais besoin de me reposer. L'équipe responsable de cette étude se montrait très compréhensive : ils savaient que j'attendais un enfant et que j'étais fatiguée et légèrement nauséeuse, en permanence, et ils étaient psychologues – c'était donc leur boulot de comprendre, supposais-je. Allongée sur le lit, je sortis le fossile de ma poche gauche et restai là, tenant la pierre, la tournant et la retournant dans une main, tandis que l'autre était posée sur mon ventre sous ma chemise.

Au bout d'une heure et demie, je sentis un autre mouvement, semblable à une bulle en moi et, en même temps, une très légère pression contre ma paume, quasi imperceptible. J'y répondis par une pression délicate. Un autre mouvement, presque comme une réponse. J'en restai bouche bée puis j'éclatai de rire avant de me mettre à pleurer. Je me levai, allai à la salle de bains, urinai et me lavai le visage. Puis je retournai me coucher et m'endormis profondément.

Si quelqu'un m'avait demandé si ces premiers coups de pied et poussées m'avaient rendue heureuse ou triste, je n'aurais su que répondre. J'ignorais si mes sentiments étaient liés à l'attente ou à la perte, à la sensation d'être deux ou seule.

Quelques jours plus tard, je passai une échographie, réalisée par Amanda Jonstorp en personne. Elle pressa un tube pour en extraire une masse de gel clair ; c'était froid, ça chatouillait et je ne pus m'empêcher de pouffer. Elle me sourit puis attrapa la sonde et commença à la faire glisser sur mon ventre en alternant des petits mouvements et des gestes plus amples. En même temps, elle fixait avec une grande concentration un écran d'ordinateur que je ne pouvais voir.

– Tout a l'air normal ?

– Oui, tout semble parfait, répondit Amanda. Mieux que je m'y attendais, pour être franche.

– Je peux regarder maintenant ?

– Pardon ? dit-elle en s'arrêtant brusquement au milieu d'un mouvement glissant sur mon ventre.

Je compris alors que je n'étais pas censée voir l'enfant sur cet écran, que je n'étais pas censée me promener avec un cliché flou de mon échographie pour le montrer à tous ceux que je croisais et qui ne trouvaient pas assez rapidement une excuse pour y échapper.

Des taches rouges auréolaient les joues d'Amanda et elle me fit penser à Petra Runhede lorsqu'elle continua en butant sur les mots :

– Je... je... suis vraiment désolée, Dorrit. Je pensais... je pensais que vous... aviez compris... Vous devez concevoir que nous aurions tort de vous encourager à... à... développer des liens avec le fœtus.

Tandis que je me dirigeais vers les ascenseurs au niveau de l'accueil de la clinique, j'enfonçai la main dans ma poche et touchai la carte. Lorsque je portais sur moi le petit morceau de papier froissé contenant mon message à l'intention de Potter, j'avais eu l'occasion à plusieurs reprises de changer de vêtements. C'était aussi le cas depuis ce jour de février où on m'avait donné la carte et, maintenant, j'étais vraiment devenue douée pour la faire discrètement passer du pantalon sale destiné à la lessive dans le pantalon propre que je sortais du placard. Je la tenais contre ma paume avec mon pouce et faisais en sorte de garder le dos de ma main tourné vers le haut jusqu'à ce que je l'ai enfouie dans la poche de devant. Simultanément, je tâchais de détourner l'attention en effectuant un geste de l'autre main : me gratter la tête, la placer devant ma bouche en toussant, soulever le couvercle du panier à linge pour y jeter le pantalon sale, lisser un pli ou ramasser un fil. J'étais silencieuse, rapide et discrète ainsi que Tache-de-naissance me l'avait conseillé.

Cette carte avait constamment été présente à mon esprit au cours des derniers mois. J'avais souvent réitéré ce geste, enfoncer ma main dans ma poche pour la toucher, comme je le faisais à cet instant, et chaque fois, je m'étais répété le code : 9844… 9844… Mais je n'avais rien accompli de plus, pas encore. Je n'avais pas décidé si j'allais l'utiliser ou non. Je ne me risquai pas à choisir tout de suite non plus, mais cette fois, j'eus le sentiment que tout ce qui était associé à cette carte – les possibilités, les risques et l'incertitude – était remonté dans la partie du cerveau qui pense de manière active. Et je compris que j'avais atteint le point où il fallait que je me décide.

Je ne sais pas si ce changement en fut la cause, ou si j'aurais probablement fini par voir la scène, mais juste au moment où je sortais du foyer de l'hôpital, la main glissée dans la poche, me dirigeant vers l'ascenseur H, je remarquai dans un renfoncement jouxtant la rangée d'ascenseurs, un membre du personnel qui tripotait quelque chose, le visage tourné vers le mur. Celui-ci était vert tilleul à cet endroit, exactement de la teinte de la chemise d'uniforme que la femme arborait. Il faisait assez sombre dans ce recoin, mais pas assez pour que je ne la distingue pas. L'instant suivant, je la vis se tenir devant une porte étroite dépourvue de poignée, de la même couleur que le mur, entourée d'un chambranle lui aussi exactement de la même nuance de vert. L'employée trifouilla sur le côté. Sa manœuvre se déroula très vite, il ne lui fallut que deux ou trois secondes pour effectuer les gestes nécessaires à l'ouverture de la porte, une ou deux de plus pour l'entrouvrir et se faufiler derrière. La porte se referma rapidement et silencieusement sur elle.

41

Vivi était restée toujours aussi élégante, avec ses membres fins et son charme naturel. Cependant, elle se déplaçait plus lentement et avec une certaine raideur quand elle poussait son petit chariot pour ranger les livres à l'intérieur de la bibliothèque. Je l'aperçus à travers la grande baie vitrée donnant sur la place alors que j'arrivais pour rendre deux films et un livre.

Au cours des deux dernières semaines, j'avais limité mes sorties au strict minimum. J'avais passé le plus clair de mon temps en compagnie de mes propres pensées et de mon ventre qui grossissait à vue d'œil. Il se voyait à présent, ce ventre, je ne pouvais plus le cacher, même sous les vêtements les plus amples et épais. Cependant, il n'était pas encore assez gros pour qu'un observateur puisse être sûr à cent pour cent que j'étais enceinte rien qu'en me regardant quand j'étais habillée. Du moins, c'est ce que je pensais. Quand j'entrai dans la bibliothèque et que Vivi se rendit compte de ma présence, elle s'arrêta net et s'exclama :

– Waouh ! Je veux dire : Salut ! Je ne t'ai pas vue depuis un sacré moment, Dorrit !

Elle abandonna le chariot chargé de livres entre deux rayonnages et vint me rejoindre d'un pas lent au niveau du bureau de prêt.

Elle avait perdu de gros paquets de ses épais cheveux brillants et portait désormais un foulard noué autour de la tête, qui rapetissait son visage mais agrandissait ses yeux et sa bouche, lui donnant une apparence fragile et vulnérable.

– Comment vas-tu ? demandai-je timidement.

– Bien.

– Et… Elsa ?

– Pas trop mal. Un peu mieux que dernièrement, en fait.

Je posai le livre et les films sur le comptoir et m'apprêtai à lui dire de transmettre mes salutations à Elsa lorsqu'elle me lança :

– Qu'y a-t-il entre vous ces temps-ci ? Vous ne vous voyez jamais. Elle ne parle pas de toi. Quand je lui pose une question à propos de toi, elle change de sujet. Que s'est-il passé ?

– Elle ne t'a rien dit ?

– Non, c'est ce que je suis en train de t'expliquer : elle ne dit rien.

Voilà ce qu'il en était : Elsa n'avait pas fait part de notre conversation à Vivi, de notre dispute. Elle ne lui avait pas annoncé que j'attendais un enfant.

– Tu plaisantes, s'exclama-t-elle lorsque je lui dis la vérité.

Puis elle éclata de rire.

– Et moi qui imaginais que tu te consolais en mangeant ou quelque chose de ce style. Ou que tu participais peut-être à une expérience qui te faisait gonfler, que tu étais obligée d'ingurgiter des tas de sucreries et de biscuits à longueur de journée et que tu n'avais pas le droit de faire du sport ou quoi que ce soit. Ces chercheurs ont parfois des idées si farfelues. Et, en fait, tu…

Elle s'interrompit et me demanda :

– Mais comment est-ce arrivé ? Je veux dire, comment est-ce possible ? Est-ce que tu as reçu un traitement hormonal ? Est-ce qu'on t'a implanté des ovules fécondés ?

– Pourquoi aurais-je fait cela ?

– Pas de ta propre initiative, bien sûr. Mais on aurait pu te l'imposer, non ? Pendant que tu étais sous anesthésie.

– Mais je n'ai pas été anesthésiée. Pas depuis que j'ai donné mon rein et cela remonte à belle lurette. Seule une femelle éléphant resterait enceinte aussi longtemps.

– Je vois, répondit-elle. Alors, tu as été fécondée de manière naturelle ?

– Je pense.

Je m'apprêtai à partir. J'étais fatiguée et Vivi semblait tendue. À cet instant, elle dit d'une voix chaude et grave :

– Est-ce que c'est Johannes qui…

J'acquiesçai.

– Est-ce qu'il… est-ce qu'il a su avant… ?

– Juste avant, confirmai-je.

Elle me regarda. C'en était trop pour moi, ce regard plein de compassion. Je détournai les yeux et déglutis. Alors elle allongea ses grands bras, m'attira contre elle, m'enlaça et me caressa le dos. Elle était presque aussi grande que Johannes, le sommet de mon crâne atteignait son menton. Je fermai les yeux, la laissant m'envelopper, posant la joue contre sa poitrine. Son odeur m'évoquait le miel et les champs de colza en fleurs. Je pensai à Jock, à ma maison décrépie, aux fermes et aux prairies alentour. Je pensai au début de l'été en Scanie, au vent et au bruit des tracteurs, aux merles, aux rossignols, aux jeunes corneilles, aux enfants des voisins en train de jouer, au bois empilé, au linge accroché à une corde entre deux pommiers, battant dans la brise, et je me représentai mon mobilier de jardin peint en bleu. Et là, sur l'une des chaises, je vis Johannes en train de gratter Jock derrière les oreilles tandis que j'avançais vers eux en portant un plateau avec du café et des biscuits. Je voyais la scène comme s'il s'agissait d'un souvenir et je ne pleurai pas, mais ma gorge était comme déchirée, comme si j'avais pleuré et que mes jambes étaient sur le point de se dérober.

Vivi me conduisit jusqu'à une chaise derrière le bureau. Je m'assis. Elle alla me chercher un verre d'eau, puis elle s'installa à côté de moi, un bras autour de mes épaules. Je bus un peu d'eau. Nous demeurâmes ensuite simplement là, derrière le bureau, jusqu'à ce que des usagers arrivent et requièrent l'aide de Vivi.

42

Elsa était allongée sur la pelouse dans le jardin d'hiver, étendue sur le flanc sur une couverture, au soleil. Sa tête reposait sur son bras et il y avait un livre ouvert près d'elle. Mais elle ne lisait pas, elle dormait. Sa cage thoracique se soulevait en longues inspirations profondes, régulières, presque totalement débarrassées de ce râle à présent, même si elle toussait de temps en temps dans son sommeil. J'étais dans l'ombre sur le sentier gravillonné, à quelques mètres à peine d'elle. Elle me manquait. Oserais-je la rejoindre, aller m'asseoir tout près d'elle afin d'être là à son réveil ?

Je le fis. J'avançai sur le gravier qui crissait sous mes pieds, puis dans l'herbe silencieuse et m'assis, les jambes croisées, à un bras de distance en face d'elle pour ne pas projeter d'ombre sur son corps.

J'avais beaucoup pensé à ce qu'Alice m'avait dit : « Tu n'as pas oublié ce que cela fait de perdre une amie à cause d'un enfant, j'espère ? » Bien sûr que je n'avais pas oublié le sentiment qu'on éprouve lorsqu'on a l'impression soudaine d'être rejetée d'un cercle intime, repoussée à la périphérie. Se retrouver en deuxième, troisième, quatrième… dernière position. Être traitée comme une personne ignorante, inférieure. Être exclue et, paradoxalement, considérée comme acquise. Dans la communauté extérieure, mes vieux amis en devenant parents avaient continué à me fréquenter, mais quand nous nous rencontrions, ils se montraient distants, parfois condescendants et toujours inaccessibles, comme enveloppés d'une aura invisible, du moins lorsque leurs enfants étaient en bas âge. L'étrange, c'est que ce phénomène se produisait uniquement chez les femmes. Les hommes, eux, étaient certes très préoccupés par l'enfant et bouleversés d'être pères, sans parler, ensuite, du chaos engendré par la naissance de leur deuxième enfant, chaos qui s'intensifiait lorsque arrivaient le troisième, le quatrième… Les hommes, donc, étaient absorbés. Les femmes, elles, semblaient être sous Valium : elles parlaient, riaient, acquiesçaient et souriaient, mais sans vraiment être présentes. On aurait dit qu'elles concentraient toute leur énergie et tout leur intérêt sur une seule entité : l'enfant.

J'avais toujours pensé qu'il s'agissait d'une attitude délibérée, qu'elles choisissaient de se fermer à quasiment tout le monde en dehors de l'enfant, dont l'existence dépendait évidemment d'elles. J'avais toujours été convaincue qu'il s'agissait d'une décision consciente d'établir des priorités. Aujourd'hui, je n'en étais plus aussi sûre. Maintenant que je portais ce qui allait devenir un enfant, je remarquai que je changeais, que j'étais de plus en plus tournée vers moi-même. J'aurais eu du mal à le définir, mais je commençais à percevoir que cette autosuffisance des parents que j'avais connus n'était peut-être pas une question de choix. Non pas que je ne me souciais plus de mes amis. Mes sens étaient aiguisés comme jamais auparavant, surtout mon odorat et mon ouïe, j'étais sensible et facilement émue. Mais simultanément j'étais de moins en moins réceptive aux chagrins et aux problèmes des gens de mon entourage, à leur joie et à leur bonheur aussi, en réalité. Mes amis comptaient beaucoup pour moi – les quelques rares qu'il me restait. Je ne pensais pas moins à eux qu'auparavant, bien au contraire. J'appréciais énormément les nouveaux, Görel, Mats, d'autres encore, j'étais immensément reconnaissante à Vivi d'être une si bonne amie et je pleurais Alice, Lena, Erik, Vanja, Majken, tous ceux que j'avais perdus. Elsa, qui était allongée là devant moi, la tête posée sur le bras, me manquait tellement que j'avais l'impression qu'on m'arrachait le cœur. J'aimais voir mes amis et passer du temps avec eux. Lors de nos rencontres, j'enregistrais tout ce qu'ils disaient et je réagissais, mais une seconde plus tard, leurs paroles étaient évacuées de mon esprit, comme la pluie sur une voiture qui vient d'être lustrée : rapidement, sans friction et sans qu'une seule goutte ne laisse de trace. C'était étrange : d'un côté, j'étais plus sensible que jamais ; d'un autre côté, je me fermais aux autres.

En percevant ce changement dans ma propre attitude, je n'avais pu m'empêcher de me demander s'il pouvait avoir une cause biologique, s'il pouvait s'agir d'un comportement primitif chez les mammifères femelles auquel la femme n'échappait pas, tout comme nous n'échappions pas au fait que si nous voulions devenir mères de manière naturelle, contrairement aux hommes, nous n'avions pas tout notre temps.

Quoi qu'il en soit, il me fallait bien admettre qu'Elsa avait raison. J'avais l'intention de le lui avouer dès qu'elle se réveillerait, et je le fis. À peine avait-elle pris conscience de ma présence, je lui dis :

– Tu avais raison, Elsa, je me dandine effectivement en arborant un air suffisant et supérieur comme toutes ces salopes de *nécessaires* de la communauté extérieure.

Elle s'assit, ramena ses cheveux en arrière, bâilla et se frotta les yeux.

– Ah oui ?

– Mais, poursuivis-je, je dois te dire que cette suffisance n'a absolument rien à voir avec l'augmentation du capital économique humain. Ce n'est pas cette forme de fierté ; cela n'a rien à voir avec ce que je peux faire pour la société ou la valeur que j'ai acquise à ses yeux. Tout repose ici et ici. (Je posai la main sur mon ventre puis sur ma tête.) Et je n'y peux absolument rien. Ce n'est pas un phénomène que je contrôle, il se produit, c'est tout. Je suis à la merci de mes hormones.

– D'accord, répondit-elle. Je comprends. Je comprends que c'est une chose que je ne comprends pas. Je suppose que ça ne te dirait rien d'aller nager plutôt que de rester ici à parler pour ne rien dire…

J'éclatai de rire sans le vouloir. Je me relevai, lui tendis la main et l'aidai à se redresser avec galanterie. Elle ramassa son livre, *Les Hauts de Hurlevent* d'Emily Brontë, je pliai sa couverture et nous partîmes gaiement vers la galerie, nous arrêtant pour saluer Mats qui creusait des trous dans une plate-bande, uniquement vêtu d'un short, de grosses bottes et d'une ceinture à laquelle étaient fixés des outils. Sur une brouette derrière lui, il y avait des buissons en pots prêts à être plantés. Au loin, sur un banc, je vis Potter avec ses lunettes rondes à montures noires. Il mordait dans une pomme en feuilletant un magazine. C'était l'heure du déjeuner et des gens entraient ou sortaient du restaurant la Terrasse en se pressant dans l'escalier. Toujours bras dessus bras dessous, Elsa et moi émergeâmes sur la promenade de l'atrium et prîmes le premier ascenseur pour rejoindre le complexe sportif.

Nous nageâmes lentement et longuement, côte à côte, en silence. Ensuite, nous nous rendîmes au sauna. Je m'installai en bas, le plus près possible de la porte, l'entrouvrant de temps en temps, ne me rappelant plus ce qu'on m'avait dit sur les femmes enceintes et les saunas : était-ce bon ou mauvais ? Elsa était assise tout en haut, là où il faisait le plus chaud, sur le troisième banc, et s'appuyait contre le mur. Nous ne parlâmes guère, nous contentant essentiellement de profiter de notre amitié retrouvée. De temps en temps, l'une disait à l'autre sur un ton indolent quelque chose du style : « Tu es au courant qu'un tel participe à une expérience sur ceci ? » ou « Un tel a fini avec cela, tu le savais ? » ou encore « Tu te souviens de ce type au village qui était comme ci et qui faisait toujours cela ? »

Quand nous décidâmes finalement que nous en avions assez du sauna, Elsa descendit et me dit :

– Dorrit, tu te rappelles ce que nous nous sommes promis au début ?

Je me souvenais. Peu après la mort de Majken, nous nous étions fait la promesse que le jour où l'une de nous deux découvrirait que son nom figurait sur la liste des dons finaux, elle le dirait à l'autre – en lui précisant aussi *à quelle date* afin que l'autre n'ait pas à chercher partout une personne qui n'existerait plus.

– Oui, répondis-je en levant les yeux vers elle alors qu'elle se tenait devant moi, son corps émacié et couvert de cicatrices, dégoulinant de sueur. Pourquoi ?

– Est-ce que cela tient toujours ?

– Je suppose que oui, répliquai-je tandis que l'angoisse m'étreignait la poitrine et la comprimait violemment.

Ne me dites pas que l'heure est arrivée ! suppliai-je. Ne me dites pas que nous allons devoir nous quitter maintenant alors que nous venons de nous retrouver, ne me dites pas qu'elle va… Ma voix tremblait lorsque je répétai en appuyant sur la question :

– *Pourquoi ?*

– Oh, répondit Elsa en avançant vers la porte et en l'ouvrant, je voulais simplement vérifier. Je voulais m'assurer que c'est toujours valable. Que tu ne vas pas juste disparaître. Que tu ne seras pas juste partie un de ces jours sans m'avoir prévenue à l'avance.

Soulagée, je me levai et la suivis. Mes jambes tremblaient tellement j'avais eu peur et tant mon soulagement était grand. Dans la salle des douches, elle se tourna vers moi.

– Est-ce qu'on peut se le promettre, Dorrit ? Est-ce qu'on peut se le promettre à nouveau ?

– Bien sûr, Elsa. Bien sûr.

– Parfait, dit-elle. (Sa voix trahissait son émotion. Elle tremblait, fragile, en poursuivant.) On conclut la promesse en se serrant la main ?

Nous le fîmes puis nous nous étreignîmes, debout, nues, couvertes de sueur sur le carrelage à l'extérieur du sauna. Une femme aux cheveux blancs courts nous sourit en passant. Elle me rappela un peu Lena, même si son visage était plus allongé et étroit et son expression plus lasse.

Ce n'est que plusieurs heures plus tard, au cours de la nuit, alors que j'étais seule dans mon lit, une main posée sur mon ventre et le regard fixé au plafond, que je réalisai : « disparaître » ne signifie pas nécessairement « faire son don final ». Ce mot pouvait tout aussi bien signifier « partir », « s'enfuir ». Et si je décidais de partir, de m'enfuir, je ne pourrais pas tenir la promesse faite à Elsa à moins de lui révéler mon secret, ce qui impliquerait de rompre le serment que j'avais prononcé de ne jamais parler à qui que ce soit de la carte. Je ne suis pas le genre de personne à trahir sa parole. Je ne suis pas le genre de personne qui trahit la confiance des autres. Par exemple, en rédigeant cette histoire, je me suis bien gardée de révéler les vraies circonstances dans lesquelles j'ai reçu cette carte. Aucun des infirmiers que j'ai rencontrés quand je me suis précipitée au service de chirurgie ce jour-là n'avait de tache de naissance. Ce n'est pas non plus l'un d'eux qui m'a donné la carte. La conversation avec la personne qui me l'a remise ne s'est, en réalité, pas déroulée dans la salle de repos où j'attendais en regardant le parc recouvert de neige et les canards, mais dans une autre pièce, dans une autre partie de l'Unité, à un autre moment. Et le code n'est pas du tout 9844.

Non, je ne suis pas le genre de personne qui rompt ses promesses. Et je me trouvais face à un dilemme.

Je me retournai du côté qui était celui de Johannes. Je posai une main sur l'oreiller où sa tête reposait habituellement. L'enfant dans mon ventre se retourna également, puis nous nous endormîmes.

43

Dans les journaux, à la radio et à la télévision, tout indiquait le début de l'été. On avait célébré les fêtes nationales, d'abord la norvégienne puis la suédoise, en agitant des drapeaux devant les membres des familles royales de sortie pour l'occasion et en organisant des défilés au son des fanfares. L'euphorie habituelle lors de ces cérémonies cédait progressivement la place à celle qui prévalait au moment de la Saint-Jean. Dans les journaux, les talk-shows et les documentaires, s'essoufflaient le débat sur la pertinence de la monarchie et l'éternelle question de savoir pourquoi les Norvégiens déployaient beaucoup plus d'énergie que les Suédois dans la célébration de leur fête nationale. On recommençait à nous abreuver de tout un tas de sujets, graphiques à l'appui, sur le prix des fraises et des pommes de terre nouvelles, sur les mâts de la Saint-Jean tout juste érigés, autour desquels on s'apprêtait à danser, sur les variations d'une région à l'autre du costume national, sur les chevaux de bois du Dalarna, sur les îles de l'archipel, sur les bals organisés dans des granges, sur les chaumières peintes en rouge, sur le hareng et l'aquavit, sur les fêtes alcoolisées et les dangers de la conduite en état d'ébriété. Visiblement, on préservait les vieilles traditions dans le monde extérieur. Mais, ici, à l'intérieur de l'Unité, nous n'en célébrions aucune. Nulle trace de drapeaux ou de mâts de la Saint-Jean. L'aquavit et le hareng ne figuraient pas au menu. Nous pouvions manger des fraises fraîches toute l'année puisqu'elles poussaient dans la serre de la galerie et je n'avais jamais entendu personne parler du prix des pommes de terre. Personnellement, j'ai toujours trouvé que la variété nouvelle a un goût farineux déplaisant.

La prochaine fête de bienvenue mensuelle approchait et j'avais décidé de m'y rendre. Je voulais faire preuve de féminité dans ma tenue, mais mes robes ne m'allaient plus. Je m'en tins donc à un pantalon, une chemise et une veste. J'avais grossi de partout et j'avais même un début de double menton. Pour ceux qui ne me connaissaient pas ou n'étaient pas au courant de mon état et qui ne s'attendaient pas à voir une femme enceinte parmi les personnes *superflues*, je suppose que j'avais tout simplement des rondeurs, et ça me convenait parfaitement : je ne voulais en aucun cas choquer l'un des arrivants et ne souhaitais pas causer un sentiment de malaise ou de consternation. Pas ce soir. J'étais d'humeur à m'amuser, à danser et à faire de nouvelles connaissances.

Je me coiffai puis restai devant le miroir à fixer mon reflet, tantôt de face, tantôt de profil. J'enfonçai mes mains dans mes poches – dans celle de gauche se trouvait le fossile et dans celle de droite, la carte. Je me redressai. Je semblais forte. Il était facile de comprendre pourquoi les gens aimaient à le croire. Je semblais invincible, en pleine possession d'une certaine autorité.

Le menu était constitué d'une salade de pommes et de chou-fleur accompagnée d'un assaisonnement à base de yogourt, de darnes de saumon servies avec une sauce teriyaki et des légumes poêlés. En dessert, nous eûmes droit à une crème au chocolat parfumée à l'orange avec du mascarpone et des brisures de biscuits. Je partageai une table avec Mats, Vivi et une nouvelle venue, Miranda, qui était sculptrice. Comme la plupart des arrivants, elle se montrait fort peu loquace et pignochait dans son assiette, l'air malheureuse. Je décidai de lui parler pendant la fête pour essayer de lui apporter un peu de réconfort. Nous engageâmes la discussion lors du repas d'abord, puis au bar où nous essayâmes différents cocktails décorés de petites ombrelles.

Le groupe n'avait pas encore commencé à jouer et les haut-parleurs diffusaient une musique lente et rythmée à un volume assez faible. Miranda me parlait de son travail. Elle réalisait des sculptures en argile de toutes dimensions – les plus grandes de la taille d'un être humain et les plus petites de celle d'un dé à coudre – évoquant des figures anthropomorphes contorsionnées. Elle avait, ainsi qu'elle l'exprimait, « un faible pour les corps difformes » et percevait une grande beauté dans ce qui était tordu, déformé et couvert de cicatrices.

– En fait, il y a quelque chose de beau dans la souffrance. Y compris dans la douleur purement physique. Est-ce que ça paraît pervers ? Est-ce que j'ai l'air d'une psychopathe ?

– Euh... Peut-être. Je suppose qu'un œil artistique, un œil qui n'évalue pas et n'analyse pas, mais observe avant tout, devrait être capable de trouver de la beauté partout.

– Oh, c'est tellement agréable de parler à quelqu'un qui comprend ! Parce que c'est exactement ça ; ce n'est pas une question d'évaluation. Qu'une personne soit malformée ou souffre sur le plan psychologique ou physique, la question n'est pas de savoir si c'est une bonne chose. Je pense simplement que c'est beau.

Quelque chose en elle me rappelait Majken, me faisait penser au « côté obscur » de Majken ; Miranda lui ressemblait, mais en négatif, en quelque sorte. Je lui parlai alors du tableau représentant le fœtus malformé qui était accroché au-dessus de mon bureau, dans mon appartement.

– J'aimerais vraiment le voir, me répondit Miranda.

Je lui indiquai où se trouvait mon appartement en lui disant qu'elle serait toujours la bienvenue. J'avais à peine achevé ma phrase que le groupe de rock monta sur scène. Au bout de deux ou trois mesures, je reconnus la ballade « *For my girl* ». Du coin de l'œil, je vis une silhouette s'approcher, la démarche pleine d'assurance, le dos droit, leste, les manches de chemise retroussées, les avant-bras musclés, le visage hâlé et rayonnant de santé, arborant un sourire légèrement effronté mais également timide, des yeux pétillants à l'expression espiègle qui, me sembla-t-il, cherchaient mon regard. Lorsqu'il s'approcha, je tournai lentement le visage vers lui. Je m'apprêtai à l'entendre dire : « Dorrit, tu es magnifique ce soir » et à le voir se baisser pour me baiser la main.

Mais c'était quelqu'un que je n'avais jamais vu auparavant. Il ne s'arrêta pas, il passa juste devant moi en m'adressant un signe de tête poli.

Miranda me dit quelque chose que je ne compris pas car la musique était plus forte à présent. J'allais lui demander de répéter quand un mouvement se produisit en moi, une poussée ou un coup de pied. Par pur réflexe, je pressai ma main sur mon ventre. Une autre poussée contre ma main, très nette. C'était comme si nous topions là ensemble et je voulais le dire à quelqu'un – non, pas à *quelqu'un*, je voulais dire à Johannes, à lui et à personne d'autre, que je venais juste de toper là avec notre bébé. Je voulais prendre sa main et la poser sur mon ventre, sentir sa chaleur, le laisser percevoir les mouvements de notre enfant. Le laisser dire bonjour à son bébé.

Miranda s'était rapprochée, tout à côté de moi. J'avais l'impression qu'elle était ennuyée, mais je n'entendais rien de ses paroles. Je devais avoir l'air d'une attardée, à la fixer ainsi, le regard vide et stupide, comme si, tout à coup, je n'avais pas la moindre idée de qui il s'agissait. Le bébé devait appuyer sur ma vessie, car, subitement, je ressentis l'envie irrépressible d'uriner. Je repris alors mes esprits, adressai un sourire contrit à Miranda et m'excusai :

– Pardon, que disais-tu ?

– Ça ne va pas ? cria-t-elle presque.

– Si, si, ça va. C'est juste… c'est juste… c'est cette chanson, elle… Des vieux souvenirs, tu sais.

Elle hocha la tête.

– Tu as envie de danser ?

– Avec joie, mais il faut d'abord que j'aille aux toilettes, répondis-je. Ma vessie va exploser. Je reviens tout de suite.

Je me frayai un chemin au milieu de la foule de joyeux fêtards, résidents et membres du personnel confondus ; beaucoup de visages connus, d'autres vaguement familiers et quelques-uns totalement étrangers. Je saluai, fis des signes de main à gauche et à droite et j'atteignis bientôt les toilettes tout au fond de la salle : une rangée de portes avec des gens qui entraient et sortaient. Des voix grondant, riant et criant, de la musique hurlant depuis la salle : « *This is for my girl, this is for my woman, for my world. Baby, baby, this is all for you...* »

Le bébé devait avoir retiré son pied de ma vessie ou bougé ses fesses, sa tête ou son coude, car la pression avait disparu. Soudain, je ne ressentis plus du tout le besoin d'uriner. Et c'est peut-être pour cette raison que je remarquai trois portes supplémentaires sans le symbole « toilettes » en bout de rangée. Elles étaient plus petites et avaient l'air d'être un élément de décoration, des fausses portes plutôt que des vraies, sans plaque ni poignée. Tout en sautillant devant l'une d'elles, faisant mine, autant que possible, d'être extrêmement pressée, je pus m'en approcher suffisamment et repérer l'étroite fente métallique intégrée au chambranle.

Sans réfléchir – comme si j'étais en pilotage automatique, me contentant de fonctionner et d'agir tel un robot – je sortis la carte de ma poche et la glissai dans la fente. Un petit interstice s'ouvrit immédiatement dans l'encadrement de la porte, révélant un clavier pas plus grand que celui d'un téléphone portable. Dans un état proche de la transe provoquée par la panique, je tapai le code, ouvris, franchis le seuil et, sans même essayer de voir où j'avais atterri, je saisis la poignée et appuyai résolument dessus pour refermer.

La lumière était incroyablement vive. Je baignais dans l'éclat d'un néon blanc et un silence complet. J'avais l'impression que que mon cœur faisait autant de bruit que le tonnerre enregistré en boucle et rediffusé à très grande vitesse. Il me fallut quelque temps – plusieurs secondes ? plusieurs minutes ? – avant que mes yeux s'habituent à cette lumière froide. Je réalisai enfin que je me trouvais sur un palier dans une cage d'escalier, exactement comme la personne que j'appelle « la tache de naissance » me l'avait indiqué, et mes émotions me submergèrent. La panique me saisit, pénétra à l'intérieur de mon corps, se précipitant dans mes veines et mes artères, filant et grondant au plus profond de moi.

Monter ou descendre ? Je réfléchis frénétiquement, haussai les épaules et commençai à monter en courant ; la salle des fêtes se situait au niveau K1 et devait donc être au sous-sol. Après avoir franchi quelques étages, je me souvins brusquement de mon bref séjour dans la salle de repos du service de chirurgie : une fenêtre donnait sur le monde extérieur alors qu'elle était censée se situer au niveau dit sous-sol.

Je fis demi-tour et descendis en courant, deux étages, trois, puis encore une demi-volée de marches qui finissaient devant une autre porte, imposante et métallique. La fente n'était pas cachée dans le chambranle, mais se trouvait sur le mur à côté, bien en vue, avec un clavier comme ceux qu'on trouve dans les magasins pour composer le code de sa carte de crédit.

La main tremblante – tremblante et moite – je passai la carte, mon autre main voletant au-dessus du clavier, prête, et… oh non ! On aurait dit que le code avait été totalement effacé de ma mémoire. Le code était… oui, voilà, je m'en souvenais. Je tapai 9488. Rien ne se produisit, pas de clic. J'appuyai quand même sur la poignée, mais la porte était verrouillée, évidemment.

J'essayai à nouveau : 9948. Rien.

4899 alors ? Non.

Quelque chose clochait avec ces chiffres ; c'étaient les bons, mais l'ensemble était faux. Mon corps entier tremblait à présent, la transpiration dégoulinait dans mon dos, j'avais la bouche sèche et j'étais au bord des larmes, presque hystérique, ma tête tournait… C'est alors que ce refrain futile résonna soudain dans ma tête et mit un terme au tournis : « *This is for my girl, this is for my woman, for my world. Baby, baby, this is all for you…* »

Je recouvrai immédiatement mon calme, mon esprit redevint parfaitement clair et je composai avec détermination la combinaison 9844. La porte réagit en émettant un léger clic. J'appuyai sur la poignée, poussai le lourd battant, sortis, fis quelques pas… La porte se referma derrière moi.

J'étais dehors. À l'extérieur. Une brise soufflait, ce fut la première chose que je remarquai. Je la sentais sur mon visage, dans mes cheveux, les soulevant et les emmêlant. Je sentais qu'elle faisait légèrement claquer mes jambes de pantalon contre mes mollets. Il faisait presque noir; le soleil dardait ses derniers rayons brûlants d'une bande encore rutilante à l'horizon vers une partie du ciel déjà sombre et envahie d'étoiles. Il ne faisait pas froid, mais très frais. La nuit allait sans doute être assez frisquette.

Je demeurai là un moment, juste devant la porte, sentant le vent qui passait ses doigts invisibles dans les feuilles des arbres, faisant s'incliner les fleurs des buissons de lilas et chuchoter les bouleaux. Je me trouvais dans un parc, avec des pelouses et des allées gravillonnées. L'une d'elles prenait sur la gauche, loin après le coin du bâtiment. Au-delà, tout n'était qu'obscurité. Devant moi, à peu de distance sur ma droite, je distinguais une mare au milieu de buissons bas. Des grands arbres se dressaient derrière et leurs immenses frondaisons se balançaient. C'était la mare que j'avais vue depuis la fenêtre de la salle de repos, ce jour de février. Ma première impulsion fut de me précipiter dans sa direction, de dépasser les buissons et de m'enfoncer parmi les arbres pour me cacher. Toutefois, je soupçonnais qu'il devait y avoir des caméras de surveillance à l'extérieur: si quelqu'un me voyait courir, cela paraîtrait suspect et attirerait l'attention. Pourquoi une employée quitterait-elle son lieu de travail en courant, en se précipitant dans les buissons pour se cacher? Non, ce serait stupide, raisonnai-je, la seule action intelligente était de suivre l'allée qui tournait à l'angle. Et c'est ce que j'entrepris.

Le gravier crissait sous mes pieds – produisant un bruit assourdissant, me semblait-il – et je redoutais à tout moment d'entendre des pas précipités derrière moi, d'être ramenée à l'intérieur du bâtiment sous bonne escorte par deux gardes vigoureux, ou qu'une équipe de surveillance me guette à la sortie de la courbe. Mais personne ne se lança à ma poursuite, aucune patrouille n'était embusquée. Une fois franchi le coin du bâtiment, je m'aperçus dans l'atmosphère spectrale et romantique du crépuscule, dans un mélange de soleil vespéral et d'obscurité souligné par la lueur des réverbères, que le sentier traversait une zone herbeuse en direction d'une clôture basse en bois blanc percée d'un portail grand ouvert. Je franchis la vingtaine de mètres qui me séparaient de cet ouvrage ridiculement bas qui m'arrivait à peine aux genoux. Ce portail était totalement inutile, mais le sentier y menait. Je le franchis donc et me retrouvai sur une route éclairée, à gauche comme à droite, sur une cinquantaine de mètres.

De chaque côté de la chaussée s'étendaient des champs et des bosquets, parsemés de fermes et de maisons individuelles. Leurs éclairages extérieurs scintillaient telles des lanternes sur la mer, la nuit. Le soleil couchant illuminait encore l'horizon d'un flamboyant rose doré. C'était donc l'ouest – ou plutôt le nord-ouest puisque nous étions proches de la Saint-Jean. Je pus ainsi déterminer que la route était orientée nord-sud, approximativement. Après un moment d'hésitation, je décidai de me diriger vers le nord.

Arrivée au-delà des réverbères, alors que la lumière crépusculaire au nord-ouest s'était transformée en une faible lueur grise, je fus cernée par la nuit noire et froide. À chaque pas, j'avais l'impression de m'enfoncer de plus en plus dans le néant complet. Je n'avais pas peur, je ne ressentais pas d'inquiétude, juste de l'incertitude. Je ne voyais absolument rien devant moi. Je regardais en l'air : au-dessus de ma tête, le ciel était si limpide que même les étoiles les plus éloignées étaient visibles – certaines à une telle distance qu'elles n'ont jamais été nommées et qu'elles n'apparaissent sur aucune carte des constellations. Le ciel en était rempli. Plus proche, bien en dessous de ces millions d'étoiles anonymes, je repérai la Petite Ourse, Johannes m'avait appris à le faire. Et puis la Grande Ourse et, juste à côté, tout au bout, dans l'axe des deux astres, brillait l'étoile Polaire.

QUATRIÈME PARTIE

44

J'ai tout juste eu le temps de l'apercevoir, malgré tout. Un instant, un instant seulement… Elle avait des cheveux noirs. Son visage était lisse et délicat, comme celui d'une poupée. Elle avait le nez de Johannes, sa lèvre supérieure et sa bouche. Son menton aussi, je pense. Mais il y avait bien quelque chose de ma mère dans ses traits, peut-être au niveau du front ou de la forme de son visage. Ce n'était qu'un petit paquet en position fœtale : bras et jambes repliés, poings serrés incroyablement minuscules, les doigts d'une main refermés autour de son pouce. Les yeux bien clos, ses orteils se pliant et se dépliant au rythme de ses pleurs.

Voilà ce que j'ai vu et entendu quand la sage-femme l'a tenue devant moi. Elle était réelle, vivante et en bonne santé. Puis on l'a emportée. Et on m'a recousue sur la table d'opération où j'avais subi une anesthésie, de la cage thoracique jusqu'aux pieds.

Petra Runhede m'avait dit : « Prévenez-moi si je peux faire quelque chose pour vous, Dorrit. »

Elle l'avait dit le lendemain du don final de Johannes et, de manière amusante, elle le répéta quand je tombai sur elle au milieu de la foule présente à la fête, quelques minutes à peine après mon retour de ma balade nocturne sous les étoiles. J'étais restée dehors à peu près une heure et j'avais eu tout loisir de réfléchir à un certain nombre de choses. Je sus très exactement ce qu'elle pouvait faire pour moi lorsqu'elle réitéra sa proposition.

– D'accord, répondis-je. Voulez-vous que je vous le dise maintenant ?

– Aucun problème. Allons nous asseoir dans un endroit plus tranquille.

Nous allâmes dans le foyer. Il était meublé de tables basses, de canapés à dossier bas et de tabourets rembourrés, un peu comme dans un hall d'aéroport impersonnel, au confort réduit au strict minimum. Je m'installai sur l'un des canapés et Petra s'assit un tabouret en face de moi. Elle sortit un bloc-notes et un stylo de la poche intérieure de sa veste. Elle me fit un petit signe de la tête, affichant son éternel air de sincérité.

– Trois choses, entrepris-je. Je veux être éveillée pendant la césarienne. Je veux voir l'enfant et je veux… (Je tendis ma jambe gauche afin de pouvoir plonger la main dans ma poche, sortis le fossile et le tins sur ma paume devant Petra.)… qu'on lui remette ça. Je veux que les parents adoptifs promettent de le lui donner en même temps qu'une lettre de moi lorsqu'il commencera à poser des questions sur ses parents biologiques… au plus tard quand il atteindra sa majorité. La lettre ne contiendra rien qui révélerait que ses parents étaient des *superflus*. Pouvez-vous prendre les mesures nécessaires ?

Petra nota frénétiquement, puis elle releva les yeux.

– Oui, je pense. Bien sûr, je ne peux vous garantir que les parents tiendront effectivement leur promesse, mais je peux certainement obtenir qu'ils signent un accord.

Elle s'engagea à me recontacter lorsqu'elle aurait davantage d'informations. Je la remerciai et nous regagnâmes la fête où nos chemins se séparèrent. Je retournai auprès de Miranda. Je justifiai mon absence en prétextant que j'avais rencontré quelqu'un qui était bouleversé et avait besoin de parler.

– À te voir, répondit Miranda, j'aurais plutôt pensé que c'est toi qui avais besoin de parler à quelqu'un.

J'éclatai de rire et lui assurai que j'allais très bien. Je lui demandai alors si elle avait toujours envie de danser. Et c'était le cas.

Nous sommes à nouveau en février. Huit mois se sont écoulés depuis la fête. Il y a environ quatre mois, j'ai donné naissance à mon enfant. Deux raisons expliquent pourquoi j'ai survécu si longtemps.

Premièrement, je tenais à finir la rédaction de ce texte – même si mon manuscrit atterrira vraisemblablement, comme bien d'autres, dans quelque travée souterraine sous la Bibliothèque royale à Stockholm. Si toutefois il y parvient et n'est pas purement et simplement détruit.

Deuxièmement, Vivi a été admise pour son don final juste après ma césarienne et je voulais être là pour Elsa, comme elle l'avait été pour moi après celui de Johannes.

À présent, Elsa aussi est partie. Plus personne n'a besoin de moi, même pas moi. Il ne me reste plus que quelques lignes à écrire et c'en sera terminé. Demain, à cette heure-ci, mon cœur et mes poumons appartiendront à une autre personne, en l'occurrence une femme politique locale, mère de deux enfants.

Je tiens à préciser que la mère de ma fille est une femme célibataire âgée de quarante-deux ans, directrice d'une petite société de recrutement dans le secteur du commerce et de la bureautique. J'ai vu une photo d'elle. Elle est assez jolie, malgré un air un peu triste. Elle a fait plusieurs fausses couches et était inscrite depuis longtemps sur la liste d'attente pour adopter. On m'a également proposé de voir un cliché d'elle en compagnie de ma fille, mais j'ai refusé.

D'après Petra Runhede, la mère adoptive n'a fait aucune difficulté pour s'engager par écrit à transmettre le galet et la lettre selon mes instructions, bien au contraire. Évidemment, je ne peux pas être sûre que Petra dise la vérité, mais j'ai décidé de faire comme si c'était le cas, tout comme j'ai décidé de croire que la mère adoptive ne rompra pas sa promesse.

Dans la lettre destinée à ma fille, j'ai écrit quelques-unes des choses que je lui aurais apprises si j'avais choisi la liberté en sa compagnie, plutôt que de la confier à une personne en mesure de lui offrir la sécurité et la chance d'avoir une vie digne. J'ai écrit qu'à sa naissance, elle avait le nez, la bouche et le menton de son père et que si je ressemblais à ma mère, alors elle avait le front et la forme du visage de la sienne. J'ai écrit que le galet avec le fossile conique appartenait à son père, mort avant sa naissance, que c'était tout ce qu'il me restait de lui. Je voulais le lui léguer en guise de souvenir. J'ai écrit qu'il l'avait trouvé sur la plage entre Abbekås et Mossbystrand le jour où nous nous étions rencontrés dans le crépuscule de novembre, alors qu'il ramassait des galets et que je promenais mon chien.

Cet ouvrage a été composé par
IGS-CP à L'Isle-d'Espagnac
et achevé d'imprimer par l'Imprimerie France Quercy
Dépôt légal : juin 2011
N° d'édition : 1110/01
N° d'imprimeur : 10509/
Imprimé en France

Beilage II: Funktionsuntersuchung bei gebrochen rationalen Funktionen

Definitionsmenge: $\mathbb{D}_f = \mathbb{R} \setminus \{\text{Nullstellen des Nenners}\}$

Symmetrie: $f(-x) = f(x)$ Achsensymmetrie zur y-Achse
$f(-x) = -f(x)$ Punktsymmetrie zum Ursprung

Nullstellen: $f(x) = 0$ setzen. Es gibt Nullstellen mit bzw. ohne VZW.
Beachte: Bei gebr.rat. Funktionen muß der Nenner untersucht werden!

Definitionslücken:
- Pol: i. a. Nullstelle von Nenner, nicht aber Zähler (mit oder ohne VZW)
- hebbare Lücke: i. a. gemeinsame Nullstelle von Zähler und Nenner.
  In Zweifelsfällen Grenzwerte bilden!

Asymptoten:
Grad Zählerpolynom < Grad Nennerp.: x-Achse
Grad Zählerp. = Grad Nennerp.: Parallele zur x-Achse
Grad Zählerp. > Grad Nennerp.: „schräg“ verlaufende Gerade (Polynomdivision)

Vorzeichenuntersuchung:
- Funktionsterm zerlegen
- Tabelle anlegen

Schnittpunkt mit der y-Achse: $f(0)$ berechnen
(die Berechnung weiterer Punkte bleibt freigestellt)

Ableitungsfunktionen: $f'(x)$, $f''(x)$ und ggf. $f'''(x)$ berechnen

Extrema:
- $f'(x) = 0$ setzen, Nullstellen bestimmen
- Prüfen, ob $f''(x_0)$ größer oder kleiner Null ist, oder ob VZW von $f'(x)$ bei x_0 vorliegt.
- Zugehörige y-Werte berechnen.

Wendepunkte:
- $f''(x) = 0$ setzen, Nullstellen bestimmen
- Prüfen, ob $f'''(x_0) \neq 0$ ist, oder ob VZW von $f''(x)$ vorliegt.
- Zugehörige y-Werte berechnen.

Graph zeichnen

Beilage I: Funktionsuntersuchung bei ganzrationalen Funktionen

Symmetrie: $f(-x) = f(x)$ Achsensymmetrie zur y-Achse
$f(-x) = -f(x)$ Punktsymmetrie zum Ursprung

Nullstellen: $f(x) = 0$ setzen. Es gibt Nullstellen mit bzw. ohne VZW.
Beachte: Bei gebr.rat. Funktionen muß der Nenner untersucht werden!

Grenzwerte für $x \to \infty$ oder $x \to -\infty$:
Entscheidend ist die höchste Potenz von x und ihr Vorzeichen.

Vorzeichenuntersuchung:
- Funktionsterm in Faktoren zerlegen
- Tabelle anlegen

Schnittpunkt mit der y-Achse: $f(0)$ berechnen
(die Berechnung weiterer Punkte bleibt freigestellt)

Ableitungsfunktionen: $f'(x)$, $f''(x)$ und ggf. $f'''(x)$ berechnen

Extrema:
- $f'(x) = 0$ setzen, Nullstellen bestimmen
- Prüfen, ob $f''(x_0)$ größer oder kleiner Null ist, oder ob VZW von $f'(x)$ bei x_0 vorliegt.
- Zugehörige y-Werte berechnen.

Wendepunkte:
- $f''(x) = 0$ setzen, Nullstellen bestimmen
- Prüfen, ob $f'''(x_0) \neq 0$ ist, oder ob VZW von $f''(x)$ vorliegt.
- Zugehörige y-Werte berechnen.

Graph zeichnen

Beilage zu ISBN 3-12-922031-3

Uwe Bergmann

TRAINING Kurvendiskussion

Rationale Funktionen Sekundarstufe II

Lösungsheft

Ernst Klett Verlag
Stuttgart München Düsseldorf Leipzig

Inhalt

Satz: Zechnersche Buchdruckerei, Speyer
Druck: W. Röck, Weinsberg
Beilage zu 3-12-922031-3

I. Kurvendiskussion mit elementaren Mitteln

1. Die Definitionsmenge

1

a) $\frac{1}{4} = 0{,}25$; $-0{,}2$; 2; $\frac{1}{0{,}6} = \frac{5}{3} = 1{,}\overline{6}$

b) kein Ergebnis, da $\frac{1}{0}$ nicht definiert ist

2

	0	1	−1	2	−2	3	−3
$\frac{1}{x^2-4}$	$-\frac{1}{4}$	$-\frac{1}{3}$	$-\frac{1}{3}$	nicht definiert	nicht definiert	$\frac{1}{5}$	$\frac{1}{5}$
$\sqrt{x+2}$	$\sqrt{2}$	$\sqrt{3}$	1	2	nicht definiert	$\sqrt{5}$	nicht definiert

3

a) $x = -3$
b) $x = \frac{6}{5} = 1{,}2$
c) $x = 0$ oder $x = -4$
d) $x = 1$ oder $x = -1$

4

a) $\mathbb{D}_f = \mathbb{R} \setminus \{-2{,}5\}$
b) $\mathbb{D}_f = \mathbb{R} \setminus \{0;\ 1\}$
c) $\mathbb{D}_f = \mathbb{R} \setminus \left\{0;\ -\frac{1}{3}\right\}$
d) $\mathbb{D}_f = \mathbb{R} \setminus \{0;\ 6\}$
e) $\mathbb{D}_f = \mathbb{R} \setminus \{5;\ -5\}$
f) $\mathbb{D}_f = \mathbb{R} \setminus \{0\}$
g) $\mathbb{D}_f = \{x \in \mathbb{R} \mid x \geq -5\}$
h) $\mathbb{D}_f = \{x \in \mathbb{R} \mid x \geq 2\}$
i) $\mathbb{D}_f = \{x \in \mathbb{R} \mid x \geq 0\}$
j) $\mathbb{D}_f = \left\{x \in \mathbb{R} \mid x \geq -\frac{1}{3}\right\}$
k) $\mathbb{D}_f = \{x \in \mathbb{R} \mid x \leq 2\}$
l) $\mathbb{D}_f = \{x \in \mathbb{R} \mid x \geq 0\}$

5

a) $y = 2^2 - 3 \cdot 2 + 4 = 2$; $y = 8$; $y = 2{,}75$; $y = 5{,}75$; $y = 4$

b) Nein!

6

a) $\mathbb{D}_f = \mathbb{R} \setminus \{3; -3\}$ **b)** $\mathbb{D}_f = \mathbb{R}$ **c)** $\mathbb{D}_f = \{x \in \mathbb{R} \mid x \geq 9\}$

d) $\mathbb{D}_f = \mathbb{R}$ **e)** $\mathbb{D}_f = \mathbb{R}$ **f)** $\mathbb{D}_f = \mathbb{R}$

2. Symmetrie

1

a)

x	−2,5	−2	−1,5	−1	−0,5	0	0,5	1	1,5	2	2,5
f(x)	6,25	4	2,25	1	0,25	0	0,25	1	2,25	4	6,25

b) Die Funktionswerte stimmen jeweils überein.

c) $f(3) = f(-3) = 9$ oder $f(4) = f(-4) = 16$ oder $f(10) = f(-10) = 100$

d) die y-Achse

2

a)

x	−2,5	−2	−1,5	−1	−0,5	0	0,5	1	1,5	2	2,5
f(x)	27,5625	9	1,5625	0	0,5625	0	0,5625	0	1,5625	9	27,5625

b) $f(-2,5) = f(2,5) = 27,5626$ oder $f(-2) = f(2) = 9$ oder $f(-1) = f(1) = 0$
Ja, es gilt $f(-x) = f(x)$.

c) die y-Achse

3

a) $f(-1) = 5 \neq f(1) = -3$; $f(-2) = 12 \neq f(2) = -4$. Nein!

b) Nein!

4

a)

x	−3	−2,5	−2	−1,5	−1	−0,5	0	0,5	1	1,5	2	2,5	3
f(x)	−27	−15,625	−8	−3,375	−1	−0,125	0	0,125	1	3,375	8	15,625	27

b) durch das Vorzeichen

c) ja **d)** nein **e)** ja

5

a) $f(-1)=-1$; $f(1)=1$; $f(-2)=-0{,}5$; $f(2)=0{,}5$; $f(-0{,}5)=-2$; $f(0{,}5)=2$. Es gilt $f(-x)=-f(x)$.

b) Punktsymmetrie zum Ursprung

6

a) und **d):** Achsensymmetrie zur y-Achse, $f(-x)=f(x)$

b) und **c):** Punktsymmetrie zum Ursprung, $f(-x)=-f(x)$

7

a) $f(-1)=5$; $f(1)=-5$; $f(-2)=4$; $f(2)=-4$; $f(-5)=-95$; $f(5)=95$

b) Punktsymmetrie zum Ursprung

8

a) $f(-x)=(-x)^4+5\cdot(-x)^2-3=x^4+5x^2-3=f(x)$
$\Rightarrow$ symm. zur y-Achse

b) $f(-x)=(-x)^5-3\cdot(-x)^3+(-x)=-x^5+3x^3-x=-(x^5-3x^3+x)=-f(x)$
$\Rightarrow$ punktsymm. zum Ursprung

c) $f(-x)=(-x)^7-4\cdot(-x)^5=-x^7+4x^5=-(x^7-4x^5)=-f(x)$
$\Rightarrow$ punktsymm. zum Ursprung

d) symm. zur y-Achse

e) symm. zur y-Achse

f) punktsymm. zum Ursprung

9

$f(-1)=6{,}75$; $f(1)=1{,}25$. Es liegt weder Punkt- noch Achsensymmetrie vor.

10

a) $f(-x)=(-x)^4-3\cdot(-x)^3+3\cdot(-x)=x^4+3x^3-3x$ ist ungleich $f(x)$ und ungleich $-f(x)=-x^4+3x^3-3x$ $\Rightarrow$ keine Symmetrie

b) symm. zur y-Achse

c) punktsymm. zum Ursprung

d) keine Symmetrie

e) keine Symmetrie

f) punktsymm. zum Ursprung

g) symm. zur y-Achse

h) punktsymm. zum Ursprung

11

a) $f(x) = 5x^3 - 6x^5 + 7x$, Exponenten von x sind 3, 5 und 1

$f(x) = \frac{2}{3}x^5 + \frac{3}{4}x$, Exponenten von x sind 5 und 1

$f(x) = x^7 - x^3 + x^5$, Exponenten von x sind 7, 3 und 5
Als Exponenten von x tauchen nur ungerade Zahlen auf.

b) $f(x) = 7x^6 + 12$; 6 und 0; $f(x) = 10x^4 + 5x^2 + 2$; 4, 2 und 0
Alle Exponenten von x sind gerade Zahlen.

c) Es kommen sowohl gerade als auch ungerade Exponenten von x vor.

12

a), **c)** und **g)**: punktsymm. zum Ursprung; **d)** und **e)**: symm. zur y-Achse;
b), **f)** und **h)**: keine Symmetrie

13

a) $f(-x) = \frac{-x}{(-x)^2+4} = \frac{-x}{x^2+4} = -\frac{x}{x^2+4} = -f(x)$

$\Rightarrow$ punktsymm. zum Ursprung

b) $f(-x) = \frac{(-x)^2+2}{(-x)^2-2} = \frac{x^2+2}{x^2-2} = f(x)$ $\Rightarrow$ symm. zur y-Achse

c) $f(-x) = \frac{1}{(-x)^2-(-x)} = \frac{1}{x^2+x}$ ist weder gleich $f(x)$ noch gleich $-f(x)$

$\Rightarrow$ keine Symmetrie

d) $f(-x) = \frac{-2x}{-x+2}$, keine Symmetrie

e) $f(-x) = f(x)$, symm. zur y-Achse

f) $f(-x) = \frac{x^2-2x+1}{x^2+1}$, keine Symmetrie

g) $f(-x) = \frac{-3x+4}{x^2}$, keine Symmetrie

h) $f(-x) = \frac{-x^3-x}{-x^3} = \frac{x^3+x}{x^3} = f(x)$, symm. zur y-Achse

i) $f(-x) = -f(x)$, punktsymm. zum Ursprung

j) $f(-x) = -f(x)$, punktsymm. zum Ursprung

14

a)

Funktion	Zähler der Funktion	Nenner der Funktion	Art der Symmetrie
$f(x) = \frac{x}{x^2+4}$	x	x^2+4	Punktsymmetrie
$f(x) = \frac{x^2+2}{x^2-2}$	x^2+2	x^2-2	Achsensymmetrie
$f(x) = \frac{x^2}{x^2+1}$	x^2	x^2+1	Achsensymmetrie
$f(x) = \frac{x^3+x}{x^3}$	x^3+x	x^3	Achsensymmetrie
$f(x) = \frac{x^3}{x^2+3}$	x^3	x^2+3	Punktsymmetrie
$f(x) = \frac{5-3x^2}{6x}$	$5-3x^2$	$6x$	Punktsymmetrie

b) Entweder gibt es im Zähler nur gerade und im Nenner nur ungerade oder im Zähler nur ungerade und im Nenner nur gerade Exponenten von x.

c) Entweder gibt es in Zähler und Nenner nur gerade oder in Zähler und Nenner nur ungerade Exponenten von x.

d) Im Zähler oder im Nenner kommen gleichzeitig gerade und ungerade Exponenten vor.

15

a) und **d)**: symm. zur y-Achse
b), **e)** und **g)**: keine Symmetrie
c), **f)** und **h)**: punktsymm. zum Ursprung

3. Nullstellen

1

a) an den Stellen $x=-2$, $x=0$ oder $x=3$

b) $f(0)=f(3)=f(-2)=0$

c) Die Nullstellen sind $x=-2$, $x=0$ und $x=3$.

d) Nein.

Lösen von Gleichungen n-ten Grades (ganzrational)

2

a)

$$
\begin{array}{l}
(x^3-9x^2+20x-12):(x-2)=x^2-7x+6 \\
\underline{-(x^3-2x^2)} \\
\quad -7x^2+20x-12 \\
\quad \underline{-(-7x^2+14x)} \\
\qquad\qquad 6x-12 \\
\qquad\quad \underline{-(6x-12)} \\
\qquad\qquad\qquad 0
\end{array}
$$

$\Rightarrow x^3-9x^2+20x-12=0$ läßt sich schreiben als $(x-2)\cdot(x^2-7x+6)=0$

b) $(x^4+3x^3-x^2-x+2):(x+1)=x^3+2x^2-3x+2$

c) $(x^4+3x^3-4x^2-9x+9):(x+3)=x^3-4x+3$

d) $(x^3-7x^2+14x-6):(x-3)=x^2-4x+2$

e) $(x^4-3{,}5x^3-x^2+2x-24):(x-4)=x^3+0{,}5x^2+x+6$

f) $(x^3-1):(x-1)=x^2+x+1$

g) $(x^4-2x^2+1):(x+1)=x^3-x^2-x+1$

h) $(x^4+2x^3-3x-6):(x+2)=x^3-3$

i) $(x^3-4x^2+4x-16):(x-4)=x^2+4$

j) $(x^4+5x^3+6x^2-6x-18):(x+3)=x^3+2x^2-6$

3

a) $\mathbb{L}=\{2;\ 3\}$ **b)** $\mathbb{L}=\{-4;\ 1\}$ **c)** $\mathbb{L}=\left\{\frac{1}{2}\right\}$

d) $\mathbb{L}=\{\ \}$ **e)** $\mathbb{L}=\{-3;\ -2\}$ **f)** $\mathbb{L}=\{-5;\ -4\}$

g) $\mathbb{L} = \{-4; 6\}$ **h)** $\mathbb{L} = \left\{\frac{1}{2}; \frac{1}{3}\right\}$ **i)** $\mathbb{L} = \{\ \}$

j) $\mathbb{L} = \{-1\}$ **k)** $\mathbb{L} = \{2; 10\}$ **l)** $\mathbb{L} = \{6; 7\}$

4

a) $\mathbb{L} = \{-2; 2; 4\}$ **b)** $\mathbb{L} = \{5; -3; 4\}$ **c)** $\mathbb{L} = \{-2; -0{,}5; 8\}$

d) $\mathbb{L} = \{4\}$. Es gibt keine weiteren Lösungen, denn die Polynomdivision liefert $(x^3 - 4x^2 + 3x - 12) : (x - 4) = x^2 + 3$ und die Gleichung $x^2 + 3 = 0$ besitzt keine Lösung.

e) $\mathbb{L} = \{-2; 3\}$ **f)** $\mathbb{L} = \left\{-3; -\frac{2}{3}; -\frac{1}{3}\right\}$ **g)** $\mathbb{L} = \{-2{,}5; 1\}$

h) $\mathbb{L} = \{2\}$. Restpolynom ist hier $x^2 + 4$.

5

a) $x = -1$ oder $x = 5$.
Linearfaktorzerlegung: $f(x) = (x+1)^2 \cdot (x-5)$

b) $x = -2$ oder $x = 3$.
Linearfaktorzerlegung: $f(x) = (x+2) \cdot (x-3) \cdot (x^2+6)$

c) $x = -1$ oder $x = 1$.
Linearfaktorzerlegung: $f(x) = (x+1) \cdot (x-1) \cdot (x^2+4)$

d) $x = -4$ oder $x = -2$ oder $x = -\frac{4}{3}$
Linearfaktorzerlegung: $f(x) = 3 \cdot (x+4) \cdot (x+2) \cdot \left(x + \frac{4}{3}\right)$
$= (x+4) \cdot (x+2) \cdot (3x+4)$

e) $x = -4$. Linearfaktorzerlegung: $f(x) = (x+4)^2 \cdot (x^2+1)$

f) $x = -3$ oder $x = 3$.
Linearfaktorzerlegung: $f(x) = 5 \cdot (x+3) \cdot (x-3) \cdot (x^2 + 1{,}2)$
$= (x+3) \cdot (x-3) \cdot (5x^2+6)$

g) $x = -2$ oder $x = \frac{1}{3}$.
Linearfaktorzerlegung: $f(x) = 6 \cdot (x+2)^3 \cdot \left(x - \frac{1}{3}\right)$
$= (x+2)^3 \cdot (6x-2)$

h) $x = -4$ oder $x = -3$ oder $x = \sqrt{7}$ oder $x = -\sqrt{7}$
Linearfaktorzerlegung: $f(x) = (x+4) \cdot (x+3) \cdot (x+\sqrt{7}) \cdot (x-\sqrt{7})$

6

a) $x=0$ **b)** $x\cdot(x^2-8x+12)=0$ **c)** $x=2$ oder $x=6$

7

a) $x\cdot(x^2+8x+7)=0$; Lösungen sind $x=0$ oder $x=-1$ oder $x=-7$

b) $x^2\cdot(2x^2-x-6)=0$ oder $2x^2\cdot(x^2-0{,}5x-3)=0$;
Lösungen sind $x=0$ oder $x=-1{,}5$ oder $x=2$

c) $x=0$ oder $x=-\frac{2}{3}$ oder $x=4$

d) $x=0$ ist einzige Lösung, da $x^2+2x+7=0$ keine Lösung besitzt.

e) $x=0$ oder $x=-1$ oder $x=2{,}5$

f) $x=0$ oder $x=3$

8

a) $z^2-5z+4=0$ **b)** $z=1$ oder $z=4$

c) $x^2=1$ liefert $x=-1$ oder $x=1$ als Lösungen,
$x^2=4$ liefert $x=-2$ oder $x=2$.
Insgesamt hat die Gleichung die vier Lösungen $x=-1;\ 1;\ -2;\ 2$.

9

a) $z^2-3z-4=0$ besitzt die Lösungen $z=-1$ oder $z=4$.
$x^2=-1$ liefert keine Lösung, $x^2=4$ jedoch $x=-2$ oder $x=2$.
Die Gleichung hat also zwei Lösungen in x, nämlich $x=-2$ oder $x=2$.

b) $\mathbb{L}=\{-3;\ 3;\ -1;\ 1\}$ **c)** $\mathbb{L}=\{-0{,}5;\ 0{,}5\}$ **d)** $\mathbb{L}=\{-1{,}5;\ 1{,}5\}$

e) $\mathbb{L}=\{\ \}$, denn $2z^2+3z+1=0$ besitzt die Lösungen $z=-1$ oder $z=-0{,}5$.

f) $\mathbb{L}=\{-2;\ 2;\ -0{,}5;\ 0{,}5\}$

Nullstellen ganzrationaler Funktionen

10

a) $x=-2$ oder $x=-1$ oder $x=2$ oder $x=3$ **b)** –

c)
$$\begin{aligned} g(x) &= (x+1)\cdot(x+2)\cdot(x-3)\cdot(x-2)\\ &= (x^2+3x+2)\cdot(x^2-5x+6)\\ &= x^4-5x^3+6x^2+3x^3-15x^2+18x+2x^2-10x+12\\ &= x^4-2x^3-7x^2+8x+12=f(x) \end{aligned}$$

11

$f(x) = (x+4)\cdot(x+0{,}5)\cdot(x-1)\cdot(x-6) = x^4 - 2{,}5x^3 - 23{,}5x^2 + 13x + 12$

12

a) drei Nullstellen: $f(x) = 2x^4 - x^3 - 6x^2$ Aufg. 7 b)

zwei Nullstellen: $f(x) = 5x^4 - 39x^2 - 54$ Aufg. 5 f)

eine Nullstelle: $f(x) = x^4 + 8x^3 + 17x^2 + 8x + 16$ Aufg. 5 e)

keine Nullstelle: $f(x) = 2x^4 + 3x^2 + 1$ Aufg. 9 e)

b) Nein. Eine derartige Funktion ließe sich in ein Produkt aus mindestens fünf Linearfaktoren zerlegen, und beim Ausmultiplizieren entstünde mindestens ein Term mit x^5.

13

Es gehören zusammen: a) und β); b) und γ); c) und α); d) und ε); e) und δ).

14

a) zwei Nullstellen: $x = -1$ oder $x = 5$

b) eine Nullstelle: $x = 0$

c) drei Nullstellen: $x = -2$ oder $x = 2$ oder $x = 4$

d) eine Nullstelle: $x = 4$

15

α) $f(x) = x^3$

β) $f(x) = x^3 - 4x^2 - 3x + 12$

γ) $f(x) = x^3 - 4x^2 - 4x + 16$

δ) $f(x) = x^3 - 3x^2 - 9x - 5$

16

a) $x = -4$ oder $x = 2$

b) –

c) $f(-5) = -12{,}25$; $f(-3) = 6{,}25$; unterschiedliche Vorzeichen

d) $f(1) = 1{,}25$; $f(3) = 1{,}75$; beide Vorzeichen sind positiv

17

a) Nullstelle mit Vorzeichenwechsel

Funktionswerte

positiv 0 negativ

b) Nullstelle ohne Vorzeichenwechsel

Funktionswerte

negativ 0 negativ

18

a) $f(x) = (x+2)^2 \cdot (x+6)$; $x = -2$ ist doppelte, $x = -6$ einfache Nullstelle

b) $f(x) = (x-1)^2 \cdot (x+3)^2$; $x = 1$ und $x = -3$ sind doppelte Nullstellen

c) $f(x) = (x+1) \cdot (2x-5)^2$; $x = -1$ ist einfache, $x = 2{,}5$ doppelte Nullstelle

d) $f(x) = (x+3) \cdot (x^2+1)$; $x = -3$ ist einfache Nullstelle

e) $f(x) = (x-1)^3 \cdot (x+2)$; $x = 1$ ist dreifache, $x = -2$ einfache Nullstelle

f) $f(x) = (x-4)^2 \cdot (x^2+3)$; $x = 4$ ist doppelte Nullstelle

19

a) und **b)**: 13 a) alle Nullstellen einfach und mit Vorzeichenwechsel (VZW)

13 b) –

13 c) $x = 0$: vierfache Nullstelle ohne VZW

13 d) alle Nullstellen einfach und mit VZW

13 e) $x = -2$: doppelte Nullstelle ohne VZW
$x = 0$ und $x = 2$: einfache Nullstellen mit VZW

20

α) $x = 0$: dreifach, mit VZW

β) $x = 4$: einfach, mit VZW

γ) alle einfach, mit VZW

δ) $x = -1$: doppelt, ohne VZW; $x = 5$: einfach, mit VZW

21

a) $x = -3$ oder $x = -2$ oder $x = 1$: einfache Nullstellen mit VZW

b) $x = 2$: einfache Nullstelle mit VZW

c) $x = 0$ oder $x = -5$: doppelte Nullstellen ohne VZW

d) $x = -2$: doppelte Nullstelle ohne VZW

e) $x = 0$ oder $x = \frac{2}{3}$ oder $x = 1{,}5$: einfache Nullstellen mit VZW

f) $x = 1$: doppelte Nullstelle ohne VZW;
$x = 2$ oder $x = 3$: einfache Nullstellen mit VZW

Nullstellen gebrochen rationaler Funktionen

22 $\frac{0}{5}$

4. Definitionslücken

1

a) $\mathbb{D}_f = \mathbb{R} \setminus \{-1\}$

b) $f(0) = f(1) = f(2) = 1$, alle Funktionswerte sind gleich 1.

c) Der Nenner des Bruchs wäre gleich Null!

d)

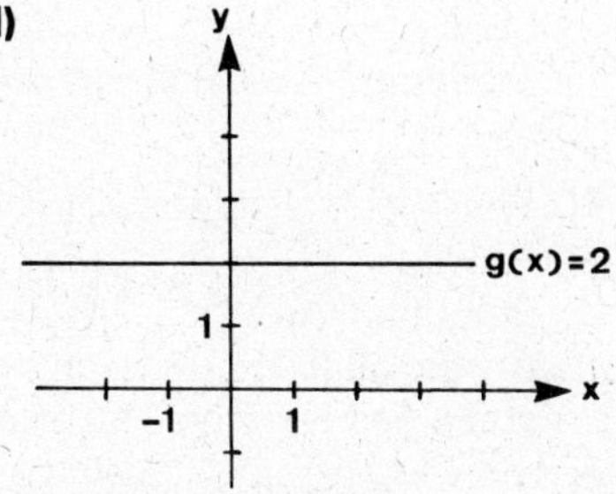

e) An der Stelle $x = -1$ fehlt beim Graphen von f ein Punkt.

2

a) $\mathbb{D}_f = \mathbb{R} \setminus \{2\}$, $\mathbb{D}_g = \mathbb{R}$

b) $f(0) = g(0) = 1$; $f(1) = g(1) = 2$; $f(-3) = g(-3) = -2$; $f(1{,}5) = g(1{,}5) = 2{,}5$

c) –

3

a) $f(1{,}5) = 2{,}5$; $f(1{,}7) = 2{,}7$; $f(1{,}9) = 2{,}9$; $f(1{,}99) = 2{,}99$ **b)** 3

c) $f(2{,}5) = 3{,}5$; $f(2{,}3) = 3{,}3$; $f(2{,}1) = 3{,}1$; $f(2{,}01) = 3{,}01$ **d)** Ja.

4

$(x^2 - x - 2) : (x - 2) = x + 1$

5

a) $\mathbb{D}_f = \mathbb{R} \setminus \{-3\}$

b) $f(-2{,}5) = -\dfrac{1}{6} = -0{,}1\overline{6}$; $f(-2{,}7) = -0{,}2\overline{3}$; $f(-2{,}9) = -0{,}3$

$f(-3{,}5) = -0{,}5$; $f(-3{,}3) = -0{,}4\overline{3}$; $f(-3{,}1) = -0{,}3\overline{6}$.

Der Grenzwert lautet vermutlich $-0{,}\overline{3} = -\dfrac{1}{3}$.

c) $(x^2 + 5x + 6) : (x + 3) = x + 2$, wir können also schreiben:

$f(x) = \dfrac{(x+2) \cdot (x+3)}{3 \cdot (x+3)}$, bei der Grenzwertbildung kann man $(x + 3)$ kürzen.

$$\lim_{\substack{x \to -3 \\ x < -3}} f(x) = \lim_{\substack{x \to -3 \\ x < -3}} \frac{x+2}{3} = -\frac{1}{3} = -0{,}\overline{3} = \lim_{\substack{x \to -3 \\ x > -3}} f(x)$$

6

a) Nullstellen des Zählers: -5 und 1; Nullstelle des Nenners: 1

$$f(x) = \frac{(x+5)\cdot(x-1)}{2\cdot(x-1)}; \quad \lim_{\substack{x\to 1\\ x<1}} f(x) = \lim_{\substack{x\to 1\\ x<1}} \frac{x+5}{2} = 3 = \lim_{\substack{x\to 1\\ x>1}} f(x)$$

Ergebnis: An der Stelle $x=1$ befindet sich eine hebbare Lücke.

b) $$f(x) = \frac{(x-4)\cdot(x+2)}{x(x+2)}; \quad \lim_{\substack{x\to -2\\ x<-2}} f(x) = \lim_{\substack{x\to -2\\ x<-2}} \frac{x-4}{x} = \frac{-6}{-2} = 3 = \lim_{\substack{x\to -2\\ x>-2}} f(x)$$

Ergebnis: An der Stelle $x=-2$ befindet sich eine hebbare Lücke. An der Stelle $x=0$ kann keine hebbare Lücke vorliegen, da sie nur Nullstelle des Nenners, nicht aber des Zählers ist.

c) $f(x) = \frac{(2x+3)\cdot(x-3)}{x-3}$; hebbare Lücke bei $x=3$ (links- und rechtsseitiger Grenzwert ist gleich 9)

d) $f(x) = \frac{x^2\cdot(x+4)}{2\cdot(x+4)}$; hebbare Lücke bei $x=-4$ (links- und rechtsseitiger Grenzwert ist gleich 8)

e) $f(x) = \frac{(2x+3)\cdot(2x-3)}{2\cdot(2x-3)}$; hebbare Lücke bei $x=1{,}5$ (Grenzwerte: 3)

f) $f(x) = \frac{(x-5)\cdot(x+3)}{x+3}$; hebbare Lücke bei $x=-3$ (Grenzwerte: -8)

7

a) $\mathbb{D}_f = \mathbb{R}\setminus\{3\}$

b) $$f(x) = \frac{(x-3)\cdot(2x+1)}{x-3}; \quad \lim_{\substack{x\to 3\\ x<3}} f(x) = \lim_{\substack{x\to 3\\ x>3}} f(x) = 7$$

c) Kürzt man den Faktor $(x-3)$ im Funktionsterm von $f(x)$, so erhält man $g(x)$. Daher enthält $g(x)$ alle Punkte von $f(x)$ und zusätzlich den Punkt $(3|7)$, der bei f fehlt.

d) –

8

a) $f(x) = \frac{x\cdot(x+5)}{2\cdot(x+5)}$; hebbare Lücke bei $x=-5$ (Grenzwerte: $-2{,}5$)

b) $f(x) = \frac{3\cdot(x-1)\cdot(x+2)}{x-1}$; hebbare Lücke bei $x=1$ (Grenzwerte: 9)

c) $f(x) = \dfrac{(x+2)\cdot(2x-3)}{2\cdot(2x-3)}$; hebbare Lücke bei $x = 1{,}5$ (Grenzwerte: 1,75)

d) $f(x) = \dfrac{x\cdot(x+1)\cdot(x+2)}{x\cdot(x+1)}$; hier gibt es zwei hebbare Lücken, und zwar an der Stelle $x = 0$ (Grenzwerte: 2) und bei $x = -1$ (Grenzwerte: 1)

e) $f(x) = \dfrac{(x+2)\cdot(x-2)}{x-2}$; hebbare Lücke bei $x = 2$ (Grenzwerte: 4)

f) $f(x) = \dfrac{(x+3)\cdot(x-1)}{2\cdot(x-1)}$; hebbare Lücke bei $x = 1$ (Grenzwerte: 2)

<u>Graphen:</u>

a)

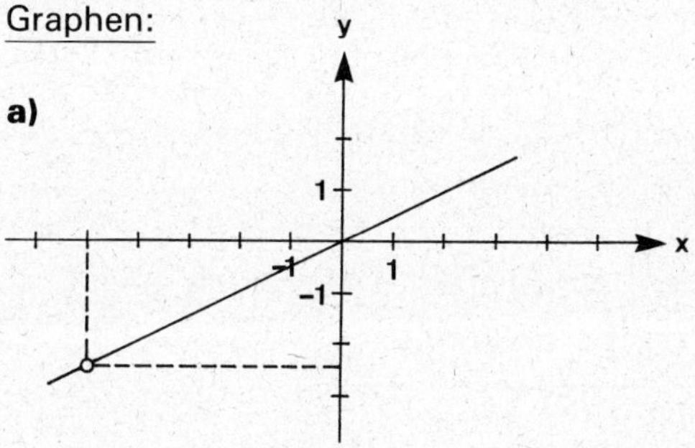

b)

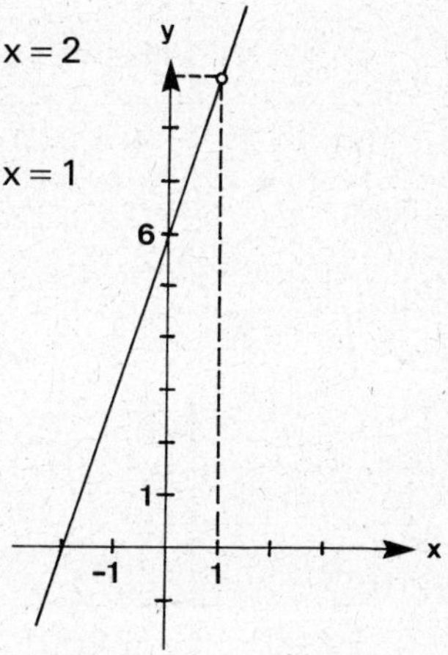

c)

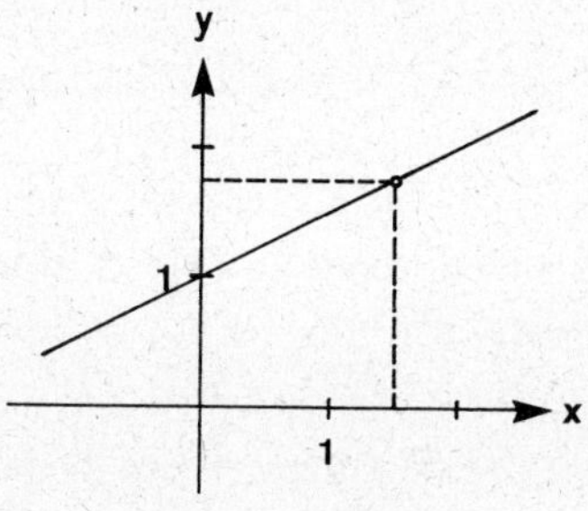

d)

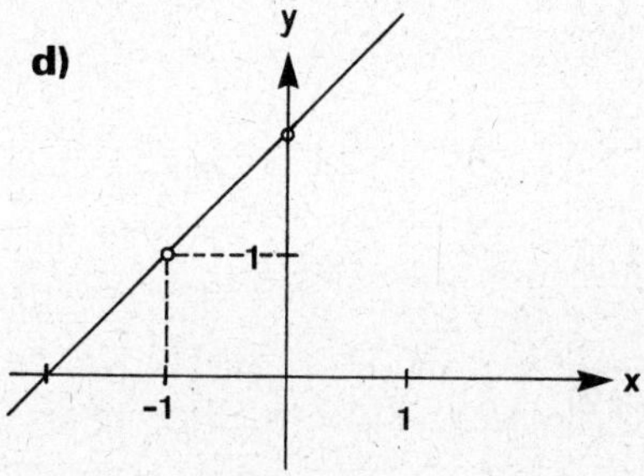

e)

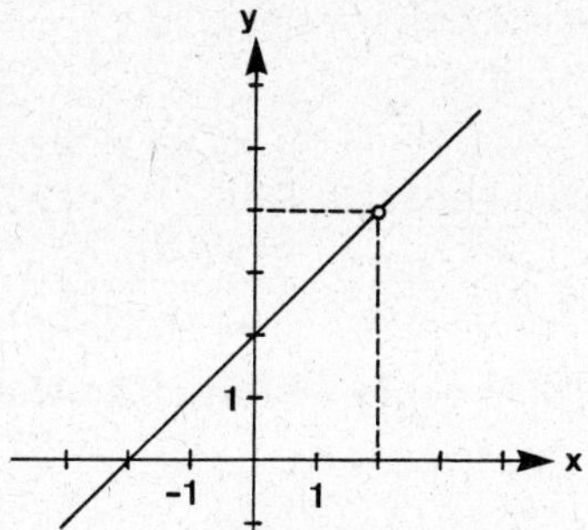

f)

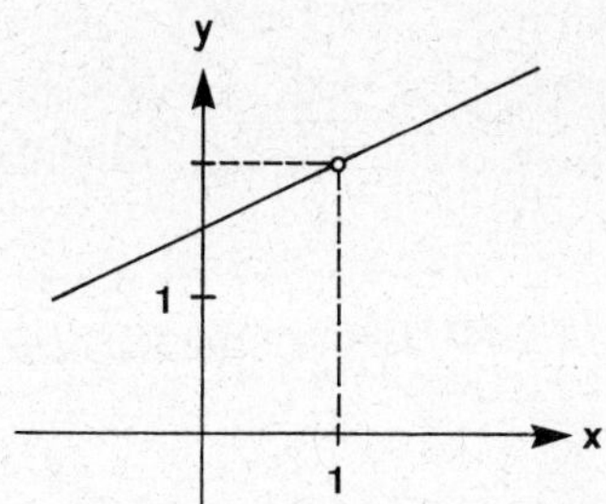

9

a) $\mathbb{D}_f = \mathbb{R} \setminus \{2\}$

b) $x = 2$ ist nur Nullstelle des Nenners.

c) Nein.

d)

x	1	1,5	1,7	1,9	1,99	1,999
f(x)	−3	−7	$-12,\overline{3}$	−39	−399	−3999

x	3	2,5	2,3	2,1	2,01	2,001
f(x)	5	9	$14,\overline{3}$	41	401	4001

e) Nein.

10

a) 4

b) 0

c)

x	x + 2	x − 2	$\frac{x+2}{x-2}$
2,01	4,01	0,01	401
2,0001	4,0001	0,0001	40001
2,000001	4,000001	0,000001	4000001

d) –

11

$$\lim_{\substack{x \to 2 \\ x < 2}} \frac{x+2}{x-2} = \underline{-\infty}$$

Zähler → $\underline{4}$
Nenner eine <u>sehr kleine negative Zahl</u> } <u>negativ</u> <u>unendlich</u>

12

a) $f(x) = \dfrac{x}{2 \cdot (x+2)}$ ⇒ −2 ist nur Nullstelle des Nenners

$$\lim_{\substack{x \to -2 \\ x > -2}} \frac{x}{2 \cdot (x+2)} = -\infty$$

Zähler → −2
Nenner eine sehr kleine positive Zahl } negativ unendlich

$$\lim_{\substack{x \to -2 \\ x < -2}} \frac{x}{2 \cdot (x+2)} = \infty$$

Zähler → −2
Nenner eine sehr kleine negative Zahl } positiv unendlich

b) $f(x) = \frac{3}{x}$, $x = 0$ ist nur Nullstelle des Nenners

$\lim\limits_{\substack{x \to 0 \\ x > 0}} \frac{3}{x}$ — Zähler gleich 3, Nenner eine sehr kleine positive Zahl } positiv unendlich

$= \infty$

$\lim\limits_{\substack{x \to 0 \\ x < 0}} \frac{3}{x}$ — Zähler gleich 3, Nenner eine sehr kleine negative Zahl } negativ unendlich

$= -\infty$

c) $\lim\limits_{\substack{x \to 3 \\ x > 3}} \frac{5}{x-3} = \infty$, $\lim\limits_{\substack{x \to 3 \\ x < 3}} \frac{5}{x-3} = -\infty$

d) $\lim\limits_{\substack{x \to 1 \\ x > 1}} \frac{x+3}{x-1} = \infty$, $\lim\limits_{\substack{x \to 1 \\ x < 1}} \frac{x+3}{x-1} = -\infty$

e) $\lim\limits_{\substack{x \to 5 \\ x > 5}} \frac{3x+5}{5-x} = -\infty$, $\lim\limits_{\substack{x \to 5 \\ x < 5}} \frac{3x+5}{5-x} = \infty$

f) $\lim\limits_{\substack{x \to 1{,}5 \\ x > 1{,}5}} \frac{x-2}{2x-3} = -\infty$, $\lim\limits_{\substack{x \to 1{,}5 \\ x < 1{,}5}} \frac{x-2}{2x-3} = \infty$

g) $\lim\limits_{\substack{x \to -\frac{1}{3} \\ x > -\frac{1}{3}}} \frac{1}{3x+1} = \infty$, $\lim\limits_{\substack{x \to -\frac{1}{3} \\ x < -\frac{1}{3}}} \frac{1}{3x+1} = -\infty$

h) $\lim\limits_{\substack{x \to 4 \\ x > 4}} \frac{2x}{x-4} = \infty$, $\lim\limits_{\substack{x \to 4 \\ x < 4}} \frac{2x}{x-4} = -\infty$

13

a) $\mathbb{D}_f = \mathbb{R} \setminus \{1\}$

b) $f(x) = \frac{3}{(x-1)^2}$

c) $\lim\limits_{\substack{x \to 1 \\ x > 1}} \frac{3}{(x-1)^2} = \infty$, $\lim\limits_{\substack{x \to 1 \\ x < 1}} \frac{3}{(x-1)^2} = \infty$

Die beiden uneigentlichen Grenzwerte haben dasselbe Vorzeichen.

d) Nein. Ein derartiger Punkt müßte als y-Koordinate ∞ besitzen, was nicht möglich ist.

14

a) $\lim\limits_{\substack{x\to -2\\ x>-2}} f(x) = \infty$, $\lim\limits_{\substack{x\to -2\\ x<-2}} f(x) = \infty$

b) $\lim\limits_{\substack{x\to 2\\ x>2}} f(x) = \infty$, $\lim\limits_{\substack{x\to 2\\ x<2}} f(x) = \infty$

c) $\lim\limits_{\substack{x\to 3\\ x>3}} f(x) = -\infty$, $\lim\limits_{\substack{x\to 3\\ x<3}} f(x) = -\infty$

d) $\lim\limits_{\substack{x\to 0\\ x>0}} f(x) = \infty$, $\lim\limits_{\substack{x\to 0\\ x<0}} f(x) = \infty$

15

a) $f(x) = \dfrac{x+2}{(x+1)^2}$, Pol ohne VZW an der Stelle $x = -1$, beide Grenzwerte ∞

b) Pol mit VZW an der Stelle $x = -0{,}5$, $\lim\limits_{\substack{x\to -0,5\\ x>-0,5}} f(x) = \infty$, $\lim\limits_{\substack{x\to -0,5\\ x<-0,5}} f(x) = -\infty$

c) Pol mit VZW an der Stelle $x = 3$, $\lim\limits_{\substack{x\to 3\\ x>3}} f(x) = -\infty$, $\lim\limits_{\substack{x\to 3\\ x<3}} f(x) = \infty$

d) $f(x) = \dfrac{4x}{(x+0{,}5)^2}$, Pol ohne VZW an der Stelle $x = -0{,}5$, beide Grenzwerte $-\infty$

e) $f(x) = \dfrac{(x+3)^2}{(x-3)^2}$, Pol ohne VZW an der Stelle $x = 3$, beide Grenzwerte ∞

f) Pol mit VZW an der Stelle $x = 0$, $\lim\limits_{\substack{x\to 0\\ x>0}} f(x) = \infty$, $\lim\limits_{\substack{x\to 0\\ x<0}} f(x) = -\infty$

16

a) Pol mit VZW bei $x = 3$, $\lim\limits_{\substack{x\to 3\\ x>3}} f(x) = \infty$, $\lim\limits_{\substack{x\to 3\\ x<3}} f(x) = -\infty$, Graph: β)

b) Pol mit VZW bei $x = 2$, $\lim\limits_{\substack{x\to 2\\ x>2}} f(x) = \infty$, $\lim\limits_{\substack{x\to 2\\ x<2}} f(x) = -\infty$, Graph: γ)

c) $f(x) = \dfrac{x^2}{(x-2)^2}$, Pol ohne VZW bei $x = 2$, beide Grenzwerte ∞, Graph: α)

d) $f(x) = \dfrac{x+1}{(x-3)^2}$, Pol ohne VZW bei $x = 3$, beide Grenzwerte ∞, Graph: δ)

17

a) $f(x) = \frac{2x}{x-3}$ und $f(x) = \frac{x+2}{x-2}$

b) $f(x) = \frac{x^2}{x^2-4x+4}$ und $f(x) = \frac{x+1}{x^2-6x+9}$

c) $\frac{x+1}{x^2-6x+9} = \frac{x+1}{(x-3)^2}$; die Nullstelle des Nenners tritt doppelt auf

18

$\lim\limits_{\substack{x\to 1\\ x>1}} f(x) = \infty$, $\lim\limits_{\substack{x\to 1\\ x<1}} f(x) = -\infty$, Pol mit VZW

19

$x = 1$

20

a) $f(x) = \frac{2\cdot(x+3)}{(x+2)^2}$, $x = -2$ ist doppelte Nullstelle des Nenners, aber nicht des Zählers ⇒ Pol ohne VZW

b) $f(x) = \frac{2\cdot(x+3)}{(x+3)^2}$, $x = -3$ ist doppelte Nullstelle des Nenners und einfache des Zählers ⇒ Pol mit VZW

c) $f(x) = \frac{(x+3)^2}{2\cdot(x+3)}$, $x = -3$ ist einfache Nullstelle des Nenners und doppelte des Zählers ⇒ hebbare Lücke

d) $f(x) = \frac{(x+2)^2}{2\cdot(x+3)}$, $x = -3$ ist einfache Nullstelle des Nenners, aber nicht des Zählers ⇒ Pol mit VZW

e) $x = 4$: Pol mit VZW

f) $x = 0$: Pol ohne VZW

g) $x = 0{,}5$: Pol mit VZW

h) $x = 1$: hebbare Lücke

i) $x = 2$: Pol mit VZW

j) $x = -2$: hebbare Lücke

21

$\lim\limits_{\substack{x\to -3\\ x<-3}} f(x) = \infty$, $\lim\limits_{\substack{x\to -3\\ x>-3}} f(x) = -\infty$, $\lim\limits_{\substack{x\to 2\\ x<2}} f(x) = -\infty$, $\lim\limits_{\substack{x\to 2\\ x>2}} f(x) = \infty$

22

a) $x=-1$: $\lim\limits_{\substack{x\to -1\\ x>-1}} f(x)=\infty$, $\lim\limits_{\substack{x\to -1\\ x<-1}} f(x)=-\infty$; Pol mit VZW

$x=4$: $\lim\limits_{\substack{x\to 4\\ x>4}} f(x)=\infty$, $\lim\limits_{\substack{x\to 4\\ x<4}} f(x)=-\infty$; Pol mit VZW

b) $x=0$: $\lim\limits_{\substack{x\to 0\\ x>0}} f(x)=-\infty$; $\lim\limits_{\substack{x\to 0\\ x<0}} f(x)=-\infty$; Pol ohne VZW

$x=2$: $\lim\limits_{\substack{x\to 2\\ x>2}} f(x)=\infty$, $\lim\limits_{\substack{x\to 2\\ x<2}} f(x)=-\infty$; Pol mit VZW

c) $x=-5$: $\lim\limits_{\substack{x\to -5\\ x>-5}} f(x)=-\infty$, $\lim\limits_{\substack{x\to -5\\ x<-5}} f(x)=\infty$; Pol mit VZW

$x=5$: $\lim\limits_{\substack{x\to 5\\ x>5}} f(x)=\infty$, $\lim\limits_{\substack{x\to 5\\ x<5}} f(x)=-\infty$; Pol mit VZW

d) $x=0$: $\lim\limits_{\substack{x\to 0\\ x>0}} f(x)=-\infty$, $\lim\limits_{\substack{x\to 0\\ x<0}} f(x)=\infty$; Pol mit VZW

$x=3$: $\lim\limits_{\substack{x\to 3\\ x>3}} f(x)=-\infty$, $\lim\limits_{\substack{x\to 3\\ x<3}} f(x)=-\infty$; Pol ohne VZW

e) $x=-1$: $\lim\limits_{\substack{x\to -1\\ x>-1}} f(x)=-\infty$, $\lim\limits_{\substack{x\to -1\\ x<-1}} f(x)=-\infty$; Pol ohne VZW

$x=1$: $\lim\limits_{\substack{x\to 1\\ x>1}} f(x)=\infty$, $\lim\limits_{\substack{x\to 1\\ x<1}} f(x)=-\infty$; Pol mit VZW

f) $x=-1$: $\lim\limits_{\substack{x\to -1\\ x>-1}} f(x)=-\infty$, $\lim\limits_{\substack{x\to -1\\ x<-1}} f(x)=\infty$; Pol mit VZW

$x=0$: $\lim\limits_{\substack{x\to 0\\ x>0}} f(x)=\infty$, $\lim\limits_{\substack{x\to 0\\ x<0}} f(x)=-\infty$; Pol mit VZW

5. Grenzwerte für $x\to\infty$ oder $x\to -\infty$

1

a) $x=0$: doppelte Nullstelle ohne VZW
$x=3$: einfache Nullstelle mit VZW

b)

x	5	10	20	100	1000
f(x)	50	700	6800	970 000	997 000 000

c) –

2

a)

x	−1	−5	−10	−100	−1000
f(x)	−4	−200	−1300	−1 030 000	−1 003 000 000

b) Die Funktionswerte werden über alle Grenzen (unendlich) klein.

3

a) $\lim\limits_{x\to\infty} f(x) = \lim\limits_{x\to\infty}\left[\underset{\infty}{\underset{\downarrow}{x^3}}\cdot\underset{1}{\underset{\downarrow}{\left(1+\frac{2}{x}+\frac{1}{x^3}\right)}}\right] = \infty$, $\lim\limits_{x\to-\infty} f(x) = -\infty$

b) $\lim\limits_{x\to\infty} f(x) = \infty$, $\lim\limits_{x\to-\infty} f(x) = \left[\underset{\infty}{\underset{\downarrow}{x^2}}\cdot\underset{3}{\underset{\downarrow}{\left(3+\frac{5}{x}-\frac{7}{x^2}\right)}}\right] = \infty$

c) $\lim\limits_{x\to\infty} f(x) = \infty$, $\lim\limits_{x\to-\infty} f(x) = \infty$

d) $\lim\limits_{x\to\infty} f(x) = \infty$, $\lim\limits_{x\to-\infty} f(x) = \infty$

e) $\lim\limits_{x\to\infty} f(x) = -\infty$, $\lim\limits_{x\to-\infty} f(x) = \infty$

f) $\lim\limits_{x\to\infty} f(x) = -\infty$, $\lim\limits_{x\to-\infty} f(x) = \infty$

g) $\lim\limits_{x\to\infty} f(x) = -\infty$, $\lim\limits_{x\to-\infty} f(x) = -\infty$

h) $\lim\limits_{x\to\infty} f(x) = \infty$, $\lim\limits_{x\to-\infty} f(x) = -\infty$

4

a) Nein.

b) Nein, bis auf konstante Funktionen, z. B. $f(x) = 3$.

5

a) $\lim\limits_{x\to\infty} f_1(x) = \infty$, $\lim\limits_{x\to\infty} f_2(x) = \infty$, $\lim\limits_{x\to\infty} f_3(x) = -\infty$, $\lim\limits_{x\to\infty} f_4(x) = -\infty$

b) Der Term mit der höchsten x-Potenz. Dazu gehört auch das Vorzeichen.

6

$\lim\limits_{x\to\infty} f_1(x) = -\infty$, $\lim\limits_{x\to\infty} f_2(x) = \infty$, $\lim\limits_{x\to\infty} f_3(x) = -\infty$, $\lim\limits_{x\to\infty} f_4(x) = \infty$

Der Term mit der höchsten x-Potenz (mit Vorzeichen!).

7

a) $\lim\limits_{x\to\infty} f(x) = \infty$, $\lim\limits_{x\to-\infty} f(x) = \infty$

b) $\lim\limits_{x\to\infty} f(x) = \infty$, $\lim\limits_{x\to-\infty} f(x) = -\infty$

c) $\lim\limits_{x\to\infty} f(x) = -\infty$, $\lim\limits_{x\to-\infty} f(x) = \infty$

d) $\lim\limits_{x\to\infty} f(x) = \infty$, $\lim\limits_{x\to-\infty} f(x) = \infty$

e) $\lim\limits_{x\to\infty} f(x) = \infty$, $\lim\limits_{x\to-\infty} f(x) = \infty$

f) $\lim\limits_{x\to\infty} f(x) = -\infty$, $\lim\limits_{x\to-\infty} f(x) = \infty$

g) $\lim_{x\to\infty} f(x) = \infty$, $\lim_{x\to-\infty} f(x) = -\infty$

h) $\lim_{x\to\infty} f(x) = -\infty$, $\lim_{x\to-\infty} f(x) = -\infty$

i) $\lim_{x\to\infty} f(x) = -\infty$, $\lim_{x\to-\infty} f(x) = \infty$

j) $\lim_{x\to\infty} f(x) = -\infty$, $\lim_{x\to-\infty} f(x) = \infty$

6. Asymptoten

1

a) $\lim_{\substack{x\to 0\\ x<0}} f(x) = -\infty$, $\lim_{\substack{x\to 0\\ x>0}} f(x) = \infty$

b) $f(10) = 0{,}1$; $f(50) = 0{,}02$; $f(1000) = 0{,}001$; $f(10\,000) = 0{,}0001$;
$f(1\,000\,000) = 0{,}000001$
$\lim_{x\to\infty} f(x) = 0$

c) $f(-10) = -0{,}1$; $f(-50) = -0{,}02$; $f(-1000) = -0{,}001$;
$f(-10\,000) = -0{,}0001$; $f(-1\,000\,000) = -0{,}000001$
$\lim_{x\to-\infty} f(x) = 0$

2

a) $\mathbb{D}_f = \mathbb{R} \setminus \{3\}$

b) Ein Pol mit VZW.

c)

x	10	50	1000	10 000	1 000 000
f(x)	2,14	2,02	2,001	2,0001	2,000001

(gerundet)

$\lim_{x\to\infty} f(x) = 2$

d)

x	−10	−50	−1000	−10 000	−1 000 000
f(x)	1,92	1,98	1,999	1,9999	1,999999

(gerundet)

$\lim_{x\to-\infty} f(x) = 2$

e) Der Graph nähert sich der Gerade $y = 2$ an.

3

a) $\mathbb{D}_f = \mathbb{R} \setminus \{-1\}$

b)

x	10	100	1000
f(x)	20,09	200,0099	2000,0009

$\lim_{x\to\infty} f(x) = \infty$

c) $\lim_{x\to-\infty} f(x) = -\infty$

d) Nein.

4

$$\lim_{x\to-\infty} \frac{x\left(2+\frac{2}{x}+\frac{1}{x^2}\right)}{1+\frac{1}{x}} = -\infty$$

Zähler $\to -\infty$, da $x \to -\infty$ und Klammer $\to 2$

Nenner $\to 1$

5

a) $\lim\limits_{x\to\infty} f(x) = 0$, da Zähler $= 1$ und Nenner $\to \infty$; entsprechend $\lim\limits_{x\to-\infty} f(x) = 0$

b) $\lim\limits_{x\to\infty} f(x) = \lim\limits_{x\to\infty} \frac{x\cdot\left(1+\frac{3}{x}\right)}{x\cdot\left(4-\frac{1}{x}\right)} = \lim\limits_{x\to\infty} \frac{1+\frac{3}{x}}{4-\frac{1}{x}} = \frac{1}{4} = 0{,}25;\quad \lim\limits_{x\to-\infty} f(x) = 0{,}25$

c) $\lim\limits_{x\to\infty} f(x) = \lim\limits_{x\to\infty} \frac{x^2\cdot\left(1+\frac{5}{x}\right)}{x\cdot\left(2-\frac{3}{x}\right)} = \lim\limits_{x\to\infty} \frac{x\cdot\left(1+\frac{5}{x}\right)}{2-\frac{3}{x}} = \infty;\quad \lim\limits_{x\to-\infty} f(x) = -\infty$

d) $\lim\limits_{x\to\infty} f(x) = \lim\limits_{x\to\infty} \frac{x\cdot\left(2-\frac{3}{x}\right)}{x^2\cdot\left(1+\frac{5}{x}\right)} = \lim\limits_{x\to\infty} \frac{2-\frac{3}{x}}{x\cdot\left(1+\frac{5}{x}\right)} = 0;\quad \lim\limits_{x\to-\infty} f(x) = 0$

e) $\lim\limits_{x\to\infty} f(x) = 0,\quad \lim\limits_{x\to-\infty} f(x) = 0$

f) $\lim\limits_{x\to\infty} f(x) = -2,\quad \lim\limits_{x\to-\infty} f(x) = -2$

g) $\lim\limits_{x\to\infty} f(x) = 1,\quad \lim\limits_{x\to-\infty} f(x) = 1$

h) $\lim\limits_{x\to\infty} f(x) = \infty,\quad \lim\limits_{x\to-\infty} f(x) = -\infty$

6

a) zu 1.: $f(x) = \frac{1}{x-1}$; $f(x) = \frac{2x-3}{x^2+5x}$; $f(x) = \frac{1}{x^2}$

zu 2.: $f(x) = \frac{x+3}{4x-1}$; $f(x) = \frac{1-6x}{3x+5}$; $f(x) = \frac{x^2+x-2}{x^2-3x}$

zu 3.: $f(x) = \frac{x^2+5x}{2x-3}$; $f(x) = \frac{4x+x^2}{5x-2}$

b) Grad Zählerpolynom $<$ Grad Nennerpolynom

c) Fall 2: Grad Zählerpolynom $=$ Grad Nennerpolynom
Fall 3: Grad Zählerpolynom $>$ Grad Nennerpolynom

7

a) $\lim\limits_{x\to\infty} f(x) = \frac{3}{4}$, $\lim\limits_{x\to-\infty} f(x) = \frac{3}{4}$

b) $\lim\limits_{x\to\infty} f(x) = 0$, $\lim\limits_{x\to-\infty} f(x) = 0$

c) $\lim\limits_{x\to\infty} f(x) = \infty$, $\lim\limits_{x\to-\infty} f(x) = -\infty$

d) $\lim\limits_{x\to\infty} f(x) = \frac{3}{4}$, $\lim\limits_{x\to-\infty} f(x) = \frac{3}{4}$

e) $\lim\limits_{x\to\infty} f(x) = 0$, $\lim\limits_{x\to-\infty} f(x) = 0$

f) $\lim\limits_{x\to\infty} f(x) = \infty$, $\lim\limits_{x\to-\infty} f(x) = -\infty$

8

a) $\lim\limits_{x\to\infty} f(x) = 0$, $\lim\limits_{x\to-\infty} f(x) = 0$

b) $\lim\limits_{x\to\infty} f(x) = 2{,}5$, $\lim\limits_{x\to-\infty} f(x) = 2{,}5$

c) $\lim\limits_{x\to\infty} f(x) = 1$, $\lim\limits_{x\to-\infty} f(x) = 1$

d) $\lim\limits_{x\to\infty} f(x) = 0$, $\lim\limits_{x\to-\infty} f(x) = 0$

e) $\lim\limits_{x\to\infty} f(x) = 0$, $\lim\limits_{x\to-\infty} f(x) = 0$

f) $\lim\limits_{x\to\infty} f(x) = \infty$, $\lim\limits_{x\to-\infty} f(x) = -\infty$

9

Funktionsgleichung der x-Achse: $g(x) = 0$
Der Funktionsterm entspricht dem Grenzwert.

10

a)

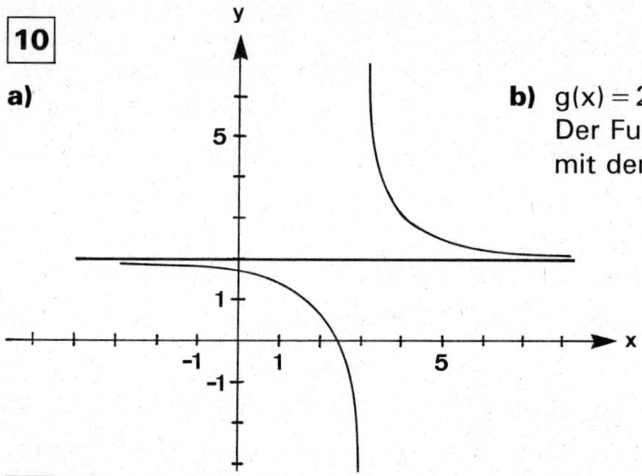

b) $g(x) = 2$
Der Funktionswert stimmt mit dem Grenzwert überein.

11

y-Achse ($x = 0$)

12

Es ist die Gerade $x = 3$.

13

a) Nein.

b) –

c) Die Gerade verläuft durch den Ursprung und hat die Steigung 2: $g(x) = 2x$.

14

a) $f(x) = 3x - 2 + \frac{3}{x+2}$; $a(x) = 3x - 2$

b) $f(x) = x + 3 + \frac{-3x+6}{x^2-2}$; $a(x) = x + 3$

c) $f(x) = 2x - 3 + \frac{6}{3x+2}$; $a(x) = 2x - 3$

d) $f(x) = 4x - 2 + \frac{14}{2x+1}$; $a(x) = 4x - 2$

e) $f(x) = x - 1 + \frac{2x+4}{3x^2+2x}$; $a(x) = x - 1$

f) $f(x) = 0{,}5x + 1{,}25 + \frac{6{,}25}{2x-5}$; $a(x) = 0{,}5x + 1{,}25$

g) $f(x) = \frac{1}{3}x - \frac{5}{3} + \frac{15}{6x+9} = \frac{1}{3}x - \frac{5}{3} + \frac{5}{2x+3}$; $a(x) = \frac{1}{3}x - \frac{5}{3}$

h) $f(x) = x + 2 + \frac{2x-3}{x^2-2x+2}$; $a(x) = x + 2$

15

a) $f(x) = \frac{2}{3} + \frac{7x+2}{6x^2-3}$; $a(x) = \frac{2}{3}$

b) $\lim\limits_{x \to \infty} f(x) = \frac{4}{6} = \frac{2}{3}$; $\lim\limits_{x \to -\infty} f(x) = \frac{2}{3}$

c) Die Asymptote verläuft parallel zur x-Achse.

d) Der Grad des Zählerpolynoms muß gleich dem des Nennerpolynoms sein.

16

a) Der Grad des Zählerpolynoms ist kleiner als der des Nennerpolynoms.

b) $a(x) = 0$

c) x-Achse

d) Grad Zählerpolynom < Grad Nennerpolynom

17

a) $a(x) = 0$, da Grad ZP < Grad NP

b) $f(x) = \frac{1}{3}x + \frac{2}{9} - \frac{53}{9(3x+4)}$; $a(x) = \frac{1}{3}x + \frac{2}{9}$

c) $a(x) = 0$

d) $a(x) = \frac{5}{7}$

e) $a(x) = \frac{4}{2} = 2$

f) $a(x) = 0$

g) $a(x) = \frac{3}{2} = 1{,}5$

h) $f(x) = 0{,}25x + \frac{0{,}25x}{4x^2-1} = \frac{1}{4}x + \frac{x}{4(4x^2-1)}$; $a(x) = \frac{1}{4}x$

18

a) $a(x) = -1$; Graph δ)

b) $a(x) = \frac{1}{2}x - 1$; Graph β)

c) $a(x) = 1$; Graph α)

d) $a(x) = 0$; Graph γ)

7. Vorzeichenuntersuchung (Felder abstreichen)

1

a) $f(-5) = -52$; $f(-2) = 14$; $f(0) = -12$; $f(3) = 84$

b) Nullstellen

c) $x = -4$ oder $x = -1$ oder $x = 1{,}5$

2

a) $x = 1$ oder $x = -1 + \sqrt{7} \approx 1{,}65$ oder $x = -1 - \sqrt{7} \approx -3{,}65$

b) $f(-4) = -5$; $f(0) = 3$; $f(1{,}1) = -0{,}1295$; $f(2) = 1$

c)

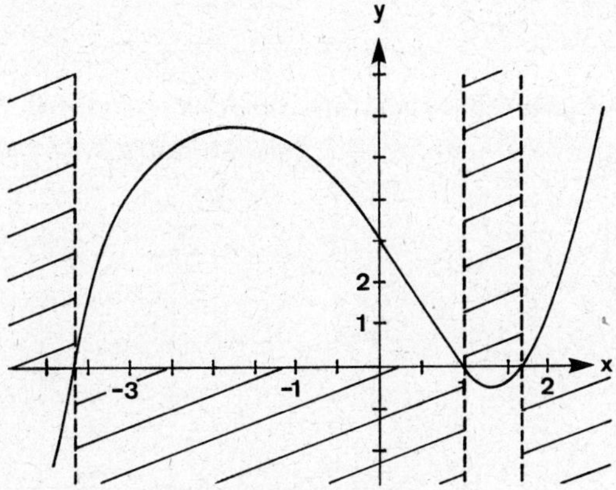

3

Polstellen

4

a) $\mathbb{D}_f = \mathbb{R} \setminus \{-5; 2\}$

b) $x = -1$ oder $x = 3$; einfache Nullstellen mit VZW

c) einfache Pole mit VZW

d) –

e) $f(-6) = 5{,}625$; $f(-3) = -1{,}2$; $f(0) = 0{,}3$; $f(2{,}5) = -0{,}4\overline{6}$; $f(4) = 0{,}2\overline{7}$

f)

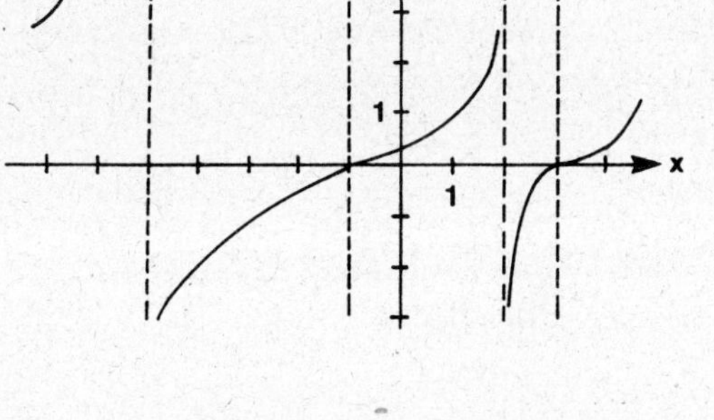

5

a) Nullstelle: $x = -1$; doppelte Nullstelle ohne VZW
Polstellen: $x = -2$ oder $x = 3$; einfache Polstellen mit VZW

b) –

c) $f(-3) = 1,\overline{3}$; $f(-1,5) = -0,\overline{2} = -\frac{2}{9}$;

$f(0) = -\frac{1}{3} = -0,\overline{3}$; $f(4) = 8,\overline{3}$

d)

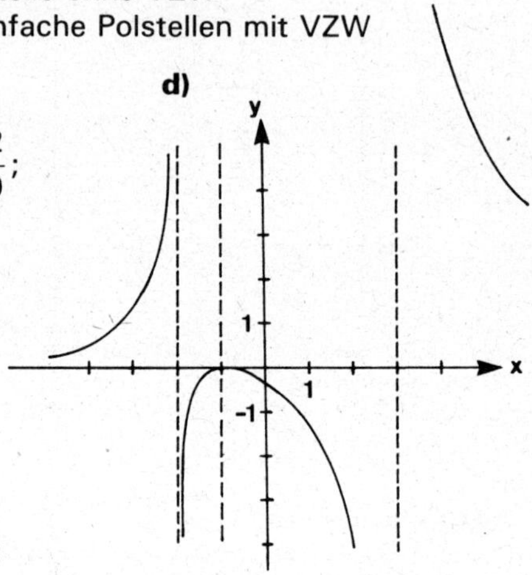

6

a) Nullstellen: $x = -4$ oder
$x = -2$ oder
$x = 1$,
einfache Nullstellen mit VZW
keine Polstellen, da ganzrationale Funktion
$f(-5) = -9$; $f(-3) = 2$; $f(0) = -4$; $f(2) = 12$

b) Nullstellen: $x = 0$ ist doppelte Nullstelle ohne VZW,
$x = 1$ oder $x = -1$ sind einfache Nullstellen mit VZW
$f(-2) = 12$; $f(-0,5) = -\frac{3}{16} = -0,1875 = f(0,5)$; $f(2) = 12$

c) Nullstellen: $x = -0,5$ oder $x = 2$, einfache Nullstellen mit VZW
Polstellen: $x = 0$ oder $x = 4$, einfache Pole mit VZW
$f(-1) = 0,6$; $f(-0,25) \approx -1,06$; $f(1) = 1$; $f(3) = -2,\overline{3}$; $f(5) = 6,6$

d) Nullstellen: $x = -3$ oder $x = 3$, einfache Nullstellen mit VZW
Polstelle: $x = -2$ ist ein doppelter Pol ohne VZW
$f(-4) = 1,75$; $f(-2,5) = -11$; $f(0) = -2,25$; $f(4) = \frac{7}{36} = 0,19\overline{4}$

e) Nullstelle: $x = 0$ ist eine einfache Nullstelle mit VZW
Polstellen: $x = 5$ oder $x = 1$, einfache Pole mit VZW
$f(-1) = -\frac{1}{12} = -0,08\overline{3}$; $f(0,5) = \frac{2}{9} = 0,\overline{2}$; $f(3) = -0,75$; $f(6) = 1,2$

f) Nullstellen: $x = -2$ oder $x = -1$ oder $x = 1$ oder $x = 2$ sind einfache Nullstellen mit VZW
$f(-3) = 40 = f(3)$ (wegen der Symmetrie zur y-Achse);
$f(-1,5) = -2,1875 = f(1,5)$; $f(0) = 4$

Graphen:

zu **a)**

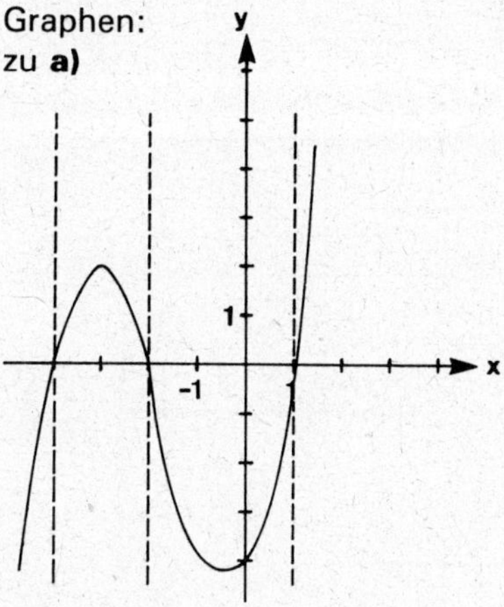

zu **b)**

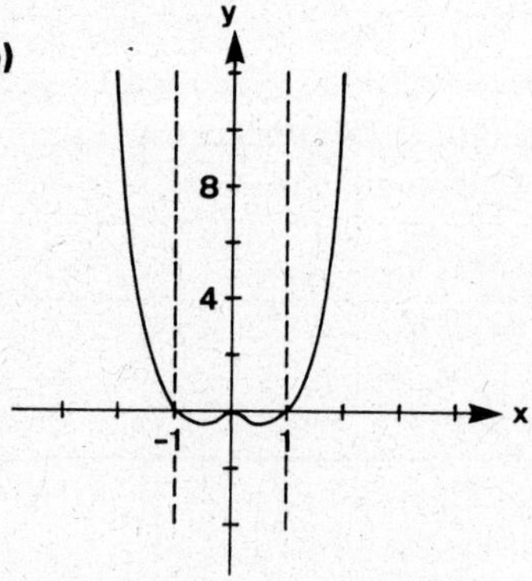

zu **c)**

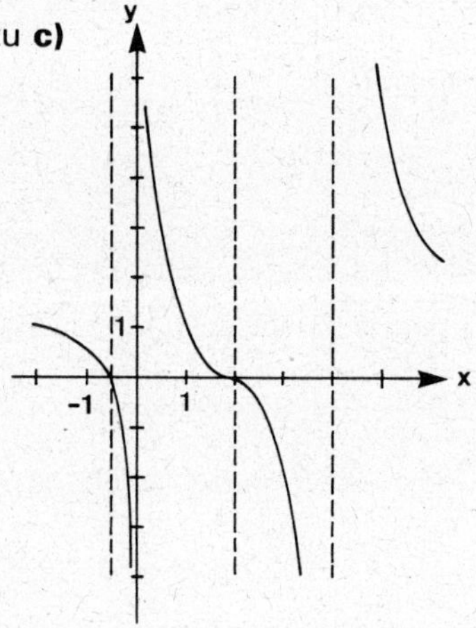

zu **d)**

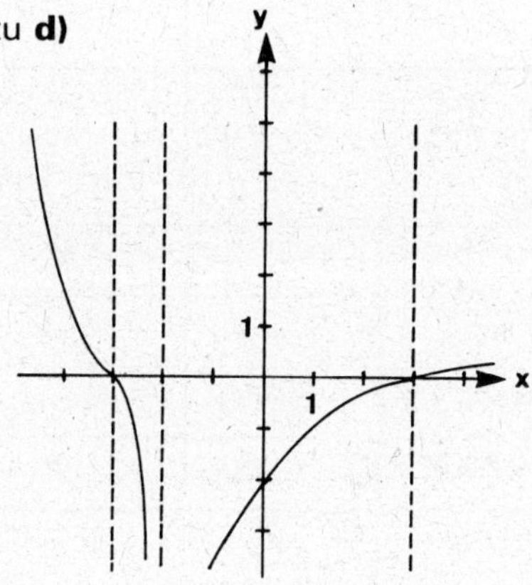

zu **e)**

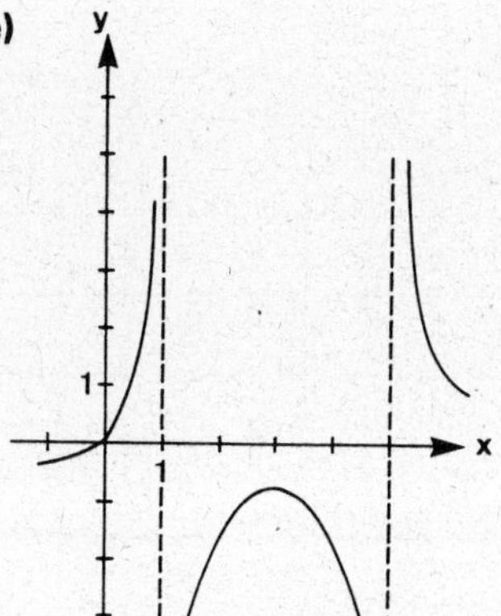

zu **f)**

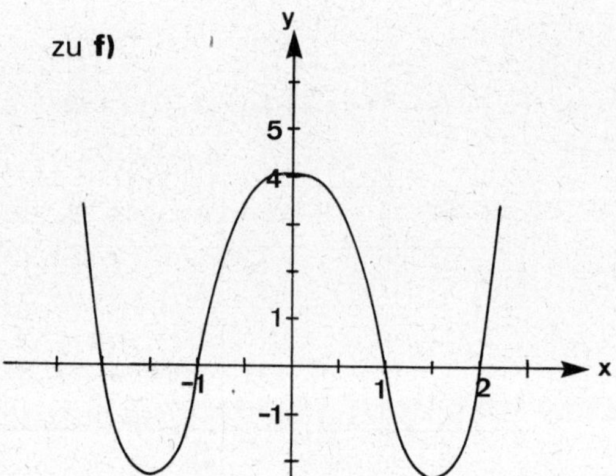

7

a)

	$x<-1$	$-1<x<3$	$3<x<5$	$5<x$
-1	$-$	$-$	$-$	$-$
$x-5$	$-$	$-$	$-$	$+$
$x-3$	$-$	$-$	$+$	$+$
$x+1$	$-$	$+$	$+$	$+$
$f(x)$	$+$	$-$	$+$	$-$

b)

	$x<-2$	$-2<x<0,5$	$0,5<x$
$(x+2)^2$	$+$	$+$	$+$
$x-0,5$	$-$	$-$	$+$
$f(x)$	$-$	$-$	$+$

c)

	$x<-6$	$-6<x<3$	$3<x$
2	$+$	$+$	$+$
x^2+1	$+$	$+$	$+$
$x-3$	$-$	$-$	$+$
$x+6$	$-$	$+$	$+$
$f(x)$	$+$	$-$	$+$

8

a) $f(x)=(x-1)\cdot(x-3)\cdot(x+2)\cdot(x+4)$

	$x<-4$	$-4<x<-2$	$-2<x<1$	$1<x<3$	$3<x$
$x-1$	$-$	$-$	$-$	$+$	$+$
$x-3$	$-$	$-$	$-$	$-$	$+$
$x+2$	$-$	$-$	$+$	$+$	$+$
$x+4$	$-$	$+$	$+$	$+$	$+$
$f(x)$	$+$	$-$	$+$	$-$	$+$

b) $f(x) = 4 \cdot (x-1) \cdot (x-2) \cdot (x+0{,}5)$

	$x < -0{,}5$	$-0{,}5 < x < 1$	$1 < x < 2$	$2 < x$
4	+	+	+	+
$x-1$	−	−	+	+
$x-2$	−	−	−	+
$x+0{,}5$	−	+	+	+
$f(x)$	−	+	−	+

c) $f(x) = 2 \cdot (x-4) \cdot (x+3)^2$

	$x < -3$	$-3 < x < 4$	$4 < x$
2	+	+	+
$x-4$	−	−	+
$(x+3)^2$	+	+	+
$f(x)$	−	−	+

d) $f(x) = -3 \cdot \left(x - \frac{1}{3}\right) \cdot (x-1) \cdot (x-5) \cdot (x+1)$

	$x < -1$	$-1 < x < \frac{1}{3}$	$\frac{1}{3} < x < 1$	$1 < x < 5$	$5 < x$
-3	−	−	−	−	−
$x - \frac{1}{3}$	−	−	+	+	+
$x-1$	−	−	−	+	+
$x-5$	−	−	−	−	+
$x+1$	−	+	+	+	+
$f(x)$	−	+	−	+	−

9

zu **a)**

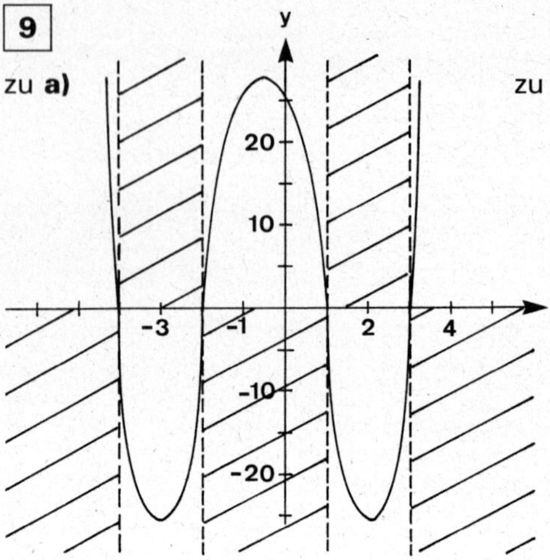

zu **b)**

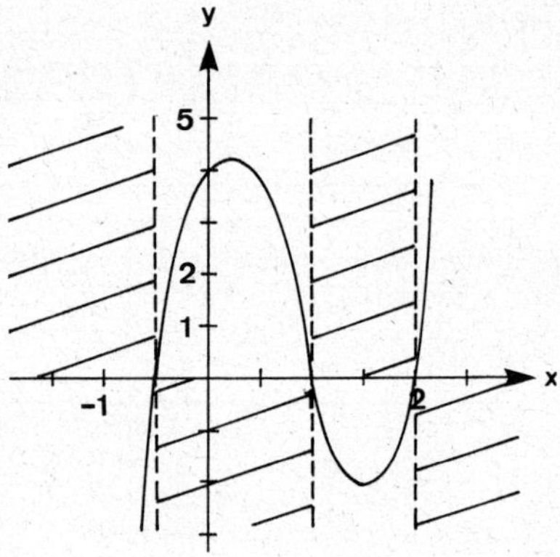

zu **c)**

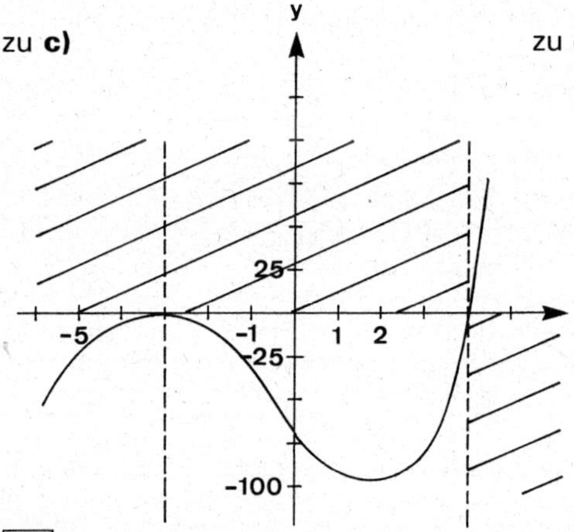

zu **d)**

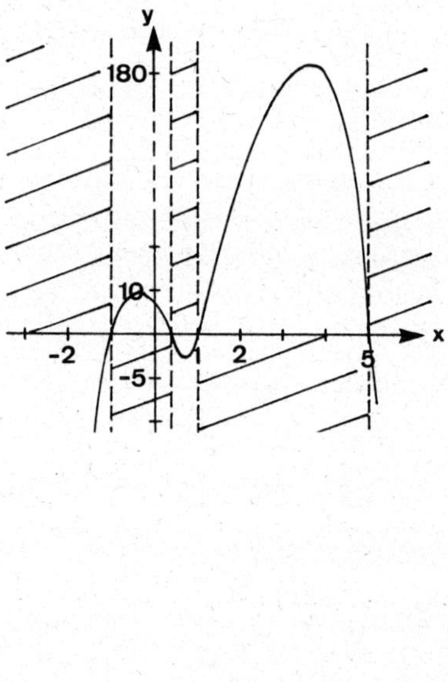

10

a) $f(x) = \dfrac{(x+1)\cdot(x-1)}{2\cdot(x+2)\cdot(x+3)}$

	$x < -3$	$-3 < x < -2$	$-2 < x < -1$	$-1 < x < 1$	$1 < x$
2	+	+	+	+	+
$x+1$	–	–	–	+	+
$x-1$	–	–	–	–	+
$x+2$	–	–	+	+	+
$x+3$	–	+	+	+	+
$f(x)$	+	–	+	–	+

b) $f(x) = \dfrac{3x+4}{x \cdot (x-4)}$

	$x < -1,\overline{3}$	$-1,\overline{3} < x < 0$	$0 < x < 4$	$4 < x$
3	+	+	+	+
$x + 1,\overline{3}$	−	+	+	+
x	−	−	+	+
$x - 4$	−	−	−	+
f(x)	−	+	−	+

c) $f(x) = \dfrac{(x+1)^2}{(x-5) \cdot (x+2)}$

	$x < -2$	$-2 < x < -1$	$-1 < x < 5$	$5 < x$
$(x+1)^2$	+	+	+	+
$x - 5$	−	−	−	+
$x + 2$	−	+	+	+
f(x)	+	−	−	+

d) $f(x) = \dfrac{-3x}{(x-1) \cdot (x+4)}$

	$x < -4$	$-4 < x < 0$	$0 < x < 1$	$1 < x$
−3	−	−	−	−
x	−	−	+	+
$x - 1$	−	−	−	+
$x + 4$	−	+	+	+
f(x)	+	−	+	−

e) $f(x) = \dfrac{2 \cdot (x+0,5)}{x^2 \cdot (x-2)}$

	$x < -0,5$	$-0,5 < x < 0$	$0 < x < 2$	$2 < x$
2	+	+	+	+
$x+0,5$	−	+	+	+
x^2	+	+	+	+
$x-2$	−	−	−	+
f(x)	+	−	−	+

f) $f(x) = \dfrac{(x+2) \cdot (x-2)}{x^2+1}$

	$x < -2$	$-2 < x < 2$	$2 < x$
$x+2$	−	+	+
$x-2$	−	−	+
x^2+1	+	+	+
f(x)	+	−	+

Graphen:

zu **a)**

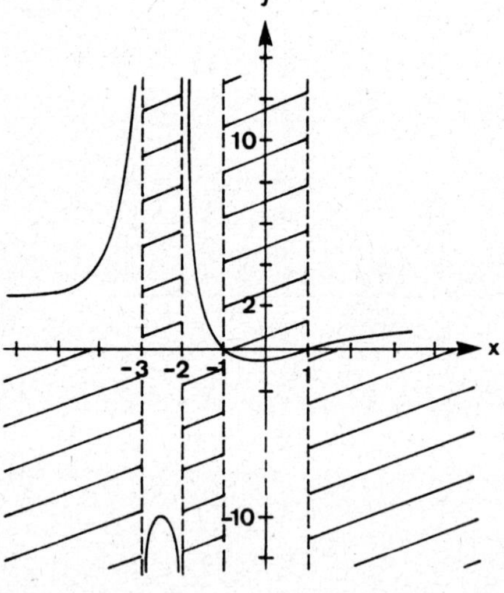

zu **b)**

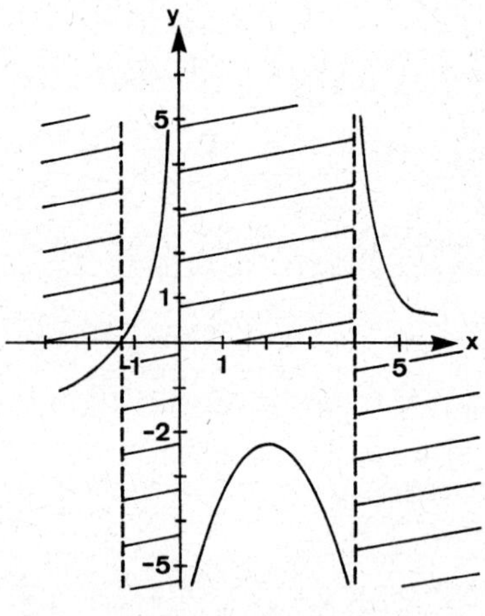

zu **c)**

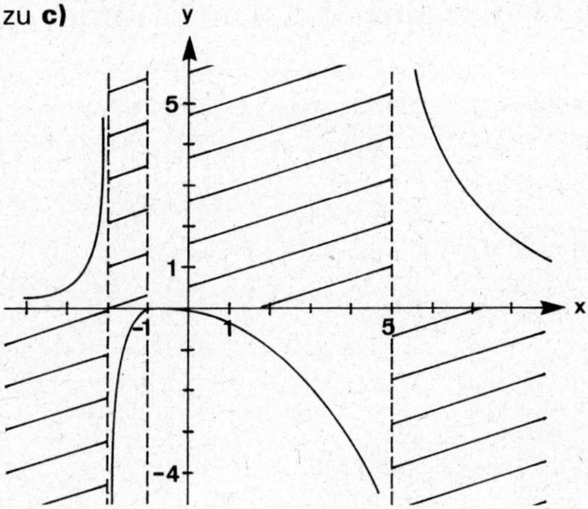

zu **d)**

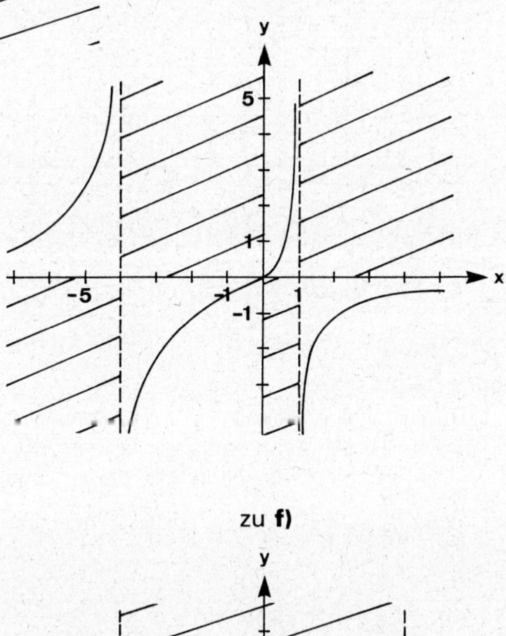

zu **e)**

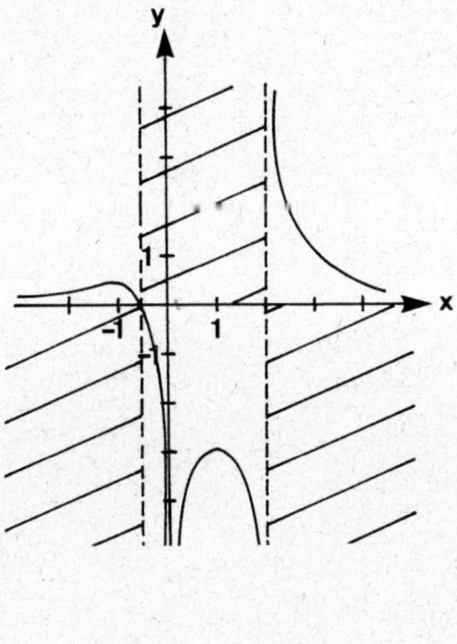

zu **f)**

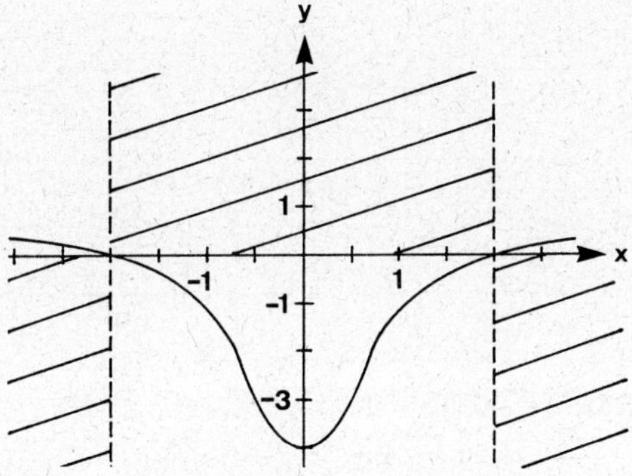

8. Zusammenfassung und gemeinsame Anwendung

1

a) 1. $\mathbb{D}_f = \mathbb{R} \setminus \{0{,}5\}$
2. keine Symmetrie
3. $x = -1$, einfache Nullstelle mit VZW
4. $x = 0{,}5$, einfacher Pol mit VZW
5. –
6. $a(x) = \frac{1}{2} = 0{,}5$
7.

	$x < -1$	$-1 < x < 0{,}5$	$0{,}5 < x$
$x+1$	–	+	+
2	+	+	+
$x-0{,}5$	–	–	+
$f(x)$	+	–	+

8. $f(0) = -1$
9. (Siehe Abb. Seite 37 oben links)

b) 1. –
2. keine Symmetrie
3. $x = 0$, einfache Nullstelle mit VZW;
   $x = 2$, doppelte Nullstelle ohne VZW
4. –
5. $\lim\limits_{x \to \infty} f(x) = \infty$; $\lim\limits_{x \to -\infty} f(x) = -\infty$
6. –
7.

	$x < 0$	$0 < x < 2$	$2 < x$
x	–	+	+
$(x-2)^2$	+	+	+
$f(x)$	–	+	+

8. $f(0) = 0$
9. (Siehe Abb. Seite 37 oben rechts)

Zu [1] a) 9.

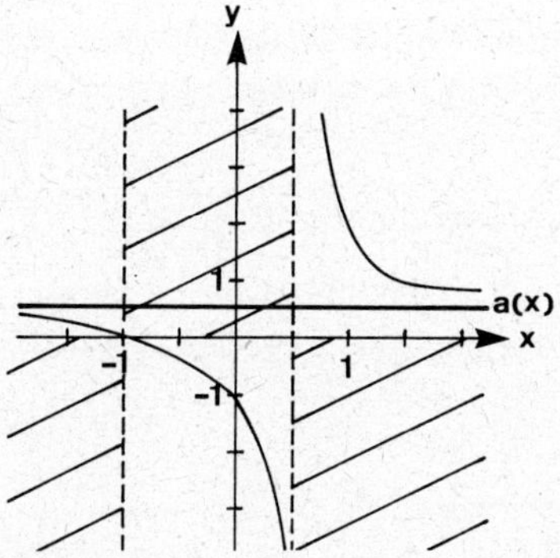

Zu [1] b) 9.

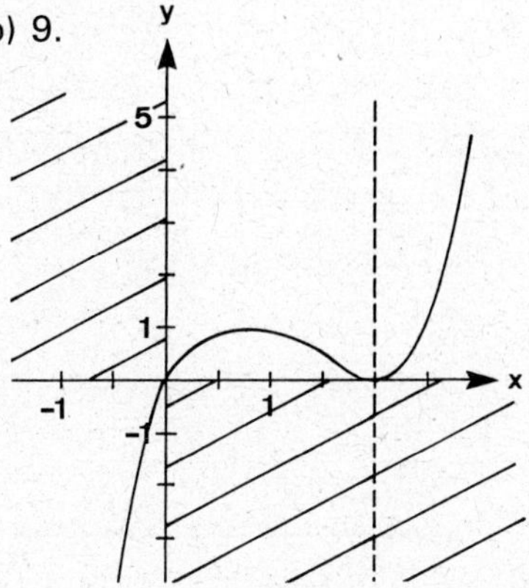

c) 1. $\mathbb{D} = \mathbb{R} \setminus \{-1{,}5;\ 1{,}5\}$
2. Achsensymmetrie zur y-Achse
3. $x = 2$ oder $x = -2$, einfache Nullstellen mit VZW
4. $x = 1{,}5$ oder $x = -1{,}5$, einfache Pole mit VZW
5. –
6. $a(x) = \frac{1}{4} = 0{,}25$
7.

	$x < -2$	$-2 < x < -1{,}5$	$-1{,}5 < x < 1{,}5$	$1{,}5 < x < 2$	$2 < x$
$x+2$	–	+	+	+	+
$x-2$	–	–	–	–	+
$2x+3$	–	–	+	+	+
$2x-3$	–	–	–	+	+
$f(x)$	+	–	+	–	+

8. $f(0) = \frac{4}{9} = 0{,}\overline{4}$
9.

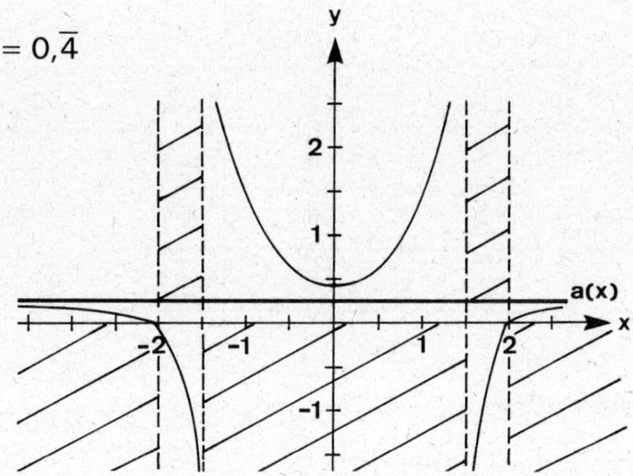

d) 1. –
2. Achsensymmetrie zur y-Achse
3. $x = 1$ oder $x = -1$, doppelte Nullstellen ohne VZW
4. –
5. $\lim_{x \to \infty} f(x) = \infty = \lim_{x \to -\infty} f(x)$
6. –
7.

	$x < -1$	$-1 < x < 1$	$1 < x$
$(x+1)^2$	+	+	+
$(x-1)^2$	+	+	+
f(x)	+	+	+

8. $f(0) = 1$

9. (Siehe Abb. Seite 39 oben links)

e) 1. $\mathbb{D}_f = \mathbb{R} \setminus \{0; 2\}$
2. keine Symmetrie
3. $x = 3$, einfache Nullstelle mit VZW
$x = 2$ ist keine Nullstelle, da $2 \notin \mathbb{D}_f$
4. $x = 0$, einfacher Pol mit VZW
$x = 2$, hebbare Lücke, Grenzwerte gleich -1
5. –
6. $a(x) = \dfrac{1}{0{,}5} = 2$
7.

	$x < 0$	$0 < x < 2$	$2 < x < 3$	$3 < x$
$x-2$	–	–	+	+
$x-3$	–	–	–	+
0,5	+	+	+	+
x	–	+	+	+
$x-2$	–	–	+	+
f(x)	+	–	–	+

Die erste und die letzte Zeile könnte man auch weglassen.

8. f(0) ist nicht definiert

9. (Siehe Abb. Seite 39 oben rechts)

Zu [1] d) 9.

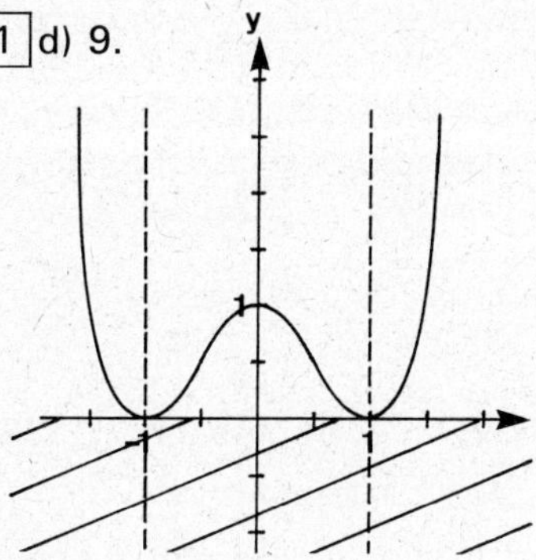

Zu [1] e) 9.

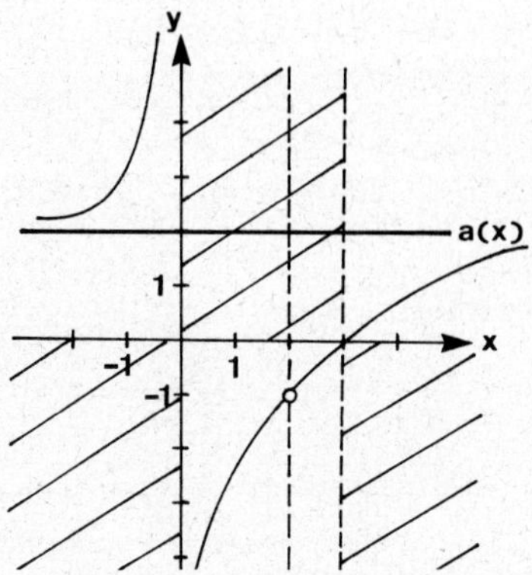

f) 1. $\mathbb{D}_f = \mathbb{R} \setminus \{0; 4\}$
2. keine Symmetrie
3. keine
4. $x = 0$, doppelter Pol ohne VZW
   $x = 4$, einfacher Pol mit VZW
5. –
6. $a(x) = 0$
7.

	$x<0$	$0<x<4$	$4<x$
2	+	+	+
x^2	+	+	+
$x-4$	–	–	+
$f(x)$	–	–	+

8. f(0) ist nicht definiert

9.

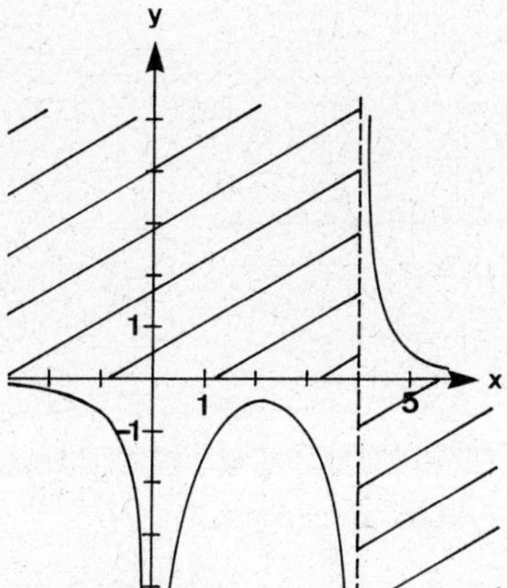

g) 1. –
2. keine Symmetrie
3. $x = -1$, doppelte Nullstelle ohne VZW
$x = 5$, einfache Nullstelle mit VZW
4. –
5. $\lim_{x \to \infty} f(x) = \infty$, $\lim_{x \to -\infty} f(x) = -\infty$
6. –
7.

	$x < -1$	$-1 < x < 5$	$5 < x$
$(x+1)^2$	+	+	+
$x-5$	–	–	+
$f(x)$	–	–	+

8. $f(0) = -5$
9. (Siehe Abb. Seite 41 oben links)

h) 1. $\mathbb{D}_f = \mathbb{R}$
2. keine Symmetrie
3. $x = -1$, einfache Nullstelle mit VZW
4. keine Definitionslücken
5. –
6. $f(x) = x + 2 + \frac{x-5}{x^2 - 2x + 3}$, $a(x) = x + 2$
7. $f(x) = \frac{(x+1) \cdot (x^2 - x + 1)}{x^2 - 2x + 3}$

	$x < -1$	$-1 < x$
$x+1$	–	+
$x^2 - x + 1$	+	+
$x^2 - 2x + 3$	+	+
$f(x)$	–	+

8. $f(0) = \frac{1}{3} = 0{,}\overline{3}$.
Berechnung weiterer Punkte: $\left(-2 \middle| -\frac{7}{11}\right)$, $(1|1)$, $(2|3)$
9. (Siehe Abb. Seite 41 oben rechts)

Zu 1 g) 9.

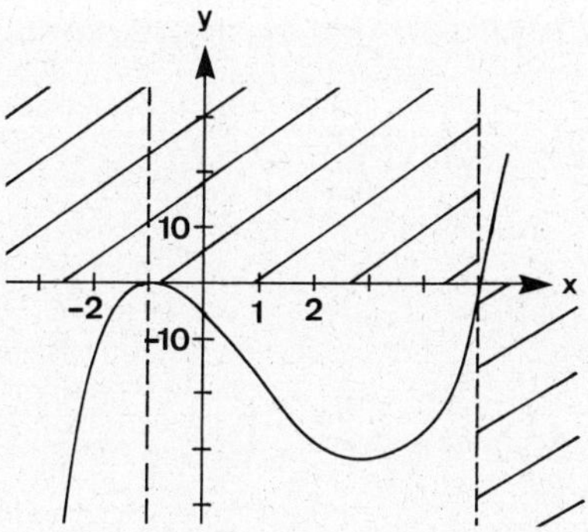

Zu 1 h) 9.

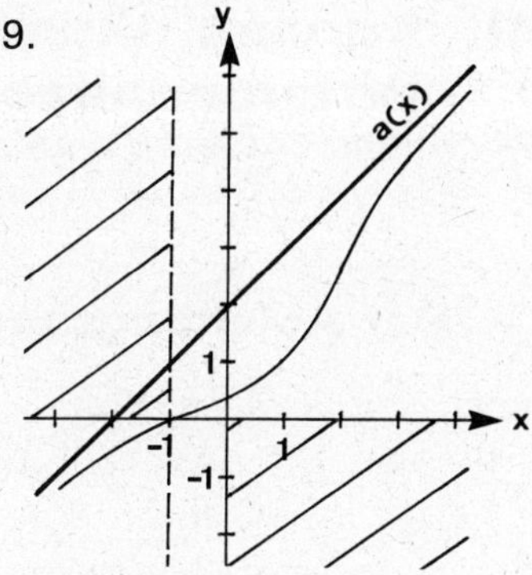

II. Kurvendiskussion mit den Mitteln der Differentialrechnung

1. Der Ableitungsbegriff

1

$f'(1) = 2$; $f'(2{,}4) = 4{,}8$; $f'(0) = 0$; $f'\left(-\frac{1}{2}\right) = -1$; $f'(-3) = -6$

2

a) $f'(2) = 3 \cdot 2^2 = 12$

b) $f'(-3) = 8 \cdot (-3) - 7 = -31$

c) $f'(1) = -10$

d) $f'(-4) = -\frac{1}{16}$

3

a) $f'(x) = 21x^2 - 5$

b) $f'(x) = 2x^3 - 5{,}4x^2 + 2{,}4$

c) $f'(x) = 2x + 1$

d) $f'(x) = -12x^3$

e) $f'(x) = \frac{6}{5}x^2 + \frac{3}{2}x - \frac{1}{2}$

f) $f'(x) = 0$

g) $f'(x) = 4 - 6x + 18x^2$

h) $f'(x) = 4x^3 + 8x$

i) $f'(x) = -\frac{9}{2}x^5 - x^2 + 10x^3$

j) $f'(x) = 1{,}1 + 6x - 0{,}8x^3$

4

a) $f(x) = x^7 + 4x^6 - 3x^5 - 14x^4 + 6x^2$; $f'(x) = 7x^6 + 24x^5 - 15x^4 - 56x^3 + 12x$

b) $u(x) = x^4 - 3x^2$; $u'(x) = 4x^3 - 6x$; $v(x) = x^3 + 4x^2 - 2$; $v'(x) = 3x^2 + 8x$

$$\Rightarrow f'(x) = (4x^3 - 6x)\cdot(x^3 + 4x^2 - 2) + (x^4 - 3x^2)\cdot(3x^2 + 8x)$$
$$= 7x^6 + 24x^5 - 15x^4 - 56x^3 + 12x$$

5

a) $f'(x) = 6x^2 - 6x + 4$

b) $f'(x) = 16x^3 + 21x^2 - 18x - 9$

c) $f'(x) = 40x^4 - 36x^2 - 8x$

d) $f'(x) = 90x^5 + 50x^4 - 76x^3 + 42x^2 - 112x$

e) $f'(x) = 6x^4 + 1{,}38x^2 - 0{,}4$

f) $f'(x) = -17\,550x^5 - 25\,200x^4 + 6240x^3 + 8064x^2$

g) $f'(x) = 3x^2 - 2x - 10$

h) $f'(x) = 8x^3 - 9x^2 - 4x$

6

a) $f'(x) = \dfrac{3x^4 - 9x^2 - 2}{(3x^2 - 1)^2}$

b) $f'(x) = \dfrac{3x^2 + 10x + 29}{(3x + 5)^2}$

c) $f'(x) = \dfrac{-8x^5 + 24x^3 + 12x^2 - 4x + 18}{(3 - 2x^2)^2}$

d) $f'(x) = \dfrac{3x^2 - 24x}{(2x^2 + x - 4)^2}$

e) $f'(x) = \dfrac{-10x^2 + 10x + 60}{(x^2 - 6x + 9)^2} = \dfrac{-10x - 20}{(x^2 - 6x + 9) \cdot (x - 3)}$

f) $f'(x) = \dfrac{-13}{(3x - 2)^2}$

g) $f'(x) = \dfrac{-15x^2 + 40x}{(x^3 - 4x^2)^2} = \dfrac{-15x + 40}{x^3 \cdot (x - 4)^2}$

h) $f'(x) = \dfrac{-2x^4 + 6x^3 - 9x^2 - 6}{(1 + 3x - 2x^2)^2}$

7

a) äußere Funktion: $h(u) = u^4$; innere Funktion: $u = g(x) = 6x - 1$

b) $h(u) = u^{-2}$; $u = g(x) = 2x + 1$

c) $h(u) = u^2$; $u = g(x) = 3x^2 + 4x + 5$

d) $h(u) = u^3$; $u = g(x) = 4x^3 - x^4$

e) $h(u) = \dfrac{1}{u}$; $u = g(x) = 2x + 6$

f) $h(u) = \dfrac{1}{u}$; $u = g(x) = x^3 + 2x - 4$

g) $h(u) = \dfrac{1}{u^2}$; $u = 4x + 3$

h) $h(u) = \dfrac{1}{u^2}$; $u = x^2 + x + 1$

8

a) $f'(x) = 4u^3 \cdot 6 = 24(6x-1)^3$

b) $f'(x) = -2u^{-3} \cdot 2 = -4(2x+1)^{-3}$

c) $f'(x) = (12x+8) \cdot (3x^2+4x+5) = 36x^3+72x^2+92x+40$

d) $f'(x) = (36x^2-12x^3)(4x^3-x^4)^2$

e) $f'(x) = \dfrac{-2}{(2x+6)^2}$

f) $f'(x) = \dfrac{-3x^2-2}{(x^3+2x-4)^2}$

g) $f'(x) = \dfrac{-8}{(4x+3)^3}$

h) $f'(x) = \dfrac{-4x-2}{(x^2+x+1)^3}$

9

a) $f'(x) = 5x^4+18x^2-4$

b) $f'(x) = -12x^3-27x^2+4x+6$

c) $f'(x) = \dfrac{-6x^2-42x+7}{(3x^2-x)^2}$

d) $f'(x) = \dfrac{-6x+1}{(3x^2-x)^2}$

e) $f'(x) = 9x^2-10x-2$

f) $f'(x) = (12x+2)(3x^2+x+1)$

g) $f'(x) = \dfrac{-2}{(x+2)^3}$

h) $f'(x) = \dfrac{-x+2}{(x+2)^3}$

i) $f'(x) = x(x+3)(5x^2+5x-6)$

j) $f'(x) = 4x(x-3)(x+3)$

2. Relative (lokale) Extrema

1

a) $f(-2) = \dfrac{22}{3} = 7{,}\overline{3}$; $f(-2{,}5) = 8{,}541\overline{6}$; $f(-3) = 9$;

$f(-3{,}5) = 8{,}458\overline{3}$; $f(-4) = 6{,}\overline{6}$

b) Nein.

c) Ja, z.B. $f(10) = 403{,}\overline{3}$.

2

$T\left(1 \,\middle|\, -\dfrac{5}{3} = -1{,}\overline{6}\right)$; $f(0) = 0 > -1{,}\overline{6}$; $f(1{,}5) = -1{,}125 > -1{,}\overline{6}$

3

a) $f'(x) = x^2+2x-3$

b) $f'(-3) = 9-6-3 = 0$; $f'(1) = 0$

c) –

4

a) $f'(x) = 3x^2 - 12$

b) Hochpunkt bei $x = -2$, Tiefpunkt bei $x = 2$

c) $f'(-2) = 0; \quad f'(2) = 0$

d) Nein.

5

a) $f'(x) = 3x^2$

b) $f'(0) = 0$

c) Nein.

6

a) $f'(x) = 3x^2 - 3; \quad f'(1) = 0$

b) $f'(x) = 4x^3 + 21x^2 + 4x; \quad f'(0) = 0$

c) $f'(x) = 6x^2 - 24x + 3; \quad f'(4) = 3 \neq 0$

d) $f'(x) = 3x^2 + 6x + 3; \quad f'(-1) = 0$

7

a) $f'(x) = 3x^2 - 2x + 5; \quad f''(x) = 6x - 2; \quad f'''(x) = 6; \quad f^{(4)}(x) = 0$

b) $f'(x) = 4x^3 + 6x; \quad f''(x) = 12x^2 + 6; \quad f'''(x) = 24x; \quad f^{(4)}(x) = 24$

c) $f'(x) = 15x^2 - 12; \quad f''(x) = 30x; \quad f'''(x) = 30; \quad f^{(4)}(x) = 0$

d) $f'(x) = 4x - 1; \quad f''(x) = 4; \quad f'''(x) = f^{(4)}(x) = 0$

e) $f'(x) = 1{,}2x^3 + 4{,}5x^2; \quad f''(x) = 3{,}6x^2 + 9x; \quad f'''(x) = 7{,}2x + 9; \quad f^{(4)}(x) = 7{,}2$

f) $f'(x) = -3{,}6x^2 - 5x; \quad f''(x) = -7{,}2x - 5; \quad f'''(x) = -7{,}2; \quad f^{(4)}(x) = 0$

g) $f'(x) = 2x^2 + \frac{3}{2}x - \frac{1}{7}; \quad f''(x) = 4x + \frac{3}{2}; \quad f'''(x) = 4; \quad f^{(4)}(x) = 0$

h) $f'(x) = \frac{3}{2}x^3 - \frac{10}{9}x; \quad f''(x) = \frac{9}{2}x^2 - \frac{10}{9}; \quad f'''(x) = 9x; \quad f^{(4)}(x) = 9$

8

a) $f'(x) = -\frac{1}{x^2}; \quad f''(x) = \frac{2}{x^3}; \quad f'''(x) = -\frac{6}{x^4}$

b) $f'(x) = \frac{1}{(x+1)^2}; \quad f''(x) = -\frac{2}{(x+1)^3}; \quad f'''(x) = \frac{6}{(x+1)^4}$

c) $f'(x) = -\dfrac{4}{(2x-3)^2}$; $f''(x) = \dfrac{16}{(2x-3)^3}$; $f'''(x) = -\dfrac{96}{(2x-3)^4}$

d) $f'(x) = \dfrac{x^2-4x-6}{(x-2)^2}$; $f''(x) = \dfrac{20}{(x-2)^3}$; $f'''(x) = -\dfrac{60}{(x-2)^4}$

e) $f'(x) = \dfrac{-2x^2+8}{(x^2-3x+4)^2}$; $f''(x) = \dfrac{4x^3-48x+48}{(x^2-3x+4)^3}$;

$f'''(x) = \dfrac{-12x^4+288x^2-576x+240}{(x^2-3x+4)^4}$

f) $f'(x) = \dfrac{-2x-2}{(x^2-2x+1)(x-1)} = \dfrac{-2x-2}{(x-1)^3}$; $f''(x) = \dfrac{4x+8}{(x-1)^4}$

$f'''(x) = \dfrac{-12x-36}{(x-1)^5}$

9

a) bei $x_0 = -3$ Hochpunkt; bei $x_0 = 1$ Tiefpunkt

b) $f''(x) = 2x+2$ **c)** $f''(-3) = -4$; $f''(1) = 4$

10

bei $x_0 = -2$ Hochpunkt; bei $x_0 = 2$ Tiefpunkt; $f''(x) = 6x$;
$f''(-2) = -12$; $f''(2) = 12$; bis auf das Vorzeichen sind die Werte gleich

11

Stelle	$x_0 = -3$	$x_0 = 1$
$f'(x_0)$	Null	Null
$f''(x_0)$	negativ	positiv
Art des Extremums	Hochpunkt	Tiefpunkt

12

a) $f'(x) = 3x^2-18x+15$; $f'(1) = 0$ und $f'(5) = 0 \Rightarrow$ mögliche Extrema
$f''(x) = 6x-18$; $f''(1) = -12 < 0$; $f''(5) = 12 > 0$
Ergebnis: rel. Maximum bei $x = 1$, rel. Minimum bei $x = 5$

b) $f'(x) = 6x^2+24x$; $f'(-4) = 0$; $f'(0) = 0 \Rightarrow$ mögliche Extrema
$f''(x) = 12x+24$; $f''(-4) = -24$; $f''(0) = 24$
Ergebnis: rel. Maximum bei $x = -4$, rel. Minimum bei $x = 0$

c) rel. Maximum bei $x = 3$, rel. Minimum bei $x = -3$

d) keine Aussage möglich, da $f'(0)=0$ und $f''(0)=0$

e) rel. Minimum bei $x=2$

f) $f'(-1)=-25 \Rightarrow$ kein Extremum möglich

13

a) $f'(x)=6x^2-18x-24$, mögliche Extrema bei $x=-1$ oder $x=4$
$f''(x)=12x-18$, $f''(-1)=-30$, $f''(4)=30$
Hochpunkt $(-1|21)$, Tiefpunkt $(4|-104)$

b) $f'(x)=3x^2-15x+18$, mögliche Extrema bei $x=2$ oder $x=3$
$f''(x)=6x-15$, $f''(2)=-3$, $f''(3)=3$; $H(2|9)$, $T(3|8{,}5)$

c) $T(\sqrt{2}\approx 1{,}41|-12\sqrt{2}+4\approx -12{,}97)$, $H(-\sqrt{2}\approx -1{,}41|12\sqrt{2}+4\approx 20{,}97)$

d) $T(1|-1)$

e) $T\left(\frac{1}{3}\middle|\frac{17{,}5}{27}\approx 0{,}65\right)$, $H(-2|7)$

f) $T(0|9)$

14

a) $f'(x)=\dfrac{-x^2+4}{(x^2+4)^2}$, mögliche Extrema bei $x=2$ oder $x=-2$

$f''(x)=\dfrac{2x^3-24x}{(x^2+4)^3}$, $f''(2)=-0{,}5$; $f''(-2)=0{,}5$

$H(2|0{,}25)$, $T(-2|-0{,}25)$

b) $f'(x)=\dfrac{4x^2-4x-8}{(x^2+2)^2}$, mögliche Extrema bei $x=-1$ oder $x=2$

$f''(x)=\dfrac{-8x^3+12x^2+48x-8}{(x^2+2)^3}$, $f''(-1)=-\dfrac{36}{27}=-\dfrac{4}{3}$, $f''(2)=\dfrac{1}{3}$

$H(-1|2)$, $T(2|-1)$

c) $f'(x)=\dfrac{-2x}{(x^2-16)^2}$, mögliches Extremum bei $x=0$

$f''(x)=\dfrac{6x^2+32}{(x^2-16)^3}$, $f''(0)=\dfrac{-1}{128}$, $H\left(0\middle|-\dfrac{1}{16}\approx -0{,}06\right)$

d) An der Stelle $x=0$ befindet sich ein Pol. Diese Stelle kommt als Extremum nicht in Frage. Man kann sich die Arbeit erleichtern, wenn man zur Funktion $f_1(x)=\frac{1}{x-x^2}$ übergeht.

$f_1'(x)=\frac{2x-1}{(x-x^2)^2}$, mögliches Extremum bei $x=0{,}5$

$f_1''(x)=\frac{6x^2-6x+2}{(x-x^2)^3}$, $f_1''(0{,}5)=32$; $T(0{,}5|4)$

e) $f'(x)=\frac{x^2+6x-16}{(x+3)^2}$, mögliche Extrema bei $x=2$ oder $x=-8$

$f''(x)=\frac{50}{(x+3)^3}$, $f''(2)=0{,}4$; $f''(-8)=-0{,}4$

$T(2|0)$, $H(-8|-20)$

f) $f'(x)=\frac{-6x+6}{(2x-x^2)^2}$, mögliches Extremum bei $x=1$

$f''(x)=\frac{-18x^2+36x-24}{(2x-x^2)^3}$, $f''(1)=-6$; $H(1|-4)$

15

... vom Fallen ins Steigen über ...

... zunächst negativ, im Tiefpunkt selbst Null und dann positiv.

... von $-$ nach $+$.

16

a) $f'(x)=12x^2+18x-12$, mögliche Extrema bei $x=0{,}5$ oder $x=-2$
$f'(x)=12(x-0{,}5)(x+2)$

	$x<-2$	$-2<x<0{,}5$	$0{,}5<x$
12	+	+	+
$x-0{,}5$	−	−	+
$x+2$	−	+	+
$f'(x)$	+	−	+

VZW von + nach − (bei $x=-2$); VZW von − nach + (bei $x=0{,}5$)

$H(-2|32)$, $T(0{,}5|0{,}75)$

b) $f'(x) = 3x^2 + 2x - 1$, mögliche Extrema bei $x = \frac{1}{3}$ oder $x = -1$

$f'(x) = 3\left(x - \frac{1}{3}\right)(x+1)$; $T\left(\frac{1}{3}\middle|\frac{49}{27}\right)$, $H(-1|3)$

c) $f'(x) = 3x^2 - 12x = 3x(x-4)$, $H(0|5)$, $T(4|-27)$

d) $f'(x) = 6x^2 - 13{,}5 = 6(x-1{,}5)(x+1{,}5)$, $T(1{,}5|-6)$, $H(-1{,}5|21)$

e) $f'(x) = \frac{2x^4 - 18x^2}{(x^2-3)^2} = \frac{2x^2(x+3)(x-3)}{(x^2-3)^2}$, mögliche Extrema bei 0, -3 oder 3.

Der Nenner braucht nicht weiter betrachtet zu werden, da er für alle $x \in \mathbb{D}_f$ positiv ist. Er taucht daher in der Vorzeichentabelle nicht auf.

	$x < -3$	$-3 < x < 0$	$0 < x < 3$	$3 < x$
$2x^2$	+	+	+	+
$x+3$	−	+	+	+
$x-3$	−	−	−	+
$f'(x)$	+	−	−	+

→ VZW von + nach − (bei $x=-3$); → kein VZW (bei $x=0$); → VZW von − nach + (bei $x=3$)

$H(-3|-9)$, $T(3|9)$, bei $x = 0$ befindet sich kein Extremum.

f) $f'(x) = \frac{-10x}{(x^2+1)^2}$; $H(0|5)$

g) $f'(x) = \frac{-3(x+1)}{(x-1)^3}$, mögliches Extremum bei $x = -1$

Da hier der Nenner für $x < 1$ bzw. $x > 1$ unterschiedliche Vorzeichen hat, muß er in der Vorzeichentabelle berücksichtigt werden:

	$x < -1$	$-1 < x < 1$	$1 < x$
-3	−	−	−
$x+1$	−	+	+
$(x-1)^3$	−	−	+
$f'(x)$	−	+	−

→ VZW von − nach + (bei $x=-1$)

Dieser VZW ist uninteressant, weil bei $x = 1$ kein Extremum liegen kann. ($f'(1) \neq 0$!)

$T(-1|-0{,}75)$

h) $f'(x) = \frac{-12(x+0,5)}{(x^2+x-6)^2}$, $H(-0,5|0,04)$

17

a) $f'(x) = 3x^2$; an der Stelle $x = 0$

b)

	$x<0$	$0<x$
$3x^2$	+	+

kein VZW

c) Nein.

18

a) $H\left(-\frac{2}{3}\middle|-\frac{122}{27} \approx -4,52\right)$, $T(2|-14)$

b) $T(3|-27)$, an der Stelle $x = 0$ befindet sich kein Extremum

c) kein Extremum

d) $H(0|4)$, $T_1(2|-12)$, $T_2(-2|-12)$

e) $H\left(-1\middle|\frac{13}{6} = 2,1\overline{6}\right)$, $T(3|-8,5)$

f) $T(0|6)$, $H(-5|37,25)$

g) $H(0|-0,75)$ **h)** $T(-1|2,5)$

i) $T(1|-0,5)$, $H(3|0,5)$

j) $H_1(\sqrt{2} \approx 1,41|0,25)$, $H_2(-\sqrt{2} \approx -1,41|0,25)$

3. Wendepunkte

1

a) $x<1$: Linkskurve; $x>1$: Rechtskurve

b) $x<1$: Rechtskurve; $x>1$: Linkskurve

c) $x<-1,5$: Linkskurve; $-1,5<x<1,5$: Rechtskurve; $x>1,5$: Linkskurve

d) $x<-2$: Rechtskurve; $-2<x<2$: Linkskurve; $x>2$: Rechtskurve

2

a) $x < -1$: Rechtskurve; $x > -1$: Linkskurve

b) einen Tiefpunkt (ein rel. Minimum)

c) –

d) eine Nullstelle

3

a) $f'(x) = 3x^2 - 4x + 1$, $f''(x) = 6x - 4$, möglicher Wendepunkt bei $x = \frac{2}{3}$

$f'''(x) = 6$, $f'''\left(\frac{2}{3}\right) = 6 \neq 0 \Rightarrow$ Wendepunkt $\left(\frac{2}{3} \middle| \frac{137}{27} \approx 5{,}07\right)$

b) $W\left(-\frac{1}{3} \middle| \frac{112}{27} \approx 4{,}15\right)$

c) kein Wendepunkt

d) $W_1(0|-4)$, $W_2\left(-0{,}75 \middle| -\frac{1570}{256} \approx -6{,}13\right)$

e) $W_1(2|41{,}5)$, $W_2(3|69)$

f) kein Wendepunkt

g) $f'(x) = \frac{-x-2}{x^3}$; $f''(x) = \frac{2(x+3)}{x^4}$; möglicher Wendepunkt bei $x = -3$

$f'''(x) = \frac{-6x-24}{x^5}$; $f'''(-3) = \frac{-6}{-243} = \frac{2}{81} \neq 0 \Rightarrow W\left(-3 \middle| -\frac{2}{9}\right)$

h) $f''(x) = \frac{8(x+2)}{(x-1)^4}$; $W\left(-2 \middle| \frac{1}{9}\right)$

i) $f''(x) = \frac{14x^3 - 48x^2 + 240x - 400}{(x^2-5x)^3} = \frac{2(x-2)(7x^2-10x+100)}{(x^2-5x)^3}$

$W(2|0)$

j) $f''(x) = \frac{4x(x^2-3)}{(x^2+1)^3}$; $W_1(0|0)$, $W_2\left(\sqrt{3} \approx 1{,}73 \middle| \frac{1}{2}\sqrt{3} \approx 0{,}87\right)$

$W_3\left(-\sqrt{3} \middle| -\frac{1}{2}\sqrt{3}\right)$

4

a) $f'(x) = 4x^3 - 12x^2 + 12x - 4$; $f''(x) = 12x^2 - 24x + 12$

b) $x_0 = 1$

c) $f'''(x) = 24x - 24$; $f'''(1) = 0$; nein

d) –

5

$f''(x) = 6x$, $x_0 = 0$, $f'''(x) = 6$, $f'''(0) = 6 \neq 0$
Ergebnis: An der Stelle $x = 0$ befindet sich ein Wendepunkt.

6

$f'(x) = 4x^3 - 12x^2 + 12x - 4 = 4 \cdot (x-1)^3$, mögliches Extremum bei $x = 1$

	$x<1$	$1<x$
4	+	+
$(x-1)^3$	–	+
$f'(x)$	–	+

→ VZW von – nach + ⇒ rel. Minimum

7

a) $f''(x) = 12x^2 + 66x + 72 = 12(x+1{,}5)(x+4)$,
mögliche Wendepunkte $x = -1{,}5$ oder $x = -4$

	$x<-4$	$-4<x<-1{,}5$	$-1{,}5<x$
12	+	+	+
$x+1{,}5$	–	–	+
$x+4$	–	+	+
$f''(x)$	+	–	+

→ VZW → VZW ⇒ beides sind Wendepunkte

b) $f''(x) = 12x^2 - 24 = 12(x+\sqrt{2})(x-\sqrt{2})$
Wendepunkte bei $x = -\sqrt{2}$ und $x = \sqrt{2}$

c) $f''(x) = 36x - 16$; Wendepunkt bei $x = \frac{4}{9}$

d) $f''(x) = 24x^2 + 10$; kein Wendepunkt

e) $f''(x) = \frac{x^3+1}{x^3} = \frac{(x+1)(x^2-x+1)}{x^3}$, möglicher Wendepunkt bei $x = -1$

	$x<-1$	$-1<x<0$	$0<x$
$x+1$	$-$	$+$	$+$
x^2-x+1	$+$	$+$	$+$
x^3	$-$	$-$	$+$
$f''(x)$	$+$	$-$	$+$

→ VZW

⇒ WP bei $x = -1$

f) $f''(x) = \frac{-18(x^2-3)}{(x^2+9)^3} = \frac{-18(x-\sqrt{3})(x+\sqrt{3})}{(x^2+9)^3}$

Wendepunkte bei $x = \sqrt{3}$ und $x = -\sqrt{3}$

g) $f''(x) = \frac{14x^3+36x^2+216x}{(x^2-x-6)^3} = \frac{2x(7x^2+18x+108)}{(x^2-x-6)^3}$

Wendepunkt bei $x = 0$

h) $f''(x) = \frac{2(x^3-8)}{3x^3} = \frac{2(x-2)(x^2+2x+4)}{3x^3}$

Wendepunkt bei $x = 2$

8

a) $f'(x) = 3x^2 - 6x + 3$, $f'(1) = 0$ **b)** Ja. **c)** $f'''(1) = 6 \neq 0$

9

a) $f'(x) = -3x^2$

	$x<0$	$0<x$
-3	$-$	$-$
x^2	$+$	$+$
$f'(x)$	$-$	$-$

kein VZW
⇒ Sattelpunkt

b) $x = -1$: Sattelpunkt

c) $f'(x) = 4x^3$

	$x<0$	$0<x$
4	$+$	$+$
x^3	$-$	$+$
$f'(x)$	$-$	$+$

$\rightarrow$ VZW von $-$ nach $+$ $\Rightarrow$ rel. Minimum

d) $x = 2$: rel. Minimum

10

a) $W\left(\frac{5}{6}\,\middle|\,-\frac{826}{216} \approx -3{,}82\right)$

b) $W_1(0|9)$, $W_2\left(-\frac{7}{3}\,\middle|\,-\frac{10\,842}{81} \approx -133{,}85\right)$

c) kein Wendepunkt

d) $W_1(0|12)$ ist ein Sattelpunkt, $W_2\left(\frac{5}{9}\,\middle|\,\frac{8123}{729} \approx 11{,}14\right)$

e) kein Wendepunkt

f) $W(3|27)$ ist ein Sattelpunkt

g) $f''(x) = \frac{6(9x^2-1)}{(3x^2+1)^3}$, $W_1\left(\frac{1}{3}\,\middle|\,\frac{3}{4}\right)$, $W_2\left(-\frac{1}{3}\,\middle|\,\frac{3}{4}\right)$

h) $f''(x) = \frac{8x(x^2+12)}{(x^2-4)^3}$, $W(0|0)$

i) $f''(x) = \frac{2x(x^2-3)}{(x^2+1)^3}$, $W_1(0|2)$, $W_2\left(\sqrt{3}\,\middle|\,2 + \frac{1}{4}\sqrt{3} \approx 2{,}43\right)$

$W_3\left(-\sqrt{3}\,\middle|\,2 - \frac{1}{4}\sqrt{3} \approx 1{,}57\right)$

j) $f''(x) = \frac{2(x^2-24)}{3x^5}$, $W_1\left(2\sqrt{6} \approx 4{,}90\,\middle|\,\frac{5}{216}\sqrt{6} \approx 0{,}06\right)$,

$W_2(\approx -4{,}9\,|\approx -0{,}06)$

4. Vollständige Funktionsuntersuchungen

1

a) 1. $\mathbb{D}_f = \mathbb{R}$ 2. keine Symmetrie

3. $x = 6$ oder $x = 1{,}5 + 0{,}5\sqrt{21} \approx 3{,}79$ oder $x = 1{,}5 - 0{,}5\sqrt{21} \approx -0{,}79$
einfache Nullstellen mit VZW
4. —
5. $\lim\limits_{x \to \infty} f(x) = \infty$, $\lim\limits_{x \to -\infty} f(x) = -\infty$ 6. —
7. $f(x) = (x-6)(x - 1{,}5 - 0{,}5\sqrt{21})(x - 1{,}5 + 0{,}5\sqrt{21})$
Vorzeichen: $- + - +$
8. $f(0) = 18$
9. $f'(x) = 3x^2 - 18x + 15$, $f''(x) = 6x - 18$, $f'''(x) = 6$
10. $H(1|25)$, $T(5|-7)$
11. $W(3|9)$
12. (Siehe Abb. unten links)

b) 1. $\mathbb{D}_f = \mathbb{R}$ 2. Symmetrie zur y-Achse

3. $x = 2$ oder $x = -2$ doppelte Nullstellen ohne VZW
4. —
5. $\lim\limits_{x \to \infty} f(x) = \infty$, $\lim\limits_{x \to -\infty} f(x) = \infty$ 6. —
7. $f(x) = (x-2)^2(x+2)^2$; Vorzeichen: $+ + +$
8. $f(0) = 16$
9. $f'(x) = 4x^3 - 16x$, $f''(x) = 12x^2 - 16$, $f'''(x) = 24x$
10. $H(0|16)$, $T_1(2|0)$, $T_2(-2|0)$
11. $W_1\left(\frac{2}{3}\sqrt{3} \approx 1{,}16 \,\middle|\, \frac{64}{9} = 7{,}\overline{1}\right)$, $W_2\left(-\frac{2}{3}\sqrt{3} \,\middle|\, \frac{64}{9}\right)$
12. (Siehe Abb. unten rechts)

Zu **1** a)

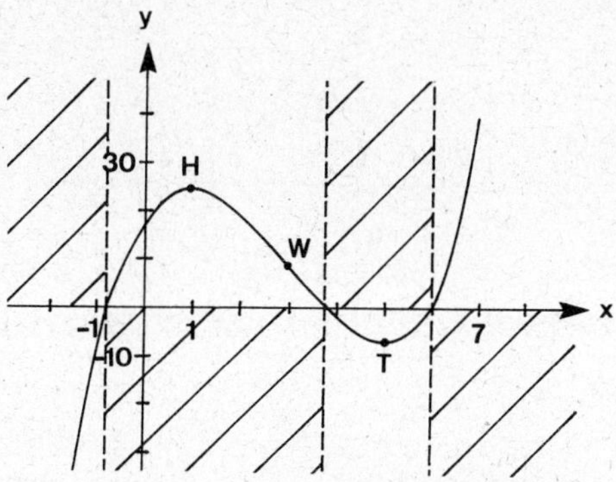

Zu **1** b)

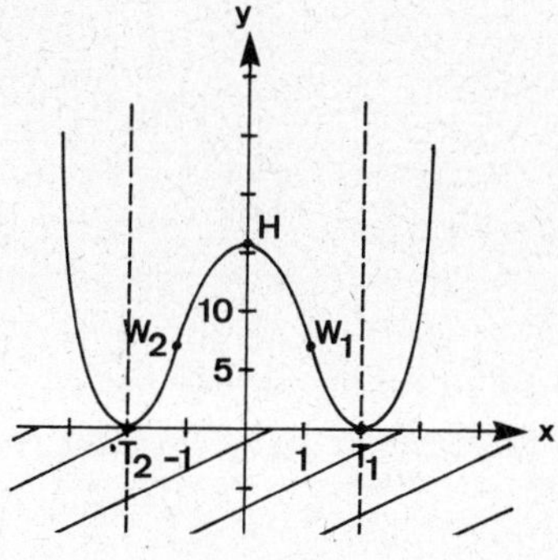

c) 1. $\mathbb{D}_f = \mathbb{R}$ 2. keine Symmetrie

3. keine Nullstellen 4. –

5. $\lim\limits_{x \to \infty} f(x) = \infty$, $\lim\limits_{x \to -\infty} f(x) = \infty$ 6. –

7. Vorzeichen: + 8. $f(0) = 2$

9. $f'(x) = 12x^3 - 24x^2 + 12x$, $f''(x) = 36x^2 - 48x + 12$,
$f'''(x) = 72x - 48$

10. $T(0|2)$

11. $W_1(1|3)$ ist ein Sattelpunkt, $W_2\left(\frac{1}{3}\middle|\frac{65}{27} \approx 2{,}41\right)$

12. (Siehe Abb. unten links)

d) 1. $\mathbb{D}_f = \mathbb{R}$ 2. keine Symmetrie

3. $x = 0$: einfache Nullstelle mit VZW,
$x = 3$: dreifache Nullstelle mit VZW

4. –

5. $\lim\limits_{x \to \infty} f(x) = \infty$, $\lim\limits_{x \to -\infty} f(x) = \infty$ 6. –

7. $f(x) = x(x-3)^3$; Vorzeichen: + – +

8. $f(0) = 0$

9. $f'(x) = 4x^3 - 27x^2 + 54x - 27$, $f''(x) = 12x^2 - 54x + 54$,
$f'''(x) = 24x - 54$

10. $T\left(\frac{3}{4}\middle| -\frac{2187}{256} \approx -8{,}54\right)$ 11. $W_1(3|0)$ ist ein Sattelpunkt, $W_2(1{,}5|-5{,}0625)$

12. (Siehe Abb. unten rechts)

Zu 1 c)

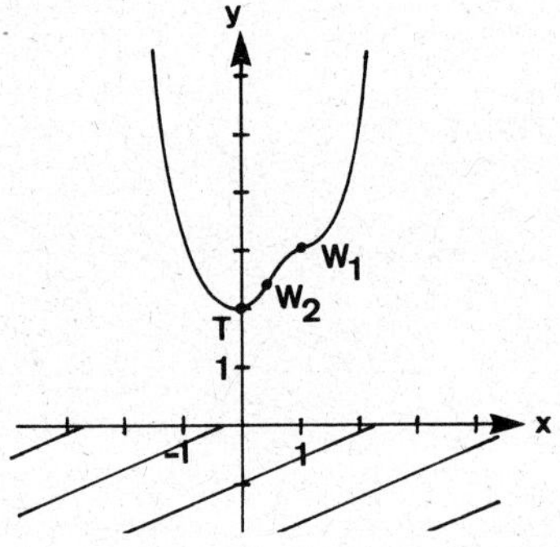

Zu 1 d)

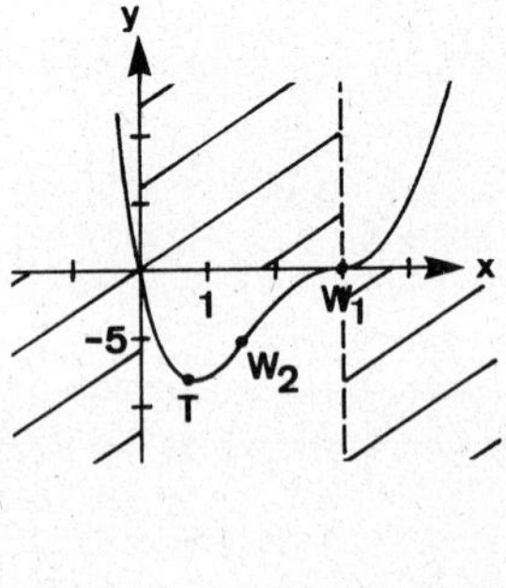

e) 1. $\mathbb{D}_f = \mathbb{R}$ 2. keine Symmetrie

3. $x = 4$ dreifache Nullstelle mit VZW
4. –
5. $\lim_{x \to \infty} f(x) = \infty$, $\lim_{x \to -\infty} f(x) = -\infty$ 6. –
7. $f(x) = (x-4)^3$, Vorzeichen: $-$ $+$
8. $f(0) = -64$
9. $f'(x) = 3x^2 - 24x + 48$, $f''(x) = 6x - 24$, $f'''(x) = 6$
10. –
11. $W(4|0)$ ist ein Sattelpunkt
12. (Siehe Abb. unten links)

f) 1. $\mathbb{D}_f = \mathbb{R}$ 2. keine Symmetrie

3. $x = -1$: einfache Nullstelle mit VZW,
   $x = -5$: doppelte Nullstelle ohne VZW
4. –
5. $\lim_{x \to \infty} f(x) = \infty$, $\lim_{x \to -\infty} f(x) = -\infty$ 6. –
7. $f(x) = (x+1)(x+5)^2$; Vorzeichen: $-$ $-$ $+$
8. $f(0) = 25$
9. $f'(x) = 3x^2 + 22x + 35$, $f''(x) = 6x + 22$, $f'''(x) = 6$
10. $H(-5|0)$, $T\left(-\frac{7}{3}\middle| -\frac{256}{27} \approx -9{,}48\right)$
11. $W\left(-\frac{11}{3}\middle| -\frac{128}{27} \approx -4{,}74\right)$
12. (Siehe Abb. unten rechts)

Zu [1] e)

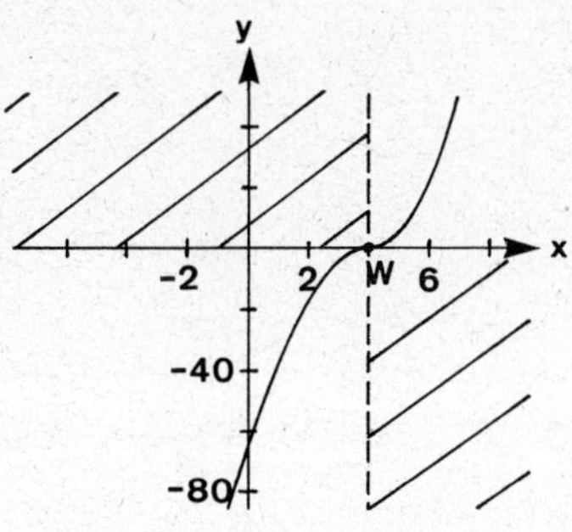

Zu [1] f)

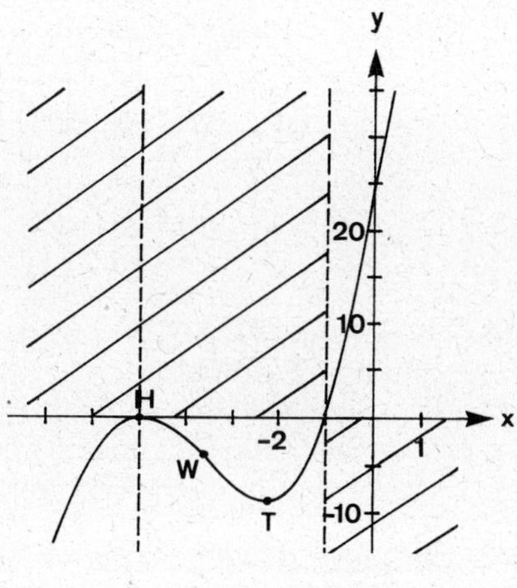

g) 1. $\mathbb{D}_f = \mathbb{R} \setminus \{-3; 2\}$ 2. keine Symmetrie

3. $x = 1$: doppelte Nullstelle ohne VZW
4. $x = -3$ oder $x = 2$: einfache Pole mit VZW
5. –
6. $f(x) = \dfrac{6x^2 - 12x + 6}{x^2 + x - 6}$, $a(x) = 6$
7. Vorzeichen: + – – + 8. $f(0) = -1$
9. $f'(x) = \dfrac{18x^2 - 84x + 66}{(x^2 + x - 6)^2} = \dfrac{18(x-1)\left(x - \frac{11}{3}\right)}{(x+3)^2(x-2)^2}$

   $f''(x) = \dfrac{-36x^3 + 252x^2 - 396x + 372}{(x^2 + x - 6)^3}$
10. $H(1|0)$, $T\left(\frac{11}{3} \middle| 3{,}84\right)$
11. Es gibt nur einen Wendepunkt, seine Koordinaten lauten näherungsweise $(5{,}29|4{,}05)$
12.

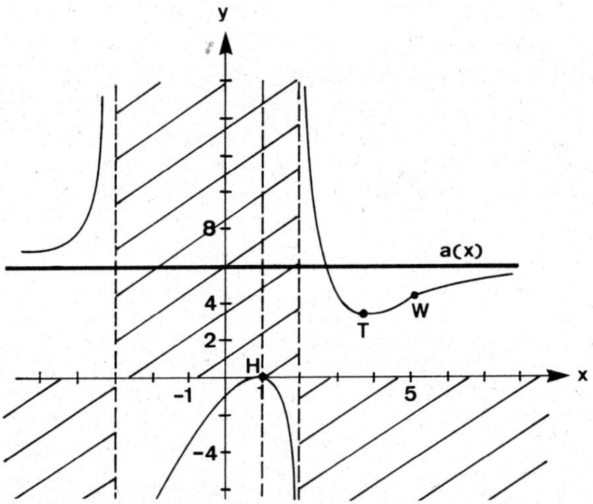

h) 1. $\mathbb{D}_f = \mathbb{R} \setminus \{-1; 1\}$

2. keine Symmetrie
3. keine Nullstelle
4. $x = 1$: hebbare Lücke (Grenzwert 1),
   $x = -1$: einfacher Pol mit VZW
5. –
6. $a(x) = 0$
7. Vorzeichen: – +

8. $f(0) = 2$

9. $f'(x) = \dfrac{-2}{(x+1)^2}$, $f''(x) = \dfrac{4}{(x+1)^3}$

10. keine Extrema
11. keine Wendepunkte
12.

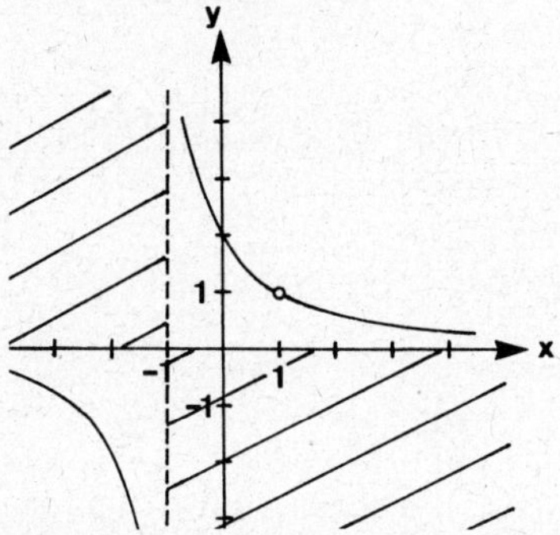

i) 1. $\mathbb{D}_f = \mathbb{R}$
2. Symmetrie zur y-Achse
3. $x = 0$: doppelte Nullstelle ohne VZW
4. keine
5. —
6. $a(x) = 2$
7. Vorzeichen: + +
8. $f(0) = 0$

9. $f'(x) = \dfrac{4x}{(x^2+1)^2}$, $f''(x) = \dfrac{-4(3x^2-1)}{(x^2+1)^3}$

10. $T(0|0)$
11. $W_1\left(\frac{1}{3}\sqrt{3} \approx 0{,}58 \,|\, 0{,}5\right)$, $W_2\left(-\frac{1}{3}\sqrt{3} \,|\, 0{,}5\right)$
12.

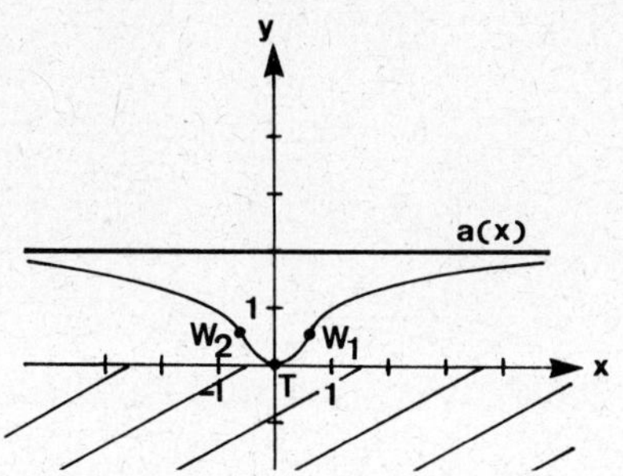

j) 1. $\mathbb{D}_f = \mathbb{R} \setminus \{3\}$ 2. keine Symmetrie

3. $x=2$ oder $x=4$: einfache Nullstellen mit VZW

4. $x=3$: einfacher Pol mit VZW

5. – 6. $a(x) = x - 3$

7. Vorzeichen: $- + - +$ 8. $f(0) = -\frac{8}{3}$

9. $f'(x) = \frac{x^2 - 6x + 10}{(x-3)^2}$, $f''(x) = \frac{-2}{(x-3)^3}$

10. kein Extremum 11. kein Wendepunkt

12.

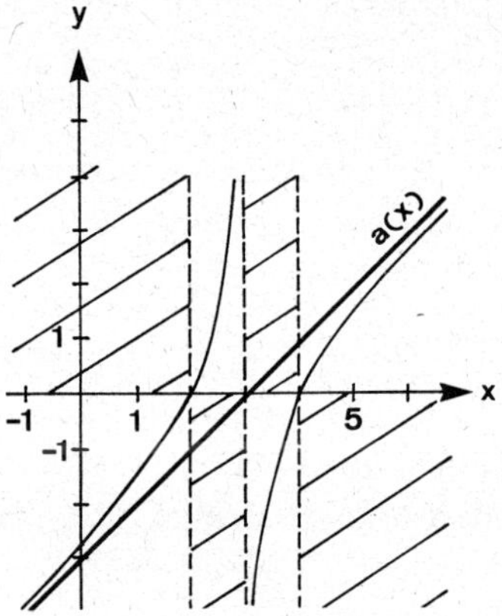

k) 1. $\mathbb{D}_f = \mathbb{R} \setminus \{-3; 2\}$ 2. keine Symmetrie

3. $x=0$ oder $x=6$: einfache Nullstellen mit VZW

4. $x=-3$ oder $x=2$: einfache Pole mit VZW

5. – 6. $a(x) = 0{,}5$

7. Vorzeichen: $+ - + - +$ 8. $f(0) = 0$

9. $f'(x) = \frac{3{,}5x^2 - 6x + 18}{(x^2 + x - 6)^2}$, $f''(x) = \frac{-7x^3 + 18x^2 - 108x}{(x^2 + x - 6)^3}$

10. kein Extremum 11. $W(0|0)$

12.

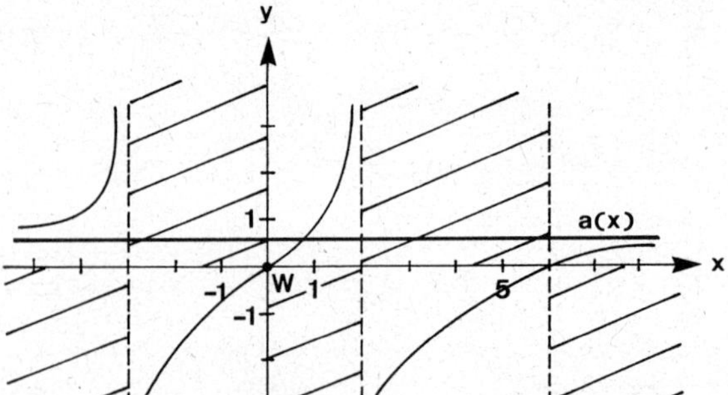

l) 1. $\mathbb{D}_f = \mathbb{R} \setminus \{1\}$ 2. keine Symmetrie
3. keine Nullstellen
4. $x = 1$: doppelter Pol ohne VZW
5. –
6. $a(x) = 1$
7. Vorzeichen: + +
8. $f(0) = 1$
9. $f'(x) = \frac{-2x-2}{(x-1)^3}$, $f''(x) = \frac{4x+8}{(x-1)^4}$
10. $T(-1|0{,}5)$
11. $W\left(-2\,\middle|\,\frac{5}{9} = 0{,}\overline{5}\right)$
12.

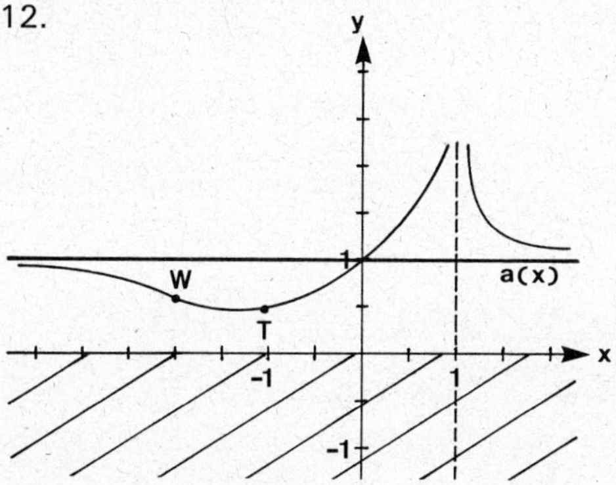

m) 1. $\mathbb{D}_f = \mathbb{R} \setminus \{1{,}5;\ -1{,}5\}$ 2. Symmetrie zur y-Achse
3. keine Nullstellen
4. $x = 1{,}5$ oder $x = -1{,}5$: einfache Pole mit VZW
5. –
6. $a(x) = 0$
7. Vorzeichen: + – +
8. $f(0) = -2$
9. $f'(x) = \frac{-144x}{(4x^2-9)^2}$, $f''(x) = \frac{432(4x^2+3)}{(4x^2-9)^3}$
10. $H(0|-2)$
11. kein Wendepunkt
12.

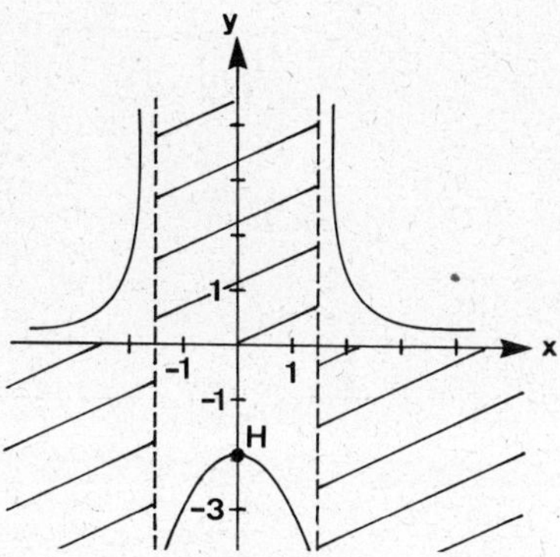

n) 1. $\mathbb{D}_f = \mathbb{R}$

2. Symmetrie zur y-Achse
3. $x = 3$ oder $x = -3$: einfache Nullstellen mit VZW
4. keine Definitionslücken
5. —
6. $a(x) = 1$
7. Vorzeichen: + − +
8. $f(0) = -3$
9. $f'(x) = \dfrac{24x}{(x^2+3)^2}$, $f''(x) = \dfrac{-72(x^2-1)}{(x^2+3)^3}$
10. $T(0|-3)$
11. $W_1(1|-2)$, $W_2(-1|-2)$
12.

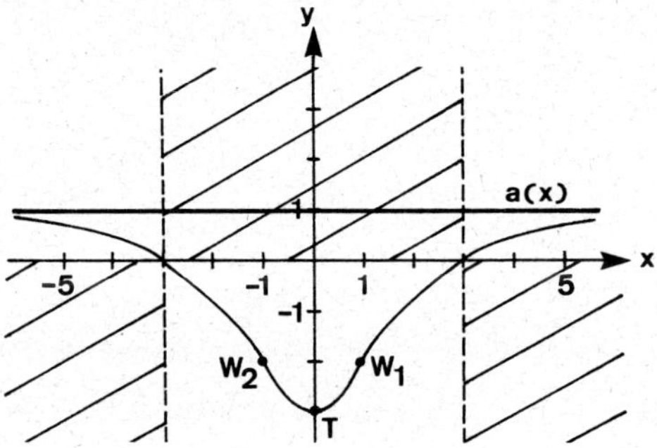